Derufin Denthor Heller

Erben der Ewigkeit
Der letzte Erbe

AF818644

Erben der Ewigkeit

Der letzte Erbe

Derufin Denthor Heller

Phantastischer Schauerroman

FSC
www.fsc.org
MIX
Papier aus verantwortungsvollen Quellen
Paper from responsible sources
FSC® C105338

1. Auflage 2025
Copyright © 2025 Derufin Denthor Heller
E-Mail: DerufinDenthorHeller@t-online.de
Galgenberg-Ost 38, D-93109 Wiesent

Autorenhomepage: www.derufindenthorheller.de

Lektorat: Rohlmann & Engels
www.lektorat-rohlmann-engels.com

Autorenlogo, Umschlaggestaltung und Layout:
Daniela Rohr / Skriptur-Design
www.skriptur-design.de

Weitere Bücher des Autors:
Erben der Ewigkeit – Der Fluch des Lebens
Erben der Ewigkeit 2 – Die Nymphe

Verlag: BoD · Books on Demand GmbH, Überseering 33,
22297 Hamburg, bod@bod.de
Druck: Libri Plureos GmbH, Friedensallee 273, 22763 Hamburg
ISBN: 978-3-7693-5821-6

Alle Rechte in jeglicher Form vorbehalten. Sowohl Einspeicherung und Verarbeitung in elektronische Systeme als auch mechanische, elektronische sowie fotografische Vervielfältigung – auch auszugsweise – nur mit schriftlicher Genehmigung des Autors. Figuren, Namen und Handlung sind frei erfunden, etwaige Ähnlichkeiten mit real existierenden Personen oder Institutionen sind rein zufällig und nicht beabsichtig.

Prolog

In einen verdächtig unscheinbaren Mantel gehüllt, eilte Avonlea durch die engen Gassen der Stadt. Die Straßen in den Vierteln, durch die sie lief, waren feucht vom leichten Regen, doch sie achtete nicht auf die glitzernden Pfützen und Rinnsale, sondern erfreute sich lieber an den farbenfrohen Pflastersteinen, die unter ihren Füßen dahinflogen und nun, da sie vom Staub befreit waren, in ihren satten Tönen aus Rot und Gelb leuchteten.

Selbst in den späten Abendstunden herrschte in der Stadt der Lieder noch reges Treiben. Weniger als hundert Schritte entfernt bog eine Gruppe geschäftig schwatzender Soldaten um eine Ecke. Die königlichen Wachen waren leicht zu erkennen. Dunkelblau prangte der gekrönte Tanzbär, das Wappen Rakshores auf ihren gesäumten Röcken. Avonlea hatte gelernt, den gerüsteten Männern aus dem Weg zu gehen.

Schnell schlang sie den dunklen Mantel enger um sich und drückte sich in den Schatten der Mauer neben ihr. Gut verborgen in der Schwärze hoher Häuserfronten, verdeckte der Stehkragen ihres Mantels selbst die vornehme Blässe ihres Gesichts. Nacht für Nacht gelang es ihr dadurch, unbehelligt die Stadt aufs Neue heimzusuchen.

Ein besonders aufmerksamer Wachsoldat blickte in ihre Richtung, doch nur eine Sekunde später wendete er sich wieder dem stumpfsinnigen Gespräch seiner Gefährten zu.

Wie so oft erinnerten sie die in Stahl und Eisen gerüsteten Männer des Königs an die hohe Sterblichkeit des Menschengeschlechts. Trotz ihrer scharf geschliffenen und auf

Hochglanz polierter Waffen fanden sie doch allesamt alsbald den Tod. Auch dieser Soldat sah seinem nahen Ende schon mit Aufregung und Spannung entgegen, sehnte sich geradezu nach dem letzten Atemzug seines Lebens. Längst war der Sand im Stundenglas seiner Zeit aufgebraucht. Zappelnd an der Spitze eines Speeres oder durch heimtückische Krankheit dahingerafft, würde auch seine Seele schon bald die ewige Ruhe finden.

Avonlea lächelte. Ein unrühmliches Ende, das ihr selbst für immer verwehrt blieb.

Die Wachsoldaten betraten eine finstere Gasse und schon bald waren nur noch leise Gesprächsfetzen der Männer zu hören.

Vorsichtig löste sich Avonlea aus den Schatten. Wie einfach es doch war. Sie kannte jeden Stein, jede Ecke, jeden noch so kleinen Winkel des Weges durch die Stadt. Zu oft hatte sie ihn zurückgelegt. Zu oft, um noch unaufmerksam zu sein. Selbst im Halbschlaf hätte sie es vermeiden können, gesehen zu werden.

Nur zu gerne hielt sie sich im Verborgenen, versteckt vor den neugierigen Augen der Massen. Sie agierte lieber im Hintergrund, lenkte die Geschicke der Stadt auf ihre eigene perfide Art und Weise. Sie wusste, dass nur wenig dafür nötig war, die wahre Macht zu entfesseln. Mochten die Menschen ruhig glauben, dass sie mit Schwertern und Speeren die Herrschaft über ein Reich erhalten konnten. List und Tücke brachten den wahren Einfluss. Warum ein ganzes Reich mit Waffengewalt unterwerfen, wenn es reichte, einen Einzelnen zu unterjochen?

Noch dazu, wenn es die Untergebenen noch nicht einmal bemerkten. Wahre Giftträufler versüßten ihre Speisen mit Leidenschaft und Freude. Wie einfach es doch war, das kindliche Gemüt primitiver Menschen zu manipulieren, wenn ein überlegener Intellekt nur über ausreichend Zeit verfügte.

Nun, Zeit war wahrlich im Überfluss vorhanden.

Ein leichtes Kitzeln lenkte Avonleas Aufmerksamkeit auf die kleine Erhebung an ihrer Schulter. Beruhigend streichelte sie mit den Fingern über das Schlüsselbein.

»Keine Sorge, meine kleine Freundin. Es ist nicht mehr weit«, flüsterte sie.

Trotz anhaltender Dunkelheit sah sie ihr Ziel deutlich vor sich. Nur spärlich erleuchteten vereinzelte Öllampen die engen Gassen. Die Lichter kennzeichneten die Herbergen und Tavernen der Stadt, aus deren weit geöffneten Fenstern die Klänge unterschiedlichster Musik ertönten.

Avonlea beachtete die mit leichten Mädchen und betrunkenen Männern gefüllten Spelunken nicht. Schnell, die zierliche Gestalt nach vorne gebückt, schritt sie voran. Lautlos glitten die Sohlen ihrer Stiefel über die farbenfrohen Steine der Straße. Selbst in der Dunkelheit konnte sie die Veränderung des Musters deutlich erkennen. Nun war es nicht mehr weit. Der alte Stadtkern lag direkt vor ihr. Von nun an würde die Anzahl der patrouillierenden Soldaten und Wachen steigen. Einen anderen Weg zu wählen, war die bessere Wahl.

Die Gasse mündete in eine weite Straße. Lange Serpentinen führten hinauf zur obersten Ebene des Felsens. Ein Stein so alt wie die Zeit selbst. Hoch ragte er auf inmitten der Stadt.

Nun, da das Grün von Bäumen sich aus der Dunkelheit schälte, fühlte sie sich wohler, heimischer. Die kalten Steine der umliegenden Häuser waren einer Allee aus Bäumen gewichen. Schnell zählte sie die prächtigen Kastanien. Eine Angewohnheit, die sie niemals vergaß. Zu eng war sie mit ihren Freunden verbunden. Mehr als vierzig der edlen Bäume säumten den Weg. Stille Wächter der steinernen Mauern, die sie mit ihrem unverkennbaren Duft begrüßten. Leichtfüßig verschwand sie hinter dem nächsten Stamm. Wie immer nahm sie sich die Zeit und berührte kurz die wundersame Natur, die sie so liebte.

Es war eine herrliche Nacht. Strahlendes Mondlicht fiel auf die Vielzahl an zugespitzten Blättern und behaarten Knospen. Ein wohliges Raunen erfüllte die Luft. Wärme flutete in ihren Körper, als die Bäume die Eindrücke des Tages mit ihr teilten. Ein prickelndes Gefühl, das sie mehr als nur genoss.

So schön die Prachtstraße auch war, sie war nicht ihr eigentliches Ziel.

Leise huschte sie entlang des Felsens weiter durch die Nacht, bis sie endlich gefunden hatte, wonach sie suchte.

Gut versteckt hinter einer üppigen Flut aus Ranken und Dornen verbarg sich das wahre Geheimnis. Wie ein vornehmes Geschmeide schmiegte sich an dieser Stelle eine Ader grünen Marmors an die dunkle Haut des Felsens, der viele hunderte Schritte hoch aus dem Erdreich ragte. Das geflüsterte Losungswort und ein Druck mit den Fingerkuppen genügte. Geräuschlos schwang die Tür auf. Nicht das geringste Anzeichen hatte die Öffnung verraten. Seit Jahrhunderten war der Durchgang mit alter Magie versiegelt, gut geschützt vor den Blicken der Bevölkerung.

Schnell schlüpfte sie in den Durchgang. Der Steinblock, der den getarnten Weg freigegeben hatte, glitt zurück und verwehrte jedem den Zutritt, der nicht über das geheime, über Jahrhunderte überlieferte Wissen seiner Existenz verfügte.

Avonleas Kleidung straffte sich, als sie ihre gebückte Haltung aufgab und sich zur vollen Größe aufrichtete. Ein tiefer Atemzug füllte ihre Lungen. Vor ihr lag ein dunkler Pfad. So oft war sie ihm gefolgt und doch überraschte sie die Frische der Luft in den Eingeweiden des Steines auch heute.

Avonlea wusste, dass ihr niemand mehr begegnen würde. Nun war keine Eile mehr geboten. Wenn einem die Stunden von Jahrhunderten zur Verfügung standen, war Zeit nicht mehr von Bedeutung. Anders als die sterblichen Menschen lenkte sie ihr eigenes Schicksal. Stets hatte sie im Verborgenen gewirkt. Über Jahre war ein Plan herangereift, der nun endlich vor seinem Abschluss stand. Sie stand an einer Weggabelung, einer Kreuzung der Zeit. Verschiedenste Pfade konnten eingeschlagen werden. Jeder von ihnen führte sie unweigerlich näher zu ihrem Ziel. Der eine schneller, der andere langsamer, doch was machte das schon? Was bedeuteten schon ein paar Tage oder Wochen? Selbst viele Jahre waren nicht mehr als nur ein Wimpernschlag für sie, schneller in Vergessenheit geraten, als es ihr lieb war. Wenn es etwas in ihrem Leben gab, dass sie im Überfluss besaß, dann war es Zeit. Endlose lange Phasen des Grübelns, die sie mehr als gekonnt genutzt hatte, um ihre Niederträchtigkeiten und Intrigen zu spinnen.

In einer Zeit der Schwäche hatten sich die Menschen in ihrem Reich eingenistet. Wie ein blutsaugender Parasit waren sie über ihre Untertanen hergefallen, brachten Zerstörung und Tod. Da war es nur recht, dass sie scheiterten und noch nicht einmal im Entferntesten verstanden, wer für das Versagen verantwortlich war. Sie erahnten nicht im Geringsten, wer die wahre Macht über sie besaß.

Ein schlauer König hatte mal erwähnt, dass sein Einfluss vergänglich sein könnte. Ein weiser Ausspruch und der Wahrheit so nahe. Vorausgesetzt die Vergänglichkeit besiegelte das eigene Schicksal.

Wahre Macht fand im Verborgenen statt und war auf Einzelne beschränkt. Kein König der Welt zeigte Stärke ohne die Eingebungen seiner Berater.

Schon wieder war sie ihren Grübeleien verfallen. Ein Anzeichen ihres nie ruhenden Verstandes, wie sie vermutete.

Ihre Hand griff in ihren Mantel und streichelte erneut beruhigend über die kleine Erhebung an ihrer Schulter.

Wie vernünftig es war, wenn alte Wesen mit Verstand die Welt lenkten, damit sie nicht aus den Fugen geriet und alles Wertvolle erhalten blieb. Wenn es notwendig war, so mussten arglistig Ränke geschmiedet werden. Wahre Macht äußerte sich nicht in Bärenkräften und Gewalt, sondern in geduldiger Beharrlichkeit und Ausdauer.

Avonlea nahm einen letzten tiefen Atemzug. Gemächlich, deutlich langsamer als zuvor auf ihrem Weg durch die Stadt, folgte sie dem Pfad, der durch magisches Feuer in die uralten Eingeweide des Steins gebrannt worden war. Sie spürte, dass der schmale Weg beständig anstieg. Bläulich schimmerndes

Moos wuchs an Decke und Wänden, spendete ein blasses geheimnisvolles Licht. Einhundertundeinundvierzig Stufen führten sie eine Wendelung immer weiter nach oben, bis der Pfad an einem weiteren Durchgang endete. Ein schwerer Wandteppich verdeckte den Eingang. Sie wusste, dass das junge Mädchen, das ihn mit filigranen Fingern geknüpft hatte, mehr als zehn Jahre mit täglich blutig geschundenen Händen daran gearbeitet hatte.

Sie scherte sich nicht darum, was sie dahinter erwartete. Kraftvoll schlug sie die Ecke des Teppichs zur Seite und trat über die knarzende Schwelle. Ihre Stiefel scharrten über das grausig anzusehende Mosaik am Boden.

Wie es ihre Art war, blickte sie ernst um sich. Langsam streiften ihre Augen über die aus kostbaren Hölzern gefertigten Möbel der durch Kerzen erhellten Gemächer, bis sie endlich fanden, wonach sie suchte. In ehrfürchtiger Ergebenheit blickten ihr die Augen des Königs entgegen.

1. Kapitel

Ist das nicht eine herrliche Aussicht? Dafür hat sich der beschwerliche Aufstieg wirklich gelohnt.« Rhania gab ein leises Glucksen der Freude von sich und stupste den Elfen an die Schulter, der gelangweilt neben ihr an einen Baum gelehnt stand und mit den herzförmigen Blättern eines bodennahen Astes spielte.

»Du hast wohl keinen Sinn für Schönheit im Kopf, was? Hey, da unten spielt die Musik.« Rhania deutete auf eine große Lücke im Gestrüpp des Waldes, die den Blick auf eine weite Ebene unter ihnen freigab. »Die Stadt der Lieder zeigt sich im hellen Sonnenschein von ihrer schönsten Seite und du hast nur Augen für dieses unscheinbare Blatt da? Das verstehe wer will!«

Beregrend konnte sich ein müdes Lächeln nicht verkneifen. Die junge Baroness war der letzte Neuzugang ihrer Musikantengruppe und obwohl er das Mädchen erst kurze Zeit kannte, ging sie ihm schon jetzt mit ihren menschlichen Angewohnheiten und abstrusen Ansichten tierisch auf die Nerven. Obwohl er kein großes Interesse an einer gepflegten Unterhaltung mit Rhania hegte, beschloss er dennoch, ihr zu antworten. Er wusste nicht, warum er sich immer wieder auf endlose Diskussionen mit seinen Gefährten einließ. Langeweile war es bestimmt nicht. Die feine Maserung des Blattes, das er hingebungsvoll betrachtete, war interessant genug. Vielleicht war es sein gutes Herz und seine belehrende Art, die ihn immer wieder hoffen ließen, das oft so unnütze

Wissen der Menschheit um die Wahrheit zu ergänzen, und in die Vollkommenheit zu lenken.

»Verzeih mir, meine Liebe, wenn ich deine überschwängliche Euphorie nicht teile. Ich habe die stets gepriesene Schönheit von Rakshore, der Stadt der Lieder, schon vernommen und bereits vor Stunden einen Eindruck von den steinernen Mauern gewonnen, in die uns unser Herr und Meister zwingt. Die angesprochene Schönheit vermag ich nicht zu erkennen. Ganz im Gegenteil.«

Rhania starrte ihn verständnislos an. Beregrend sah, wie ihre Lippen bebten. Es dauerte eine gewisse Zeit, bis sie ihre aufgewühlten Gefühle wieder unter Kontrolle gebracht hatte.

»Da verstehe einer euch Elfen!« Rhania schüttelte den Kopf, was den braunen Haarschopf, den sie mit einem einfachen Band gebunden hatte, hin und her schwingen ließ. Beregrend erinnerten die Haare der Baroness an den Schweif eines Pferdes. Bei Damen ihres hohen Standes war es selten, doch der Elf konnte nicht leugnen, dass die Art das Haar zu tragen, der jugendlichen Eleganz der Baroness zuträglich war.

»Kein Wunder, dass man euch mit Unverständnis begegnet. Eigenbrötlerisch, wie ihr seid, möchte doch kein vernünftig denkender Mensch etwas mit eurem Volk zu tun haben.«

Die Wut in Rhanias Stimme war nicht zu überhören. Beregrend hatte damit gerechnet. Die Baroness strotzte regelrecht vor Überheblichkeit. Ihr Selbstvertrauen in allen Ehren, doch insgeheim hegte er den Verdacht, dass sie einzig und allein die Absicht verfolgte, sich in der Gruppe der Musikanten zu behaupten. Jung an Jahren verfügte sie zudem nicht über die Erfahrungen der Ewigkeit.

Sie würde wachsen. Besessenheit hatte ihre Kindheit und Jugend überschattet. Aufgewachsen mit dem bösen Blick, hatte sie ihr eigenes Leben bislang noch nicht gelebt. Erst vor Kurzem war sie befreit worden von dem Geist, der ihren Körper gefangen hielt und ihre Seele unterdrückte.

Beregrend hatte Verständnis für ihre Situation und Mitleid. Rhania suchte noch nach ihrem Platz im Leben. Vor die Wahl zwischen Leben und Tod gestellt, hatte sie eine schnelle Entscheidung getroffen. Jahrelang war ihr das eigene Leben verwehrt geblieben. Nun, da sie wie ihre Gefährten dem Herrn der Finsternis diente, war das Alter für sie belanglos geworden. Ein kurzes unerfülltes Leben hatte man ihr genommen, doch dafür hatte sie die übermenschliche Natur der Ewigkeit gewonnen. Eine grenzenlose neue Welt lag ihr zu Füßen. Krankheit, Vergänglichkeit und Tod versanken in Bedeutungslosigkeit. Nun setzte sie alles daran, das eigene Leben zu verwirklichen. Beregrend wusste, dass Rhanias Übereifer nicht von langer Dauer sein würde. Schon bald würde sie die Realität der Bürde erkennen, die ihr auferlegt worden war, und welch hohen Preis sie für die Wiedergeburt als Dienerin des Bösen zahlen musste.

Beregrend betrachtete die kleine, in ein vornehmes Gewand gekleidete Gestalt der Baroness. Die Kleidung des Mädchens verströmte einen angenehm süßlichen Geruch wie wild gesammelter Honig, der dem Bienenvolk frisch geraubt worden war. Oder war es tatsächlich der Duft ihrer Haut, der die Rezeptoren seiner Sinneszellen einem Reiz aussetzte?

Rhanias Augen funkelten ihn böse an. Ihre Besessenheit hatte sie abgelegt, doch die Besonderheit ihrer Augen war geblieben. Die Einzigartigkeit der Farbe hellen Sandsteines starrte ihm entgegen. Nur die braunen Sprenkel der Iris verliehen ihnen eine nahezu menschliche Erscheinung.

»Du ziehst die Abgeschiedenheit und Einsamkeit dunkler, muffiger und von wildem Getier bevölkerter Wälder vor, das verstehe ich. Als Elf lebst du im Einklang mit der Natur. Aber das berechtigt dich nicht dazu, die Schönheit der von uns Menschen geschaffenen Behausungen in den Dreck zu ziehen.«

Beregrend versuchte erst gar nicht, dem Blick der Baroness standzuhalten. Leidenschaftlich betrachtete er das herzförmige Blatt des Baumes, dessen Borke er in seinem Rücken spürte.

»Ja, gib nur zu, dass du da nichts mehr hinzuzufügen hast. Rakshore ist eine wundervolle Stadt. Ihre Erbauer haben sich viel Mühe gegeben. Prächtige Alleen, Gärten, Obstplantagen und Blumenwiesen laden ein zum ausgedehnten Lustwandeln und Erholen. Überall sprudeln Quellen, und im Sonnenlicht schimmernde Teiche sorgen für Abkühlung in den heißen Monaten des Sommers. Das bunte Treiben einer riesigen Stadt liegt vor dir, und du wirfst noch nicht einmal einen kurzen Blick darauf, um ihre Schönheit zu bewundern.«

Beregrend seufzte. Ein schneller Blick zu seinen Gefährten genügte, um sich zu vergewissern. Wie es schien, blieb ihm kein Ausweg, um sich dem Gespräch mit der Baroness zu entziehen. Eigentlich hatte er gehofft, dass der kurze Wortwechsel Derufin oder Myraida dazu bewegte, sich einzumischen. Geschickt wie er war, hätte er es schon irgendwie geschafft, sich vornehm zurückzuziehen. Gerade die rotgelockte Herumtreiberin war für gewöhnlich immer für ein ausuferndes Gespräch zu haben, doch heute hoffte er vergeblich. Myraida stand nur wenige Schritte abseits und polierte geistesabwesend mit einer harzigen Tinktur den hölzernen Korpus ihrer Fidel. Das Instrument beherrschte sie meisterlich, doch selbst für seine elfischen Verhältnisse übertrieb sie die Pflege des aus noblem Holz gefertigten Stückes ein wenig zu sehr.

Derufin, der ehemalige Dieb, saß auf einem Stein und grübelte. In den letzten Tagen hatte Beregrend ihn oft in solch nachdenklichen Momenten gesehen. Das Schicksal hatte es nicht gut mit ihm gemeint. Die Liebe einer Gespielin der Götter war ihm verwehrt worden. Es würde wohl noch einige Zeit dauern, bis er den Verlust der Dryáde, die ihn gebannt und anschließend weggeworfen hatte wie einen räudigen alten Sack, verkraftet hatte. Vorausgesetzt, er würde jemals wieder sein Glück finden. Beregrend war sich dessen nicht sicher.

Wie dem auch sei, von Seiten des ehemaligen Diebes war keine Hilfe zu erwarten. Es blieb ihm also nichts anderes übrig, als ganz alleine Rhania ihre jugendlichen Illusionen zu nehmen.

Auf seine ganz spezielle Art sagte er dem Baum Lebewohl. Das elfische Geschlecht verfügte über die Gabe, mit den Pflanzen des Waldes zu verschmelzen, die Gedanken und Gefühlswelt der Bäume zu erkunden und ihre regenerative Kraft zu nutzen. Durch die Berührung der Borke an seinem Rücken hatte er nur eine leichte Verbindung hergestellt, doch er hatte bereits genug von dem Glockenbaum erfahren. Einer seltenen Art, die in diesen Gefilden nicht heimisch war und deren Samen nur durch pures Glück und Zufall an diesem Standort gediehen war.

Bedächtig näherte er sich der Baroness und legte den Arm um ihre Schulter.

»Entschuldige. Ich sollte mir wirklich die Mühe machen, genauer hinzusehen.« Beregrend lächelte milde. Sollte die kleine Baroness sich ruhig in Sicherheit wiegen. Er wusste, dass sie schon bald deprimiert und am Boden zerstört vor ihm stehen würde.

In liebevoller Umarmung vereint, hatten zwei hohe Bäume ihre Köpfe zueinander geneigt. Auf diese Weise war ein Bogen entstanden, der Beregrend an ein dicht mit Ranken bewachsenes Tor erinnerte und das umliegende Gestrüpp verdrängt hatte. Eine Lücke im sonst undurchdringbaren Gewirr aus Ästen und Zweigen, die wahrlich einen herrlichen Ausblick bot.

»Komm …«, sagte er väterlich. »Lass uns für einen kurzen Moment die Schönheit der Stadt genießen.«

Rhania schien besänftigt und zeigte enthusiastisch auf die weite grasbewachsene Ebene, die sich unter ihnen zeigte.

In den letzten Tagen hatten sie verschiedenste hügelige Waldgebiete durchwandert. Nun lag eine weite Ebene vor ihnen, die an einem zerklüfteten Bergmassiv ihr Ende fand.

Ein großer Strom schlängelte sich in Windungen durch grüne Auenwälder, gespeist von Flüssen, Bachläufen und Rinnsalen, die Wasser in unterschiedlichsten Farbschattierungen führten, je nachdem, welche Mineralien sie aus ihren Ursprungsorten gewaschen hatten.

Beregrend genoss die Schönheit der Natur. Nur widerwillig richtete er den Blick auf die steinernen Mauern einer gewaltigen Stadt, die sich am Fuße des Gebirgsmassivs über mehrere Ebenen erstreckte.

Jeder, der Rakshore, die Stadt der Lieder, zum ersten Male erblickte, staunte über den mächtigen Felsen, der sich im Zentrum der Stadt erhob. Hunderte Fuß ragte er aus dem Boden, mehr als glatt war seine Haut, und die Oberseite des gigantischen Brockens war von Menschenhand zu einer ebenen Fläche behauen worden, die umringt von einer hohen Mauer die prunkvollen Gärten des königlichen Palastes beherbergte. Verglichen mit der mächtigen Erhabenheit des Felsens war der pompöse Palast ein unscheinbares Gebäude. Aus grünem Marmor gehauene Säulen säumten den hohen Eingang an der Vorderseite.

Beregrend achtete nicht weiter auf den Amtssitz des Königs. Noch immer nahm ihn der Anblick des Felsens in Besitz. Schön und unheimlich wirkte er wie der hinterlassene Fußabdruck einer Gottheit, die vor langer Zeit die Landschaft mit eigenen Händen geformt hatte. Wie eine flinke Zunge schob sich der Stein aus den tiefliegenden Eingeweiden des Gebirges an die Oberfläche. Ein Stein von solch magischer Erscheinung, dass er völlig fehl am Platze wirkte, als wäre er dem sphärischen Strudel einer anderen Zeit und einem anderen Ort entsprungen. Das Bemerkenswerteste jedoch war seine Farbe: Schwarz wie die Nacht, nur von wenigen silbrigen Adern durchzogen, glänzte die narbenlose Oberfläche im gleißenden Licht der Sonne, dass das Auge zu schmerzen begann, wenn man den Blick zu lange darauf richtete.

An seinen Flanken hatten die Bewohner der Stadt Wohnviertel, Gärten und Felder in großen Terrassen angelegt. An jeder Seite führten mit hohen Bäumen bewachsene Prachtstraßen in Serpentinen hinauf zur obersten Ebene. Ein Wirrwarr aus engen Gassen und schmalen Pfaden erstreckte sich innerhalb der Mauern der Stadt, ermöglichte der Bevölkerung, auf schnellstem Wege ihren Tagesgeschäften und Besorgungen nachzugehen.

»Siehst du die vielen Fahnen und Wimpel?«, fragte Rhania.

Beregrend erkannte die Aufrichtigkeit in ihrer Stimme. Die junge Baroness glaubte an die prächtige Schönheit der Stadt. In der Tat verfehlten die farbenfrohen Fahnen auch auf ihn ihre Wirkung nicht. Überall prangte und leuchtete das dunkelblaue Wappen der königlichen Stadt. Vor den Toren Rakshores wölbte sich in einem Halbrund eine gigantische Fläche blutroten Grases. Dutzende Blockhütten und Zelte in unterschiedlichsten Farben zierten die Landschaft. Die Unterkünfte für Edelleute, Ritter und ihr Gefolge, die zu den Feierlichkeiten angereist waren.

Überall herrschte reges Treiben. In Massen strömten Menschen durch die Einfallstraßen und Tore der Stadt. Das ganze Reich war auf den Beinen und gesellte sich zu den tausenden Einwohnern Rakshores. Allein die Anzahl der einheimischen Bevölkerung schätzte Beregrend auf an die vierzigtausend Seelen. Gemeinsam mit den Edelleuten, Gesandten und Besuchern aus den umliegenden Dörfern platzte die Stadt aus allen Nähten. Wohin sein Auge auch blickte, überall drängten sich die übelriechenden Körper der Menschen.

»Rakshore ist so schön, zu Zeiten des Festes. Die Menschen schmücken ihre Häuser und Vorgärten, um die Festivität zu begehen. Zu keiner anderen Zeit erstrahlt die Stadt der Lieder in dieser Schönheit.«

Beregrend sagte nichts. In bekümmerter Stimmung musterte er das bunte Treiben unter ihm. Es würde nicht einfach werden. Rhanias Begeisterung für das städtische Leben war echt. Vielleicht würde die junge Baroness schon bald den größten Schock ihres Lebens erfahren. Warum musste ausgerechnet er es sein, der dazu genötigt wurde, ihr diesen Schmerz zu versetzen?

»Wir haben richtiges Glück, weißt du? Nur alle zehn Jahre findet das große Spektakulum statt. Das Treffen der Barden, Spielleute und Musikanten. Genau zur richtigen Zeit sind wir am richtigen Ort. Ich kann es kaum erwarten, mich mit den anderen Musikern zu messen. Jeder, uneingeschränkt von seiner Herkunft, darf seine Künste vorführen.«

Beregrend konnte sich ein Schmunzeln nicht verkneifen. Noch immer ruhte seine Hand auf ihrer Schulter. Mit sanften Fingern streichelte er über Rhanias Haut. Er spürte die verkrampfte Anspannung ihrer Muskulatur, den inneren Kampf, den sie mit sich selbst ausfocht. Wie jedes junge Mädchen verhielt sich die Baroness altersgerecht.

Ungestüm löste sie sich aus seiner Umarmung. Erst jetzt schienen ihr seine Berührungen vollends bewusst zu werden. Der Elf ließ sie gewähren. Rhania sträubte sich gegen die väterliche Hingabe, die er ihr bot. Selbstbewusst demonstrierte sie ihm ihre Stärke und Unabhängigkeit. Beregrend störte sich nicht daran. Es war das Recht der Jugend, gegen den Einfluss der Erwachsenen zu rebellieren. Dabei war ihm völlig klar, dass es genau die väterliche Fürsorge war, nachdem sich die Baroness heimlich sehnte. Den grausigen Tod des Bruders vor Augen war sie nun allein auf sich gestellt und gestrandet in der furchterregenden Weite der Welt. Erwacht aus langem Schlaf, unfähig, das Leben eigenständig zu bestreiten, war sie den Qualen unaufhörlichen Schmerzes vollends ausgeliefert. Dem unabänderlichen Wissen über ihre tragische Mitschuld am Tod von Vater und Bruder. Als Adelige geboren, trug sie von nun an die Verantwortung über unzählige Untertanen, doch die Baronie lag brach. Die Baroness musste die ihr zugewiesene Aufgabe erfüllen. Schutzlos und ohne Führung waren die Menschen der Baronie ihrem ungewissen Schicksal ausgeliefert. Es würde noch eine Zeit dauern, bis Rhania einen neuen Platz in dieser Welt gefunden hatte, und noch viel länger, bis die Ewigkeit ihrer Seele die Ruhe schenkte, die sie verdiente. Beregrend war gespannt, welche Türen die junge Baroness ihnen dennoch öffnen konnte.

Mit samtweicher Stimme formulierte er die nächsten Sätze, um ihr zu zeigen, dass er ihr die abweisende Haltung ihm gegenüber nicht krummnahm.

»Ich weiß. Ich habe davon gehört. Nur die besten Sänger und Spielleute werden den Preis und die Königswürde gewinnen. Ich finde es jedoch sehr befremdlich. Die Elfen wählen ihren König nicht. Und ganz bestimmt folgen sie keinem dahergelaufenen Spielmann.«

»Da siehst du mal, wie rückständig dein Volk ist. Ist das Musizieren nicht die schönste und reinste Form, seinen Gefühlen freien Lauf zu lassen? Sind es nicht gerade die Lieder, die Ehrgefühl und Empfindsamkeit in uns erwecken? Das Mitgefühl zu den Menschen ist eine wichtige Eigenschaft, die einen guten und gerechten König ausmacht.«

»Was versteht ihr Menschen schon von Gerechtigkeit? Es braucht mehr, um als König zu bestehen. Die Weisheit des Alters lässt viele Dinge in anderem Licht erstrahlen. Dazu kommt eine Herrschaft mit eiserner Hand, mit körperlicher Kraft, mentaler Stärke und dem Wirken feuerverzehrender Magie, um sich die Königswürde zu verdienen. Es ist empörend und lächerlich zugleich, dass ein einfacher Spielmann nur durch die Wahl von nichtswissenden Tölpeln die Königswürde erlangen kann.«

»Weisheit und Stärke, körperliche Kraft? Steht nicht der Wille des Volkes an erster Stelle? Ist es nicht erstrebenswert, dass ein Vertreter aus den eigenen Reihen die Geschicke der Stadt und des Landes lenkt? Nur ein König aus dem einfachen Volk kann die Nöte der Bevölkerung richtig einschätzen und Lösungen für die Widrigkeiten ihres Lebens vorantreiben. Ist es da nicht richtig, einen König aufgrund seiner künstlerischen Ausdruckskraft und seiner Empahtie zum Volke zu wählen?«

Beregrend hörte, wie Rhania lautstark Luft holte, so sehr hatte sie sich verausgabt.

»Ein König muss nicht gewählt werden«, sagte er. »Nein, er darf nicht den Reihen des niederen Volkes entstammen. Die einfachen Menschen sind schwach und anfällig für verschiedenste Eitelkeiten. Einfältig, wie sie sind, würden sie das ihnen überlassene Reich in Windeseile zugrunde richten.«

Rhania schüttelte den Kopf. »Du wirst doch soeben selbst Zeuge davon. Sieh es dir doch an! Erkennst du nicht die Schönheit der Stadt unter dir? Wie eine seltene Blume wächst und gedeiht Rakshore seit Hunderten von Jahren. Herangereift zur vollen Blüte, liegt sie da, erbaut und geschaffen von den aus eigenen Reihen ernannten Königen des Volkes. Wäre eine solche Pracht anders möglich? Ist der König einer der ihren, so hält das Volk zusammen. Nur mit Besonnenheit und mit vereinten Kräften lässt sich solch ein Wunder bewerkstelligen.«

Für einen Moment schloss Beregrend die Augen. Wie engstirnig Rhanias Argumente doch waren. Sie würde noch lernen, die Welt mit anderen Augen zu sehen, wie vergänglich die Zeitspannen menschlicher Generationen doch waren.

»Es tut mir leid, dass ich dich enttäuschen muss, aber der Zahn der Zeit nagt bereits an der von dir so hochgeschätzten Pracht und den Grundpfeilern der Stadt.«

Rhania sah ihn verständnislos an.

»Sieh genau hin, erkenne die Wirklichkeit.« Beregrend deutete auf einen schmalen Landstrich auf der gegenüberliegenden Seite der Ebene, ein brauner morastiger Bereich sumpfigen Landes.

Rhania kniff die Augen zusammen, als ihr Blick der ausgestreckten Hand des Elfen folgte. Beregrend wusste, dass das grelle Sonnenlicht den Sehnerven der Menschen mehr

Schwierigkeiten bereitete als ihm selbst, und stellte sich so dicht hinter Rhania, dass ihre Körper sich berührten. Sein Schatten ermöglichte seiner Gefährtin, zu erkennen, worauf er hoffte.

»Alles, was ich sehe, ist eine Sumpflandschaft, wie sie im Auwald üblich ist. Der große Strom ist wohl über seine Ufer getreten und hat das Stück Land geschwemmt. Ich weiß nicht, wie du darin den Untergang der Stadt erkennen möchtest.«

»Dort, in den gefluteten Auen, liegt die Heimat und der Ursprung allen Übels.«

»Ich verstehe nicht«, sagte Rhania und schüttelte den Kopf.

»Jetzt rede doch nicht immer so endlos um den heißen Brei herum. Sieh es einfach ein. Sie versteht deine verschrobenen Winkelzüge nicht«, mischte sich die helle Stimme des ehemaligen Diebes ein. »Spanne sie nicht noch unnötig länger auf die Folter. Erteile ihr endlich den finalen Streich der Erkenntnis, die sie nicht wahrhaben möchte.«

Beregrend sah, wie Derufin mit mürrischem Gesicht zu ihnen herüber schlenderte. Seine Worte klangen kratzig und gepresst, als wären seine Stimmbänder, wie die filigranen Teile seiner Trommeln, längere Zeit nicht mehr mit Fett und ätherischen Ölen geschmiert worden.

Unmerklich zuckte Beregrend beim Klang der kehligen Worte zusammen. So sehr der Elf die Sangeskünste seines Freundes schätzte, so sehr missfielen ihm die artikulierten Töne seiner Sprechweise.

Rhania löste sich von Beregrend und trat einen weiten Schritt zur Seite. Aus finsteren Augen funkelte sie beide an.

»Ich weiß nicht, wovon ihr sprecht, aber behandelt mich nicht wie ein weinerliches Kind.«

Derufin lachte spöttisch und deutete eine vornehme Verbeugung an. »Keine Sorge, liebste Gefährtin. Niemals würde ich eine edle Baroness, wie Ihr es seid, behandeln wie ein Kind.«

»Ich kann die Wahrheit, wie du es nennst, schon verkraften.«

»Davon bin ich zwar nicht gänzlich überzeugt, aber Derufin hat recht. Ich wollte dich schonen. Vielleicht war das eine falsche Entscheidung.« Beregrend senkte den Kopf und sprach leiser, aber gut vernehmbar, weiter als zuvor: »Der Herr, dem wir alle fortlebens dienen, hat unsere Schritte nicht ohne Grund an diesen Ort gelenkt. Blutrot wird schon in wenigen Stunden das Farbenspiel des Himmels die Ankunft der Finsternis verkünden und den Untergang der Stadt der Lieder besiegeln.«

»Verstehst du nicht?«, fragte Derufin und richtete seinen durchdringenden Blick auf Rhania, deren nun blasses Gesicht die ersten Züge des Verstehens zeigte. »Wir sind die Diener des Herrn der Finsternis. Wir folgen unserer Bestimmung. Wir sind es, die Hunger, Elend und Not über die Menschen bringen werden, und am Ende wartet auf sie alle der Tod.«

Rhanias Stimme zitterte, als ihre Lippen die nächsten Worte formten. »Aber warum? Warum soll die prächtigste Stadt der Welt durch unser Handeln untergehen? Welches Unrecht haben die Bewohner begangen, dass es ein solch hartes Urteil und die Höchststrafe nach sich zieht?«

Derufin konnte sich ein mildes Lächeln nicht verkneifen. »Unsere Aufgabe besteht nicht darin, darüber zu urteilen. Wir sind nur die niederen Handlanger des Bösen, doch glaube mir, meine Liebe, sie alle verdienen den Tod.«

Rhania wollte etwas sagen, doch der strafende Blick des ehemaligen Diebes ließ sie verstummen.

»Zu lange haben sich die Bewohner der Stadt unerlaubt ausgebreitet«, sagte Derufin. »In unkontrollierter Vermehrungswut haben sie die Grenze des eigenen Verfalls überschritten, der Beschränkung des Lebens keinen Wert beigemessen. Jahr für Jahr wurden es mehr und mehr. Zu viele, um die natürlichen Bestände, der sie umgebenden Natur ausgleichend zu nutzen. Zu viele Mäuler, die gestopft werden mussten. Zu viele Menschen, die mit ihren menschlichen Bedürfnissen die eigene Existenz schädigten.«

Beregrend hörte, dass Derufin eine kurze Pause einlegte, um seinen Worten mehr Nachdruck zu verleihen, und er nutzte diese um mit seinen eigenen Gedanken fortzufahren.

»Erfinderisch und ideenreich, wie sie waren, machten sie sich die Natur untertan. Übereifrig und mit verachtungswürdigem Hochmut gegenüber dem Leben, das sie einst hervorgebracht hat, hielten sie sich für die Herren ihrer Welt. Wie weit haben sie gefehlt? Wie engstirnig waren ihre Rechtfertigungen? Baum für Baum wurde gefällt, tausende von Sträuchern gerodet, um die Bevölkerung einer großen Stadt durch fruchtbaren Boden zu ernähren. Um die Bewässerung und Ernte der so geschaffenen Felder zu gewährleisten, wurden Bachläufe begradigt, Steine behauen und Behausungen geschaffen. Sesshaft musste die Bevölkerung werden, da nur so ertragreicher Ackerbau und lohnende Viehzucht über die Stürme der Jahreszeiten hinweg von Erfolgen gekrönt waren. Mehr und mehr Waren wurden auf den bunten Märkten feilgeboten. Die einst wunderschönen Wälder ihrer Heimat wurden durch ungehemmte Kaufsucht mit ihrem Unrat besudelt. Die Gesetze der Natur durch Misswirtschaft ins Abstruse verkehrt. Verblendet durch ihren immerwährenden Fortschritt, setzten sie sich den Göttern gleich. Nichtsahnend, dass es nur eine Frage der Zeit war, bis die Natur ihrer Zerstörungswut Einhalt gebieten würde. Rakshore, die Stadt der Lieder, ist dem Untergang geweiht. Die Grenze von Wachstum und Selbstzerstörung ist erreicht. Viel schneller, als ihnen lieb ist, wird sich die Natur zurückholen, was ihr genommen wurde.«

»Ist das also das unwiderrufliche Schicksal der Stadt der Lieder?«, fragte Rhania leise, die bei den letzten Worten immer weißer um die Nase geworden war.

Beregrend nickte. »Die Schwingen des Todes nahen, wenn der Herr der Finsternis seine Finger nach den Mauern der Stadt streckt. Unsere toten Hände sind seine Werkzeuge. Der Verfall wird langsam eintreten. Listig und verschlagen werden wir zunächst in den engen Gassen wüten, bis die Finsternis mit Fanfarenstößen und dunklen Wogen über die Stadt hereinbricht.« Beregrend nahm seinen Bogen und streichelte zärtlich über die Riemen aus Leder, mit denen das gebogene Holz umwickelt war. »Die scharfe Klinge meines Wolfsmessers und die gefiederten Pfeile dieses Bogens werden den Menschen, die sich so schamlos an der Natur vergriffen haben, den Krieg bringen. Derufins Axt wird die Saat ihrer Felder mit Blut besudeln und Myraidas Dolch wird Gift und Pestilenz unter denen verbreiten, die sich den Kräften der Natur widersetzten.«

»Und welche Rolle fällt mir dabei zu?«, fragte Rhania. Schneller, als der Elf geglaubt hatte, war die Röte in ihr Gesicht zurückgekehrt. Vielleicht war sich Rhania ihrer Bestimmung doch mehr bewusst, als er geahnt hatte.

»Furchteinflößend wirst du an Jeldariks Stelle treten. Einen kraftstrotzenden Ritter haben wir verloren und eine bekümmerte Adelige voller Tatendrang dafür bekommen. Myraida hat das Schwert des Ritters in seinem Gedenken aufbewahrt. Lass es dir von ihr geben. Der Herr wird deine Hände lenken, doch trainiere deine Fertigkeiten damit, wann immer du kannst. Feindschaft und Zwietracht wirst du unter den Menschen säen, bis ihr Gräuel ihnen den Tod bringt und das Leidwesen der Natur vor Augen führt.«

Die letzten Worte waren noch nicht verklungen, als sich der Elf wieder den herzförmigen Blättern des Glockenbaumes zuwendete und das Gespräch damit für beendet erklärte.

Derufin blinzelte Rhania verschwörerisch zu. »Wir müssen den Auftrag unseres Herrn erledigen und die uns auferlegten Aufgaben erfüllen. Beginnen wir damit, die Feierlichkeiten ein wenig zu stören. Ich denke, unser werter Herr Elf hat hierzu auch schon einen passenden Vorschlag ausgeheckt.«

Beregrend lächelte, denn der ehemalige Dieb hatte direkt ins Schwarze getroffen. Vorsichtig drehte er das herzförmige Blatt, das er in Händen hielt, auf die Rückseite und entlockte Derufin damit ein anerkennendes Murmeln.

»Wie sich unschwer erkennen lässt, hatte ich wohl recht«, sagte der ehemalige Dieb. »Heute Nacht werden wir gemeinsam die Saat ausbringen.«

»Die Natur wehrt sich mit all der ihr zur Verfügung stehenden Macht«, stellte Beregrend klar. »Schon seit Stunden habe ich den unverkennbaren Geruch der Umgebung in der Nase. Die uralten unter den Bäumen senden Botenstoffe aus, treffen Absprachen mit ihresgleichen. Unzählige Tiere bereichern die Luft mit dem unverwechselbaren Geruch der Hormone, die sie freisetzen. Das wächserne Siegel des Jüngsten Gerichts wurde gebrochen. Jetzt ist es an uns, dem Sieg der Gerechtigkeit über die Schlächter der Welt ein wenig auf die Sprünge helfen.«

»Ihr könnt auf mich zählen«, flüsterte Rhania und schrie lautstark zu Myraida hinüber, die, als würde sie das alles nicht das Geringste angehen, noch immer an ihrer Fidel herum polierte: »Hey, du giftträufelnde Herumtreiberin, bring mir mein Schwert, aber spute dich, und wehe ich finde auch nur eine Scharte in der Klinge!«

2. Kapitel

Schon am frühen Morgen zeigten sich die Gemächer von hellem Licht durchflutet. Nicht ohne Grund hatte Avonlea die Gehilfen angewiesen, so oft es ging, für ausreichend Sonnenschein und Frischluft zu sorgen. Der Schwermut des Königs war nur schwer zu ertragen. Die wärmenden Strahlen der Sonne halfen zumindest ein wenig dabei, die trübseligen Gedanken aus dem vernebelten Verstand des Königs zu vertreiben.

Manchmal wurde selbst ihr die Melancholie des Mannes zu viel. Einst hatte sie ihn so sehr geliebt. Nein, falsch. Seine verzweifelte Hoffnungslosigkeit und tiefste Wehmut machten es wahrlich nicht einfach, und doch, tief in ihrem Inneren wusste sie, dass sie niemals aufgehört hatte, unendliche Liebe für ihn zu empfinden. Ihre Gefühle für ihn waren stärker als jemals zuvor, ausgenommen, die Betrübnis, die sie daran hinderte, die Freuden zu erfüllen, die er sich von ihr erhoffte.

Gedankenverloren streichelten ihre Finger über das edle Holz der Vertäfelung. Die feinen Linien einer ehemals prächtigen Kastanie glänzten im hellen Licht. Ihre Gehilfen hatten sich richtige Mühe gegeben. Gleichmäßig aufgetragenes Harz und Pflanzenöle hoben die Maserung gekonnt hervor. Sie liebte die Natur in all ihren Daseinsformen. Wände und Möbel waren aus den kostbarsten Hölzern gefertigt und sie wusste genau, dass ihr jedes noch so kleine Stückchen davon in ewiger Dankbarkeit verbunden war.

Ihr Blick schweifte hinaus zu den hohen Säulen, die grün schimmernd im Sonnenlicht glänzten. Aus nächster Nähe betrachtet, waren die dunklen Glyphen darauf gut zu erkennen. Nur sehr alte, den Göttern gleichgestellte Wesen konnten die Schriftzeichen der Vorzeit entziffern. Avonlea zählte sich zu ihnen, doch sie achtete nicht auf die warnenden Worte, die dort unverständlich für die Bewohner Rakshores am Eingangsbereich des königlichen Palastes für alle ersichtlich prangten.

So sehr Avonlea die herrschaftlichen Gemächer auch schätzte, erst hinter den Säulen erstreckte sich das wahre Prunkstück des Palastes. Wohin man das Auge richtete, erblickte es Gärten mit den erlesensten und seltensten Pflanzen. Überall leuchteten die bunten Farben der Natur. Die Gärten waren so groß, dass alle Bewohner der Stadt darin problemlos dem Lustwandeln verfallen konnten. Nur zu gerne machte die Bevölkerung davon Gebrauch. Mit farbenfrohen Steinen gepflasterte Wege führten zwischen Kräutern, Büschen und Blumenbeeten bis zu einer weißen Mauer, die rund herum die Gärten begrenzte. Wer auf den wahnsinnigen Gedanken kam, die Begrenzung zu überwinden, stürzte viele hundert Fuß an der Kante des dunklen Felsens hinab in die Tiefe.

Selbst Avonlea beeindruckte die unheimliche Macht, die der schwarze Brocken ausstrahlte. Die Menschen waren dumm genug gewesen, die Ansiedlung im Gebiet ihres Einflusses zu errichten, doch über den Stein, der das Herz der Stadt bildete, konnte selbst sie nicht gebieten. Die Linien der Macht, die sich unter ihm kreuzten, waren so stark, dass selbst eine Dryáde nur von Ehrfurcht davor erfüllt sein konnte.

Gerne hätte sie die Aussicht auf die wunderbaren Gärten noch ein wenig bewundert, doch so schön die Umgebung des Palastes auch sein mochte, so konnte sie doch nicht noch mehr Zeit verschwenden und die Angelegenheit unverrichtet lassen, die bereits viel zu lange aufgeschoben war.

Ein Kribbeln im Nacken sagte ihr, dass der Blick des Königs auf ihr ruhte. Fast konnte sie die eisige Kälte darin spüren, die er ihr wie spitze Pfeile aus den Augen zuwarf. Tief drangen sie durch die Haut, mitten hinein in ihr schuldgeplagtes Herz.

Sie konnte ihm die erdrückende Kälte seiner Gefühlswelt nicht verübeln. Schon vor vielen Jahren war die Feuersbrunst ihrer Liebe erloschen und einer dünnen Rauchsäule gewichen, einem zutiefst unbefriedigenden Zustand, den sie aufrecht erhielt, obwohl sie nicht genau wusste, warum.

Dabei nahm sich Verbrennung und Erfrierung nicht viel. Rötlich verfärbte Hautstellen und ein langanhaltendes Brennen waren die Kennzeichen beider Verletzungen. Schon vor vielen Jahren hatte die schneidende Kälte einer psychischen Erkrankung das Gemüt des Königs verbrannt. Mit klammen Fingern hielt die Krankheit seinen Verstand im eisigen Griff.

Es war nicht so, als könnte sie die Beweggründe des Königs nicht verstehen. Sie war nicht unschuldig an seinem Zustand. Wie oft hatte er sie angefleht?

Unentrinnbar war sein Schicksal an sie gebunden. Unmöglich konnte er der Magie der Natur entfliehen, die sie entfesselt hatte.

Schon vor langer Zeit, als die Liebe fast erloschen war, hätte sie den Zauber lösen müssen, der ihn an sie band. Viele andere hatte sie aus ihrem Leben verstoßen, doch der König war etwas Besonderes. Auch wenn das einst heiße Feuer zu einem zarten Glimmen verkommen war, auf eine gewisse Art liebte sie ihn noch immer. Noch war sie nicht bereit, ihn ziehen zu lassen.

»Lasst uns allein!« Rau hallte Avonleas Stimme durch die Eingangshalle der Gemächer.

Noch bevor der letzte Ton ihres Befehls verklungen war, setzte das vertraute Rauschen ein, das einzigartige Geräusch, das die Macht der Natur aus ihren Fesseln befreite. Schnell gewann es an Intensität. Holzfasern verbanden sich zu Strängen, Wurzeln und Ranken verformten sich, bildeten sich zu dichten Gliedmaßen heraus.

Ein hohes Wispern verriet Avonlea, dass die Gehilfen gehorchten.

Es war nicht notwendig, hinzusehen. Die Dryáde wusste auch so, dass die beiden von ihrer Magie geschaffenen Wesen den Vertäfelungen der Wand entstiegen. Zwei schlanke, baumähnliche Geschöpfe, deren Äste und Zweige ihnen als Arme und Beine dienten. Gesichtslos und stumm waren sie die einzigen Gefährten, die sie dem König zustand.

»Bereitet alles vor! Ihr wisst, was zu tun ist.«

Die aus Wurzeln und Hölzern geformten Beine glitten über den Boden davon. Das Wispern und Rauschen erstarb erst, als sich die von den Schraten hinterlassenen Lücken in der Vertäfelung wieder geschlossen hatten.

Langsam drehte sich Avonlea zum König. Der Saum ihres Kleides streifte den hölzernen Boden, was ein helles Rascheln zur Folge hatte.

»Meine Gebieterin«, sagte der König. Seine angedeutete Verbeugung blieb unvollendet. »Wie immer ist es mir eine Freude, Euch zu sehen.«

Fast war es so, als könnte sie die Vielzahl wirrer Stimmen hören, die ihn in seinen Träumen verfolgten und seinen Verstand mehr und mehr vernebelten. Dank ihrer magischen Kraft war er zu einem universellen Genie geworden, doch der einstige Scharfsinn und Erfindergeist war längst verschwunden und blankem Wahnsinn gewichen, der verhängnisvoll in seinen Augen leuchtete.

»Deine Blicke verraten dich. Denkst du wirklich, ich wüsste nicht, welche Qualen dir mein Anblick bereitet?«

»Nur Ihr seid im Stande, mein Leiden zu beenden.«

»Warum sollte ich das tun?« Avonlea wandte sich ab. Schon wieder machte der alte Tropf ihr das Leben so schwer.

Sicher, er wusste es nicht besser und konnte nicht ahnen, dass ihm der Schlüssel, der die Tür zu seinem Gefängnis öffnete, so nahe war wie niemals zuvor. Er wusste nichts von der quälenden Überwindung, die ihr der, nach so endlos langer Zeit gefällte Entschluss bereitete.

Sie spürte das wilde Klopfen ihres Herzen. Die Gedanken in ihrem Kopf überschlugen sich. Wie oft hatte sie ihm die Auflösung des magischen Bannes verwehrt? Und auch jetzt waren es seine eigenen Worte, die sie dazu brachten, die nach reiflicher Überlegung getroffene Entscheidung erneut in Frage zu stellen.

»Sieh dich nur an.« Die Dryáde schüttelte so heftig den Kopf, dass ihr eine rote Haarsträhne ins Gesicht fiel. »Viel zu lange habe ich dir erlaubt, mir so vor die Augen zu treten.«

»Verzeiht mir mein Betragen, Herrin. Es steht Euch frei, Euch meiner zu entledigen, wenn Euch mein Äußeres missfällt.«

Mit einem Blick voller Mitleid trat Avonlea zu ihm und schlang die Arme um den Mann, der zottelig und bärtig mit verfilzten Haaren vor ihr stand. Sein Körper verströmte einen beißenden Geruch, der so unangenehm war, dass er die Dryáde in der Nase stach.

Zaghaft erwiderte er die Umarmung seiner Herrin, was dazu führte, dass die silberne Krone, die sein Haupt zierte, herunterrutschte und scheppernd zu Boden fiel.

Avonlea lächelte, als der König unbeholfen ihren Rücken tätschelte. Sie spürte die Nässe seiner Tränen an ihrer Schulter.

»Bitte …«, schniefte er. »Bitte lasst mich fortgehen. Zu lange weile ich schon unter den Lebenden.«

Die Dryáde löste ihre Umklammerung und nahm seinen Kopf in beide Hände. In der dunklen Tiefe der Augen des Königs entdeckte sie die unendliche Leere, die sie kannte. Ausgebrannt wartete die alte Seele auf die letzte Reise ihres Lebens. Jahrhundertelang hatte sie sich verausgabt, als universelles Genie, das die schönsten Kunstwerke erschaffen hatte, bis sie der Liebe und des Lebens überdrüssig geworden war.

»Ich liebe dich. Immer habe ich dich geliebt, selbst all die langen Jahre, in denen du mich vergessen hast«, flüsterte der König. Feuchtes Glitzern stand in seinen Augen.

Seine Lippen bebten. »Befreie mich, wenn du mich schon nicht mehr lieben kannst«, wisperte er.

Avonlea konnte die Tränen nicht mehr zurückhalten. Jahrhundertelang waren sie gemeinsam durch die Wälder gestreift. Kein Anderer hatte sich je mit ihm messen können. Alles hatte sie dafür gegeben, sein Leben zu erhalten. Selbst als die Gefühle zu ihm schwanden, hatte sie ihm dennoch ewige Treue geschworen, das unentwegte Leiden seines Herzens ertragen. Zuerst die brennende Eifersucht, die ihn quälte wie ein verendendes Tier. Danach das weinerliche Selbstmitleid, in das er, der Liebe beraubt, verfallen war. Alles hatte sie ertragen, auch den Schmerz, der sich seit jenen Tagen in ihrem eigenen Herzen ausbreitete.

Ein warmer Luftzug störte ihre Gedanken. Die Dielen des Bodens knarrten. Behutsam, als wollte er die Unterhaltung seiner Herrin nicht stören, kehrte einer der beiden Schrate zurück. Knarzend zeigte er mit der Wurzel, die ihm als Hand diente, auf die mit Rankenmustern geschmückte Tür, die zu einem angrenzenden Raum führte. Dampfende Rauchschwaden quollen daraus hervor und ein betörender Duft nach Wald und Kastanien schwängerte die Luft.

Avonlea spürte den heißen Atem des Königs. In unendlicher Traurigkeit sah er sie an.

»Ich fühle mich so müde, dünn und ausgelaugt, als hätte sich der Sand meines Lebens in alle Himmelsrichtungen verstreut. Kraftlos bin ich geworden. Trotz meines jugendlichen Äußeren fühle ich die Kälte des Todes in meine Knochen kriechen. Nur durch dein Zauberwerk wird mein Geist an diesem Ort gehalten.«

Nun war es also so weit. Der Tag war gekommen, an dem sie das unsichtbare Band zwischen ihnen durchtrennen würde. Diesmal konnte sie nichts zurückhalten. Beherzt fasste Avonlea den Entschluss, der längst überfällig war.

»Komm«, sagte sie.

Ihr Blick richtete sich auf das große Mosaik, das in der Mitte der Gemächer in den Boden eingelassen war. Ein Bildnis, bestehend aus tausenden bunter Steinchen, die der König selbst in mühevoller Kleinarbeit bemalt und gesetzt hatte. Dazwischen leuchteten goldgelbe Bernsteine unterschiedlichster Größe. Darin eingeschlossen starrten ihr leblose Augen entgegen.

Die Dryáde war froh darüber, dass das gesamte Ausmaß des Bildnisses nur aus einer erhöhten Perspektive zu erkennen war. Eine hohe Balustrade diente dem König dazu, den Schrecken seines Schaffens in reiner Vollkommenheit zu bewundern. Die langen Jahre hatten sich auch an seinem Verstand zu schaffen gemacht. Abgedeckt und verborgen hinter dunklen Tüchern, standen die Apparaturen ungenützt in einer Ecke, die er für die meisterliche Vollendung seines Werkes benötigte.

Avonlea hatte genug gesehen. Zu lange hatte sie es aufgeschoben.

»Komm«, wiederholte sie. »Auf dem Höhepunkt des Festes bringst du dein Machwerk zu einem gebührlichen Abschluss und dann, im Wissen, dass du für immer bei mir sein wirst, werde ich deine Seele ziehen lassen.«

Ein Leuchten trat in die Augen des Königs. Zufrieden, als fiele eine schwere Last von ihm ab, atmete er lautstark ein.

Avonlea tat ihm den Gefallen und beantwortete seinen fragenden Blick. »Ja, das verspreche ich dir.«

Die Dryáde nahm den König an der Hand und gemeinsam durchquerten sie den Raum, wobei es Avonlea vermied, das unheimliche Mosaik am Boden mit den Füßen zu berühren.

»Wie ich sehe, bist du mit deiner Forschung wieder ein gutes Stückchen weiter gekommen«, sagte sie beiläufig, als sie einen halbrunden Tisch passierten, auf dem ein längliches Gefäß befestigt war. Die zähflüssige hellbraune Substanz darin formte konzentrische Kreise, als sie sich so nahe daran vorbeibewegten.

»Ich bin der Lösung schon ganz nah«, verkündete der König. Der Stolz in seiner Stimme war nicht zu überhören.

»Es war wirklich schwierig, herauszufinden, wie ich den Erhärtungszustand beeinflussen kann. Deine Schrate leisten mir gute Dienste. Emsig wie die Bienen sammeln sie soviel, wie ihnen möglich ist.«

»Schön, das zu hören«, sagte Avonlea. Sie war sicher, dass der König an der Sanftheit ihrer Stimme erkennen musste, wie wenig sie sich für seine abstrusen Machenschaften interessierte. Das Kunstwerk aus Stein und Bernstein, wie er es nannte, war so schon grausig genug anzusehen. Sie musste nicht auch noch detailliert in Erfahrung bringen, wie er es zustande brachte.

Doch entweder sie hatte das Feingefühl des Königs unterschätzt oder er war nicht geneigt, auf ihre Befindlichkeiten Rücksicht zunehmen. Unbeirrbar, als wäre jedwede Melancholie von ihm abgefallen, plapperte er einfach weiter.

»Du glaubst ja gar nicht, wie schwierig es ist, das blöde Harz davon abzuhalten, sich zu schnell zu verfestigen. Und bedenke die Komplexität der Gerätschaften, die notwendig sind, um allem die richtige Form zu geben, von den natürlichen, dafür vorgesehenen Zeitspannen ganz zu schweigen. Nicht jedes Harz ist geeignet, weißt du. Da gibt es wahrlich große Unterschiede. Außerdem musste ich unbedingt sicherstellen, dass der fertig polierte Bernstein nicht so schnell verwittert. Sonnenlicht ist nicht gut. Die Steine müssen dringend davor geschützt werden. Die richtige Mischung macht´s. Schwierig alles, wirklich schwierig.«

Avonlea hatte genug gehört. Kräftiger als noch zuvor zog sie ihn weiter und gemeinsam betraten sie den Nachbarraum, in dem sie die Schrate angewiesen hatte, ein Bad für den König zu bereiten.

Es war einfacher, als sie gedacht hatte, ihn zu überreden. Ein sanftmütiges Lächeln genügte und der König schlüpfte ohne weitere Worte aus der übelriechenden und abgetragenen Bekleidung, deren Schmutz seit viel zu langer Zeit an seinem Körper klebte.

Nackt und unbekümmert ließ er sich in das nach Wald und frischen Blumen duftende Wasser des im Boden eingelassenen Bassins gleiten. Die Dryáde hörte, wie seine Gelenke knackten, als das wärmende Wasser seinen Körper umspielte und die schon vor Jahren ermüdete Muskulatur entspannte.

Die Schrate blieben nicht lange untätig. Mit respektvollem Abstand beobachte Avonlea, wie sie ihm mit Bürsten den Rücken schrubbten und so die gröbsten Verkrustungen entfernten. Der Dreck von Jahrhunderten färbte das Wasser matschig braun.

Das steinerne Bassin war eine edle Konstruktion. Schmutziges Wasser konnte durch mehrere Durchlässe abfließen und beständig floss klares Wasser nach, das, einem Wasserfall ähnlich, aus drei Löchern der aus Marmor gefertigten Wand zugeführt wurde.

An der Seite hatten die Schrate einen hohen Kamin geschürt, der das daran vorbeigeleitete Wasser auf Wohlfühltemperatur erwärmte. Magisch leuchtendes grünes Feuer loderte darin. Immer wieder entsandten die züngelnden Flammen dichte Rauchschwaden, die lange in der Luft hängen blieben.

Eine hölzerne Liege und ein Schränkchen, in dem Baderwerkzeug und duftende Öle und Essenzen aufbewahrt wurden, vervollständigten die Einrichtung.

Avonlea senkte den Kopf, als die Schrate dem Badewasser mehr und mehr der kostbaren Flüssigkeiten zusetzten. Eine Phiole nach der anderen kippten sie hinein, bis der beißende Körpergeruch des Königs sich endlich verflüchtigte.

Den König schienen die Peinlichkeiten nicht zu interessieren. Fröhlich plantschte er im Wasser herum.

Avonlea wandte sich ab. Eine einzelne Träne glitzerte in ihren Augen. Wie schnell hatte sich sein Gemütszustand verändert? Den eigenen Tod vor Augen hatte sich die schwerlastende Dunkelheit seines Verstandes in die hinterste Ecke zurückgezogen.

Die Dryáde spürte keine Furcht vor dem Ende in ihm, nur eine tiefe Sehnsucht nach dem Tod. Nun, da ihm das Sterben nicht länger verwehrt wurde, genoss er die letzten Stunden seines Lebens wie ein Kind, das soeben etwas Neues entdeckt hatte.

Übermütig tollte er im Bad herum. Avonlea traute ihren Ohren nicht, als der König lauthals anfing zu singen.

Erwartet hab' ich es lange Zeit,
nun ist's vorbei mit der Ewigkeit.
Herbeigesehnt hab' ich den Tod,
schon bald begeb' ich mich zur Ruh.
Die Nymphe gibt mein Leben frei,
einst dachte ich, es wird niemals sein.
Heiß ersehnt hab' ich den Tod,
tritt er nun ein, bin ich sehr froh.

Warum nur war der König so glücklich? Konnte es wirklich sein, dass er sich den Tod so sehr ersehnte und als Erlösung sah?

Je mehr sie der gehobenen Stimmung des Königs gewahr wurde, desto betrübter wurden ihre Gedanken. Trug sie die Schuld an der Vernebelung seines Verstandes? Waren das die Auswirkungen wahrhaftiger, jahrhundertelanger Liebe? Hatte das Festhalten an ihren Gefühlen den Schrecken heraufbeschworen, mit dem er das Leidwesen seines Lebens bekämpfte?

So viele Fragen, die sie quälten. Wie spitze Steine stachen sie unaufhörlich in ihr Bewusstsein.

Der König selbst riss sie aus der Trübseligkeit ihrer Gedanken. Warm und hell tönte seine Stimme durch den Baderaum.

Er sprach schnell und manche seiner Worte klangen rau und heiser, als hätte zu hohe Beanspruchung seine Stimmbänder verformt.

»Ich kann dir gar nicht sagen, wie dankbar ich dir bin. Endlos lange Jahre sind vergangen und nun hast du dich dazu durchgerungen, meinen Wunsch zu erfüllen. Es muss dir wirklich schwergefallen sein, dem nachzugeben.«

Mit einer knappen Handbewegung gab Avonlea den Schraten zu verstehen, dass sie den verbliebenen Rest der königlichen Säuberung selbst in die Hand nehmen würde. In würdevoller Ruhe zogen sich die beiden baumähnlichen Wesen zurück. Leises Ächzen und Wispern zeugte davon, dass sie mit der Wandvertäfelung verschmolzen. Die Dryáde achtete nicht weiter auf die ihrer Magie entsprungenen Geschöpfe. Aus erwartungsvollen Augen blickte ihr der König entgegen.

»Wie ich sehe, hat sich deine Stimmung deutlich gebessert«, sagte sie.

»Oh ja, heute ist ein Fest für mich.« Belustigt zwinkerte ihr der König zu.

»Wie passend, dass die Feierlichkeiten der Königswahl vor der Tür stehen. Wäre es nicht schön, sich ein allerletztes Mal unter das Volk zu mischen?«, fragte Avonlea und ignorierte die lüsternen Blicke, die ihr der König zuwarf. Seit vielen langen Jahren hatte sie ihn nicht mehr so schamlos erlebt. Unzüchtig wanderten seine Augen über die Rundungen ihres Körpers, verweilten an den Verschnürungen ihrer Kleidung, als versuchte er, sie mit unsichtbaren Fingern zu lösen.

»Das Volk kennt mich nicht«, sagte er. Geistesabwesend schwankte sein Blick zwischen Avonlea und dem einzigen Fenster des Raumes hin und her, durch das die Farbenpracht der Gartenanlagen herein strahlte. »Es hat mich noch nie gekannt.«

»Du bist der vom Volk bestimmte König. Aus den eigenen Reihen hat es dich erwählt. Seit Jahrhunderten liegt es dir zu Füßen. Zeige dich den Männern und Frauen Rakshores, der Stadt, der du so lange Zeit gedient hast.«

»Vom Volk gewählt?«, murmelte der König. In den Zotteln seines Bartes hatte eine Spinne ihr Zuhause gefunden. Wutentbrannt zupfte er das Tier aus seinen Haaren, als die schwarzen, angewinkelten Beine seine Wange berührten. Angeekelt von sich selbst schleuderte er es in hohem Bogen davon.

Wieder hatten sich die Gefühlsregungen des Königs in Sekundenbruchteilen verändert, vergessen war die Lüsternheit, die noch eben aus seinen Augen gestrahlt hatte. Finster starrten ihr seine Augen entgegen.

»Nicht ich bin Herrscher über die Stadt. Kein einziges Mal wurde ich vom Volk gewählt. Nicht eine Wahl hat die Prinzipien einer Volksherrschaft beachtet. Unter Verwendung deiner magischen Fähigkeiten hast du mich zu dem gemacht, was ich heute bin, hast dafür Sorge getragen, dass die Wahl des Volkes deinen Zwecken dienlich ist. Zauber der Veränderung haben meinen Wissensdurst gestillt. Kein sterbliches Wesen konnte sich jemals mit mir messen. Selbst mein Äußeres unterlag der steten Veränderung. Selbst die Hülle meiner Existenz hast du mit magischem Zauber verwandelt, sodass ich unerkannt von den Menschen immer wieder aufs Neue die Königswürde erlangen konnte.«

»Was ich getan habe, war nur zu deinem Besten.«

Unbefriedigt von der Antwort der Nymphe winkte der König ab.

»Bitte, verschone mich mit deinen abgedroschenen Phrasen.«

Langsam öffnete die Dryáde die Verschnürungen ihres Gewandes. Raschelnd glitt das dunkelgrüne Kleid zu Boden. Unbedeckt trat sie zum Beckenrand des Bassins und streckte kichernd die Zehen in das wärmende Nass.

Verzückt folgte der König jeder ihrer Bewegungen. Behutsam, als wollte sie ihre Macht über ihn auskosten, glitt sie hinter ihn und schlang die Arme um seine Brust.

Es war so einfach, einen Mann zu besänftigen.

Sie spürte, wie sich der König in ihren Armen entspannte. Sanft streichelten ihre Hände den Körper des Mannes, den sie vor so langer Zeit in ihren magischen Bann gezwungen hatte. Vom ersten Augenblick an war er ihr mit Haut und Haar verfallen. Vollkommen machtlos konnte selbst der Standhafteste der Naturgewalt einer Nymphe nicht widerstehen.

Der beißende Geruch war verschwunden und dem betörenden Duft des Waldes gewichen. Nur sein Haar verströmte nach wie vor den Gestank der letzten Jahre.

Lachend tauchte sie den Kopf des Königs unter Wasser, bis dieser japsend wieder zum Vorschein kam und ganze Sturzbäche braunen Drecks aus seinen strubbeligen Haaren flossen.

»Mein Anblick muss dir wirklich mehr als zuwider sein«, sagte der König und rieb sich Schmutz und Wasser aus den Augen. Reumütig senkte er den Kopf.

»Aufpassen!« Trotz ihrer Vorwarnung war der König zu langsam. Wieder verschwand er vollständig unter der sich kräuselnden Wasseroberfläche. Als er wieder zum Vorschein kam, hatte die Nymphe bereits nach einer der vielen Phiolen gegriffen, in der sich noch ein letzter Rest einer rötlichen Flüssigkeit befand. Wortlos kippte sie den Inhalt in ihre Handfläche und verteilte das nach Jasmin und Rosen duftende Wässerchen mit kreisenden Bewegungen in seinen Haaren.

»Lass es ein wenig einweichen. Keine Sorge, wir werden dich schon sauber kriegen.«

Der König schien die sanfte Massage ihrer Hände zu genießen und wehrte sich auch nicht, als Avonlea zwei Bügelscheren, einen Kamm und ein unscheinbares Bündel aus dem bereitstehenden Schränkchen holte und anfing, ihm die ersten abstehenden Strähnen zu schneiden.

»Es ist wahrlich eine Wohltat, die Zottel loszuwerden.«

»So, meinst du wirklich?«

»Du weißt ganz genau, dass ich Wachs bin in deinen Händen.«

»Ich kann dich doch nicht so unter die Leute lassen. Glaubst du wirklich, ich habe dich im Palast versteckt, um dich so verlottert auf die Welt loszulassen?«

»Wie hast du es eigentlich geschafft, dass niemals jemand misstrauisch geworden ist? Seit Jahrhunderten bin ich König und doch hat mich niemand je zu Gesicht bekommen.«

Avonlea lächelte milde. »Ach, Gestaltwandlung ist einfachste Zauberei. Wir Nymphen erfreuen uns an so manchen Gaben.«

»Du hast also meine Rolle eingenommen.«

»Aber natürlich. Wer sonst hätte die Geschicke der Stadt lenken können? Es erstaunt mich, dass du erst jetzt danach fragst.«

Die Dryáde hatte ihr Werk beendet und legte die Scheren klappernd beiseite.

»So, das sieht schon viel besser aus. Nur um die Bewohner deines Bartes sollten wir uns noch kümmern.« Avonlea pulte einige weißgraue Eier aus dem Gesichtshaar des Königs und schnippte diverse Läuse und einen eklig aussehenden grauen Käfer ins Wasser. Ungeniert richtete sie den Blick auf die Stelle zwischen seinen Beinen. »Wenn ich es genau bedenke, vielleicht sollten wir uns zunächst den Büschen an anderer Stelle widmen«, fügte sie hinzu.

Grinsend lehnte der König sich zurück, als die Hände der Nymphe sich den Weg zu seiner Männlichkeit ertasteten.

»Dryáden sind wirklich schamlose Geschöpfe«, sagte er. Ein lautes Stöhnen folgte, als Avonlea endlich fand, wonach sie suchte.

»Und wie geht es weiter, wenn ich nicht mehr sein werde?«

Leise flüsterte ihm die Nymphe ins Ohr: »Ein letztes Mal wirst du mit deinem gar meisterlichen Spiel die Königswürde erlangen.«

Heiß und feucht hauchte sie ihm einen Kuss auf die Wange.

»Und dann, schneller noch, als dir lieb sein dürfte, werde ich deine Gesellschaft ersetzen. Doch zuvor wirst du mir ein letztes Mal zu Diensten sein.«

Mit würdevoller Anmut reichte Avonlea dem König das unscheinbare Bündel, das sie zuvor geholt hatte. Sorgsam achtete sie darauf, dass der weiße Stoff den aus Holz und Metall gefertigten Inhalt vor seinen Augen verbarg.

Mit dem Glanz der Leidenschaft in seinen Augen drehte sich der König zu ihr. Jugendliche Kraft und die Aura der Jahrhunderte strahlten ihr entgegen. Noch immer blickte sie in den tiefen Abgrund seiner Seele, doch es war nicht zu leugnen, dass der Mann endlich zurück war, den sie früher so geliebt hatte.

Der frühe Morgen war ihr die liebste Zeit. Zu dieser Stunde glitzerte das Licht der Sonne ganz besonders auf den dunklen Wasserflächen und ließ sie zumindest für den Augenblick die triste Düsternis der morastigen Landschaft vergessen, zu der ihre einst beschauliche Heimat geworden war.

Avonlea spürte die Feuchtigkeit des Nebels auf ihrer Haut. Bis weit in die Mittagsstunde hingen die weißen Schwaden in der Luft, bis sie sich langsam auflösten und den Blick auf die kahlen Bäume und abgestorbenen Sträucher freigaben, die vor wenigen Wochen durch starke Regenfälle und über die Ufer getretene Flüsse und Bäche der Grundlage des Lebens beraubt worden waren. Binnen weniger Wimpernschläge war die ihr bekannte Welt zu einer anderen geworden. Selbst die uralten Kräfte einer Dryáde hatten dem Auwald nicht geholfen, waren nutzlos gegenüber der Zerstörungsgewalt der Wassermassen, die alles verschlungen und unter sich begraben hatte. Und doch hatte sie das Leid der Pflanzen und Tiere gelindert und das Schlimmste verhindert.

An den wenigen trocken gebliebenen Stellen sprießte das Leben, trotzte den widrigen Umständen. Von Tag zu Tag wurde es mehr. Prächtige Felder leuchtenden Grases keimten an den kahlen Stellen des mit dunkler Erde und Laub bedeckten Bodens. Die grünen und roten Köpfe ihrer Halme wiegten sich sanft in der Brise des Windes. Vereinzelt streckten erste wilde Kräuter und Blumen Knospen und Blätter aus dem braunen Morast.

Doch Avonlea konnte das zögerliche Wiedererwachen der Natur nicht täuschen. Sie kannte die für lange Zeit vergifteten Stellen ihrer Heimat, an denen die Kadaver der qualvoll verendeten Tiere lagen. Sie hatte nicht die Kraft gefunden, die unglaubliche Anzahl geborstener und zersplitterter Bäume, deren Stämme vom Wasser entwurzelt und gebrochen waren, zu zählen. Viele ihrer einstigen Freunde waren hinfortgespült, noch mehr ertrunken in den schlammigen Fluten, die sich über sie ergossen hatten.

Ein Wasserläufer huschte über einen mit brackigem Wasser gefüllten Tümpel. Eine letzte Hinterlassenschaft der verheerenden Überschwemmung. Avonlea verfolgte den Lauf des Tieres mit den Augen, bis dieses plötzlich zwischen den Ästen eines mit braunem Schlick bedeckten Gestrüpps aus ihrem Blick entschwand. Der Lauf eines Baches war deutlich zu erkennen. Gurgelnd suchte sich das fließende Gewässer in Bögen und Windungen seinen Weg durch die Tümpel und Teiche des entstandenen Moors. Die Dryáde musste zugeben, dass auch die neue Umgebung nicht mit Reizen geizte, und doch bestand ihr alleiniges Bestreben darin, die Natur in ihren ursprünglichen Zustand zurückzuversetzen.

Etwas Warmes schmiegte sich an ihre Seite. Sanft streichelten ihre Finger über das vom Nebel feuchte Fell. Schon vor langer Zeit hatte das Reh jede Scheu vor ihr verloren.

Avonlea spürte die Wärme, die der Körper des Tieres abstrahlte. Wie schön war doch das Wunder des Lebens? Welche edlen Geschöpfe brachte es hervor? Behutsam glitt sie mit der Hand über die beharrte Flanke des Tieres, bis sie den Hals erreichte und das Reh hingebungsvoll unterm Kinn kraulte. Avonlea freute sich, als das vertraute Fiepen an ihre Ohren drang, mit dem das Tier seine Zuneigung bekundete.

»Du weißt, dass ich genauso leide wie du. Nur zu gerne hätte ich noch mehr für dich getan.«

Ehrerbietig blickte ihr das Reh entgegen. In der Tiefe der schwarzbraunen Augen verbarg sich der unsägliche Schmerz, den das Tier Tag für Tag erleiden musste.

Avonleas Gedanken versanken in den dunklen Augen, die sie ansahen, als gäbe es keine Hoffnung. Wie seltsam die natürlichen Variationen der immer gleichen Baupläne des Lebens doch waren. In Jahrtausenden hatten kleinste Veränderungen die Pupillen des Sinnesorgans verbessert. Quere Schlitze ermöglichten dem Reh, selbst in geduckter Haltung nahende Feinde frühzeitig zu erkennen. So manchem Tier gelang nur dadurch die Flucht in das schützende Unterholz.

Die Hände der Dryáde rutschten höher und streichelten über die spitz zulaufenden Ohren.

»Das gefällt dir, was?« Avonlea lächelte. »Ich weiß doch, dass du mir die Treue hältst. So wie alles Leben in meinem Reich.«

Ihr Blick wanderte hinüber zu dem Baum, den sie als ihre Heimstatt betrachtete. Seit längst vergessenen Tagen waren sie beide vereint. Hoch ragte der Wipfel auf, doch so beeindruckend er auch sein mochte, er war nichts im Vergleich zum Stamm der altehrwürdigen Kastanie, den selbst zehn Männer mit ausgebreiteten Armen nicht umfassen konnten.

Im Laufe der Jahrhunderte war er beständig in die Breite gewachsen. Nur die Dryáde wusste von dem mächtigen mit Moos bewachsenen Stein, der von dem Baum vollständig umschlossen worden war und seit Anbeginn seiner Existenz zu ihm gehörte wie das Sonnenlicht zum Leben. Prachtvoll und majestätisch zugleich wurzelte die Kastanie an Ort und Stelle. Schon in wenigen Tagen würden die Früchte ihrer Blüte sich in alle Winde zerstreuen. Noch waren die behaarten Hüllen der Früchte geschlossen. Geschützt durch lange Stacheln, warteten sie nur darauf, den Samen des Baumes in die Weite der Welt zu entsenden. Zu Hunderten würden sie sich auf dem Boden des Waldes verteilen. Nur wenigen war es vergönnt, als Sprössling ihr neues Leben zu beginnen, und nur vereinzelt würden sie zu Bäumen heranreifen, deren Umfang und Größe sich mit denen der von der Nymphe bewohnten Kastanie messen konnten.

Ein Schmunzeln huschte über Avonleas Gesicht, als sie sich selbst dabei erwischte, wie ihr Blick über die Formen ihrer Hüfte schweifte. War es wirklich erstrebenswert, zu den beleibtesten Geschöpfen des Waldes zu zählen?

Der riesenhafte, knorrige mit Flechten und Moos bewachsene Stamm war wahrlich nicht der schönste Anblick, doch tief in sich spürte Avonlea die unauslöschliche Liebe, die sie dem Baum entgegenbrachte.

Anders als die meisten Nymphen war sie nicht die Gebieterin über ein kleines, überschaubares Reich. Bis an die Grenzen ihrer Macht hatte sie ihre Herrschaft ausgeweitet. Die Welt von Pflanzen und Tieren, über die sie gebot, schenkte ihr das notwendige Vertrauen. Weithin erstreckte sich der Einfluss ihres göttergleichen Wesens. Fast Zweidrittel der Stadt und deren umliegende Gebiete lagen im Wirkungsbereich ihrer Macht.

Erneut fiepte das Reh an ihrer Seite und kuschelte sich noch enger an Avonleas Körper. So lieb sie das Tier auch hatte, es war an der Zeit, die Bindung zu lösen. Ein letztes Mal tätschelte sie den Hals des Rehs und ging hinüber zu dem Baum, der ihr als Wohnstatt diente. Nur wenige Schritte waren notwendig und doch achtete sie sorgsam darauf, den umständlicheren Weg zu wählen, dem sie trockenen Fußes folgen konnte.

Wohin sie auch blickte, hatte sie die Auswirkungen der Flut direkt vor Augen. Durch ihre magischen Fähigkeiten hatte sie die vollständige Zerstörung des einst wundervollen Lebensraumes abgewendet und doch war etwas Unheimliches zurückgeblieben, eine gespenstische Landschaft aus totem Holz, in deren Mitte sich die edle Kastanie in ihrer prächtigen Blüte erhob. So groß ihr Reich auch sein mochte, dies war der kleine Flecken, den sie Heimat nannte.

Langsam strich sie über die faltigen Furchen der Rinde. Ein leichtes Kribbeln befiel ihre Finger. Das Anzeichen dafür, dass die jahrhundertealte Kastanie sich in magischer Symbiose mit ihr verband. Tief atmete sie ein, spürte die anmutende Kraft, die Blätter und Borke verströmten. Schnelle Abfolgen verschwommener Bilder strömten in ihren Kopf, als der Baum das gesammelte Wissen des Tages mit ihr teilte. Der Dryáde waren die Wahrnehmungen des Baumes nicht fremd. Es bedurfte nur einen Bruchteil ihrer Konzentration, um die Informationen zu verlangsamen und zu ordnen. Unbeeindruckt davon begleiteten noch immer die Eindrücke der Pflanzen und die Gefühle der Lebewesen um sie herum die Welt ihrer Gedanken. Nur die stärksten und anpassungsfähigsten Tiere hatten die Katastrophe überlebt.

Das treue Reh war eines davon. Langsam war es ihr gefolgt, stand nun dicht an ihrer Seite und schnupperte an dem erdbraunen Gürtel an ihrer Hüfte, der ihre dunkelgrüne Gewandung zusammenhielt. Avonlea wusste, wie betörend ihr Geruch auf die Bewohner des Waldes wirkte. Umso bitterer war es, dass sich zu ihrem Duft nach Erdreich, Wald und Pilzen nun auch ein morastiger Gestank mischte, der dazu führte, dass sie sich an manchen Tagen selbst nicht riechen konnte.

Das Reh schien sich nicht daran zu stören. Vertrauensvoll legte es den Kopf an ihre Hüfte.

Avonlea spürte die einzelne Träne, die sich in ihrem Auge bildete. Selbst für ihre Kräfte war die Gewalt der Zerstörung zu viel gewesen. Leidvoll hatte man vielen ihrer Freunde das Leben genommen und nur die Menschen und deren bedenkenlose Eingriffe in die Natur trugen schuld daran.

Für einen Moment schloss Avonlea die Augen, als die Bilder, die ihr der Baum übermittelte, an Intensität gewannen. Die Geräusche des Waldes hatten sich verändert.

Obwohl er versuchte, sich zu verbergen, hörte sie seine Schritte schon, bevor er aus dem Schatten naher Büsche und Sträucher getreten war.

»Irgendwie habe ich schon vermutet, dass du schon bald den Weg hierher finden würdest«, sagte sie. Noch immer hielt sie den Blick auf die mit grauem Moos bewachsene Borke gerichtet.

Ein leichtes Schmunzeln stahl sich auf ihre Lippen. Mit einer zarten Handbewegung verabschiedete sie sich von ihrem Baum. Ihr Kleid raschelte leise, als sie sich dem Homunculus und seiner Gefährtin zuwandte, die aus den Tiefen des Waldes zu ihr gestoßen waren.

»Er ist also zurück zu ihr. Deine Anwesenheit ist ein eindeutiger Beweis dafür. Du hast es noch niemals lange in seiner Gegenwart ausgehalten.«

»Wir alle spielen die Rolle, die uns das Leben zugeteilt hat. Du weißt, dass auch ich die mir anvertraute Aufgabe beenden muss. Wenn dies geschehen ist, werde ich unseren Herrn aufsuchen. Doch bis dahin ziehe ich es vor, mit Abwesenheit zu glänzen.«

»Drykaria kann sich glücklich schätzen. Stets raunen die Bäume auch in meinem Reich ihren Namen. Wie hat sich mein Schwesterherz in den letzten Jahren geschlagen?«

»Für die nächsten Jahre ist sie die Auserwählte. So ist nun mal das Los eures Geschlechts.«

»Ich weiß«, seufzte Avonlea. »Doch eines Tages wird er zu mir zurückkehren.«

»Beim Anbeginn der Zeit wurden die Dryáden geschaffen. Als ihre Gespielinnen dienen sie den Göttern. Beide könnt ihr euch glücklich schätzen, da der Herr euch beide auserkoren hat.«

»Und keine anderen sein Eigen nennt. Das meinst du doch, oder?«

Der Homunculus zuckte mit den Schultern.

»Wer weiß das schon.« Unschlüssig, was er tun oder sagen sollte, zeichnete er mit den Füßen Halbkreise in den Boden.

Avonlea musterte die puppenhafte Erscheinung, die vor ihr aus dem Wald getreten war. Seit ihrer letzten Zusammenkunft hatte sich der Homunculus nicht verändert. Die faserigen Muster seiner aus Holz und Ton geformten Gestalt waren deutlich zu sehen. Blauschwarzes Haar umrahmte ein kantiges Gesicht.

»Wie ich sehe, hegst du noch immer einen Groll gegen die Menschen.« Die Dryáde blickte mitleidig auf die verschmutzte Hose aus derbem Leder und das löcherige Hemd, das der vor langer Zeit auf magischem Wege zum Leben erweckte Homunculus nicht ohne Stolz am Körper trug. »Erst kürzlich habe ich jemand anderes vom Dreck der Jahrhunderte befreit und ihn unter die Leute geschickt. Sage mir nicht, du hättest das auch nötig.«

Der Homunculus schnaubte abfällig. Der Blick stechend grüner Augen traf sie direkt ins Herz.

»Du weißt genau, warum ich die Menschen meide. Ich verabscheue sie. Einfältig wie die Maden wissen sie noch nicht einmal, was sie tun. Wichtig klingende Titel haben sie sich verliehen, betrachten sich selbst als das höchste Wunder der Natur. Dabei sind sie schlecht und verdorben wie die schlimmste aller Krankheiten. Dusselig und töricht wie kleine Kinder richten sie sich von allein zugrunde.«

Lauter als zuvor hallte die hohe Stimme des Homunculus durch den Wald. Avonlea wusste, dass er sich anstrengte, seine künstlich aus zarten Wurzeln geformten Stimmbänder so natürlich wie möglich schwingen zu lassen, doch das Ergebnis klang nicht sonderlich überzeugend, deutlich zu laut und für ihre Ohren viel zu hoch.

»Die Menschen mögen wie Kinder sein, und doch hast du die Ablehnung, die sie dir entgegenbrachten, niemals überwunden.« Avonlea lächelte.

Freundlich trat sie zum Homunculus und berührte zärtlich seinen Arm. Das Holz seines Körpers fühlte sich warm an, als wären die Sonnenstrahlen des Tages darin gespeichert.

Ein vertrauter Duft stieg in ihre Nase. Ein warmer Geruch nach Holz und Moos, dem ihren nicht unähnlich. Und doch war da noch etwas anderes, ein kaum wahrzunehmender Geruch, der Erinnerungen in ihr weckte. Vertraute Eindrücke längst vergangener Tage.

»Lorâan, ich freue mich wirklich, einen alten Weggefährten wiederzusehen«, sagte die Nymphe und ließ es sich nicht nehmen, das puppenhafte Wesen an die Brust zu drücken, was dazu führte, dass das Gesicht des Homunculus fast vollständig in den Rundungen ihres Körpers verschwand.

Unbeholfen befreite sich der Homunculus aus ihren Armen. »Ich danke dir, doch glaube nicht, dass ich deinen Liebreizen verfalle. Lange genug wandele ich durch diese Welt. Ich weiß genau, wozu eine Nymphe wie du im Stande ist. Außerdem …«, er machte eine kurze Pause und deutete auf die Begleitung, die er mitgebracht hatte, »… habe ich bereits eine Gefährtin, die meinen Wünschen mehr als gerecht wird.«

Avonlea hatte die junge Frau, die an seiner Seite stand, längst in Augenschein genommen. Ein kurzer verstohlener Blick hatte ihr bereits alle für sie interessanten Einzelheiten verraten.

»Ganz erstaunlich, fürwahr.«

»S´meralda, meine eigene Schöpfung. Einst war sie die dämonische Leibwächterin deiner Schwester. Verschollenes Wissen hat mich gelehrt, sie vor dem sicheren Tod zu bewahren. Der Nebeneffekt war die Geburt eines zweiten Lebens von nicht minderer Bedeutung.«

»Das Leben bewegt sich im Einklang der Natur«, sagte die Dryáde und wandte sich der ehemaligen Dämonin zu, die näher an sie heranrückte und so den Abstand zu ihr auf eine Armeslänge verringerte. »Wo das Leben ist, dort ist der Tod«, fügte Avonlea hinzu.

Sie berührte die Brust der ehemaligen Dämonin und streichelte über das weiche Fell, das weite Teile ihrer Seite bedeckte. Unter dem durchsichtigen Stoff einer weißen Bluse zeichneten sich ihre Rundungen deutlich ab. S´meraldas

Liebreiz war auch ihr nicht verborgen geblieben. Nur zu gerne wäre sie selbst in den stechend grünen Augen der ehemaligen Dämonin versunken. Ihre feinen Sinne spürten die Erregung ihres Körpers. S´meralda umgab eine Aura, die jeden Mann zu Wachs in ihren Händen werden ließ.

Avonleas Finger streiften eine Strähne des strohblonden Haares beiseite, was die Ebenheit des Gesichts seiner Begleiterin noch mehr betonte.

»Sehr hübsch«, sagte sie. »Ich sehe, deine Fähigkeiten werden immer größer. Wenn ich nicht aufpasse, könntest du eines Tages selbst mir gewachsen sein.«

Lorâan antwortete nicht. Stattdessen starrte der Homunculus auf die beiden hölzernen Ringe und die aus glatt polierten Wurzeln bestehende Armschiene, die den Unterarm der Dryáde bedeckte. Durch ihre Bewegung war der Ärmel ihrer Gewandung zurückgerutscht und hatte freigelegt, was vorher darunter verborgen geblieben war.

»Nur zwei Armringe …«, murmelte Lorâan, seine Augen regungslos auf das Handgelenk der Nymphe gerichtet. »Es hat an diesem Tag geregnet. Was wenn …« Der Homunculus verstummte.

Avonlea ließ von S´meralda ab und trat einen Schritt zurück. Die betörende Schönheit der ehemaligen Dämonin verfehlte auch auf sie ihre Wirkung nicht, doch war sie nichts im Vergleich zu der göttergleichen Ausstrahlung, die ihr selbst zu eigen war.

Erst als ihr Gewand den Arm erneut bedeckte, löste sich der Blick ihres alten Weggefährten, doch die Verunsicherung in seinen Augen blieb.

»Seit meinem letzten Besuch hat sich so einiges verändert«, sagte Lorâan. »Und nicht unbedingt zum Positiven, wie ich sehe«, fügte er hinzu und betrachtet sein verschwommenes Spiegelbild in einer der morastigen Pfützen.

»Das Werk der Menschen. So wie du habe auch ich alles Recht der Welt darauf, diese Schandtaten zu rächen.«

»Ich erinnere mich an die einstige Schönheit dieses Ortes. Ich muss schon sagen, viel ist nicht davon übrig geblieben.« Der Homunculus blickte nachdenklich umher, als versuchte er vergeblich, sich zu erinnern.

Avonlea lächelte. »Auch in meiner Erinnerung ist die Erhabenheit dieser Welt noch nicht verblasst. Unablässig arbeiten meine Wurzeln daran, die Natur in ihren Ursprung zurückzuversetzen. Wenn du dich ganz ruhig verhältst, kannst du hören, wie sie das Bild des Moores verändern.«

Lorâan legte den Kopf schief und lauschte den Klängen des Waldes. Mit einem Fingerzeig bedeutet er S´meralda, es ihm gleich zu tun.

»Ihr müsst die Geräusche der Umgebung völlig ausblenden.« Die Stimmfarbe der Dryáde hatte sich verändert: Dunkel und leise hallte sie durch die Luft.

»Ich höre es«, sagte die ehemalige Dämonin und ließ einen spitzen Schrei der Freude folgen.

»Gut, sehr gut.« Avonlea lächelte, sie hörte es schon die ganze Zeit, ein leises Rauschen, einem Wispern gleich. Anders als das Gemurmel des Baches, der sich seinen Weg durch die Wildnis suchte.

Bilder erschienen in ihrem Kopf. Die Spitzen feinster Wurzeln, die sich beharrlich durch das Erdreich gruben, das brackige Wasser aufnahmen und Pflanzen und Pilzen zur Verfügung stellten, um deren Wachstum zu beschleunigen. Jeder Käfer war am Werk, lockerte gemeinsam mit Ameisen und Würmern die Erde. Jeder noch so kleine Organismus war dabei behilflich, das Chaos der Zerstörung zu beseitigen. Viele kleine Schritte waren notwendig. Jahre würden vergehen, bis zurückverwandelt war, was die Überschwemmung hinterlassen hatte.

Die Dryáde spürte, wie die wunderbare Magie der Natur sie durchströmte. Jede Faser ihres Körpers war mit der Welt verbunden. Die Pflanzen und Tiere des Reiches dankten es ihr.

»Ich höre deine Wurzeln ihre Arbeit erledigen. Es war wohl alles nicht so schlimm, wie ich vermutet hatte.«

»Nicht so schlimm?« Avonleas Stimme explodierte förmlich und ließ den Homunculus zusammenzucken. Bedrohlich baute sie sich vor ihm auf, zeigte ihm das ganze Ausmaß ihrer Macht.

»Ich zeige dir, wie schlimm es um meine Untergebenen bestellt ist. Sieh nur, was man ihnen angetan hat.« Für einen kurzen Moment schloss die Dryáde ihre Augen. Sie spürte, wie sich ihre Hände zu Fäusten ballten. Tief gruben sich die Nägel der Finger in ihre Haut, bis dicke Tropfen warmen Blutes den Boden benetzten.

Sie hörte, wie das Reh aus dem Unterholz trat, in das es schutzsuchend geflohen war.

Avonlea zwang sich zur Ruhe. Durchdringend blickte sie Lorâan in die Augen.

»Sieh, was die Menschen in ihrer Überheblichkeit verbrochen haben. Nur das Wirken meines Zaubers hat das Leben erhalten. Sieh genau hin, niemals darfst du es vergessen.«

Die Dryáde löste die magische Verbindung, die das Tier an sie band. Panisch versuchte es, sein Heil in der Flucht zu suchen, doch Avonlea flüsterte ihm beruhigende Worte zu. Schnell schlang sie die Arme um den Hals des Tieres und sie merkte, wie sich der von Schrecken gehetzte Herzschlag verlangsamte.

Tränen liefen über ihre Wangen, als der Körper des Tieres jeglicher Illusion beraubt wurde.

Dort, wo sich eben noch dichtes Fell an Hals und Brust befunden hatte, war nun nur noch ausgefranstes Fleisch zu sehen. Die schwarzblauen Ränder der Wunde zeugten vom Beginn der Verwesung. Von den Vorderfüßen bis zu den Wirbeln war die Verletzung so groß, dass Rippen und Organe zu sehen waren. Bleiche, zertrümmerte Knochen, die, scharfkantig wie sie waren, Herz und Leber durchstochen hatten. Am Ansatz des Halses war das Gelenk aus der

Schulter gebrochen. Die Reste des einst makellos braunen Felles und das in Fetzen hängende Fleisch waren blutverkrustet. Auch ein Baum musste den Tod gefunden haben, den ein großer Splitter einer einst stattlichen Eiche steckte verkeilt zwischen Rippen und Wirbeln in den besudelten Eingeweiden des Tieres.

Avonlea schauderte, als das Reh den Kopf drehte und sie in das blutunterlaufene Auge blickte, das sie voller Angst anstarrte. Der Kopf des Tieres sah noch schlimmer aus. Die Dryáde wusste, dass der ausgeschwemmte und entwurzelte Baum, das Stirnbein zertrümmert hatte. Dem eigenen Todeskampf ausgeliefert, hatte der schwere Stamm das in seinem Schatten schutzsuchende Tier regelrecht unter sich zerquetscht. Der Unterkiefer war in tausend Teile zersprungen, die Halswirbel allesamt verschoben, und die ganze Wunde verströmte den süßlichen Gestank des Todes.

Wie den Pflanzen in ihrem Reich, so hatte sich die Dryáde auch den noch lebenden Tieren angenommen. Ihre magischen Fähigkeiten würden den Schaden rückgängig machen. Oh, wie sie wünschte, über noch mehr Kräfte zu verfügen. Zu viele brauchten ihre Unterstützung. Noch viele Tage würden vergehen, bis das Leben ohne die Hilfe ihrer Magie in das Tier zurückkehrte.

»Seht ihr, was sie mir angetan haben?« Avonlea wandte sich dem Homunculus und seiner Gefährtin zu.

S´meralda zitterte und hatte die Hände vors Gesicht geschlagen. Lorâan gelang es besser, sein Grauen vor dem untoten Reh zu verbergen, doch die zusammengepressten Lippen verrieten auch seine Abscheu.

»Der Frevel der Menschen muss bestraft werden«, sagte er tonlos.

»Meine Rache ist ihnen längst gewiss. Unwissend wie sie sind, feiern sie ihre Erfolge und ahnen nichts von ihrem Untergang. Ungewappnet gegen die Mächte der Natur werden sie selbst Zeugen und Auslöser der eigenen Vernichtung sein.«

Lange blickte der Homunculus in die Augen der Dryáde, als versuchte er damit, das Feuer zu ersticken, das darin loderte.

Avonlea wusste, dass es ihm nicht gelingen würde, ihre Wut zu bändigen.

»Mögen deine Wünsche in Erfüllung gehen«, sagte er und blickte kurz zu Boden. »Auch ich verfolge Pläne mit den Menschen. Ich kann dir nicht zu viel versprechen, aber ich denke, sie werden sich ganz gut ergänzen.«

Avonlea lachte. »Verschwinde in deinen Unterschlupf. Ich habe dafür Sorge getragen, ihn zu erhalten. Wage es nicht, dich in meine Angelegenheiten zu mischen.«

»Komm«, sagte Lorâan zu seiner Gefährtin. Mit seinen hölzernen Fingern packte er S´meralda an der Hand und führte sie trockenen Fußes durch die sumpfige Landschaft.

Avonlea achtete nicht weiter auf sie. Hingebungsvoll streichelte sie das Reh an ihrer Seite und wirkte den Zauber neu, der das traurige Schicksal des Tieres verbarg. Dank ihrer Kraft wurde die Wunde täglich kleiner. Schon in wenigen Monden würde sie für immer verschwunden sein.

Die Gedanken in ihrem Kopf drehten sich. Der Homunculus war ein seltsames Geschöpf voller Geheimnisse. Sie ignorierte den Drang, die juckende Narbe an ihrem Unterarm zu kratzen. Gut verborgen vor den Blicken eines Fremden, kannte nur sie ihre Bedeutung. Sie wollte es nicht, und doch erwischte sie sich dabei, wie sie aus den Augenwinkeln nach ihrem langjährigen Weggefährten suchte.

Lorâan blickte nicht zurück. Einige Schritte später war er im Dickicht des Waldes verschwunden.

3. Kapitel

Der befremdliche Duft wurde stärker und stärker. Unaufhaltsam brannte er sich in den Verstand und befeuerte ihre eigentümlichen Gedanken. Immer intensiver wurde der Geruch, nistete sich ein in jeder noch so kleinen Ecke der dunklen Behausung, die sie seit Kurzem gemeinsam mit ihren Artgenossen bewohnte. Eigenartig war der Duft, doch von faszinierender Schönheit zugleich. Nie zuvor hatte die Wanderheuschrecke Botenstoffe in solcher Intensität gerochen. Obwohl ihr der Geruch gänzlich unbekannt erschien, kannte sie dennoch seine Bedeutung. Der Fortbestand der eigenen Art musste gewahrt werden.

Eine Vielzahl an Beinen berührte ihren Hinterleib. Fortwährend drängten die feingliedrigen Füße der Artgenossen an ihren länglichen Körper.

Erst heute Morgen hatte sie das Larvenstadium verlassen und sich aus den beengten Verhältnissen des letzten, zu klein gewordenen Panzers befreit. Unter höchster Anstrengung abgestreift, waren die spröde gewordenen Überreste einfach zurückgebliebenen. Sie hatte dem schutzgebenden Panzer nicht lange nachgetrauert. Zu schön waren die feuchten, farblosen Flügel, die sich, nun, da sie endlich ausgereift war, fast von alleine entfalteten und wie ihr neuer Körper in den Strahlen der wärmenden Sonne trockneten.

Viel zu schnell waren Licht und wohlige Wärme aus ihrem neuen Leben verschwunden und dunkle Schwärze war zur vorherrschenden Farbe ihrer Umgebung geworden. Mit

Beinen und Fühlern ertastete sie die neuartige Behausung, die sie nun zusammen mit viel zu vielen Artgenossen teilte. Weich und nachgiebig war der Untergrund, auf dem sie sich bewegte. Beengt zwängte sie sich zwischen die Leiber der anderen Tiere.

Den aufgebrachten Gesängen ihrer Leidensgenossen hatte sie die Begrenzung des eigenen Lebensraumes entnommen. Nicht vorhandenes Futter schien wohl das zunächst dringlichste, zu lösende Problem zu sein. Die Gruppe dreigliederiger Insekten, die gemeinsam mit ihr die erdrückende Enge eines geschlossenes Raumes teilte, hatte bezüglich dieses Umstandes noch keine, dem Allgemeinwohl dienliche Lösung gefunden. Lautstark erschallte das über Generationen ins Unterbewusstsein überlieferte Klagelied ihrer Artgenossen, die durch Schaben mit Beinen am Hinterleib erzeugte Melodie für Gefahr.

Jedes Mal, wenn sich eines der sechs Beine eines ihrer unfreiwilligen Gefährten an ihr rieb, gewann der verlockende Duft an Intensität, der die Sinne der Wanderheuschrecke mit neuerlichen Reizen überflutete und ihre Aggressivität ins Unermessliche steigerte.

Von Natur aus nicht an die Anwesenheit ihrer Artgenossen gewohnt, keimte in ihr ein grausiger Verdacht. Wieder kam ihr der Körper eines Artverwandten befremdlich näher. Fremde Beine kletterten auf ihren Hinterleib, die Spitzen weicher Antennen kratzten über ihre Deckflügel und lösten in ihr ein merkwürdig unangenehmes Kribbeln aus. Eingezwängt zwischen Hunderten von Leibern war sie den intimen Berührungen unentrinnbar ausgesetzt. Nackte Angst beherrschte ihre Gedanken, als ein weiteres Bein ihre Seite streifte und sie kurz darauf die Beißwerkzeuge eines älteren Männchens bedrohlich näher kommen sah. Trotz der Dunkelheit war der Kopf des Tieres aus der Nähe deutlich zu erkennen. Die Mordlust im Blick ihres Artgenossen ließ ihre Glieder erzittern. Langsam tasteten sich die gezackten

Mundwerkzeuge weiter vor. Tödliche, gehärtete Waffen, die nur darauf warteten, zum Einsatz gebracht zu werden. Glitschiges Sekret glänzte an den Mundwerkzeugen ihres Gegners. Dunkle Fetzen klebten an den Zacken, die letzten Überreste seiner letzten Speise, stumme Zeugen einer vor kurzer Zeit begangenen Gräueltat.

Die Wanderheuschrecke wusste, warum sie ihre Artgenossen mied. Eingekeilt zwischen Gliedern und Füßen, blieb ihr keine Chance zur Flucht. In kleine Happen zerlegt und verspeist von der eigenen Art, sah sie den Tod bereits vor Augen, als der Gesang ihrer Artgenossen sich veränderte. Die Heuschrecke wusste, dass die einstudierten Melodien gemeinhin dem Paarungsverhalten dienten. Die unverkennbaren Pheromone, die in der verbrauchten Luft schwangen und nur ausgeschüttet wurden, wenn sich eine größere Gruppe ihrer Art zusammenfand, und die Vibrationen, ausgelöst von unzähligen dünnen Beinen und Fühlern, weckten in ihr jedoch urplötzlich ein gänzlich anderes Bedürfnis.

Vergessen war die Todesangst, die sie eben noch befallen hatte. Der Körper ihres Artgenossen, der ihr gerade noch nach dem Leben getrachtet hatte, bewegte sich zur Seite. Im Gleichklang mit ihm wiegte sie sich im Takt der entstandenen Musik.

Über Jahre hin weitervererbte Instinkte sagten ihr, dass die Gruppe dem angestrebten Ziel der Schwarmbildung schon recht nahe gekommen war. Gemeinschaftlich ließen sich alle Hindernisse überwinden.

Ein Lichtstrahl fiel auf ihre Haut und wärmte ihre Flügel. Das Zirpen der Tiere um sie herum steigerte sich zur Ekstase, als der betörende Geruch der nahen Nahrungsquelle die Riechorgane des Schwarms erreichte.

Die Öffnung, die sich in ihrer beengten Behausung aufgetan hatte, wurde größer. Ein in eigentümlich dunklen Farben strahlender Himmel und die damit verbundene Freiheit lagen direkt vor ihr. Erstaunt über die plötzliche Wendung schloss sie sich ihren Artgenossen an. Niemals hätte sie erahnt, dass am Ende der Gefangenschaft Nahrung im Überfluss auf sie warten würde.

Triumphierend hüpfte sie nach oben und folgte den Bewegungen des freigelassenen Schwarms. In freudiger Erregung verbreitete auch sie die Lockstoffe, die immer mehr Artgenossen anziehen und zum Nahrungsangebot führen würden. Bald schon würde sich der Himmel durch die Leiber Hunderttausender Heuschrecken verdunkeln.

Tief bohrte sich die Klinge des Dolches in den Hals des angetrunkenen Bauers. Der Körper des Mannes sackte zusammen, sodass Rhania ihn stützen musste, wollte sie das dumpfe Geräusch eines Aufschlags auf den Pflastersteinen der Stadt vermeiden. Niemals hätte sie es für möglich gehalten, dass der Mann so schnell sein Leben in ihren Armen aushauchen würde.

Im Gegensatz zu ihrem Bruder war ihr als junges Mädchen von Adel die Ausbildung zum Knappen erspart geblieben. Und doch hatte sie vieles aus den mit brachialer Härte geführten Übungsstunden ihres Bruders gelernt. Durch die Kraft und sehnige Schnelligkeit der muskelbepackten Männer fasziniert und verängstigt zugleich, hatte sie oftmals verstohlen die Trainingskämpfe und Abhärtungsrituale in der Mitte des Burghofes verfolgt. Die verschiedensten Verstecke hatte sie genutzt, um heimlich die rohe Gewalt, mit der die Ritter und Waffenknechte auf ihren Bruder eingedroschen hatten, mit eigenen Augen zu sehen.

In unbeobachteten Momenten hatte sie sich im Gebrauch des Dolches geübt und den ein oder anderen Kniff gelernt, den sie von den Kampfstrategien der Soldaten ihres Vaters abgekupfert hatte.

Jahrelange Härte und Gewalt hatten den Körper ihres Bruders gestählt. Mit reiner Körperkraft konnte sie sich eines stärkeren Gegners jedoch nicht erwehren, aber in den Jahren waren ihre Angriffe mit dem Dolch und die Bewegungsabläufe ihrer Attacken immer schneller geworden.

Sie hatte sich immer für eine geübte Kämpferin gehalten, doch eine einzige Vorführung des kunstfertigen Umgangs mit der filigranen Waffen ihrer Gefährtin hatte sie eines Besseren belehrt.

Nur zwei Techniken hatte ihr Myraida beigebracht: den gedrehten Schnitt mit der Klinge, der eine tiefe Wunde beim Gegner hervorrief, und den gezielten Stich, den sie eben zum ersten Mal in ihrem Leben angewendet hatte.

Der Einsatz roher Kräfte war nicht notwendig gewesen. Wie von selbst war die Klinge in den Körper des Mannes gedrungen. Viel wichtiger als die Kraft des ausgeführten Stoßes war der präzise gewählte Eintrittswinkel, der den Stahl ihres Dolches am Kehlkopf vorbei durch den Hals in den Brustkorb des Mannes trieb. Auf dem Weg hinab zu den Eingeweiden des Bauern durchtrennte die Klinge lebensnotwendige Röhren und Adern, nahm dem Mann die Luft und ließ den leblos gewordenen Körper erschlaffen.

Langsam zog sie die Klinge des Dolches zurück und bettete die Leiche sanft in die Ecke des steinernen Durchgangs, der zu den Feldern auf den angelegten Terrassen der Stadt führte.

Ihrer geringen Körpergröße geschuldet, musste sie sich weit hinunterbücken, um den Toten geräuschlos gegen die Mauer zu lehnen, die den Weg beidseits begrenzte.

Der Mann war selbst schuld. Was musste er auch zu Zeiten herumspazieren, in denen der Großteil der Stadtbewohner friedlich schlummernd in ihren Betten lag? Noch stand die Scheibe des Mondes friedlich am Himmel und die Schwärze der Nacht zog sich nur langsam zurück. So früh am Morgen würde es sicher noch eine Weile dauern, bis jemand auf den Getöteten aufmerksam werden würde. Von der Einstrahlung direkten Sonnenlichtes verschont, wirkte die Leiche des Mannes wie ein zusammengekauerter Betrunkener, der auf dem Heimweg aus einer der vielen Tavernen der Stadt eingeschlafen war. Vielleicht hatte er auch ein unredliches Geschäft geschlossen oder gehörte gar zum zwielichtigeren Gesindel.

Rhania konnte es egal sein. Als sie sich aufrichtete, fiel ihr Blick auf das Heft des Langschwerts, das erst seit wenigen Stunden an ihrer Hüfte baumelte. Es würde noch ein wenig dauern, aber eines Tages würde sie ihre Opfer mit der Klinge des Ritters genauso schnell töten können.

Rhania hatte allen Grund dazu, stolz auf sich zu sein. Sie hatte den Rat Myraidas befolgt und in einer einzigen fließenden Bewegung zugestoßen. Nicht ein Spritzer Blut hatte das ausgewaschene Wams des Bauern besudelt und auch ihr eigenes Wollgewand war von Flecken verschont geblieben.

Schnell reinigte sie die Klinge ihres Dolches an den Beinlingen des Bauern. Eine blutbefleckte Waffe würde nur für Aufsehen sorgen, es war besser, die Beweise zu vernichten. Eine Lektion, die sie schon von ihrem Vater gelernt hatte.

Erst als der unnatürliche Sog stärker wurde, fiel ihr auf, dass sie etwas vergessen hatte. Wie magisch wurde sie von der Brust des Mannes angezogen. Immer mehr geriet die Stelle, an der sie das Herz des Getöteten vermutete, in ihr Blickfeld. Die Umrisse ihrer Umgebung verschwanden hinter einem grauen Schleier, als sie wie gebannt der inneren Eingebung Folge leistete, der sie sich nicht zu widersetzen wagte.

Der Bauer hatte den Tod verdient. Schon als sie gesehen hatte, dass er den mit farbenfrohen Steinen gesäumten Weg entlang wankte, hatte sie das gewusst, doch der Herr wollte noch mehr.

Sie diente der Dunkelheit. Es war so einfach. Ihre Sorgen, nicht zu erkennen, wer zum Sterben bereit war und wer nicht, waren völlig unbegründet gewesen. Die kindischsten Phantastereien hatte sie sich in ihren Gedanken ausgemalt.

Eine blassgrüne Markierung auf der Kleidung oder einen strahlenden Kranz aus leuchtenden Sternen, der ihr den Weg zu ihren Opfern wies.

Dabei brauchte sie nur ihrer Intuition zu folgen. Bloßer Instinkt sagte ihr, ob eine Person den Tod durch ihre Hand finden musste. Es war ein starker Sog, der sie magisch und unaufhaltsam zu ihren Opfern zog. Sie wusste, dass es völlig zwecklos gewesen wäre, gegen die Befehle des Herrn aufzubegehren.

Der Tod gehörte zum Leben wie das faulige Stroh zum finsteren Verlies, indem der Gefangene auf die vorzeitige Hinrichtung wartete. Der Bauer war schuldig gesprochen worden, die verbleibende Zeit seines Lebens abgelaufen. Niemand wusste, wann der Tod ihn heimsuchen würde. Als Dienerin der Finsternis wäre es unangemessen, daran mehr als nur einen Gedanken zu verschwenden. Und doch quälten sie Zweifel.

Was, wenn der Herr ihr befehlen würde, ein unschuldiges Kind zu töten?

Sie hatte verstanden, dass der einmal beschlossene Tod nicht aufzuhalten war. Aber war es gerecht, darüber so schnell zu urteilen?

Wenigstens verdiente nicht jeder die gleiche Art zu sterben. Nicht jede Seele erlitt das gleiche grausame Schicksal. Nicht jede Seele des Verstorbenen würde die ewige Erlösung finden.

Es war unsinnig, noch länger über diesen Fragen zu brüten. Die Brust des getöteten Bauers wartete. Geschickt öffnete sie das Wams des Toten und entblößte die Stelle an der linken Seite, die sie auf so magische Art und Weise anzog.

Nun war ihre Gier vollends geweckt. Erneut schnellte der Dolch vor. Tief schnitt die Klinge in das nackte weiße Fleisch. Sie achtete nicht auf das Blut, das von der Waffe tropfte, als ihre Finger in die Wunde glitten und sich ihre Hand in den Brustkorb des Getöteten wühlte. Angesetzt als

Hebel leistete ihr der Dolch gute Dienste. Sie hörte, wie die Knochen knackten. Ihre Finger erfühlten das weiche Organ, das vor wenigen Sekunden noch in der Brust des Bauern geschlagen hatte.

Der ehemalige Dieb hatte mal erwähnt, dass es leicht war, das Herz aus dem Körper der Getöteten zu reißen. Nun, sie würde es gleich herausfinden.

Rhania packte zu und zog. Sie spürte, wie sich das Organ von seinem angestammten Platz löste.

Derufin hatte recht behalten. Es war so einfach. Sie hatte nicht gewusst, wie es gemacht wurde. Als wäre uraltes, geheimes Wissen in ihre Gedanken gefüllt worden, hatte sie ihren Instinkten freien Lauf gelassen. Warm und feucht lag das Herz in ihrer Hand.

Im Zustand inbrünstiger Verzückung entfernte sie das überflüssige Röhrengewebe.

Blutrot starrte ihr das appetitliche Innenleben ihres Opfers entgegen.

Rhania spürte das heiß ersehnte Verlangen. Gierig schlug sie ihre Zähne in das Herz und stopfte sich das Organ so schnell in den Mund, dass sie sich fast daran verschluckte.

»Gute Arbeit«, raunte Beregrend an ihrem Ohr. »Wie ich sehe, hast du das Handwerk des Tötens schnell gelernt. Der arme Bauer ist von dir fachmännisch ausgeweidet worden.«

Rhania schreckte zusammen, als die Stimme des Elfen erklang. Sie hasste es, wenn sich jemand von hinten an sie anschlich, und Beregrend hatte eine ganz besonders fiese Gabe dafür. Nicht das geringste Geräusch hatte ihn verraten und den erdigen Duft seiner Haut hatte sie erst wahrgenommen, als sie seine Worte bereits vernommen hatte. Genüsslich an den schmackhaften Eingeweiden des Bauern kauend, wandte sie das Gesicht dem Elfen zu, der sie mit spöttischer Miene angrinste.

»Eine Klinge vermagst du ganz meisterlich zu führen, aber beim nächsten Mal solltest du ein wenig mehr auf deine

Umgebung achten. Der Gier nach dem Blut solltest du nicht unkontrolliert nachgeben.«

Rhania schmatzte und schluckte die letzten Reste ihres Mahls in einem Stück hinunter. Blut und Geifer liefen aus ihrem Mundwinkel.

»Wenn mich jemand anderes überrascht hätte, wäre auch sein Leben verwirkt gewesen und ein weiteres Herz hätte den Weg in meinen Magen gefunden«, sagte sie. Mit einer beiläufigen Handbewegung wischte sie sich den klebrigen Speichel vom Kinn.

»Wo bist du eigentlich abgeblieben?«, fragte sie und sah Beregrend vorwurfsvoll an.

Der Elf zuckte nur lächelnd mit den Schultern.

»Ah, ich verstehe. So wie ich hast auch du deinen finsteren Trieben freien Lauf gelassen. Ich hoffe, du konntest deinen Hunger stillen. Eigentlich dachte ich, wir würden gemeinsam handeln und unsere Aufgabe zum Abschluss bringen, aber wie aus heiterem Himmel heraus warst du plötzlich verschwunden.«

»Ich habe dir doch gesagt, dass ich gleich wieder zurückkomme.«

»Ah so! Dann muss ich da wohl geträumt haben. Eben klettern wir noch gemeinsam über diese elendige, eingestürzte Mauer und als meine Füße wieder den Boden berühren, ist der werte Herr Elf einfach verschwunden. Ich habe schon gemeint, du hast dich einfach in Luft aufgelöst.«

»Habe ich dir nicht gezeigt, wie man sich völlig unbemerkt in die Stadt schleicht?«

»Oh ja. Dafür bin ich dir auch wirklich dankbar. Ich habe nur unwesentlich Bekanntschaft mit den scharfkantigen Steinen geschlossen. Über die verdammte, von schwarzem Ruß bedeckte Mauer zu klettern, war fürwahr eine grandiose Idee.«

»Ohne meine elfischen Sinne hättest du das abgebrannte Gebäude und die zerfallene Scheune sicher niemals entdeckt.«

»Nein, ganz sicher nicht. Vielleicht wäre ich stattdessen auf die unsagbar dämliche Idee gekommen und einfach, wie all die anderen Leute auch, durch eines der Tore in die Stadt gelaufen.«

»Es ist nun einmal besser, zunächst im Verborgenen zu handeln«, sagte Beregrend ruhig.

»Glaub mir, das Ergebnis wäre ganz genau das gleiche gewesen. Ich bin sicher, absolut niemand hätte sich Gedanken über uns gemacht und wir wären vollkommen unbehelligt zu den Terrassenfeldern gelangt.«

»Es leuchtet dir also noch immer nicht ein, dass wir umso unverdächtiger erscheinen, je später wir uns hier blicken lassen? Vergisst du nicht dabei, dass wir Elfen nicht in Heerscharen in der Welt herumlaufen? Außerdem umgibt dich nun, da du eine Dienerin des Herrn bist, eine unheimliche Aura. Du wirst noch merken, dass dich die Menschen anders wahrnehmen als früher, und es wird ein wenig dauern, bis du gelernt hast, die Macht, die du zu entfesseln vermagst, zu verschleiern.«

»Das sagst du mir erst jetzt? Und das ist natürlich ein Grund mehr, um mich alleine durch die engen Gassen streifen zu lassen?«

»Denkst du nicht, es wäre besser, wenn wir das an anderer Stelle weiter diskutieren? Immerhin sind wir hier, um eine Aufgabe zu erledigen. Ich bin sicher, Derufin und Myraida trödeln nicht so herum wie wir.«

»Herumtrödeln?« Rhania verdrehte die Augen. Zuerst wollte sie etwas sagen, aber dann beschloss sie, den Mund zu halten. Es wäre zwecklos gewesen, das belanglose Streitgespräch mit dem Elfen bis in die Ewigkeit fortzuführen. Sie waren aus einem bestimmten Grund hergekommen. Es war an der Zeit, ihrem frühmorgendlichen Besuch eine Sinnhaftigkeit zu verleihen.

»Lass es uns angehen«, sagte sie und verpasste dem dreckigen Tuchbeutel, den der Elf über der Schulter hängen hatte, einen Schlag mit der Handfläche, was ein zirpendes Geräusch zur Folge hatte.

Beregrend grinste. »Unsere kleinen Freunde können es wohl kaum erwarten«, sagte er und redete im Flüsterton in einer Rhania unbekannten Sprache auf den Beutel ein.

Die Baroness verdrehte nur die Augen und gemeinsam schlüpften sie durch den Torbogen, hinter dem die gepflasterte Straße einem geschotterten Weg wich, der abschüssig zu den weitläufigen Feldern hinabführte.

Die Anbauflächen, die Rakshore mit Getreide, Kräutern und Früchten versorgten, waren riesig. So weit Rhania die Terrassenlandschaft überblicken konnte, streckten ihr die halbhohen Ähren goldgelben Korns ihre Köpfe entgegen.

In mehreren Stufen fielen die Plantagen und Äcker ab. Kleine Streuobstwiesen begrenzten die Flächen, für die sich ein einzelner Bauer verantwortlich zeigte. In geradlinigen Winkeln verliefen gekieselte Pfade, die allesamt in den großen Weg mündeten, den sie nun beschritten. Gesäumt von farbigen Steinen führte er an der Flanke des schwarzen Felsens so weit hinab, dass Rhania das Ende nicht erblicken konnte.

Obwohl sie nicht das erste Mal in ihrem Leben die Terrassen von Rakshore betreten hatte, war sie dennoch beeindruckt von der Weitläufigkeit der steinernen Mauern und Begrenzungen, die Erdschichten und Bepflanzung an Ort und Stelle hielten. Die Stadt der Lieder schien wie von göttergleichen Wesen erbaut. Nahtlos fügten sich die Ackerflächen zu der majestätischen Schönheit des innerstädtischen Kerns hinzu, die nur die unheimliche schwarze Maserung des Felsens in ihrer Mitte überstrahlte.

Die Bewohner der Stadt der Lieder hatten sich jedoch nicht mit einfachen Mauern und Feldern zufriedengegeben. In gleichmäßigen Abständen luden kleine Parks zu Ruhepausen ein, in denen Bauern und Mägde die Fertigkeiten der kunstschaffenden Bevölkerung bewundern konnten. Eine

Vielzahl an Teichen, Gärten, marmornen Statuen und mit Blumenkränzen geschmückten Obelisken zierte die Weite der Felder.

Der Duft von Teichrosen und Obstbäumen wehte zu Rhania herüber und über all der Pracht lag das stetige Hintergrundrauschen eines ausgeklügelten Bewässerungssystems. Durch meisterliche Arbeit entstandene Durchlässe, Gräben und Kanäle sorgten für die ausreichende Versorgung von Pflanzen und Kräutern mit dem lebenswichtigen Nass, das aus nahen Quellen zu den Feldern der Bauern herangeleitet wurde.

»Jetzt, da ich die ausgeklügelte Bewirtschaftung der Felder mit eigenen Augen sehe, frage ich mich, ob wir wirklich das Richtige tun.« Rhania fasste Beregrend am Arm und sah ihm direkt in die Augen, als hoffte sie, darin einen Ausweg zu finden, doch zu ihrem Erstaunen erkannte sie darin nichts als Unverständnis.

»Es ist einfach nicht fair. In Rakshore leben auch Kinder.« Rhania war erzürnt. Warum verstand der Elf nicht, was sie meinte? »Ich sehe einfach keine Moral in dem, was wir tun.«

Traurig senkte Beregrend den Kopf.

»Es ermüdet mich, dir immer wieder aufs Neue Verständnis entgegenzubringen«, sagte er.

»Wie können wir unser Handeln bloß rechtfertigen? So viele Menschen, die unseretwegen ihr Leben lassen sollen!«

»Immerwährend argumentierst du mit den bedeutungslosen moralischen Vorstellungen deinesgleichen.« Der Elf schüttelte den Kopf. »Verstehst du nicht, dass diese völlig nutzlos sind? Die Natur des Lebens ist über alles erhaben und sie kennt keine Moral.«

Die Worte des Elfen ließen Rhania mit offenem Mund zurück.

»Der Tod ist ein Bestandteil der Natur. Die Schöpfung ist nicht moralisch, weder gut noch böse. Sie ist es, die uns geformt hat, die alles um dich herum geschaffen hat, und das

Leben nimmt, wann immer es ihr beliebt. Dir unbedeutendem Wesen steht es in keiner Weise zu, über sie zu urteilen.«

Rhania ließ den Arm des Elfen los und lief einige Schritte weiter den Weg hinab. Die Menschen hatten sich zu Unrecht in Scharen ausgebreitet und ihre natürliche Umgebung selbstsüchtig, wie sie waren, bis zur Unkenntlichkeit zerstört, aber rechtfertigte das tatsächlich ihren Tod? Die Baroness konnte und wollte das nicht verstehen.

Erst als sie die einzelne Träne an ihrer Wange fortgewischt hatte, bemerkte sie, dass der Elf hinter ihr stehen geblieben und auf ein Knie gefallen war.

Zärtlich streichelte Beregrend über die honiggelben Fruchtkörper eines Pilzes, die einen Platz zum Wachsen am Rande des Weges gefunden hatten und sich in einem treppenförmigen Halbrund an der Flanke des schwarzen Felsen erstreckten.

Rhania verstand nicht, was der Elf an den unscheinbaren Gewächsen fand, an denen sie einfach vorbeigelaufen war.

»Du zeigst dich besorgt über den bevorstehenden Tod der Menschen und ihrer Nachkommen. Tagtäglich werden zu Tausenden frisch geschlüpfte Vögel von ihren Feinden gejagt, ihre bebrüteten Eier geraubt. Nur die wenigsten Schösslinge werden zu einem stattlichen Baum und für viel zu viele Wesen endet das Leben, noch bevor es richtig begonnen hat. Viele fallen unheilbaren Erkrankungen zum Opfer, erleiden am Ende des Lebens höllische Qualen. Nur manche erwarten den Tod im hohen Alter. Hast du dich je gefragt, welches Geschöpf das Älteste unter den Lebenden ist?«

Rhania trat zu Beregrend, der nach wie vor bewundernd mit den Fingern über die mit winzigen Haaren bewachsenen Kappen der Pilze strich.

»Ich weiß es nicht, aber ich fürchte, du wirst mich gleich darüber aufklären. Doch nicht etwa dieser kleine Pilz da.«

Rhania sah, wie ein verschmitztes Lächeln Beregrends Lippen formte und sich sein ehrfürchtiger Blick für die

Natur des Pilzes in vornehmes Mitleid wandelte, welches er ihr entgegenbrachte.

»In der Tat ist es dieser Hallimasch. Seit mehr als dreitausend Jahren suchen sich seine Fruchtkörper stets erneut den Weg ans Licht. Unterhalb des Erdbodens erstreckt sich sein feines Netzwerk über die gesamte Fläche der Terrassen, weit hinab in die mit Blutgras bewachsene Ebene am Rande der Stadt. Schon in wenigen Monden werden die Ausläufer seiner Fäden die alte Stadt unterwandert und die andere Seite des Steins erreicht haben. In immer schnelleren Zyklen wird er sich weiter und weiter verbreiten.«

»Das ist ja alles sehr interessant, aber was hat das mit unserem Auftrag zu tun?«

»Als die Menschen die Felder der Terrassen anlegten, haben sie die Ökologie der Natur verändert. Insekten und Tieren wurde der ursprüngliche Lebensraum genommen. Nur wenige Arten konnten in den eintönigen Anbauflächen überleben. Den Verbliebenen ist ein trauriges Schicksal vorherbestimmt. Nur eine kleine Veränderung kann ausschlaggebend sein. Ein zusätzlich gefällter Baum, ein ausbleibendes Insekt, was den natürlichen Kreislauf stört und die Bestäubung mit den Pollen an ihren Beinen verhindert. Seit jenen Tagen kämpfen sie um den Erhalt ihrer Existenz. Nur dieser Hallimasch trotzte dem fortwährenden Bestreben der Menschheit. Er ist es, der wahrlich über die Natur der Terrassen herrscht. Er ist es, der das Wunder des Lebens aufrechterhält und den umliegenden Pflanzen seine Kraft spendet. Ohne ihn würden keine Früchte auf den Feldern gedeihen.«

»Er ist mit den anderen Pflanzen verbunden?«

Beregrend lächelte. »Ja, das ist er. Seine Fäden reichen weit. Pilzarten gehören zu den ältesten Geschöpfen dieser Welt. Weder dem Reich der Pflanzen noch dem der Tiere zugehörig, teilen sie ihre Nährstoffe mit dem umliegenden Leben.«

»Aber dann ist doch alles gut.«

»Nichts ist gut!« Beregrend ließ von den Fruchtkörpern ab und wandte sich Rhania zu. »Die Menschen treiben es zu weit. Ihre Zerstörung ist nicht mehr aufzuhalten. Wenn wir die Bewohner der Stadt nicht vernichten und die nur durch hohe Wasserverschwendung ertragreichen Felder weiterhin bestellt werden, ist auch der Hallimasch dem Tode geweiht.«

Rhania schluckte und spürte plötzlich einen Kloß in ihrem Hals, der dicker und dicker wurde.

»Glaubst du vielleicht, ich empfinde Freude dabei, die wundervolle Schönheit des Lebens zu beenden?« Beregrends Augen funkelten wild.

»Ich erledige meinen Auftrag, weil ich es muss. Meine Aufgabe ist es, zu morden. Genau wie deine. Und doch weiß ich, dass ich auf der richtigen Seite stehe. Auf der Seite der Gerechtigkeit. Wer Leben auf solch rücksichtslose Weise nimmt, verdient den Tod.«

Rhania spürte ein beklemmendes Gefühl, das sich angefangen an ihren Schläfen bis hin zu ihrem Nacken zog und dafür Sorge trug, dass die Röte ihres Gesichts aschfahler Blässe wich.

»Es ist nur eine Frage der Zeit, bis Rakshore vernichtet wird. Der schützenden Natur beraubt, haben sich die Menschen schon vor Jahren das eigene Grab geschaufelt. Zu viele von ihnen leben in diesem Landstrich. Arrogant und verwöhnt, wie sie sind, haben sie ihren eigenen Untergang längst besiegelt. Die gerodeten Flächen bieten keinen Schutz. Immer mehr Unwetter brechen über die Bewohner herein. Immer häufiger wird Dürre und Wasserknappheit die Menschen der Stadt hungern und dursten lassen. Verheerende Plagen sind die unausweichliche Folge. Schon in naher Zukunft wird die Natur Rache üben. Scharen von Insekten werden über die Felder hereinbrechen und Krankheiten verbreiten, denen selbst die geschicktesten Heilkundigen Rakshores nur hilflos gegenüberstehen werden. Missgunst, Neid und andere Abartigkeiten menschlicher Triebe werden Zwietracht unter einstigen Freunden säen, bis der letzte Mensch an seinem eigenen Wahn krepiert, der ihn dank dem niedersten aller Instinkte auch den letzten seiner Mitmenschen in bestialischer Art und Weise meucheln ließ.«

Rhania sagte nichts, als der Elf eine kurze Pause einlegte und gierig die Luft einsaugte. Die Baroness wusste, dass ihn die letzten Worte Anstrengung gekostet hatten. Nur zu gerne hätte sie etwas Sinnvolles erwidert, doch bei den Göttern, nichts gab es, was sie dagegen sagen konnte.

Beregrend hatte sich in Rage geredet, doch schneller als sie vermutet hatte, war der Elf zu seiner inneren Ruhe zurückgekehrt.

»Rhania, glaube mir, ich verstehe den Schmerz, den der Tod so vieler Menschen mit sich bringt. Ich verstehe ihn nur zu gut. Aber wenn es nichts gibt, was wir dagegen tun könnten, wenn der Tod der Stadt ein unausweichliches Schicksal darstellt, ist es da nicht besser, frühzeitig zu handeln und die Finsternis schnell über die Menschen hereinbrechen zu lassen? Ist eine kurze Qual nicht besser als ein langsames Siechtum?«

Rhania fiel es schwer, etwas zu sagen, denn der Kloß in ihrem Hals hatte sich noch nicht zurückgebildet. Ihre Worte kamen leise und kratzig über ihre Lippen.

»Vielleicht ist es besser so.« Sie wiegte den Kopf ein wenig hin und her. »Vielleicht besteht so sogar die Chance, ein paar Leben zu retten.«

»Ein sehr schöner Gedanke.« Beregrend lächelte. »Und so wahr«, fügte er hinzu. »Jetzt hast du es verstanden. Wir bringen den Tod, doch neues Leben wird sprießen. Wenn wir uns beeilen, ist der Hallimasch vielleicht doch noch nicht dem Tode geweiht. Viele Arten werden den angestammten Lebensraum zurückerobern.«

Rhania fühlte sich unendlich klein. Schon wieder hatte Beregrend ihr die eigenen Illusionen geraubt. Die Worte des Elfen ließen sie die Welt mit anderen Augen sehen.

In kürzester Zeit war Beregrend zu einer wichtigen Bezugsperson für sie geworden. Auch wenn sie die hohe Gestalt und das hübsche Gesicht des Elfen anziehend fand, war sie ihm nicht leidenschaftlich verbunden, und doch konnte sie nicht leugnen, dass sie die väterlichen Gefühle, die er ihr entgegenbrachte, nur zu gerne annehmen wollte.

Ein helles Licht blendete Rhania, sodass sie sich die Hand vor die Augen halten musste. Während ihres Wortwechsels war nur wenig Zeit vergangen, doch die aufgehende Morgensonne hatte just diesen Moment gewählt, um die ersten Strahlen des Tages auf die goldgelben Getreidefelder Rakshores zu entsenden.

Verstört blinzelte Rhania in den anbrechenden Morgen und verfolgte fasziniert das Farbenspiel der Natur, das gleißendes Sonnenlicht unheilvoll am Himmel ankündigte. Fast schien es so, als hätte der Herr mit Bedacht genau diesen Moment gewählt. Grell leuchtend stand die entflammte Scheibe der Sonne am Himmel und die Baroness konnte beinahe erkennen, wie sich die helle Kugel immer weiter aus dem Horizont erhob.

Der Elf gab ein eigentümliches Schnauben von sich. Offensichtlich deutlich weniger erstaunt als sie selbst stand er neben ihr und starrte ehrfürchtig auf die prächtigen Farben, die sich am Himmel zeigten. Ein zartes Lächeln spielte um seine Lippen.

Rhania hatte schon viele Sonnenaufgänge erlebt, doch das Schauspiel, das ihr die Welt heute bot, würde in die Geschichte eingehen. Farbenprächtiges Licht erstrahlte so hell, dass es in den Augen schmerzte, und gleichsam verfinsterte sich der Himmel, als würde die Nacht mit Heerscharen dunkler Geschöpfe darum kämpfen, zurückzukehren. Unheilschwanger lieferten sich lilafarbene Töne einen Wettstreit um die Vorherrschaft am Firmament. Die gesamte Welt war in ein fahles Licht getaucht. Blutrot zuckten farbige Streifen wie Blitze über den Himmel, bedrohliche Vorboten eines rabenschwarzen Tages.

Nur wenige dünne Wolkenfetzen standen am Himmel, vermochten es nicht, der gewaltigen Macht des Herrn der Finsternis zu trotzen, die dieser heraufbeschworen hatte.

Rhania schluckte. Sie spürte, wie der Kloß in ihrem Hals an neuer Stärke gewann. Niemals hätte sie es für möglich gehalten, dass die Zeichen des Gottes in so bewundernswerter Erscheinung am Himmel stehen würden. Schön und verhängnisvoll zugleich stand der nahende Tod in den Himmel geschrieben.

Rhania bemerkte, das Beregrend unruhig wurde.

»Wie ich es vorausgesehen habe, hat der Herr den Untergang der Stadt der Lieder schon vor langer Zeit beschlossen. Komm! Gleich dort drüben ist ein geeigneter Platz, um das Unheil über die Stadt hereinbrechen zu lassen.«

Der Elf wartete nicht, sondern lief zu einem der Felder, auf dem das Korn schon besonders hoch gewachsen war.

Rhania konnte nur schwer die Augen vom Grauen des Himmels lösen, doch schließlich schaffte sie es und folgte Beregrend, der sich bereits einen Weg durch die Ähren des Feldes bahnte und schon nach wenigen Schritten tief in die Hocke ging. Vorsichtig nahm er den schmutzigen Tuchbeutel von der Schulter und löste die Verschnürung.

Ein hohes Zirpen erklang, als Hunderte von Heuschrecken in freudiger Erwartung die Hinterbeine aneinander rieben.

Rhania dachte kurz an die Anstrengungen des Vortages zurück. Stundenlang hatten sie alle gemeinsam Wald und Wiesen nach den wandernden Insekten abgesucht. Beregrend hatte darauf bestanden, so viele wie möglich von ihnen einzusammeln. Mehr als tausend Exemplare steckten in den beiden Beuteln, die Derufin und der Elf bei sich trugen. Die Baroness war sich fast sicher, dass Myraida und der ehemalige Dieb nicht so viel Zeit verschwendet und die Aufgabe längst erledigt hatten. Ihre beiden Gefährten kümmerten sich um die östlichen Terrassen, während Beregrend und ihr der westliche Teil der Anbauflächen der Stadt zugefallen war.

»Wird es klappen?«, fragte sie und betrachtete finster das erste Tier, das, froh darüber, den Weg zurück in die Freiheit gefunden zu haben, voller Tatendrang die durchsichtigen Flügel entfaltete und schnell davonflog. Der neu gebildete Schwarm seiner Artgenossen folgte ihm. Eine zirpende, grüne Schar von Insekten, die lustvoll ihre Pheromone versprühte.

Der Elf schüttelte die letzten Tiere aus dem Beutel und rieb sich danach zufrieden die Hände. Beruhigend legte er Rhania die Hand auf den Oberschenkel. »Ich kann es bereits riechen. Binnen kürzester Zeit wird es vor Heuschrecken nur so wimmeln. In Massen werden sie über das Korn herfallen und alles kahl fressen, was ihnen schmackhaft erscheint. Schlimmer noch als bei einer Dürre wird die Ernte Rakshores in diesem Jahr eingehen.«

»Die Menschen werden Hunger leiden müssen«, sagte Rhania und wischte eines der Insekten mit der Hand fort, das sich auf ihre Schulter verirrt hatte.

»Hunger und Not, die Auslöser für Krankheit und den Tod.« Der Elf lachte. »Ich denke aber, wir werden dem Großteil der Bevölkerung schon viel früher Ruhe und Frieden schenken.«

»Dem Großteil? Werden nicht alle Bewohner unsere Opfer sein?«

»Es besteht eine gute Chance, dass Einzelne dem Tod widerstehen und für kurze Zeit seinen Fängen entwischen. Weit entfernt, an anderer Stelle, werden sie eine neue Ansiedlung gründen. Die eigene Geschichte missachtend, werden sie über Generationen hinweg vergessen und wachsen, bis der Tod sie aufs Neue heimsuchen wird.«

»Eine schreckliche Vorstellung. Glaubst du wirklich, dass die Menschheit so dumm ist und nicht aus den eigenen Fehlern lernt?«

Rhania wusste nicht so recht, was sie mit der Antwort des Elfen anfangen sollte. Beregrend stand nur da und sah sie mit wissendem Lächeln an.

»Ist das ganze Gehabe mit den Heuschrecken nicht ziemlich unnötig, wenn wir den Bewohnern sowieso schon bald den Garaus machen?«

Beregrend lachte. »Je mehr die Städter mit ihren eigenen Problemen zu kämpfen haben, desto unwahrscheinlicher werden sie auf unsere eigentlichen Absichten stoßen.«

»Ah, ich verstehe, Ablenkung also. Ganz schön raffiniert.« Anerkennend tätschelte der Elf Rhanias Bein.

»Ja und nein. Würden die Menschen sonst erfahren, was sie verbrochen haben?«

»Eine Chance für einen Neuanfang?«

Beregrend sah sie mitfühlend an.

»Komm schon, hör auf, über die beschränkten Möglichkeiten der Menschen nachzugrübeln. Eines Tages vielleicht werden sie dieser Welt würdig sein, aber bis dahin werden wir sie noch oftmals heimsuchen.«

Sorgenvoll blickte Rhania in die unheilvollen Farben des Himmels. Noch vor Kurzem war auch sie ein Mensch gewesen und wie die Bewohner Rakshores hatte auch sie den angerichteten Frevel an der Natur nicht erkannt. Jetzt war es die ihr übertragene Aufgabe, die Vorgänge zu beschleunigen. Mit allen ihr zur Verfügung stehenden Mitteln würde sie das Leben von Pflanzen und Tieren schützen. Auch wenn es sie noch so schmerzte, die Schandtaten der Menschheit mussten gerächt werden.

Traurig, aber entschlossen zugleich folgte sie dem Elfen, der sich bereits erhoben und das Feld verlassen hatte.

4. Kapitel

»Sagtest du nicht, in Rakshore würden sich nur die besten Musikanten im Wettstreit miteinander messen?«

Myraida sah fragend zu Rhania, die neben ihr an einer halbhohen Mauer lehnte und genüsslich an einem Stück Schwarzbrot kaute, das sie dick mit Butter bestrichen hatte.

»Ich für meinen Teil kann dem Gejaule dieser beiden Taugenichtse wahrlich nicht viel abgewinnen.«

»Das sind doch nur zwei junge Kerle, die sich gnadenlos selbst überschätzen. Die Leute lassen sie gewähren, aber niemand denkt auch nur im Traum daran, diese beiden übermütigen Knaben eine Ebene aufsteigen oder gar zum König ausrufen zu lassen.«

Feine Tröpfchen benetzten Myraidas Gesicht, als sich Rhania zu den schrägen Tönen äußerte, die von den beiden Jungen mit pickelnarbiger Haut auf Lauten und Flöten vorgetragen wurden. Langsam wischte sie sich die mit Krümeln vermischte Spucke aus dem Gesicht. Die Herumtreiberin sah, wie ihre Gefährtin einen großen Brocken des Schwarzbrots entschuldigend hinunterschluckte.

»T'schuldigung«, murmelte sie.

Myraida hatte für den ungezügelten Appetit der Baroness Verständnis. Schließlich war es genau der würzige Duft frisch gebackener Brotlaibe, der sie in diese mit Menschen überlaufene Gegend der Stadt verschlagen hatte. Schon von Weitem hatte sie das rauchende Buchenholz gerochen, das hoch aufgeschichtet in einem Loch im Erdboden flammte und den darüberliegenden Lehmofen mit der genau richtigen Temperatur befeuerte.

Derufin hatte ihr einmal erklärt, dass es eine Kunst für sich war, einen Backofen zu errichten, der nicht sofort bei der ersten Befeuerung in tausend Stücke zersprang und haltlos in sich zusammenfiel. Der verwendete Lehm musste trocken und feucht zu gleich sein, um den vorherrschenden Temperaturunterschied auszugleichen. Lange Trocknungszeiten der einzelnen Schichten waren ohnehin vonnöten.

Nun ja, der fast mannshohe Backofen auf einem kleinen Platz im Ostviertel Rakshores hatte seine Feuertaufe unbeschädigt überstanden. Dicker Ruß an seinen Wänden zeugte von tagtäglichem Gebrauch.

Der Bäckermeister, der ihnen je zwei dicke Scheiben des köstlichen Schwarzbrots verkauft hatte, verstand sein Handwerk. Sie konnte förmlich schmecken, dass der Teig mit Liebe gemacht worden war und lange genug geruht hatte, um für den Magen bekömmlich zu werden.

»Ich könnte sterben für ein Stück Schwarzbrot«, sagte Rhania und ließ einen weiteren großen Bissen in ihrem Mund verschwinden.

»Komisch, ich dachte eigentlich, dass die vornehme Gesellschaft nicht an einfachen Bauernspeisen interessiert sei. Verspeisen die Adligen nicht eher Brot aus hellem Mehl? Dieses hier scheint mir nach einem ganz einfachen Rezept mit dunklerem Korn gemacht zu sein.«

Belustigt sah Myraida zu, wie die kleine Baroness mit dicken Backen an ihrem Mahl kaute. »Schling nicht so. Du tust ja so, als hättest du seit Tagen nichts mehr gegessen.«

»Habe ich ja auch nicht. Zumindest nichts so Leckeres. Wie einfach die Welt doch sein kann. Ein gutes Brot und ein wenig Butter reicht mir allemal. Da lasse ich sogar einen über dem Feuer gebratenen Fasan für aus.«

»Nun übertreibe mal nicht gleich so. Stimmt, die Butter ist echt gut, aber wenn du zu viel davon kostest, werden deine

Hüften ganz schön in die Breite gehen. Der abgeschöpfte Rahm ist ziemlich fett, weißt du?«

Rhania blieb der Bissen im Halse stecken und Myraida sah, wie sich ihre Miene schlagartig verfinsterte.

»Danke, dass du dich so um mein Äußeres sorgst. Es würde dir doch ganz gut passen, wenn ich aufgehe wie eine Flunder.«

Myraida beschloss, es für heute bei dieser kleinen Stichelei zu belassen. Seit die Baroness zu ihrer Gruppe gestoßen war, schienen sie beide in einer Art Konkurrenzkampf gefangen. Sie konnte nicht leugnen, dass sie selbst damit begonnen hatte und doch verstand sie nicht genau, warum. War es vielleicht Eifersucht, die sie quälte? Myraida wollte das nicht glauben. Rhania war keine direkte Bedrohung. Der Elf war zu ihr genauso abweisend wie zu ihr und Derufin kritzelte leidenschaftlich in jeder freien Minute mit seinem Kohlestift auf Dutzenden von Pergamentfetzen herum, ohne großartig auf sie oder die Baroness zu achten.

Es musste etwas anderes sein. Vielleicht war es Rhanias großspuriges Verhalten. Als Adlige war die Baroness den Umgang mit Untergebenen und das Erteilen von Befehlen gewohnt. Dabei verfügte sie nicht im Geringsten über die nötige Erfahrung. Rhania war noch ein Kind. Ihr jugendlicher, zur Frau erblühter Körper sagte etwas anderes, doch Myraida wusste, dass sich die Räder ihres Verstandes noch einige Monde lang drehen würden, bis die aufgewühlte Gefühlswelt der Baroness endgültig zur Ruhe kam.

»Jetzt wird es aber richtig fies«, sagte Rhania, als Myraida nicht antwortete, und steckte sich einen fettigen Finger in das den Musikern zugewandte Ohr.

Bislang hatte ein langsames Musikstück über das mangelnde Talent der Jünglinge hinweggetäuscht, doch nun spielte der Jüngere der beiden eine schnelle Melodie auf einer filigranen Flöte, bei deren Handhabung er sich unfassbar oft vergriff und dem Instrument damit eine ganze Reihe missratener Töne entlockte.

Der zweite Junge bemerkte das eher dürftige Können seines Freundes nicht oder schien sich nicht daran zu stören, denn ohne Umschweife grölte er einen unsäglich tumben Text zu den vorgetragenen Klängen.

»Zumindest seine Stimme klang doch gerade noch ganz angenehm, aber jetzt? Der quietscht ja wie ein ungeöltes Türscharnier.« Rhania stöhnte, doch trotz ihrer Maßnahme drang die kratzig hohe Stimme noch immer an ihr Ohr.

Ein alter Mann begibt sich zur Ruh',
macht endlich seine Äuglein zu.
Da hört er vor dem Fenster klein,
einen Freier und sein Mädchen schrei'n.

Der alte Mann springt auf in Wut,
nimmt nur vom Nagel seinen Hut.
Im Nachthemd eilt er schnell hinaus,
und sagt dem Freier, was ihm graut.

Halt's Maul, ich will in Frieden ruh'n.
Hör' auf, sonst kriegst du's mit mir zu tun.
Ich finde es besonders fein,
kehrt bei and'ren endlich Ruhe ein.

Ein hübsches Weib sitzt in der Schänke,
verzückt die Herr'n auf ihren Bänken.
Der Eine spricht sie dümmlich an,
weil er auch nur noch lallen kann.

Das Weib verdreht nur forsch die Augen,
Du kannst ja nicht mal grad'aus schauen.
Komm mir zu nah, dann wirst schon sehen,
ich wird' ganz sicher ohne dich fortgehen.

Halt's Maul, ich will hier nur ruhig sitzen,
glaubst du's nicht, wird es gleich bei Dir blitzen.
Denn ich finde es besonders fein,
kommt grad' mein stattlich Mann zur Tür herein.

Ein Spielmann singt zu hohe Töne,
weil er meint, dass man sich dran gewöhne.
Er schreit und kreischt, als fröne er dem Wein,
dabei ist nur sein Gemächt sehr klein.

Die Menge tobt, doch nicht vor Glück,
noch ist er im ganzen Stück.
Der König zerrt ihn vom Podest,
wodurch er nichts mehr erklingen lässt.

Halt's Maul, ich will nur Schönes hör'n.
Verschwind' auf ewig, lass ich dich schwör'n.
Ich finde es besonders fein,
kehrt hier endlich wieder Ruhe ein.

Nach einer gefühlten Ewigkeit kehrte tatsächlich endlich wieder Ruhe ein und die beiden talentfreien Musikanten begnügten sich mit einem weiteren, aber deutlich langsameren Stück. Obwohl einige Zuhörer verständnislos den Kopf schüttelten, ließen sie sich nicht beirren und gaben weiterhin ihre Künste zum Besten. Leider wurde das hohe Gekrächze des Sängers nicht viel besser.

Myraida winkte Beregrend zu sich, als sie den dunkelblonden Haarschopf des Elfen in der Menge der Menschen ausmachte, die sich in den engen Gassen drängte. Die ganze Stadt schien auf den Beinen, doch nur vereinzelt blieben meist angetrunkene Knechte und Handwerksburschen stehen, die den auf einem schmalen Podest musizierenden Jünglingen belustigte Blicke zuwarfen. Ein paar Burschen feixten und zogen beschämende Grimassen, bevor sie laut lachend einige weiße Steine vor die Füße der Musikanten warfen.

»Meine Stimme habt ihr!«, riefen sie den Musikern zu.

Myraida sah, wie Beregrend die jungen Männer sanft zur Seite schob und sich auf diese Weise einen Weg zu ihnen bahnte. Der Elf überhörte die protestierenden Schreie der Handwerksburschen, die angesichts seiner Körpergröße und des finsteren Blicks, mit dem er sie bedachte, schnell verstummten. Vielleicht waren es auch die spitzen Ohren oder der abgenutzte Griff des Wolfsmessers, das in einer ledernen Scheide an seinem Gürtel steckte und von regem Gebrauch zeugte, was sie die Köpfe einziehen ließ.

Myraida konnte sich ein Grinsen nicht verkneifen. Für einen Mann wie Beregrend war es im Grunde unmöglich, sich unauffällig in der Menge buntgekleideter Menschen zu bewegen, die in fröhlicher Stimmung durch die gepflasterten Straßen der Stadt zog.

Erst als der Elf direkt vor ihr stand, erkannte sie Derufin an seiner Seite, der ihr zunickte und genüsslich an einer Hähnchenkeule knabberte.

»Ziemlich nervtötendes Gedudel, meint ihr nicht?« Der ehemalige Dieb fletschte die Zähne und spuckte einen knorpeligen Knochen auf die hübschen Pflastersteine Rakshores.

»Ich denke, es könnte der richtige Ort sein, um die Menge zum ersten Mal mit unserem eigenen Können zu erfreuen«, sagte Myraida und verdrehte die Augen, als sie unauffällig mit dem Kopf in Richtung der unsagbar schlechten Musiker deutete.

»Eine wahrlich gute Idee. Das ist ja wirklich kaum auszuhalten«, meinte Beregrend und auch Rhania schien von dem Gedanken begeistert, denn sie nickte eifrig und hielt sich, erstaunt davon, dass die jungen Musiker einfach nicht aufhören wollten, die Ohren zu.

Beregrend wartete nicht auf die anderen. Er ging zurück zu den beiden Jünglingen und riss dem einen unverblümt die Flöte aus der Hand, die dieser nur unzulänglich beherrschte, und steckte sie sich in den Gürtel. Ein gut gezielter Tritt in das Hinterteil beförderte den jungen Mann auf die Straße, was die umstehende Menge lautstark johlen ließ.

Die schrecklich nervige Stimme des zweiten Mannes erstarb. Der knabenhafte Sänger überlegte nicht lange. Unaufgefordert legte er die fünfsaitige Laute in die ausgestreckten Arme des Elfen. Mit aufsteigender Schamesröte im Gesicht half er seinem Kumpane auf die Füße und gemeinsam verschwanden ihre Köpfe in der lauthals buhenden Menge.

Beregrend streichelte liebevoll über das wunderbare Instrument und spielte ein paar schnelle Töne. Anders als der Nichtskönner zupfte er nicht an einzelnen Saiten, sondern schrammte mit einem kleinen Holzbrettchen, das er aus der Tasche gezogen hatte, mit weit ausholenden Armzügen über das Instrument, was den hölzernen Klangkörper in wilde Schwingungen versetzte und doch einen sauberen Klang ergab, der erst durch längere Pausen zwischen den Anschlägen richtig zur Geltung kam.

Die Köpfe der Umstehenden flogen in seine Richtung. Erstaunte Gesichter blickten auf den Elfen, der das Saiteninstrument wortlos an Rhania weitergab, als diese das Podest der Musikanten erreichte.

Myraida wusste, dass selbst die musikbegeisterten Bewohner Rakshores noch niemals eine solche Intensität an Tönen vernommen hatten. Dankend ergriff sie Beregrends Hand, der sie galant zu sich auf das Podest geleitete.

Langsam setzte sie ihre Fidel an und wartete auf den einleitenden Takt des ehemaligen Diebes. Derufin trug keine Trommeln bei sich, doch die unhandlichen Instrumente waren für den Anfang auch nicht nötig.

Leichtfüßig sprang er auf die behelfsmäßige Bühne und stellte sich breitbeinig vor die Menge der Zuschauer, die erwartungsvoll zu ihnen aufsah.

Myraida hörte ein leises Geräusch, als er einen tiefen Atemzug nahm und seinen Brustkorb mit ausreichend Luft füllte, die er in Schwingungen versetzen konnte.

Langsam schlug er mit den Handflächen einen einfachen Takt an die Stelle kurz unterhalb des Schlüsselbeins. Erst links, dann rechts, bis er den Rhythmus gefunden hatte und in schneller Folge wie ein wutentbrannter Affe auf den natürlichen Klangkörper seiner Brust trommelte. Ein zusätzliches Stampfen ließ die Bretter des Podests erzittern und entlockte dem hölzernen Gestell unter seinen Füßen einen langanhaltenden dumpfen Ton.

Myraida bewunderte Derufin für seine Begabung. Selbst mit so einfachen Mitteln war er dazu in der Lage, weithallende Töne zu erzeugen, die selbst in vielen Schritten Entfernung zu vernehmen waren und die Zwerchfelle der Zuhörer in wohliges Schwingen versetzten.

Die rotgelockte Herumtreiberin liebte es, zu musizieren. Wenn sie vor Publikum stand, war sie ganz in ihrem Element. Freudestrahlend ließ sie den mit Pferdehaar bespannten Bogen über die Saiten ihrer Fidel gleiten. Sie zwinkerte Derufin zu und spielte eine zarte Melodie, die sich nahtlos in den Takt einwebte. Nicht zu aggressiv und kompliziert durfte die Musik werden. Ein Fehler, den die beiden Jünglinge begangen hatten. Selbst ein Anfänger konnte an einem Instrument mit ein wenig Anleitung und Begeisterung wundersame Klänge erzeugen. Es war eben genau die Kunst, das eigene Können unter den Tisch zu kehren und nur zu spielen, was auch wirklich zum Musikstück gehörte. Bereits ein Ton oder eine Phrasierung zu viel konnte als störend empfunden werden. Musik war etwas Wundersames und am schönsten, wenn sie einfachen Prinzipien folgte. Beregrend und Rhania schienen ähnliche Überlegungen anzustellen, denn auch sie steuerten angenehm einfache Tonfolgen und Melodien zu ihrem Spiel hinzu.

Schon bald hatte sich eine kleine Menschenmenge vor dem Podest versammelt, die sich begeistert im Takt der Musik wiegte. Viele Bewohner der Stadt der Lieder führten Instrumente mit sich und einer von ihnen warf Derufin eine mit Fell bezogene Rahmentrommel zu, die dieser geschickt auffing und im Nu erklingen ließ. Schon in ihren Kindheitstagen hatte die Baroness Rakshore besucht und ihnen glaubhaft versichert, dass nahezu jeder Einheimische der Stadt mindestens ein Instrument mit Virtuosität beherrschte.

Es war an der Zeit, herauszufinden, ob Rhanias Einschätzung stimmte. Die Melodien, die sie spielten, waren so einfach, dass jeder, der etwas auf sein Können hielt, sofort einsteigen konnte.

Einer ihrer berühmten Luftsprünge ließ die Menge raunen. Myraida vollführte einige grazile Tanzschritte. Eine elegante Drehung lenkte den Blick der Männer in den ersten Reihen auf ihre Hüfte.

»Na?«, rief sie lautstark in die Menge. »Wollt ihr mich tanzen sehen, müsst ihr meinen Part übernehmen.«

Einen koketten Augenaufschlag später stürmten auch schon zwei rotbärtige Brüder auf die Bühne und stimmten grinsend mit ihren eigenen Fideln ein, sodass Myraida ihr eigenes Instrument absetzen konnte.

Die Herumtreiberin verlor keine Zeit. In unanständiger Pose hob sie die Arme eng an ihren Körper geschmiegt nach oben und entblößte dadurch ihre von Haaren befreite Achseln, was für Frauen unverheirateten Standes als mehr als anstößig galt. Gleichzeitig schwang sie die Hüften nach vorne und stellte die Beweglichkeit ihres Unterleibs zur Schau, indem sie sich tanzend zwei Schritte auf die Menge der Zuschauer zubewegte.

Myraida wusste, dass die dunkelgraue Hose, die sie eng geschnürt an Beinen und Taille trug, die Reize ihres Körpers hervorhob. Laut stampfte sie mit dem rechten Fuß im richtigen Moment auf, als Derufin im Takt mit der Trommel schlug. Zweimal ließ sie die Absätze ihrer Stiefel abwechselnd von der Hacke zur Spitze wechseln und wirbelte schnell zur Seite, wobei sie die Hüfte schwang, wie nur junge Frauen dazu im Stande waren. Lachend, als hätte sie den größten Spaß ihres Lebens, klatschte sie fröhlich in die Hände, vollführte eine weitere Drehung und einen kurzen, nach links gleitenden Schritt später stand sie wieder am Ausgangspunkt ihrer Darbietung.

Die gesamte Tanzeinlage hatte nur wenige Sekunden gedauert, und dennoch war es ihr gelungen, die Zuschauer verblüfft zurückzulassen. Jeder Tanzschritt passte zur Musik und ließ vor allem die Männer vor dem Podest in Ehrfurcht erstarren.

Übermütig zwinkerte ihnen Myraida zu und begann von Neuem mit ihren Bewegungen. Das Strahlen ihres Gesichts wurde noch größer, als immer mehr Menschen stehen blieben und bewundernd nach der Tänzerin gierten, die sie mit so einfachen Mitteln in den Bann zog.

Aus den Augenwinkeln sah die Herumtreiberin Rhania, die anscheinend mühelos nur einen Schritt neben ihr die Abfolge ihrer Schritte nachahmte. Wie Myraida selbst musste auch sie ihr Instrument weiter gereicht haben, denn noch immer erklangen die vertrauten Töne der Laute unverändert. Die Baroness konnte mit ihrem Tanz überzeugen. Die Bewegungsabläufe waren nicht schwierig, auch wenn nicht jeder sie in größter Perfektion ausüben konnte. Einzelne Schritte waren nicht formvollendet und so manches Mal hätte sie die Beine noch fester anspannen müssen, doch Myraida konnte nicht abstreiten, dass auch die junge Adlige über Anmut und Grazie verfügte. Bei jedem Hüftschwung flatterte das feine Wollgewand im Wind. Die silbernen Einsätze an Ärmeln und Kragen blitzen in der Sonne, was sie zu einem zauberhaften Anblick werden ließ.

Die Menge vor der behelfsmäßigen Bühne applaudierte und die Musikanten gaben weiterhin ihr Bestes.

Bei einer Drehung raunte Myraida der Baroness etwas zu, worauf beide anfingen, hellauf zu lachen.

Im nächsten Moment winkten sie ein paar Mädchen zu, die es bis kurz vor das Podest in die zweite Reihe geschafft hatten.

»Kommt, ihr könnt das auch! Verdrehen wir den Männern ein wenig die Köpfe!«, rief Myraida ihnen zu und wenig später halfen sie der Gruppe hoch auf das Podest. Sie mussten nur einen Takt überspringen, um den Einstieg zu finden, und schon ließ eine ganze Reihe junger Frauen die Röcke fliegen.

»Das Podest ist zu klein, aber der Platz ist groß genug für uns alle.« Beregrend grinste. »Ich denke, wir Jungs können den Mädels zeigen, dass wir auch tanzen können.« Er hatte die Flöte abgesetzt und tanzte nun selbst die Schrittfolge mit.

Die Menge jubelte, niemand verharrte noch still an seinem Platz.

Myraida sah, wie sich die Köpfe der Menschen in der Menge wild hin und her bewegten. Das Stampfen und Klatschen der Tanzenden war weithin vernehmbar und allen zauberten die anstößigen Bewegungen ein warmes Lächeln auf die Lippen.

Mehr und mehr Bewohner gesellten sich zu ihnen, Alte und Junge, Bauern, Kaufleute und Handwerksgesellen. Viele von ihnen brachten runde, abgeflachte Kieselsteine zu den Musikanten, sodass sich schon bald ein kleiner Haufen gebildet hatte, der strahlend weiß in der Mittagssonne glänzte.

Beregrend begann zu singen. Myraida hatte schon darauf gewartet. Der Text des Liedes handelte von innigster, unerwiderter Liebe. Ein Gefühl, das sie selbst nur zu gut kannte. Vielleicht gehörte das Lied gerade deswegen zu ihren Lieblingsstücken. Lautstark und tief drang die Stimme des Elfen an die Ohren der Tanzenden.

Erzähl doch mal von Dir, warum spielst Du so mit mir?
Nach hundert Jahren liebst Du mich erst jetzt.
Stets hast Du mich ignoriert, trotz aller meiner Gier,
nach Deiner Liebe sehnte ich mich fest.
Erzähl es allen hier, völlig egal war ich Dir.
So lange Zeit hältst Du mich von Dir fern.
Niemals warst Du hier, hast mich behandelt wie ein Tier,
in den Käfig Deiner Liebe eingesperrt.

Erzähl doch mal von Dir, warum warst Du so amüsiert?
Wenn ich Dich liebend angeschmachtet hab.
Lachend hast Du applaudiert und Dich ständig echauffiert,
immer wenn ich Dir die Liebe bekundet hab.

Erzähl es allen hier, was hab ich alles probiert.
Die Liebe zu Dir brachte mich ins Grab.
Nun nach Jahren stehst Du hier, bist noch immer eine Zier,
doch ich weile schon längst in meinem Sarg.

Erzähl doch mal von Dir, warum stehst Du nun endlich hier?
Vorbei ist das Leben, das ich einst geliebt.
Du denkst wohl, ich bin ein Vampir, drum wartest Du flankiert,
von Deinen Getreuen, die mich aufs Neue massakrieren.

Erzähl es allen hier, die Nymphe spielt sehr gern Klavier,
eine Melodie, die den Tod zur Folge hat.
Musiziert hab ich mit Dir, doch Du warst furchtbar irritiert,
von der Gesellschaft, die ich Dir geboten hab.

Meine Seele liegt vor Dir, ich bin tot, so sagt man hier,
auf ewig wird die Sehnsucht bei mir sein.
Niemals warst Du mein, lieg jetzt hier in meinem Schrein,
für immer bleibe ich mit meiner Liebe hier allein.

»Ihr seid sehr gut und müsst unbedingt eine Ebene höher aufsteigen. Genügend Steine dafür habt ihr schon gesammelt«, sagte ein graubärtiger Mann, der plötzlich an der Seite des Podests stand. Sein Rücken war vom Alter gebeugt, was erklärte, warum er sich dem Tanz nicht angeschlossen hatte.

»Mit noch mehr Instrumenten und einer größeren Bühne könnten wir sicher noch mehr Menschen mit unseren Liedern begeistern«, hörte sie Beregrend sagen. Myraida wollte ihren Tanz nicht unterbrechen, nahm sich aber die Zeit, um dem Alten verstohlen zuzublinzeln.

»Geht zwei Straßen weiter bis zum roten Kastanienplatz. Linker Hand findet ihr ein hohes Haus aus Fachwerk. Ich bin sicher, bei Master Zerberus werdet Ihr finden, wonach Ihr sucht.«

Myraida spürte, wie die Augen des bärtigen Mannes über ihren Körper bis hinab zu den Schenkeln wanderten.

Die Menge der tanzenden Zuschauer vor ihr teilte sich. Kurz geriet eine in eine dunkle Kapuze gehüllte Gestalt in ihr Blickfeld. Ein blauer, mit weißen Linien durchzogener Stein landete auf dem kleinen Haufen vor dem Podest. Langsam rutschte er an den weißen Steinen entlang nach unten und klapperte leise, als er auf das Pflaster fiel.

Myraida war so abgelenkt, dass sie die Gestalt nicht mehr fand, als sie danach suchte. Längst war sie wieder im Tumult der Menge verschwunden. Der Körpergröße und Statur nach zu urteilen, musste es ein Mann gewesen sein. Jemand, der unerkannt bleiben wollte. Es war ihm gelungen. Zurück blieb nur eine blasse Erinnerung. Ein dunkler glänzender Schatten, der auf seinem Gesicht gelegen hatte.

Der graubärtige Alte lächelte sie an. »Nun weiß jeder, dass ihr würdig seid.«

Myraida gab sich weiter der Leidenschaft im Tanz hin. Der blaue Stein war also etwas Gutes. Sie würde noch früh genug in Erfahrung bringen, was es damit auf sich hatte.

Entspannt lehnte sich Beregrend zurück und genoss den Ausblick, den ihm die gemütliche Bank in der Fensternische bot. Kurz streichelte seine Hand über die tiefklingende weiße Hornflöte, die er so gerne spielte. Allein dem Adelsgeschlecht der Elfen war ein Instrument wie dieses vorbehalten. Magischen Ursprungs war es von Geburt an mit seiner Seele verbunden.

Anders als seine Gefährten hatte er das Ladengeschäft nicht mit der Absicht betreten, so ziemlich jedes Instrument darin wahllos zu befingern und zu bespielen. Schon gar nicht wollte er eine weitere Flöte käuflich erwerben und doch war es Master Zerberus sehr schnell gelungen, ihm ein aus Nussbaumholz gefertigtes Instrument, dessen Mundstück an der Querseite angebracht war, anzudrehen. Die Flöte besaß einen deutlich höheren Klang. Sie erlaubte ihm, das eigene Spiel stärker zu variieren. Sie würde ihm gute Dienste leisten. Die Silbermünze, die es ihn gekostet hatte, reute ihn nicht. Er verweilte lange genug in dieser Welt und nannte ein kleines Vermögen sein Eigen. Gehilfen der Götter mussten sich nicht mit Geldsorgen quälen. Sie alle kannten die geheimen Verstecke, an denen wahre Schätze nur darauf warteten, gehoben zu werden.

Master Zerberus erwies sich als gewiefter Händler. Der Mann mit den weißen Haaren war voll in seinem Element. Überschwänglich hatte er die Musikanten in seinem Haus begrüßt und zeigte ihnen nun voller Tatendrang das breitgefächerte Angebot. Die Auswahl verschiedenster Klangkörper hatte selbst Beregrend erstaunt. Über zwei Stockwerke war jede noch so kleine Ecke des Geschäfts mit Instrumenten vollgestellt. Master Zerberus hatte nur so viel Platz gelassen, dass sich ein mittelgroßer Mann aufrecht durch die engen Gässchen des Ladens bewegen konnte.

Regale und Schränke quollen über und selbst an Decken und Wänden hatte der Händler seine Instrumente mit Seilen befestigt und verstaut.

An einer Seite stapelten sich Trommeln jedweder Größe und Bauart. Einige waren mit schwarzen Netzen umspannt, andere mit Schnüren umwickelt und wieder andere schienen sogar aus Metall gefertigt worden zu sein.

Unzählige Streichinstrumente lagen auf hohen Tischen und über allem lag ein vertrauter Duft, ein wundersames Gemisch aus Staub, Schweiß und Magie.

Beregrend sah, wie seine Freunde mit großen Augen durch den Laden streiften und sich den Gebrauch und die Funktionsweise diverser Gerätschaften erklären ließen, die der Elf noch nie zuvor in seinem Leben gesehen hatte. Bei vielen davon konnte auch er sich keinen Reim darauf machen, wie um alles in der Welt sich damit Töne erzeugen ließen.

Ihn selbst hatte das verkaufseifrige Geschwätz des Händlers schnell ermüdet. In seinen Freunden hatte Master Zerberus jedoch gefunden, worauf er zeit seines Lebens gewartet hatte. Besonders Derufin hatten es die vielfältigen Möglichkeiten der Musikinstrumente angetan. Der ehemalige Dieb hatte ihm von seiner durch die Dryáde neu erworbenen Gabe erzählt. Beregrend meinte fast, die farbigen Töne um seinen Kopf tanzen zu sehen. Die Vielzahl neuer Klänge musste eine wahre Farbexplosion seiner Gedanken hervorrufen.

Doch nicht nur der ehemalige Dieb, auch Myraida und Rhania streunten durch die Reihen der Instrumente und ließen sich immer wieder aufs Neue von den Worten des weißhaarigen Händlers verführen, der sich, wie Beregrend beobachtete, regelmäßig über den ergrauten Bart strich und hin und wieder hinter dem Rücken verstohlen die Hände rieb. Der Elf konnte es ihm nicht verübeln. Auch er wusste, dass dem Händler durch den Besuch seiner Gefährten das größte Geschäft seines Lebens bevorstand.

Es würde noch Stunden dauern, bis sich seine Freunde von den seltenen Instrumenten lösen konnten. Selbst der Tod schaffte es nicht, sie von der Faszination der Sacktrompeten, Schellen und der schier unerschöpflichen Anzahl mechanischer Pfeifen fernzuhalten.

Er gönnte den anderen ihren Spaß. Ihm war es lieber, in einer stillen Ecke zu sitzen und das laute Gewusel der Stadt der Lieder zumindest für kurze Zeit aus den Gedanken zu verbannen.

Eine erfrischende Wohltat, die schnelle Linderung versprach. Die weithin hörbaren Geräusche der Stadt störten seine Konzentration, führten zu den stechenden Schmerzen in seinen Schläfen. Seit er sich in den Tumult Rakshores gewagt hatte, plagten sie ihn.

Beregrend beobachtete das bunte Treiben, das vor dem Fenster vorbeieilte. Nach wie vor war die Festivität des großen Spektakulums im vollen Gange und die Menge der Menschen drängte sich auf der mit rotbraunen Steinen gepflasterten Freifläche. Fünf namensgebende Bäume erhoben sich in der Mitte des Kastanienplatzes und streckten ihre Äste und Blätter hoch in die Luft. Die Stämme verjüngten sich, die Kronen bildeten ein dichtes Blätterdach, das den Bewohnern Schatten spendete.

Viele nutzten die Gelegenheit, sich vor den Sonnenstrahlen zu schützen, und verweilten auf den Bänken, die um die Stämme herum platziert worden waren.

Die Kastanien schienen gesund und hatten bereits ein stattliches Alter erreicht. Beregrend schätzte die Bäume auf mehrere hundert Jahre. Die graubraune Farbe der Borke, die sich in Schuppen löste, zeugte davon. Dennoch verspürte er Mitleid. Anders als die einfältige Bevölkerung konnte er die Anzeichen der Zerstörung sehen. Kleine Wölbungen, an denen das Pflaster aufgerissen und zu Stolperfallen geworden war. Die unterirdischen Überreste zahlloser Artgenossen, die gefällt worden waren, um die Städter mit der kalten Ästhetik nackter Steine zu erfreuen.

Beregrends Blick löste sich vom Platz der roten Kastanien. Im Inneren der Stadt erwärmte die Sonne die steinbehauenen Behausungen. Weiter östlich drang kein Lichtstrahl bis zu den Gärten und Feldern der Terrassen. Wie ein schwarzgrauer Teppich verdunkelte eine Wolke geflügelter Insekten den Tag. Zu Hunderttausenden hatten sich die Heuschrecken zusammengefunden und fraßen alles nieder, was von den Bauern der Stadt mühselig angepflanzt worden war. Der Elf wusste, dass die Tiere die Ernte der Menschen in kürzester Zeit vollständig vernichteten.

Seine elfischen Sinne konnten das hungrige Zirpen der Schrecken beinahe hören. Schon in wenigen Tagen, würde der Spuk ein Ende haben.

Die Einwohner der Stadt schienen nicht erfreut. Zweifelsohne drückten die Plage und der damit einhergehende Ausfall der Ernte die Stimmung der Bevölkerung, doch die Städter wollten sich die Festivität nicht verderben lassen. Immer wieder hatte Beregrend sie von den gut gefüllten Kornspeichern der Stadt sprechen hören.

Die Erträge aus der regenreichen, letztjährigen Ernte mussten sehr gut gewesen sein. Vor allem die Ausbeute des blaugrünen Roggens, ein Getreidekorn, das zum ersten Mal den Weg auf die Felder Rakshores gefunden hatte, hatte die Erwartungen der Bauern weit übertroffen.

Einige Gespräche hatte der Elf im Vorübergehen belauscht. Er kannte die Tücken mancher Gräser und in ihm keimte bereits ein böser Verdacht. Er war schon sehr gespannt, was die heutige Nacht zum Vorschein bringen würde. Es war wohl nicht zu vermeiden, dass sie den vollen Kornspeichern einen nächtlichen Besuch abstatten mussten. Insgeheim freute er sich darauf. So oder so würde die nächste Plage schon bald über die Stadt der Lieder hereinbrechen.

Etwas Weiches berührte seinen Arm und er sah, wie eine graue Spinne die Vorderbeine nach ihm ausstreckte und versuchte, die Erhebung zu erklimmen, die ihren Weg zum eigenen Netz versperrte. Die gehobelte Fensterbank war wie geschaffen als Lebensraum des Tieres. Beregrend ließ sie gewähren und betrachtete fasziniert die kreuzförmige Färbung auf dem Rücken der Spinne, die über seinen Arm hinweg krabbelte und es sich am Rande ihres Netzes gemütlich machte.

Das klebrige Netz bedeckte fast die gesamte rechte Seite des Fensterrahmens. Erst der Lichteinfall der Mittagsstunde brachte die filigrane Schönheit des Kunstwerks vollends zur Geltung. Wie erstaunlich die Kräfte der Natur doch waren. In kürzester Zeit waren solch kleine Tiere in der Lage, die schillernden Fäden in todbringender Gefahr zu verbinden. Lauernd wartete die Spinne auf die Beute, die sich schon bald darin verfangen würde. Ein einziger Biss genügte, um das Opfer zu lähmen. Eine perfide ausgeklügelte Falle, die Beregrend vor Augen führte, wie wichtig die von frühen Kindesbeinen an geprägten Instinkte der Tiere waren. Gewissenlos tötete die Spinne, um das eigene Leben zu sichern. Die Menschheit lebte oft unter selbstauferlegten, strengsten Wertvorstellungen. In der Natur war dies anders, sie kannte keine Begrenzung durch Moral.

Beregrend gönnte der Spinne ihre Ruhepause und blickte hinaus auf den bevölkerten Platz. Jetzt um die Mittagszeit war es ein wenig stiller als sonst und die Flut der Menschen, die sich in die engen Straßen und Gassen ergoss, war allmählich zum Stillstand gekommen. Nur noch wenige Städter eilten geschäftig umher. Die meisten hatten es sich im Schatten von Bäumen und Häusern gemütlich gemacht, verspeisten eine warme Mahlzeit in den umliegenden Schänken oder lauschten den bedächtigen Klängen einzelner auftretender Musikanten.

Die ruhigen Töne waren schön und besänftigten sein Gemüt, wäre da nicht die besonders schlüpfrige Zote gewesen, die aus einem der Freudenhäuser zu ihm herüberdrang. Ohne seine elfischen Sinne hätte er die unanständigen Worte gewiss überhört. Er hatte kein Verständnis für das frivole Naturell der Menschen. Die Geschlechter fochten einen musikalischen Kampf, der an Anzüglichkeiten kaum zu überbieten war. Wie einfältig die Menschen doch waren, dass sie über die eigenen Unzulänglichkeiten Verse machten.

Keinen Gefallen fand er an den Zeilen, die an seine Ohren drangen, und doch musste er sich eingestehen, dass die einprägsame Melodie, seine Gedanken noch lange Zeit befeuern würde.

Mein Weib, das ist schon alt und grau,
und leider auch nur selten schlau.
Drum bin ich heut im Hause hier,
denn hier trink ich ein gutes Bier.

Eine Dirne treffe ich heut' Nacht,
ich hab' ihr sogar 'was mitgebracht.
Das beste Stück von mir,
das zeig' ich heut' nur ihr.

Mein Mann, der säuft meist wie ein Loch,
und leider zündet nicht sein Docht.
Drum bin ich heut' im Hause hier,
denn hier bekomm' ich Geld dafür.

Ein junger Mann gefällt mir sehr,
daran ist doch nichts verkehrt.
Ein Kuss, der ist doch nicht zu viel,
hab' ich die Liebe heut' zum Ziel.

Beregrend war dankbar, als das Lied endlich endete. Erleichtert lehnte er sich zurück.

Ein kühler Luftzug streifte seinen Hals und der mit ledernen Riemen umwickelte Bogen, der neben ihm an der Wand stand, gab ein kaum hörbares Geräusch von sich, als er, plötzlich wie von Geisterhand bewegt, drohte zu Boden zu fallen.

Seinen elfischen Sinnen war der schabende Ton nicht entgangen. Geschickt griff er nach dem Bogen und stellte ihn erneut neben sich. Diesmal verkeilte er die Schusswaffe so, dass sie nicht mehr Gefahr lief, klappernd auf den Holzdielen zu landen, die Master Zerberus mit weit auseinanderklaffenden Lücken zwischen den Brettern verlegt hatte. Er musste sich dazu bücken, und als er sich wieder aufrichtete, fiel sein Blick auf den Rücken einer strohblonden Frau mit gewelltem Haar, die gemeinsam mit einer deutlich kleineren Person gerade in einen sehr schmalen Weg einbog und schnell aus seinem Blickfeld verschwand.

Die kleine Gestalt bewegte sich hölzern und für einen ganz kurzen Moment hatte er geglaubt, weißes Fell mit schwarzgrauen Streifen aufblitzen zu sehen.

Beregrend befiel ein befremdliches Gefühl. Er spürte, die Blässe und die nach unten gezogenen Mundwinkel, die sein Gesicht so plötzlich zeigte. Das Atmen wurde schwerer und er musste sich richtig zusammennehmen, um nicht schwer nach Luft zu ringen. Seine Brust brannte und er fasste sich an die Stelle, an der einst der Säbel der Dämonin eine klaffende Wunde geschlagen hatte. Wie aus einem niederträchtigen Hinterhalt überfielen ihn die Erinnerungen. Das schwere Gewicht eines urzeitlichen Tieres auf seinem Rücken, schwere Pranken, die auf ihm landeten und Haut und Fleisch der Schultern in Fetzen rissen. Laute, schmerzverzerrte Schreie des Ritters.

Nur ungern holte er die Erinnerungen an diesen unglückseligen Tag zurück in sein Gedächtnis. An diesem Tag hatte das Unheil seinen Lauf genommen. Die eigene Sterblichkeit wurde ihm mit Gewissheit vor Augen geführt und niemand hatte Jeldarik vor dem Tod bewahren können. Ein letztes Bild flammte auf: ein steinerner Grabhügel, die Todesstätte des geliebten Freundes.

Beregrend zitterte. Seit vielen Jahrhunderten hatte er nicht mehr so gefühlt und er brauchte lange, bis er begriff, dass es Angst war, die ihn befallen hatte.

Die Stimme Rhanias holte ihn aus seinen Gedanken.

»Ich wollte nur fragen, ob du auch etwas zu essen willst. Master Zerberus war so nett und hat uns etwas angeboten. Wahrscheinlich möchte er uns nur noch weiter im Geschäft halten. So wie es aussieht, kauft Derufin sowieso den halben Laden leer. Ganz schön verkaufstüchtig dieser Mann.« Die Baroness stupste ihn an die Schulter.

Krümel eines nach Kümmel duftenden Brotfladens fielen auf seine Brust.

»Hey! Was ist denn mit dir los?«, fragte sie. »Du bist ja ganz grün im Gesicht. Hoffentlich hast du dir nichts eingefangen.«

»Es ist nichts, es sind nur diese vielen Menschen und die Mauern.« Beregrend bemühte sich, die unheimliche Angst, die ihn quälte, hinter einer nichtssagenden Maske zu verbergen. Er fühlte, dass es ihm misslang, doch zu seinem großen Erstaunen quasselte die junge Baroness einfacher weiter, als wäre nichts gewesen.

»Ich an deiner Stelle würde nicht nein sagen. Diese Teigtaschen sind tatsächlich sehr schmackhaft«, sagte Rhania. »Mit Gemüse gefüllt. Ziemlich lecker.«

Beregrend nahm Rhania eine in der Mitte halbierte Teigtasche ab, die sie ihm reichte, und biss hinein. In der Tat war ihm jede warme Mahlzeit recht. Die Füllung war saftig und angenehm heiß. Der feine Geschmack des Gemüses lenkte seine Gedanken in eine andere Richtung, doch ein unangenehmes Gefühl blieb zurück und lauerte tief in den Eingeweiden seiner Magengegend.

»Sehr freundlich von unserem Master Zerberus, meinst du nicht?« Die junge Baroness kaute an ihrem Fladen.

Beregrend antwortete nicht und ließ den musternden Blick Rhanias über sich ergehen.

»Übrigens habe ich herausgefunden, was es mit diesen Steinen auf sich hat.«

Das war schon eher ein Thema, das Beregrend interessierte.

»So? Das klingt gut. Dann klär mich bitte auf.«

»Sehr gerne.« Rhania lächelte wissend. »Also, sperr auf die Lauscher.«

»Würdest du bitte …« Beregrend verzog das Gesicht.

»Ja, ja, ich mach ja schon. Also, pass auf. Jeder Einwohner der Stadt hat einen weißen Stein erhalten. Damit kann er für den oder die Musikanten seiner Wahl abstimmen. Je mehr Steine jemand also sammelt, desto beliebter ist er und kann daher eher die Königswürde erlangen.«

»Und was hat es mit diesem besonderen blauen Stein auf sich?«

»Ah ja. Natürlich ist es ziemlich unpraktisch, hunderte oder gar tausende von Steinen mit sich herumzuschleppen. Deshalb gibt es Steine in verschiedenen Farben.«

»Ich verstehe, andere Farben haben wohl höhere Werte. Eigentlich ein ganz einfaches Wahlsystem.«

»Stimmt. Grüne Steine zählen wie einhundert Stimmen, rote wie eintausend, und jetzt rate mal, wie viele Stimmen so ein blauer Stein zählt, wie wir ihn nun besitzen.«

Beregrend konnte Rhanias Aufregung beinahe spüren.

»Ich würde mal vermuten, dass er mit zehntausend Stimmen zu zählen ist«, meinte er trocken.

»Stimmt genau.« Rhania lachte. »Wir haben also schon jetzt ein Viertel der Stadt mit unserer Musik überzeugt.« Beschwingt ließ sich Rhania neben dem Elfen auf die Bank fallen. »Es fehlt nicht mehr viel, dann werde ich Königin und die Herrscherin über Rakshore, die Stadt der Lieder sein.«

»Noch ist es nicht so weit, meine Liebe, aber ich kann ja schon einmal damit anfangen und dich von nun an Prinzessin nennen«, sagte Beregrend spöttisch.

»Spaß mal beiseite.« Rhania senkte die Stimme, als sie bemerkte, wie Master Zerberus in ihre Richtung sah.

»Wie es scheint, hat eine Plage die Stadt schon vor unserer Ankunft befallen.« Die Baroness lächelte verschwörerisch. »Der weißhaarige alte Kramer hier hat mir eben anvertraut, dass die Menschen eine widerwärtige Krankheit heimsucht. Ziemlich eklige Sache. Seine Frau scheint wohl daran krepiert zu sein.«

Die letzten Worte flüsterte sie, als wollte sie keinesfalls, dass der Händler hörte, worüber sie sprachen.

Beregrend neigte den Kopf und sprach ebenso leise wie sie. »Das ist eine erstaunliche Neuigkeit und doch überrascht sie mich nicht.«

Rhania schien verwirrt.

»Ich habe da so eine Vermutung«, sagte der Elf. »Hat er von Symptomen gesprochen, die die Krankheit verursacht?«, fragte er und beantwortete die Frage selbst, bevor Rhania antworten konnte. »Taubgewordene, blauverfärbte Gliedmaßen, heftige Darmkrämpfe und Übelkeit, mancher Kranke erleidet zudem schreckliche Trugbilder.«

»Genau davon hat Master Zerberus gesprochen«, zeigte sich Rhania erstaunt.

Beregrend nickte. »Ich habe da so eine Vermutung. Ich bin schon gespannt, ob er sich heute Nacht bestätigen wird.«

Das schrille Klingeln einiger an der Decke des Ladens angebrachter Rasseln unterbrach ihre Unterhaltung. Zuerst hatte er geglaubt, ein Windstoß hätte die Töne verursacht, doch dann erkannte er das unscheinbare aus verschiedenen Schnüren zusammengerollte Seil, das nahe der schweren Eingangstüre lose hin und her baumelte. Eine geduckte, in einen schweren Mantel gehüllte Gestalt hatte den Raum betreten. Die Kapuze weit über den Kopf gezogen, verharrte sie regungslos im Bereich des Eingangs.

Beregrends Instinkte erwachten. Obwohl nur vage Umrisse der Person zu erkennen waren, strahlte die Gestalt eine unheimliche Kraft und Ruhe aus, als könne ihr nichts und niemand etwas anhaben. Eine geheimnisvolle Aura, ähnlich derjenigen, die er und seine Gefährten, mit Ausnahme der jungen Baroness vielleicht, gekonnt zu verbergen wussten.

Der Elf konnte nicht genau erkennen, welches Geschlecht sich unter dem Mantel verbarg, doch zweifelsohne hatte eine ihnen ebenbürtige Person das Ladengeschäft betreten.

Master Zerberus eilte herbei und begrüßte den Neuankömmling mit überschwänglichen Worten. Beregrend fiel auf, dass er dabei keinen Namen erwähnte. Der Händler schien keine Angst zu verspüren. Mit einem Lächeln im Gesicht drückte er der Gestalt einen großen, in ein weißes Tuch eingeschlagenen Gegenstand in die Hand. Dicke Schnüre sorgten dafür, dass dieser sicher transportiert werden konnte.

Ein einzelner heller Ton erklang, als die unheimliche Person das Paket entgegennahm. Ein glockenhelles Pfeifen, das sich im gesamten Raum ausbreitete. Ein schöner Ton, der sich samtweich in die Gehörgänge schmiegte.

Der Gegenstand musste schwer sein, denn Beregrend sah, wie die Gestalt wankte und schneeweiße Hände das Paket fester umklammerten. Für einen kurzen Moment blitzte etwas Silbriges auf, als er einen schnellen Blick auf das Gesicht der Person werfen konnte.

Etwas Metallisches bedeckte die Hälfte des bärtigen Gesichts des Mannes, der ihm aus dunklen Augen argwöhnisch entgegenblickte.

Ehe er genauer darüber nachdenken konnte, was es gewesen sein könnte, war der Mann bereits verschwunden.

»Eine seltsame Begegnung«, raunte Rhania neben ihm.

Schon wieder hatte Beregrend eine rege Vermutung. Er ahnte förmlich, wie recht die Baroness mit ihren Worten hatte. Der Mann war wahrlich seltsam und das Kribbeln in seinem Nacken sagte ihm, dass sie ihn nicht zum letzten Mal gesehen hatten.

5. Kapitel

Gleich nach Anbruch der Nacht war es stark abgekühlt. Beregrend spürte bereits den aufkommenden Wind, der durch die enge Gasse wehte und an Fenstern und Türen rüttelte. Schwere Wolken verdunkelten den Himmel, verdeckten auch den letzten Lichtstrahl eines blassen Mondes. Schwärzer als die Nacht türmten sie sich zu geheimnisvollen Formen auf, die ihn an wilde, ungezügelte Götzenbilder längst vergangener Kulturen erinnerten.

»Man kann die dicken Wolken ziehen sehen. Ich spüre bereits die ersten Regentropfen. Das kann uns nur dienlich sein«, sagte Rhania neben ihm. Genau wie er drückte auch sie sich an die hohe, aus massiven Steinen gemauerte Wand, deren Schatten sie vor fremden Blicken verbarg. Die junge Baroness hatte leise gesprochen und sich, zumindest für ihre Verhältnisse, auf die wichtigsten Informationen beschränkt. Das war auch nötig, denn die Soldaten des Königs waren nicht weit entfernt und selbst leise Worte konnten in der Stille der Nacht weit getragen werden.

Der Elf antwortete mit einem Nicken. In der Tat versetzte sie der einsetzende Regenschauer in die Lage, nahezu geräuschlos die Mauer zu erklimmen. Ein nicht zu unterschätzender Vorteil für ihre nächtliche Unternehmung. Das mit Eisenbändern beschlagene Tor und die mit Wehrgängen und einer Brüstung bestückte Mauer hatten seine kühnsten Vorstellungen übertroffen. In den letzten Städten, die er besucht hatte, war die Kornkammer nicht mehr als ein mit windschiefen Brettern verschlagener Stall gewesen, vielleicht mit einem aus Lehm und Ton gemauerten Unterbau, doch die Kornkammer Rakshores ähnelte mehr einer kleinen Festung.

Beregrend musste sich eingestehen, dass er die Menschen für ihren Einfallsreichtum bewunderte. Die Kornkammer war eine in dunkles Felsgestein getriebene Höhle, in der die eingefahrene Ernte vor Feuer und Nässe geschützt, kühl und in großen Mengen gelagert werden konnte. Vor den Eingang hatten die Stadtbewohner aus quaderförmigen Steinen eine hoch aufragende Mauer und einen mit Flechten und Moos bewachsenen Wachturm gesetzt. Das doppelflügelige Tor, durch das die Gärtner und Bauern von früher Morgenstunde an ihre Waren brachten, war geschlossen. Auf dem Wehrgang brannten mehrere Fackeln in dafür vorgesehenen Halterungen. Blaue Flammen sagten ihm, dass sie mit ölgetränkten Tüchern umwickelt waren. Bevor sie heruntergebrannt waren, würde die ganze Nacht vergehen. Beregrend zählte vier gerüstete Soldaten, die sich auf dem Wehrgang herumtrieben und sowohl die Kornkammer als auch die Umgebung im Blick behielten. Wenn sie die Feuerstellen passierten, war das dunkelblaue Wams mit dem friedvollen und unschuldig aussehenden Tanzbären deutlich zu erkennen.

Beregrend konnte sich ein leichtes Grinsen nicht verkneifen. Das Hoheitszeichen des Königs wirkte auf ihn einfältig. Schon bald würde die Krone des Tanzbären in rotes Blut getränkt sein.

Neben ihm wurde Rhania ungeduldig.

»Lass uns loslegen. Der Zeitpunkt wird nicht besser«, sagte sie.

Beregrends Zeigefinger mahnte sie zur Ruhe. Der Elf zog sie noch tiefer in die Schatten.

»Gemach, junges Fräulein. Unser Vorgehen muss gut geplant sein. Dann, und erst dann, werden wir zuschlagen«, flüsterte er ihr ins Ohr. »Spürst du den unnatürlichen Sog?«, fragte er. »Sieh genau hin und sage mir, für welche Wachen heute Nacht die Stundengläser durch die Hand des Herrn ablaufen werden?«

Rhania drängte sich näher an ihn, sah ihm über die Schulter und beobachte eine geraume Zeit, wie die Wachen auf der Mauer patrouillierten.

»Ich kann es nicht genau sagen. Ich spüre, dass über zweien der Soldaten der Tod kreist, doch ich muss näher heran, um herauszufinden, zu wem die Anzeichen gehören.«

»Was ist, wenn du keinen Sog verspürst? Bist du bereit, das Leben eines Unschuldigen zu nehmen?«

»Können wir nicht einfach alle töten?« Rhania schien verdutzt. »Erzähl mir jetzt nicht, du hättest noch nie ohne den Auftrag des Herrn der Finsternis getötet.«

Beregrend lächelte kalt. »Ich habe schon oft getötet, aus Notwehr und wenn mir danach war. Du wirst jedoch bemerken, dass es nicht dasselbe ist.«

Rhania nickte, als hätte sie verstanden, was er meinte. Beregrend war sich da nicht ganz so sicher. So oder so, die Baroness würde zeigen müssen, aus welchem Holz sie geschnitzt war.

Es war der Moment, in dem der Regen einsetzte. Dicke Tropfen rieselten auf sie herab und trommelten auf die bunten Pflastersteine der Stadt.

Der Wind wurde stärker, zerrte an der Kleidung und fegte in starken Böen durch die Gasse.

Mit einem kurzen Blick prüfte der Elf, ob Rhania das Langschwert auch ordentlich verschnürt an der Seite trug. Es musste schnell gezogen werden und es durfte sie keinesfalls behindern.

Still reichte er ihr ein dunkles Bündel, dass er extra für sie mitgebracht hatte. Rhania löste die Verschnürung und begutachtete die aus rauem Leder gefertigten Handschuhe, die in ihren Händen lagen. Schnell schlüpfte sie hinein, achtete aber gewissenhaft darauf, dass die stählernen Zacken, die an der Innenseite befestigt waren, zum Boden gerichtet blieben.

»Ich sehe schon, ich muss dir nicht erklären, wozu sie dienen.«

Der Regen hatte sich zu einem regelrechten Wolkenbruch entwickelt. Wasser tropfte aus Beregrends Haaren und rann über Hals und Schultern hinab in seine Kleider. Erste Blitze zuckten über den Himmel und laute Donnerschläge erfüllten die Luft.

Die Soldaten auf der Mauer hatten die Köpfe eingezogen und schützten sich vor Nässe und Kälte. Durch das stürmische Gewitter würden sie deutlich unaufmerksamer sein. Einen besseren Moment würde es nicht geben.

Ohne zurückzublicken, rannte Beregrend los.

Schon nach wenigen Schritten war er durchnässt und Wolle und Leder klebte klamm an seinem Körper.

Gleich neben dem Tor befand sich der vielversprechendste Weg nach oben. Die Zarge aus dicken Steinen sprang ein wenig vor und bot somit mehr Halt für Finger und Zehen. Wahrscheinlich war aus rein ästhetischen Gründen der Torbogen rund gemauert worden. Eine überflüssige Vorgehensweise, wie der Elf fand, doch sie eröffnete einem begabten Kletterer eine zusätzliche Möglichkeit, die Mauer zu erklimmen.

Mit weit ausholenden Schritten sprang er in die steinerne Wand und hatte sie schon zur Hälfte bestiegen, bevor er sich in Ritzen und Vorsprüngen den ersten Halt suchte.

Langsam zog er sich höher, fand erneuten Halt und balancierte den Bogen aus, der an seiner Schulter befestigt war. Er trug ihn so lange bei sich, dass er zu einem eigenen Körperteil geworden war.

Die Steine waren rau und an vielen Stellen mit Moos bewachsen. Auch Rhania dürfte keine Schwierigkeiten damit haben, die stählernen Krallen der Handschuhe in die Fugen zu rammen.

Das Prasseln des Regens verdeckte ihre Geräusche. Es regnete immer stärker. Ganze Sturzbäche plätscherten auf sie hernieder.

Wieder zog sich Beregrend einen Schritt die Mauer hinauf und blickte dabei nach unten. Die hübschen Pflastersteine der Stadt waren unter Wassermassen begraben, die, einem Bach ähnelnd, die Gasse hinab strömten.

Rhania hing nur eine Körperlänge unter ihm in der Mauer und bedeutete ihm, schneller zu machen.

Nun gut, wer war er schon? Sollte die junge Baroness ruhig ihren Willen bekommen.

Eine Windböe zerrte an seinen durchnässten Kleidern und sandte eine Welle erbarmungsloser Kälte durch seinen Körper.

Eben noch waren es dicke Regentropfen gewesen, doch nun schien die Finsternis vollends über sie hereinzubrechen. Daumennagelgroße Hagelkörner rollten über die Dächer der angrenzenden Gebäude.

Beregrend beeilte sich. Zwei Armzüge später erreichte die Kuppe seiner Finger den Mauerabschluss. Vorsichtig hob er den Kopf und spähte auf den schmalen Wehrgang, der sich dahinter anschloss.

Im vollen Lauf rannte gerade eine der Wachen an ihm vorbei. Sie hielt die Arme schützend vor Kopf und Gesicht und versuchte, einen Sturz auf den glitschigen Hagelkörnern zu vermeiden, die bereits zahlreich und weiß wie Schnee den aus kindskopfgroßen Steinen gemauerten Gang bedeckten.

Der Elf wartete nicht länger. Die Soldaten des Königs flohen vor der Gefahr des Unwetters. Es gab nur einen Ort, der ihnen Schutz und Zuflucht bot. Je mehr Soldaten sich an den trockenen Ort des Turms flüchten konnten, desto schwieriger wurde der Kampf, der ihnen bevorstand.

Behände schwang sich Beregrend auf den Wehrgang und verschwendete keine Zeit damit, sein Wolfsmesser aus dem Gürtel zu ziehen. Eine Waffe war nicht notwendig.

Der Soldat war nur wenige Schritte vor ihm und die Rüstung, die er trug, behinderte ihn. In geduckter Haltung stolperte und schlitterte er über die rutschigen Steine. Er war nicht geschickt genug, um den aus wenigen hölzernen Stufen gefertigten Aufgang zur Eingangsöffnung des Turms zu erreichen.

Beregrend war schneller. Am untersten Absatz der kurzen Treppe erreichte er den Mann, packte ihn am Hals und rammte seinen Schädel gegen ein Fass aus Eichenholz, das neben dem Turmaufgang stand. Die tönernen Humpen, die daneben auf einem an die Wand gezimmerten Brett angerichtet waren, verrieten ihm, dass es dünnes Bier enthalten musste, mit dem die Soldaten für gewöhnlich ihren Durst löschten.

Der Soldat stöhnte, als sein Kopf gegen die massiven Holzdauben des Fasses stieß. Beregrend hörte, wie der Schädelknochen knackte. Wahrscheinlich hätte diese Attacke schon gereicht, doch er wollte sichergehen. Rüde riss er den benommenen Soldaten an seinen blonden Haaren in die Höhe. Er überstreckte den Kopf und schleuderte ihn mit voller Wucht auf den Deckel des Fasses. Blut spritzte, als die Kopfhaut des Mannes aufriss. Die Kieferknochen brachen, als sie Bekanntschaft mit den Eichenbrettern machten. Das Gesicht des Soldaten hatte sich völlig verzogen, doch noch immer hatte Beregrend nicht genug. Ein drittes Mal donnerte er den bereits übel verunstalteten Kopf auf das Fass. Dieses Mal gab der Deckel nach. Ein Splitter stieß in eines der Augen des Soldaten und der Elf sah, wie die linke Seite des Kopfes vor seinen Augen aufplatzte und den Blick auf die graue Masse freigab, die bis zu diesem Zeitpunkt die Denkprozesse des Soldaten geleitet hatte. Ein Schwall roten Blutes sickerte aus der Wunde. Teile des Schädels steckten in den schleimigen Windungen des Gehirns. Ein letzter Stoß ließ den Mann endgültig zusammensacken. Er diente nur dazu, das Loch, das der Schädel des Mannes in das Fass geschlagen hatte, zu verbreitern. Beregrend tauchte den malträtierten Kopf in das Fass und sah zu, wie sich die helle Farbe des dünnen Bieres verfärbte.

Noch war der seidene Faden, der den Mann am Leben hielt, nicht gerissen, aber nun blieb genügend Zeit, um das Wolfsmesser aus dem Gürtel zu ziehen. Der Mann leistete keinen Widerstand, als die scharfe Klinge in seine Seite schnitt. Weit suchten sich Beregrends Finger den Weg durch die Wunde, bis sie fanden, wonach sie suchten. Am Flügel der Lunge vorbei packte er das Herz und riss es mit geübtem Griff aus dem Brustkorb des Soldaten.

Leblos rutschte der geschundene Körper zur Seite. Beregrend betrachtete das einzige Büschel blonder Haare, das dem Soldaten an der linken Seite geblieben war. Teile abgesplitterter Knochen versanken in der Tiefe des Fasses. Erst als die graue Masse des Gehirns an der Oberfläche schwamm, ließ der Elf von seinem Opfer ab.

Ein zweiter Soldat erschien im Rahmen der aus groben Brettern gezimmerten Tür, die in den trockenen Teil des Turms führte.

Beregrend beachtete ihn nicht. Die Gier nach dem warmen Herz in seiner Hand war zu groß. Genüsslich biss er in den blutigen Hautlappen, der einmal in der Brust des Toten geschlagen hatte.

Der Soldat in der Tür war bleich geworden. Zunächst unschlüssig, wie er der grauenvollen Szene begegnen sollte, entschied er sich dazu, ein kurzes Schwert zu ziehen.

Traurig strich sich Beregrend eine nasse Haarsträhne aus dem Gesicht. Der Mann hatte eine Entscheidung getroffen, deren Tragweite er sich schon bald vollends bewusst werden würde.

Über ihm schwebten nicht die Zeichen des Todes. Vielleicht hätte die Finsternis ihn verschont, doch nun, da er zitternd eine Schwertspitze auf den Elfen richtete, war die Zeit seines Lebens verwirkt.

Beregrend stopfte sich den Rest des Herzens in den Mund und beobachtete den Mann, der die Stufen des Turmaufgangs herunterkam und sich ihm vorsichtig näherte. Dicke Perlen tropfenden Schweißes standen auf seiner Stirn.

Der Mann war jung und an der unbeholfenen Art, wie er das Schwert in der Hand hielt, konnte der Elf erkennen, dass er nicht daran gewohnt war, eine Waffe zu führen.

Wahrscheinlich war er bei einem Diebstahl oder anderen kleinen Gaunereien erwischt und zum Wachdienst verurteilt worden, wie es in Städten üblich war. Ein Bauernbursche, der dem Tod noch nie ins Auge blicken musste.

Der Blick des Soldaten fiel auf den Leichnam und die gräuliche Masse, die an der Oberfläche des Fasses schwamm.

Beregrend lachte höhnisch, als er sah, wie der Magen des Soldaten rebellierte und eine breiige Flüssigkeit aus seinen Mundwinkeln lief.

Wie die anderen Soldaten war der Mann in die Farben der Stadt gekleidet. Er trug einen kurzen Brustpanzer, der kurz über dem Nabel endete, und metallische Schienen an Armen und Beinen, die ihn vor Angriffen mit scharfen Klingen schützen sollten.

Beregrend erkannte, dass die Rüstungsteile nicht für ihn angefertigt worden waren: Die ledernen Bänder, die das Metall an Ort und Stelle halten sollten, waren zu lang, sodass die Rüstung bei jeder Bewegung verrutschte.

Er beendete sein Mahl und schluckte den Rest des Herzens in einem Happen hinunter, wobei er besonders laut schmatzte, um den Mann noch weiter zu verängstigen.

Der Blick des Soldaten wanderte unruhig umher und Beregrend erkannte, dass er auf den Kampf aufmerksam geworden war, den sich Rhania mit einer weiteren Wache auf dem mit weißen Hagelkörnen übersäten Wehrgang lieferte.

Kein Wunder. Auch er hörte das Klirren der Schwerter schon seit geraumer Zeit und mit den letzten Schlägen hatten sich die beiden Kontrahenten ihrer Position bis auf wenige Schritte genähert.

Aus den Augenwinkeln sah er, wie Rhania noch weiter zurückwich und sich ihnen näherte. Das Schwert ihres Gegners schlug daneben und fuhr in eines der Seile, die auf der Rückseite des Wehrgangs als Geländer gespannt worden waren, um die Soldaten vor dem Sturz in den kleinen Vorhof der Kornkammer zu bewahren.

Rhania wich noch einen Schritt zurück. Nicht mehr lange und die Baroness würde direkt neben ihm zum Stehen kommen.

Beregrend beschloss, seine abwartende Position aufzugeben und zu handeln. Er salutierte mit dem Wolfsmesser und stürmte vor. Ein einziger Hieb mit der Klinge genügte, um dem jungen Soldaten das Schwert aus der Hand zu schlagen. Schon war der Elf hinter ihm, legte den Arm um seinen Hals, drückte zu und zog ihn weg vom Kampfgeschehen seiner Gefährtin.

Für einen Moment beobachteten sie beide, wie Rhania sich unter einem Schwertschlag wegduckte und ihre Klinge in einer fließenden Bewegung in den Unterleib des Gegners schnitt. Selbst im Tosen des Gewitters war der Schrei des Mannes zu hören. Er taumelte zurück und blickte ungläubig auf den roten Schnitt an seinem Bauch, aus dem Blut und Därme quollen.

»Sieh nur, die kleine Rhania hat die Schwachstelle in seiner Rüstung gefunden«, raunte Beregrend dem jungen Mann zu, den er, die Spitze des Wolfsmessers fest an seinen Rücken gepresst, im Schwitzkasten hielt. Die Gesichtsfarbe des Soldaten hatte schon mehrmals die Farbe gewechselt, als könne sie sich nicht entscheiden, ob Puterrot oder Weiß die vorherrschende sein sollte.

Ein Tritt von Rhania beendete das Kampfgeschehen, dessen Zeuge sie beide wurden. Der Stiefel der jungen Baroness traf mit voller Wucht auf die Seite ihres Gegners, was noch mehr blutverschmierte Därme aus dem Körper quetschte und den Mann endgültig zu Boden gehen ließ. Verzweifelt versuchte der Soldat, seine Gedärme in den Bauch zurückzudrücken. Rhania verkürzte seine Mühen. Sie wickelte die grauen wurstähnlichen Schlingen um die Schwertklinge und riss sie auseinander. Ein finaler Streich spaltete den Brustpanzer des Mannes in zwei Teile.

Angewidert von der Brutalität seiner Mitstreiterin, gab Beregrend sein eigenes Opfer frei. Der junge Soldat sank zu Boden und versuchte röchelnd, so viel Luft wie möglich in seine Lungen zu pumpen.

»Ich hole mir auch noch den Letzten.« Mit erhobener Waffe stürzte die junge Baroness an ihm vorbei. Mit schnellen

Schritten nahm sie die wenigen Stufen des Treppenaufgangs und verschwand in der Dunkelheit des Wehrturms.

»Wie es aussieht, sind wir beide jetzt ganz auf uns allein gestellt«, sagte Beregrend. Er trat dem am Boden liegenden Mann in den Rücken. Wie beiläufig trennte er mit einem Schlag des Wolfsmessers das Seil endgültig durch, welches bereits zuvor in arge Mitleidenschaft gezogen worden war. Was einst als Sicherung gedacht war, würde nun den schnellen Tod bringen.

Langsam, als würden Zeit und Hagelkörner ihm nichts bedeuten, wickelte er das Seilende um den Hals des jungen Bauernburschen, der es gewagt hatte, eine Waffe gegen einen Diener der Finsternis zu erheben.

Zwei Knoten hielten besser als einer. Als der Mann sich stöhnend bewegte, hämmerte er seinen Kopf auf die Steine des Wehrgangs. Blut spritzte und vermischte sich mit dem Schmelzwasser des Hagels.

Beregrends Blick wanderte hinüber zu der Leiche mit der Bauchverletzung. Weiße Hagelkörner prasselten auf den Toten herab, rollten in die Wunde und hinterließen zusammen mit Blut und einem unappetitlichen Brei aus zerfetzten Därmen und dem, was sich für gewöhnlich darin befand, eine dunkle Lache, von der ein beißender Geruch herüberwehte. Zu seinem Erstaunen sah er, wie die Beine des Mannes zuckten. Er war also noch am Leben, doch er hegte keine große Hoffnung, dass dies noch sehr viel länger der Fall sein würde. Selbst gemessen an seiner eigenen mörderischen Natur war der Mann in bestialischer Art und Weise abgeschlachtet worden. Eine solch entmenschlichte Grausamkeit hatte er der jungen Baroness gar nicht zugetraut. Die Finsternis musste schon mehr von ihr Besitz ergriffen haben, als er dachte.

Der junge Soldat zu seinen Füßen stöhnte. Er hatte ihn nicht vergessen. Der Mann hatte genug gelitten. Kurzerhand packte er ihn an den Schultern und warf ihn über den Wehrgang.

Beregrend achtete nicht weiter auf ihn. Er war sich sicher, dass das Seil so geschnürt war, dass die Zehen des Mannes den Boden des Innenhofs nicht erreichen konnten. Die Wahrscheinlichkeit war hoch, dass bereits beim Sturz sein Genick brach und falls nicht, würde er schon in wenigen Augenblicken erstickt sein.

Der Innenraum des Turms blickte ihm finster entgegen. Er wollte ihn gerade betreten, als er das helle Geklirr von Schwertern vernahm. Rhania und ein weiterer Mann erschienen auf der oberen Plattform des Turms. Mit wuchtigen Schlägen trieb sie den letzten ihrer Gegner vor sich her.

Das Unwetter wählte diesen passenden Moment und der Sturm der Hagelkörner setzte aus. Wieder vielen dicke Tropfen vom Himmel, die über Beregrends Kopf und Rücken liefen.

Der vierte Soldat parierte einen Schlag der Baroness und drückte ihre Waffe zurück. Allem Anschein nach hatte er seine Kräfte geschont und nur darauf gewartet, dass sich Rhania verausgabte.

Das Schwert des Bettelritters entglitt ihren Fingern und sie war gezwungen, den nächsten Schlag ihres Gegners mit dem Stiel einer Fackel abzuwehren, die sie gerade noch rechtzeitig aus der Halterung reißen konnte.

Beregrend nahm den Bogen von seiner Schulter. Er war bereit. Notfalls würde die Spitze eines Pfeiles dem Kampf ein Ende setzen. Der Elf konnte nicht sehen, was als Nächstes passierte, doch plötzlich standen Kopf und Kleidung des Mannes in roten Flammen. Beregrend hörte den Soldaten schreien, als das Feuer seine Augen erreichte und die Gesichtshaut verbrannte. Blind und voller Angst schlug der Soldat wild um sich. Er streckte die Klinge seines Schwerts in die Luft, um sie auf Rhania niedersausen zu lassen, als ein grelles Licht über den Himmel zuckte und den Elfen blendete.

Beregrend wusste nicht, ob das helle Licht in den Augen oder das ohrenbetäubende Krachen des Donners mehr schmerzte, das zeitgleich durch die Nacht hallte.

Reflexartig hatten sich seine Lider geschlossen. Als er sie wieder öffnete, war der Soldat auf dem Turm verschwunden.

»Rhania!«

Das Wort war noch nicht verklungen, als er auch schon den Treppenaufgang hinauf eilte. Im Inneren des Turms fand er eine gewendelte Treppe, die zur Plattform führte. Kurz darauf beugte er sich über die Baroness, die benommen wirkte, aber in Ordnung schien und ihn mit kalten Augen musterte.

»Unglaublich! Hast du das gesehen?«, fragte sie.

Gemeinsam blickten sie auf die Überreste des Soldaten, die nahe der Mitte auf der aus Steinen gemauerten Plattform zu sehen waren. Das Schwert des Mannes war bis auf wenige Rückstände verdampft. Der Arm, der es gehalten hatte, war rußgeschwärzt und mit feinsten Partikeln aus Asche übersät. Das Metall seines Brustpanzers war zu einem silbrigen Brei geschmolzen. Die heiße Flüssigkeit hatte sich bis durch die Kleidung gefressen. Die darunterliegende Haut war aufgeplatzt, das Fleisch an manchen Stellen so stark versengt, dass der metallische Brei die freigelegten Flügel der Lunge bedeckte. Das Gesicht war grausig entstellt: Ein haarloser Kopf leuchtete in blutroter Farbe. Kreisrunde Blasen bedeckten die Haut der rechten Seite. An einer anderen Stelle klebte ein schwarzer Fetzen, der einmal ein Ohr gewesen war. Beregrend blickte in vom Feuer verbrannte Augen, die ihm mit leerem Blick entgegen starrten.

Er konnte nicht sagen, ob das Feuer der Fackel oder der Blitzschlag den größeren Schaden angerichtet hatte.

Schnell wendete er sich ab. Er stützte seine benommene Gefährtin und führte Rhania die Treppenstufen hinab. Die Turmkammer diente nur dem Aufenthalt und sie fanden nichts von Interesse darin. Vom Wehrgang führte eine Leiter hinunter in den Innenhof und wenig später standen sie, die Füße knöcheltief in weißen Hagelkörnern versunken, im Innenhof der befestigten Kornkammer. Drei Karren, vor die Esel oder Pferde gespannt werden konnten, warteten dort auf ihren Einsatz. Der Hof war nur so groß, dass die Karren genügend Platz hatten, um zu wenden. Der Zugang zur Höhle, in der das Korn gelagert wurde, konnte in den Wintermonaten durch ein weiteres, einfaches Schiebetor verschlossen werden, was zu dieser Jahreszeit jedoch nicht der Fall war.

Noch immer musste Beregrend die Menschen für ihre Leistung bewundern. Mit einfachen Mitteln war es ihnen gut gelungen, das gelagerte Getreide vor Diebstahl und Verderb zu schützen.

Rhanias Benommenheit schien sich zu legen, denn sie stand nicht mehr ganz so wackelig auf ihren Beinen wie zuvor.

»Der Blitz hat nur wenige Schritte von dir entfernt eingeschlagen. Es wundert mich, dass du das so unbeschadet überstanden hast«, sagte Beregrend.

»Wie du weißt, bin ich schon tot, dennoch war die Hitze des Einschlags zu spüren. Am schlimmsten war aber die Helligkeit. Das Licht war so grell. Ich kann noch immer kaum etwas sehen.« Rhania rieb sich verzweifelt die Augen. »Ich hoffe, das bleibt nicht so. Außerdem rauscht es wie wild in meinen Ohren.«

»Komm, wir gehen hinein. In der Kornkammer ist es dunkler als hier draußen. Das wird auch deinen Augen guttun.«

»Das Unwetter ist vorbei, so viel habe ich auch schon mitbekommen, aber ich sehe so viele Sterne, dass ich nicht weiß, welche wirklich sind und welche nicht.«

»Bleib direkt hinter mir.« Beregrend ging voraus. In der Höhle lagerten Unmengen von Getreide. Hohe Berge aus Weizen, Gerste und Hafer waren von den Menschen aufgeschüttet worden. Den größten Haufen bildete jedoch das neue Korn, das die Stadtbewohner Roggen nannten. Mehr als doppelt so breit wie die anderen war der Berg aus Körnern, der in der Höhlenkammer lagerte.

Trotz der vorherrschenden Dunkelheit brauchte der Elf nicht lange, um zu finden, wonach er suchte. Langsam ließ er eine Handvoll Roggen durch seine Finger gleiten.

Rhania gesellte sich zu ihm. »Hier drinnen ist es besser.«

Beregrend lächelte sie an. »Ich hatte recht«, sagte er.

»Deine Vermutung hat sich also bestätigt?«, fragte Rhania.

Der Elf zeigte auf ein einzelnes Korn, das deutlich dunkler war als die anderen.

»Wofür hältst du das?«

»Sieht aus wie ein schwarzes Korn.« Rhania zuckte mit den Schultern.

»Hm, ja. Sieht so ähnlich aus wie die anderen. Es ist aber keines. Es ist ein Pilz. Die ganze Ernte ist voll davon.«

»Ih, das klingt aber nicht gerade lecker. Dir ist schon klar, dass ich erst kürzlich Brot aus dem Mehl dieser Körner gegessen habe.«

»Dumm für dich. Dieser Pilz ist giftig.« Beregrend sah sie mitleidig an. »Leider ändert auch der gemahlene und gebackene Zustand nur wenig daran. Diese schwarzen Körner sind der Grund für die Seuche, die alle Bewohner befallen hat.«

»Alle Bewohner?«

»Jeder, der davon gegessen hat, ist mehr oder weniger schwer davon betroffen.«

»Dann hat man mich hier also vergiftet?«, fragte Rhania panisch.

»Keine Sorge, ich denke ein oder zwei Scheiben Brot werden nicht so schlimm sein, außerdem, wie du eben selber sagtest, bist du ja schon tot. Aber die Stadtbewohner bereiten sich täglich ihre Mahlzeiten damit zu und …«

»… vergiften sich damit selbst«, vollendete Rhania den Satz des Elfen.

»Weit fortgeschritten ist die Krankheit eine recht schmerzhafte Erfahrung. Wir Elfen nennen sie Brandfeuer. Dabei ist es so einfach, sich davor zu schützen.«

»Das glaube ich gerne. Ein anderes Getreide anbauen zum Beispiel.« Rhania schüttelte angewidert den Kopf.

»Warum pflanzt man so etwas Giftiges denn an?«

»Versuch und Irrtum.«

»Äh, was?«, fragte Rhania.

»Na ja, ich denke, die Bewohner Rakshores wissen nicht, dass dieser Pilz hier Giftstoffe enthält. Vermutlich wissen sie nicht einmal, dass es keines der Körner ist.«

»Und ich dachte, die letzten Menschen, die etwas Tödliches aus der Natur zu sich genommen haben, wären schon vor Jahrhunderten gestorben. Wie hat es die Menschheit nur geschafft, so lange zu überleben?«

Beregrend lachte. »Das, meine Liebe, fragen sich die Elfen auch.«

Rhania schien sich mit der Dummheit und Arroganz der Menschen abgefunden zu haben, denn sie erwiderte nichts.

»Geht es deinen Augen und Ohren wieder besser?«

»Ich denke, dass kein Schaden zurückbleibt. Danke der Nachfrage. Aber jetzt lass uns endlich tun, was zu tun ist. Ich denke nicht, dass wir hier eingestiegen sind, um das Korn einer langweiligen Sichtprüfung zu unterziehen.«

»Wohl war.« Beregrend lachte erneut. »Dazu hätten wir auch einfach einen Bäcker fragen können. Ein paar Säcke Roggen hätten wir in einer Backstube sicher zu Gesicht bekommen.«

»Aber wir möchten die Stadtbewohner ja nicht vergiften, richtig? Wir wollen ihr Leiden und ihre Qualen verkürzen.«

»Könnte ich zwischen langsam abfaulenden Fingern und dem Hungertod wählen, würde ich lieber an Letzterem krepieren.«

Der Elf ging in die Hocke und legte die Handfläche an den großen Haufen aus Körnern.

»Nun leg schon endlich dein kleines Feuerchen«, sagte Rhania.

In Beregrends Brust formte sich eine grüne Kugel leuchtenden Lichts, die sich langsam über seinen Arm bis zu der

Hand ausbreitete, mit der er den Roggenhaufen berührte. Zuerst war es ein zart loderndes Flämmchen, doch schon bald breitete es sich aus. Lange Zungen grünen Feuers leckten an dem Getreide. Wenige Sekunden später stand der Berg aus Körnern in einem Meer aus magischen Flammen.

»Und nun lass uns verschwinden«, sagte Beregrend und stand auf.

Rhania nickte und wandte sich zum Gehen, als ein dunkler Schatten sie mit brutaler Härte zur Seite stieß.

Wieder spürte Beregrend das Gefühl aufkeimender Furcht. Ein heftiger Tritt schleuderte ihn zu Boden. Das von eigener Hand gelegte Feuer brannte in seinem Rücken. Ein Schlag in die Magengrube raubte ihm die Luft. Ungläubig blickte er in das stark beharrte, vernarbte Gesicht eines Mannes, den es schon seit Jahrhunderten nicht mehr geben durfte. Der Schwarzgesichtige plusterte die Backen. Die Spitzen dünner Nadeln stachen in Beregrends Wange. Dunkelheit zerrte an seinen Gedanken. Ein noch mächtigerer Schlag an die Schläfe ließ die Welt um ihn herum verschwinden. Konnte der Tod so leicht besiegt werden? Als hätte es sich vor Angst in die hinterste Ecke seines Verstandes verzogen, verlor er das Bewusstsein.

6. Kapitel

Nachtaktiv, wie sie war, erwachte die Gespenstschrecke aus der Starre, die sie in den Tagesstunden nahezu bewegungslos über sich ergehen ließ. Vorsichtig streckte sie den Kopf aus den Falten, bevor sie sich dazu entschied, die laubblattähnlichen Vorderbeine aus dem Kleid der Dryáde zu befreien. Endlich war es angenehm und kühl. Genau die richtige Zeit, um den quälenden Hunger zu stillen. Sie freute sich darauf, die feingliedrigen Beine zu bewegen, denn die stets wiederkehrende Starre konnte auf Dauer doch ganz schön langweilig sein.

Langsam bewegte sie sich mit ihren, für sie typischen, schaukelnden Bewegungen vorwärts, bis ihre Beine die nackte Haut am Hals der Nymphe berührten.

»Ah, vorsichtig! Das kitzelt«, sagte Avonlea und strich dem wandelnden Blatt liebevoll einige Male über den breiten grünen Rücken. Das Tier schien zufrieden und krabbelte träge, als wären seine Sinne noch nicht vollständig erwacht, von ihrer Schulter auf den dünnen Ast der Kastanie, den diese für sie bereit hielt.

»Schön, dass meine Pflanzen und Tiere so gut miteinander harmonieren.« Avonlea lächelte, als das wandelnde Blatt zwischen den Blättern des Baumes verschwand und schon kurz darauf nicht mehr von ihnen zu unterscheiden war.

»Friss dich nicht zu satt. Du wirst ein wenig zu pummelig, meine Liebe.«

Die Dryáde hatte auch die Kastanie nicht vergessen und tätschelte sorgsam die knorrige graue Borke des Baumes, mit dem sie auf ewig verbunden war. Sie wusste, dass er ihr den Verlust von ein oder zwei Blättern verzeihen würde. Kastanienblätter waren die Leibspeise des Insekts, das seine nahezu perfekte Tarnung bereits nutzte. Das wandelnde Blatt war ein Geschenk ihres göttlichen Liebhabers. Seit tausenden von Jahren bevölkerten die Gespenstschrecken die Welt, doch die Art war nicht heimisch in diesen milden Gefilden. Avonleas magische Kräfte verlängerten die vergleichsweise kurze Lebensspanne des Insekts, das sie schon seit vielen Jahren auf ihren Wegen begleitete. Das wandelnde Blatt war ihr immer ein treuer Weggefährte gewesen und versüßte ihr durch seine wilde Verspieltheit jede Nacht.

Bereits jetzt vermisste sie die Berührung seiner Beine, doch sie wusste, dass das grüne Insekt stets zu ihr zurückkehrte und auch gut ohne sie zurechtkam.

Der Geruch des Waldes entspannte ihre Sinne. Sie liebte die Vielfalt der Aromen, die ihr entgegenschlugen. Die Fülle der Pheromone entspannte sie. Jedes einzelne Mal, wenn sie die steinernen Gassen der Stadt hinter sich zurückgelassen hatte, freute sie sich auf den betörenden Duft, den Bäume und Gräser nutzten, um sie im Kreis ihrer Freunde willkommen zu heißen.

Avonlea lehnte ihren Rücken an die mit grauen Flechten bewachsene Borke der Kastanie. Wärme flutete durch ihren Körper, als sie die magische Verbindung mit dem Baum einging, der gleichsam langjähriger Weggefährte, Freund und Heimstätte für sie war. Eine transzendente Symbiose der Natur, die so unglaublich alt war, dass in Vergessenheit geraten war, wer oder was sie geschaffen hatte. Schon vor dem Anbeginn der Zeit waren sie eins geworden, teilten seither Leben, Gefühle und Gedanken.

Noch immer überwältigten sie die ausgesandten Botenstoffe des Waldes. Wohlriechende Düfte, die Körper und

Geist auf wundersame Weise erregten, trübselige Gedanken aus dem Bewusstsein verbannten und ihr dabei halfen, die eigene Seele baumeln zu lassen.

Warum nur hatten die Menschen vergessen, was der natürliche Lebensraum für sie bedeutete? Wie wertvoll die schöpferischen Kräfte der Natur doch waren? Warum hatte die Menschheit die göttlich vollendete Verbindung nicht verstanden, die Pflanzen, Pilze und Tiere eingingen, um durch gemeinsames Schaffen, das Leben aller Arten zu erhalten? Hatten sie sich wirklich eingebildet, als einzige unter vielen ohne Hilfe der anderen das Leben bestreiten, gar meistern zu können?

Für Avonlea war der Gedanke so abartig, dass sie anfing zu lachen. Die Kastanie teilte ihre Gefühle. Ebenso wie sie schien sie erheitert und schüttelte raschelnd ihre langen Äste. Die Dryáde sorgte sich um alle ihre Freunde und hielt schützend die Hand unter die Blätter in ihrer Nähe, um das wandelnde Blatt vor dem Fall aus der Höhe zu bewahren.

Die Dryáde löste ihre Verbindung und kraulte ein letztes Mal den rissigen Stamm, der ihr so viel bedeutete.

Nur wenige Schritte von der Kastanie entfernt, reckte ein Teppich aus Blumen lange Blätter und Stiele mit hängenden Blüten aus der mit schimmerndem Moos bewachsenen Erde. Avonlea setzte sich in die Mitte des kleinen Feldes, das im Schatten der Kastanie entstanden war. Wohin sie auch sah, sprießte das Leben. Selbst an den Stellen, wo sich das Wasser noch nicht zurückgezogen hatte, erahnte sie das dünne Pilzgeflecht und die Weißwürmer und Springschwänze, die den morastigen Boden besiedelten, ihn mit Nährstoffen bereicherten und dafür sorgen würden, dass schon bald der Kreislauf des Lebens von Neuem begann. Schon in wenigen Jahren würden Bäume und Sträucher die kraftstrotzende Zukunft und die Heimat für hunderte neuer Arten sein.

Avonleas Hand streichelte über die violetten Kelche, die ihr die zarten Berührungen dankten und ihr freudig ihre

Blätter entgegenstreckten. Die Blüten schwankten leicht in der Brise des Windes, vollführten einen anmutigen Tanz, der nur ihr zu Ehren war. Bis zum Anbruch des nächsten Tages hätte sie hier sitzen und das Schauspiel der Natur genießen können.

Ihr Blick fiel auf eine junge Kastanie, die ihre Wurzeln in den Boden geschlagen hatte und ihre dünnen Äste und Zweige nur wenig höher als ein Mensch in den Himmel aufragen ließ.

Nur die Geduld und Stärke des Mutterbaumes hatte es ihr ermöglicht, den Wassermassen der Überschwemmung zu trotzen. Seit vielen Jahren wurde sie mit gerade so viel Licht und Nährstoffen versorgt, dass ein biegsamer und zugleich standfester Stamm sich entwickelte, der es ihr erlaubte, ein hohes Alter zu erreichen. Nur der langsam wachsende Baum würde die Zeiten überdauern.

Avonlea wusste, dass der Abkömmling ihrer Kastanie schon über zwei Jahrhunderte an dieser Stelle wuchs, und doch war die junge Kastanie wenig mehr als ein dünner, gerader Stiel, der sich leicht zur Seite bog.

Feine Härchen eines sattgrünen Blattes berührten ihre Schulter und sie bemerkte, wie immer mehr Zweige und seitliche Triebe ihre Nähe suchten.

Sie ließ es zu, dass der Schössling der Kastanie sie mit Reizen umgarnte, und störte sich nicht daran, dass seine Blätter mehr und mehr unter ihre Kleidung krochen. Das leise Rascheln ihres Kleides verriet ihr, dass die Zweige der jungen Kastanie das Ziel erreichten, das sie heimlich und doch in so vorhersagbarer Weise verfolgt hatten. Ein hohes Wispern durchdrang die Luft, als der seidige, aus Pflanzenfasern gewebte Stoff nach unten rutschte und den makellosen Körper der Nymphe enthüllte.

Avonlea spürte die Wärme des Holzes und freute sich, als Blätter und Zweige liebevoll und zärtlich über ihre Haut strichen.

Angeregt von der Intensität ihrer Gefühle, schloss die Dryáde die Augen. Nur so konnte sie die intimen Berührungen in ihrem ganzen Ausmaß genießen. Die Blätter fühlten sich so weich an, als würden flauschige Wolken jeden Teil ihres Körpers mit heißen Küssen überziehen. Weiter und weiter drangen die Zweige der jungen Kastanie vor, suchten sich den Weg hinab zu ihren Schenkeln und entlockten der Dryáde ein wollüstiges Stöhnen.

Avonlea lächelte, wusste sie doch genau, dass der Homunculus, der sie seit geraumer Zeit aus der Ferne beobachtete, auf das schamlose Spiel mit ihren Bäumen gewartet hatte.

Schon seit dem Zeitpunkt seiner Geburt hatte sich Loráan mit leidenschaftlicher Begeisterung für die Paarungsrituale des Lebens interessiert. Heuchlerisch, wie er war, hatte er sich niemals zu seinen Vorlieben bekannt. Im vollen Bewusstsein seiner Neigung hatte er sich neue Reize geschaffen, die ihm die Erfüllung seiner Begierden vereinfachten, und doch war er das zutiefst verdorbene Wesen geblieben, das sie schon immer in ihm vermutet hatte.

Die Nymphe störte sich nicht daran. Sollte Loráan ruhig teilhaben an ihrer Ekstase. Gut verborgen hinter dichtem Gestrüpp und zur schnellen Flucht bereit, konnte er ruhig miterleben, wie die Lust des Baumes sie überwältigte.

Avonlea wusste, dass es ihn große Überwindung kostete, sie im Geheimen zu beobachten. Sie kannte die widersprüchlichen Gefühle, die er ihr gegenüber hegte und die so wenig zu den verabscheuungswürdigen Emotionen passten, die er gegenüber anderen an den Tag legte.

Seit Jahrhunderten ließ man ihn über seine Herkunft im Unklaren. Für einen Moment dachte sie zurück an den Tag, an dem er das Licht der Welt erblickt hatte, und an die ersten zaghaften Sonnenstrahlen, die sich in den glitzernden Regentropfen vor der Höhle seiner Schöpfung gespiegelt hatten.

Avonlea kicherte vor Vergnügen. Das Liebesspiel der jungen Kastanie wurde wilder und am Ende war sie es selbst, die einen besonders furchtlosen Zweig dazu ermutigte, die intimsten Stellen ihres Körpers zu erforschen.

»Du bist wirklich das unkeuscheste Weibsstück, das mir jemals untergekommen ist«, sagte der König, der eben aus der Schwärze des Waldes getreten war und die Blöße der Dryáde mit sehnsuchtsvollem Blick anstarrte.

Avonlea öffnete die Augen, als sie die Anwesenheit des Königs bemerkte, und schenkte ihm ihr schönstes Lächeln.

»Nach so vielen Jahren unseres Zusammenlebens hätte ich vermutet, dass dir meine wilde Natur ganz gut gelegen kam.«

Der König setzte sich neben die Dryáde, die ihn noch immer aufmunternd anlächelte und ihn dann schnell mit sich zu Boden zog. Avonlea spürte seine Nähe und die Wärme, die seine Finger ausstrahlten. Zärtlich streichelte er über die Spitzen der Zweige, die sich seiner Geliebten noch immer bemächtigten.

Als hätte ihnen jemand einen Befehl erteilt, streckten die Zweige und Blätter der Kastanie sich auch nach dem König aus und leckten zärtlich über seine Arme und Beine. Die Spitzen feiner Wurzeln schossen aus dem Boden und wickelten sich um seine Beine, als würde die Nymphe sichergehen wollen, dass er sich nicht mehr aus ihrer Umarmung löste.

»Möchtest du, dass ich ein letztes Mal dein Verlangen stille, bevor mich deine Seele für immer verlässt?«, fragte sie.

Tränen rannen über seine Wangen, als er, wie so viele Male zuvor, in der Tiefe ihrer Augen versank.

»Das wird nichts an meinen Plänen ändern«, flüsterte er. Avonlea nickte und drückte ihm einen heißen Kuss auf die Lippen.

»Deine Pläne sind weit fortgeschritten?«, fragte sie mehr beiläufig, als sie die Blätter dabei unterstützte, die Kleidung des Königs zu öffnen.

»Abgeschlossen«, stöhnte er. »Alles steht bereit. Ich bin gekommen, um mich zu verabschieden.«

Avonlea legte ihren Kopf an seine Stirn.

»Du weißt genau, dass ich bei deinem Ableben nicht dabei sein werde.«

Sie sah, wie der König verständnisvoll nickte.

»Ich kann das einfach nicht. Ich möchte dich nicht sterben sehen.«

»Schon in wenigen Tagen wird die Königswürde erneut erlangt, und mein Geist wird auf ewig vergangen sein.«

Der König hatte leise gesprochen. Nachdenklich kaute er an einem Fetzen seiner Unterlippe.

»Etwas scheint dich zu beunruhigen«, sagte Avonlea und bedeckte seinen Hals immer wieder aufs Neue mit heißen Küssen.

Der König ließ seinen Blick über das Gesicht der Dryáde wandern, als suchte er darin eine Antwort auf die Fragen, die ihn quälten.

»Ich frage mich, ob es wirklich notwendig ist, dass wir die Königswürde gemeinsam erlangen.«

»Dein Gesicht verrät mir die Sorgen, die dich quälen.«

»Seltsames ereignet sich in Rakshore. Ich habe ihn gesehen«, hauchte der König. Seine Stimme klang rau und geheimnisvoll.

Avonlea hörte auf, ihn zu küssen. Sie starrte ihn an, als wollte sie in seinen Augen ergründen, wovon er sprach.

»Ich spürte eine tiefe Verbindung und die Leidenschaft, die auch ihn befallen hat. Schon von Weitem hörte ich seine Gedanken. Verstehst du es?« Der König schluckte. »Ich konnte die Farben seiner Töne sehen.«

Avonlea wurde hellhörig. »Erzähl mir mehr«, flüsterte sie, doch es dauerte eine Weile, bis sich der König gesammelt hatte und weitersprach.

»Vier Musikanten sind in der Stadt. Du hättest ihre Musik hören sollen.«

»Weiter«, sagte die Dryáde, als die Stimme des Königs verstummte.

»Diese Töne, unfassbar schön …«, sagte er. »… Und so viele Farben«, fügte er andächtig hinzu.

Avonlea löste ihre Umarmung und setzte sich auf. Gedankenverloren spielte sie mit den Blütenkelchen der Glockenblumen, die sich in ihrer Reichweite befanden.

»Vier, sagst du?«, murmelte sie. Sie war so verstört von ihren Überlegungen, dass sie geistesabwesend einen der violett gefärbten Blütenkelche abriss.

Erst als sie hörte, wie der König erstaunt ausatmete, wurde sie sich ihrer Schuld bewusst.

Voller Reue senkte sie den Kopf und vergrub ihre Hände in dem weichen Moos des Waldbodens, bis das braune Erdreich die Spitzen ihrer Finger umschloss. Weiße Fäden begegneten ihren Händen, feinste Härchen verschmolzen mit den Kuppen ihrer Finger. Sie teilte ihre Gedanken mit dem weit verzweigten Geflecht der Pilze, das den Waldboden dicht besiedelte, Bäume, Sträucher und Gräser mit Nährstoffen versorgte und den natürlichen Kreislauf aufrecht erhielt, der sie allesamt verband.

Magisches Licht flutete das Netzwerk des Waldes, ein gespenstisch grünes Leuchten, das die Welt um sie herum wie im Traum wirken ließ. Dort, wo eben noch der violette Kelch den Tod gefunden hatte, erwachte neues Leben. Langsam wagte sich ein grüner Stiel aus der Erde, entfaltete die gerollten Blätter und ließ eine feucht glänzende Blüte aus der Knospe sprießen, die schöner als zuvor ihren Kopf in den Nachthimmel erhob.

Der König sagte nichts, sondern tätschelte beruhigend ihren Arm. Es war schön, die Intimität seiner Berührungen zu spüren.

»Missernten werden folgen.« Ihre Stimme war so leise, dass sie kaum zu verstehen war, dennoch hielt der König in seiner Bewegung inne.

»In der Tat wird die Stadt bereits von einer Plage heimgesucht. Du weißt also mehr darüber?«

Avonlea beachtete ihn nicht weiter.

»Erst Hunger und Krankheit und zuletzt der Tod«, hauchte sie.

Der König starrte sie entsetzt an und erst jetzt widmete sie ihm wieder ihre ganze Aufmerksamkeit.

»Die Musikanten warten nur darauf, die Saat des Krieges über der Stadt der Lieder auszubringen.«

»Die Stadt wird also untergehen?« Avonlea war bewusst, dass er sich keine Antwort erhoffte.

»Könnte er es sein, der die Königswürde erlangen und die Stadt vor dem Verderben bewahren soll?«, fragte der König.

Erneut entrückt aus der Welt starrte Avonlea auf den Boden. Nun, es war ihren eigenen Plänen nur zu gewissen Teilen dienlich, aber zählte am Ende nicht einzig und allein das Ergebnis? Hier waren Mächte am Werk, denen sie nicht gewachsen war, und dennoch, früher als gedacht könnte die Natur ihres Reichs aufs Neue erblühen.

Langsam stand sie auf und zog den König auf die Füße. Die junge Kastanie hatte ihre Fesseln längst gelöst und die letzten Blätter ließen von ihnen ab und zogen sich zurück. Ruhig, als wäre nichts Außergewöhnliches passiert, schwankte der junge Baum im Wind.

»Wenn es stimmt, was ich vermute, wird uns beiden die Ankunft dieses Mannes dienlich sein.«

Der König blickte sie fragend an.

»Eines ist sicher: Schon früher als ich gedacht habe, wird die Finsternis über die Stadt der Lieder hereinbrechen.«

Sie sah, wie der König erzitterte.

»Edgar«, sagte sie und streichelte zärtlich über seine Wange. »Fürchte dich nicht. Über deinen Tod wirst nur du entscheiden und ich überlasse es dir, ob du auf dem Thron der Stadt der Lieder sitzen wirst oder er.«

Tief blickte der König in ihre Augen.

In Avonlea formte sich ein neuer Gedanke. Warum sollte sie nicht haben, was ihrer Schwester verwehrt blieb?

»Das alles eröffnet mir ganz neue Möglichkeiten.«

Verschwörerisch hob die Dryáde eine Augenbraue.

»Wie es scheint, bist du mit den Gedanken deines Nachfolgers schon längst vereint.«

Langsam schien der König zu verstehen.

Die Dryáde indes war sich bei einem absolut sicher: Es war unvermeidlich, die Musikanten mit eigenen Augen zu sehen. Vielleicht kehrte das alte Leben schneller zu ihr zurück, als sie es für möglich gehalten hatte.

Avonlea entfuhr ein glückseliges, helles Lachen. Das Wispern der Bäume trug ihre Stimme weiter und weiter. Noch lange hallte sie durch die Dunkelheit.

Loráan hatte genug gesehen. Er schob das mehrteilige Fernrohr zusammen, durch das er heimlich aus seinem Versteck heraus gespäht hatte, und wandte sich ab. Ohnehin beschlich ihn ein seltsames Gefühl. Die Liebschaften der Dryáden faszinierten ihn. Wie oft hatte er Drykaria und ihre Auserwählten in aller Heimlichkeit beobachtet? Jede Sekunde der Intimitäten hatte den voyeuristischen Trieb sündhafter Gedanken befeuert und die Sehnsucht nach gewalttätiger Herrschaft und uneingeschränkter Macht gestillt. Zu oft hatte er sich gewünscht, an der Stelle der Erwählten zu sein.

Bei ihrer Schwester jedoch war alles anders. Auch Avonlea verfügte über die besondere, magische Aura, der wahre Schönheit zugrunde lag. Wie der Herr der Finsternis hätte auch er nicht gewusst, wie er sich zwischen den Liebreizen der Schwestern entscheiden sollte, und doch lag ein grauer Schatten auf dem Teil seines Verstandes, den er seine Seele nannte.

Immer wenn er Avonlea sah, beschlich ihn ein eigenartiges, befremdliches Gefühl. Etwas, das er nicht beschreiben konnte.

Es war, als würden seine Augen sich von alleine abwenden. Er konnte es nicht ertragen, die Dryáde unbekleidet zu sehen.

Viele Frauen hatte er sich genommen und sicher war er nicht zimperlich dabei gewesen, sich die Befriedigung zu holen, die er sich durch sie versprach.

Aber bei Avonlea hielt ihn etwas zurück, als wäre er in magischer Weise gehemmt. Selbst die kleinste Berührung ihres Körpers verursachte in ihm ein Unwohlsein. Es waren keine Schmerzen, die ihn quälten, sondern das unheimliche Gefühl, das Verbotene zu tun. Es war so absonderlich für ihn, dass er für gewöhnlich ihre Nähe mied.

»Ich kann sie nicht ansehen, und doch kenne ich ihre Gestalt«, sagte er zu sich selbst und schlug die jungen Äste des Schwarzdorns zur Seite, hinter dem er sich vor dem Blick der Nymphe versteckt hatte. Lautstark stieß er einen Fluch aus, als ein langer Dorn den Ärmel seines Hemdes durchstieß und das darunterliegende Holz des Armes ritzte.

»Das Gestrüpp ist wohl ziemlich lästig«, rief S´meralda zu ihm herüber, die nur wenige Schritte von ihm entfernt unreife gelbe Früchte vom ausladenden Ast einer Mispel pflückte.

Der Homunculus befreite sich von dem Dorn und strich sein dünnes, zerrissenes Hemdchen glatt, was dazu führte, dass es noch ein wenig schmutziger aussah als zuvor.

»Vergiss die Blätter nicht. Wir benötigen nicht viele, aber achte darauf, dass sie besonders ausgeprägte Adern haben, so wie die anderen«, sagte er und zeigte auf das Tuch, das vor S´meralda ausgebreitet auf dem Boden lag. Er selbst hatte ihr gezeigt, worauf es bei der Suche nach alchemistischen Zutaten ankam und schon zuvor ein paar brauchbare Blätter gesammelt.

»Ich passe schon auf, dass alles nach deinen Wünschen verläuft. Ein paar Blüten wolltest du doch auch noch, oder?«

»Du verstehst nicht. Ein Alchemist wie ich sollte nur das Allerbeste zur Verfügung haben. Schon die kleinste Nachlässigkeit kann alles verderben.«

Loràan holte ein Messer aus einer seiner vielen Taschen, säuberte die Schneide am Bein seiner löchrigen Hose und schabte ein wenig schwärzliche Rinde vom Hauptstamm des Schwarzdorns. Der dichtgewachsene Busch musste schon ein beachtliches Alter erreicht haben, denn die Rinde ließ sich ohne große Kraftanstrengung lösen und fiel in schmalen Streifen in seine Hände.

Die Rinde war vortrefflich geeignet für sein Vorhaben. Wiederholt gewässert und getrocknet, konnte er die darin enthaltenen Farbstoffe lösen und eine Flüssigkeit extrahieren, die nicht nur als Tinte hervorragende Dienste leistete, sondern, eingearbeitet in eine Salbe, seinen aus Holz und Lehm gefertigten Körper glatt und geschmeidig hielt. Zudem konnte sie ihm auch bei einigen anderen Überlegungen ganz nützlich sein.

Der Homunculus packte das Messer weg und holte stattdessen einen länglichen, aus Holz gezimmerten Kasten mit verschiedenen Fächern aus den Weiten seiner Taschen hervor. Die Rindenstücke legte er an die dafür vorgesehene Stelle.

Der Kasten zeigte sich bereits gut gefüllt mit einer Sammlung verschiedenster Blätter, die er ordentlich zu kleinen Paketen zusammengerollt und mit dünnen Fäden zusammengebunden hatte. Eine bunte Mischung aus Beeren und Waldfrüchten lag ebenso für die Weiterverarbeitung bereit wie die unterschiedlichsten Steine und Mineralien.

Loràan verschloss den Kasten und verstaute ihn sorgsam wieder in einer seiner Taschen.

Jetzt fehlte nur noch das Wichtigste. Schließlich musste das Vorhaben schnell und sauber über die Bühne gehen.

»Hast du endlich alles?«, fragte er S´meralda, als diese das Tuch mit ihrer Ernte ordentlich zusammenfaltete und gemächlich zu ihm herüber schlenderte.

»Hoffentlich hast du auch wirklich nur die besten Blätter ausgewählt. Wehe, wenn nicht!« Der Homunculus drohte S´meralda mit dem Finger.

»Du traust mir aber wirklich auch gar nichts zu, oder? Wenn dir nicht passt, was ich mache, dann mache es gefälligst selber. Übrigens habe ich, auch ohne deine Antwort abzuwarten, ein paar Blüten dazugelegt.«

Lorâan verdrehte die Augen, beschloss aber, die Sache auf sich beruhen zu lassen. Er hatte keine Lust auf eine weitere Diskussion.

Es fiel ihm schwer, es zuzugeben, aber es gab Momente, in denen ihn S´meralda ziemlich nervte. Er hatte der ehemaligen Dämonin ein neues Leben geschenkt und er war stolz auf seine Schöpfung. Mit glühender Leidenschaft erfüllte sie ihm seine Wünsche, doch die anfängliche Euphorie war schnell verflogen.

Allzeit zu jeglichen Schandtaten bereit, befriedigte S´meralda seine Gelüste und doch hatte er schnell erkannt, dass etwas fehlte. Etwas Wesentliches, das nach dem Tod der Dämonin verloren war. Er hatte ein wenig Zeit gebraucht, um sich darüber im Klaren zu werden, bis es ihm wie Schuppen von den Augen fiel.

Den Körper hatte er erhalten können, doch der einstige Intellekt war der Dämonin unwiederbringlich abhandengekommen.

S´meralda war dumm wie ein ranziges, schimmliges Brot.

Von ihrer einstigen Kampffertigkeit und schnellen Auffassungsgabe war nicht viel übrig geblieben und je mehr er darüber nachdachte, desto mehr störte es ihn.

Mit Haut und Haaren war sie seinem Wohlwollen ausgeliefert. Vielleicht war es für ihn besser, sich ihrer zu entledigen.

Auf diesem Wege würde er auch die Freiheit zurückerlangen. Die Freiheit, sich zu nehmen, wonach immer er verlangte. Es war die Vielfalt, nicht die Eintönigkeit, die ihn reizte.

»Komm schon«, sagte Lorâan. Die ehemalige Dämonin bewegte sich so langsam, als hätte sie regelrecht ihren Spaß dabei, ihn zu provozieren. Er konnte nicht leugnen, dass

S´meraldas Anblick seine Gefühle in Wallung brachte, obwohl sie selbst für seinen Geschmack die Hüften zu sehr schwingen ließ.

»Du weißt genau, dass ich noch einiges vorzubereiten habe. Die alchemistische Arbeit bedarf nun einmal einer gewissenhaften Vorbereitung.«

Nicht auszudenken, was passieren könnte, wenn die Qualität der handverlesenen Ingredienzien oder der zeitlich festgeschriebene Ablauf der Herstellungsprozesse durch Ablenkung und Unachtsamkeit gestört würde.

»Ich weiß«, hauchte ihm S´meralda mit zärtlicher Stimme zu.

Lorâan sah, wie sich ihre Brust durch die Anmut ihrer Bewegungen straffte. Die offenherzige Bluse, die sie am Körper trug, verrutschte. Der feine weiße Stoff war so durchscheinend, dass Fell und Haut ihres Oberkörpers deutlich zu erkennen waren. Schamlos klimperte sie mit den Wimpern, als sie ihn gekonnt mit der Kunst der Verführung in Versuchung führte.

Der Homunculus blickte zu Boden. Das von ihm geschaffene, bis in die allerletzte Haarspitze verdorbene Luder machte es ihm wirklich alles andere als einfach.

Wenigstens hatten sie fast alle Zutaten gesammelt, die er für seine Arbeit brauchte. Was noch fehlte, würde er sich schnell auch anderswo besorgen können. In der Nähe einer großen Ansiedlung gab es immer schwer schuftende Köhler. Ein paar Stücke des geschwärzten Holzes waren schnell aus ihren Händen stibitzt.

Diese leichte Aufgabe konnte sogar die einfältige S´meralda handhaben, während er mit seinen Tiegeln und Töpfen herumhantierte. Es war nicht nötig, sich selbst die Hände schmutzig zu machen, und er blieb verschont von ihrem unsinnigen Geplapper. Warum also nicht jetzt ein wenig Zeit vergeuden?

Er packte die ehemalige Dämonin rüde an den Armen und warf sie sich kurzerhand über die Schulter. S´meralda wehrte sich nicht, sondern kicherte ausgelassen, als sich ihre strohblonden Haare in Wellen über seinen Kopf ergossen.

Lorâan balancierte das Gewicht auf seiner Schulter aus, wobei er die Gelegenheit, den Körper der ehemaligen Dämonin an den unterschiedlichsten Stellen zu betatschen, nicht ungenutzt verstreichen ließ.

»Ich sehe, du kannst es kaum erwarten, aber meinst du wirklich, dass wir so schneller sein werden?«, flüsterte S'meralda an seinem Ohr.

Lorâan blieb ihr eine Antwort schuldig. Die Kräfte, die seinem puppenhaften Körper innewohnten, hatte schon so mancher Unwissende gewaltig unterschätzt. Trotz der Last der ehemaligen Dämonin auf seinem Rücken rannte er los und suchte sich den schnellsten Weg zu ihrem Unterschlupf. Die einer Laune der Natur entsprungene Höhle war nicht weit und die Aussicht auf die Schandtaten, die er dort mit seiner Gespielin treiben würde, beflügelten ihn zusätzlich. Mühelos sprang er über grobe Wurzeln und glatte Steine hinweg.

Der erotisierende Duft der ehemaligen Dämonin benebelte seine Sinne. Nicht mehr lange und sie würde stöhnend und voller Verzückung auf dem kalten Steinboden der Höhle liegen.

Seine Gedanken wanderten kurz zu der muffigen Grotte, die sich im hinteren Teil der Höhle vor den Blicken der Außenwelt verbarg. Eine wahre Fundgrube für jeden Alchemisten. Dort hatte er nicht nur die farblosen Kristalle von den Wänden gekratzt, die er so dringend benötigte, sondern auch viele andere seltene Mineralien entdeckt, die ihm nur von Nutzen sein konnten. Die schwarzen geflügelten Bewohner der Grotte waren lästige Viecher, aber vielleicht konnten genau sie den Reiz ihres Liebesspiels ins Unermessliche steigern. Er war schon sehr gespannt, wie die Leidenschaft S'meraldas sich veränderte, wenn er ihr ein bisschen Angst einflößen würde. Ein wenig blutrünstiges Verhalten konnte niemals schaden. Wer wusste schon genau zu sagen, wozu die niedlichen, blutsaugenden Tiere fähig waren. Das blanke Entsetzen seiner Gespielin würde seine Triebe gewiss zutiefst befriedigen und anders als er es früher oft gehandhabt hatte, brauchte er sie im Anschluss noch nicht einmal zu töten, denn sie würde ihm für die erlebten Grausamkeiten und Gräueltaten auch noch dankbar sein.

Der niedrige Zugang zur Höhle war nur noch wenige Schritte entfernt. Feucht dunkler Nebel drang in Schwaden daraus hervor. Neben einem dichten Gebüsch, hinter dem er den blassen Schein vermutete, den er als Wächter seines Unterschlupfs zurückgelassen hatte, blieb Lorâan stehen.

»Nun ist es so weit. Ein Zeitalter wird enden. Genieße die Freiheit deines neuen Lebens. Übles hat man dir angetan, doch die Rache, die du suchst, wird dir gewiss sein.«

»Was sagst du?«, fragte die ehemalige Dämonin.

Der Homunculus schüttelte innerlich den Kopf über die Einfältigkeit, die ihm entgegenschlug. War S´meralda wirklich so dumm, dass sie seit Tagen glaubte, mit ihm alleine zu sein?

Die Geräusche des Waldes hatten sich verändert. Ein freudiges Pfeifen verriet ihm, dass seine Botschaft nicht auf taube Ohren gestoßen war. Hell und kaum hörbar verschmolz es mit dem Gesang der Vögel in der Nähe.

Seine Finger krallten sich stärker in S´meraldas Körper. Selbst die letzte Chance, sich seines Griffes zu entziehen, sollte ihr verwehrt bleiben.

Kurz darauf waren sie in der Dunkelheit des Höhleneingangs verschwunden.

7. Kapitel

In den Untiefen des eigenen Bewusstseins suchten die Gedanken nach einer Lösung, doch es waren körpereigene Funktionen und Instinkte, die sie fanden. Beregrend spürte die Kälte der Nadel in seinem Gesicht und das lähmende Gift, das aus ihrer Spitze in seine Blutbahn gelangt war. Schmachvoll war er aus dem Hinterhalt überrascht worden und doch war das Glück auf seiner Seite. Nur eine der beiden Nadeln hatte ihr Ziel gefunden. Eine jedoch steckte in seinem unteren Lid und befeuerte einen höllischen Schmerz in seinem Auge, den er gerne in Kauf nahm, verhinderte er doch, dass eine noch größere Menge des Gifts durch seine Adern gepumpt wurde.

Seine elfischen Sinne waren geschwächt und doch arbeitete sein Körper fieberhaft daran, die Giftstoffe in seinem Körper zu neutralisieren. Nicht zum ersten Mal rettete ihm seine adlige Abstammung das Leben. Jahrtausende alte Konditionierung hatte seine Selbstheilungskräfte aktiviert. Nur der weniger als zwanzig Personen umfassende, magiewirkende Kreis des elfischen Königshauses verfügte über das uralte Wissen, das er benötigte, um das Gift des schwarzgesichtigen Attentäters zu bekämpfen. Beregrend spürte, wie das Gift ihn durchströmte und die Gedanken lähmte. Ein wilder Kampf tobte in seinen Adern und noch war ungewiss, wer die Oberhand behalten würde.

Dennoch war er guter Hoffnung. Langsam, aber beständig sickerten immer mehr der Umgebungsgeräusche zurück in sein Bewusstsein. Wie aus weiter Ferne drang ein Kampfschrei an seine Ohren und das Singen einer metallenen Waffe, die durch die Luft schnitt. Er spürte, wie etwas an seinem Rücken brannte, meinte zu erahnen, wie das Feuer Kleidung und Haut versengte.

Schmerz war ein gutes Zeichen, bewies er doch, dass das Leben zu ihm zurückkehrte.

Gefühle übermannten ihn. Gefühle ungebändigter Wut, vermischt mit der Angst, der Herausforderung nicht gewachsen zu sein, die auf ihn wartete, wenn sein Verstand aus der trüben Finsternis erwachte, die ihn in ihrem eisernen Griff hielt.

Die Sinneseindrücke wurden stärker. Diesmal war das Klirren eines Schwertes deutlich näher erklungen und der Nebel seines Verstandes lichtete sich.

Der Kampf, den sein Körper im Inneren ausfocht, war so gut wie gewonnen. Seine Selbstheilungskräfte gewannen die Oberhand, drängten das Gift zurück und neutralisierten die lähmende Wirkung, die ihn befallen hatte.

Beregrend öffnete die Augen. Schmerz flutete in seine Gedanken. Es blieb keine Zeit mehr. Er musste sich der Gefahr stellen, die vor ihm lauerte.

Der Elf erhob sich. Benommen schlug er die grünen Flammen an seinem Rücken aus und konzentrierte seine heilende Kraft darauf, den Schmerz zu unterdrücken, der seinen gesamten Rücken in Mitleidenschaft zog. Ein stechendes Pochen pulsierte in seinem Schädel. Wie er wusste, das Anzeichen dafür, dass das Gift aus seinen Adern nun gänzlich verschwunden war. Vor langer Zeit hatte er die Folgen der giftigen Substanz schon einmal überwunden und seinen Organismus für eine erneute, heimtückische Attacke gestärkt.

Mit verschwommenem Blick nahm er die in hohen Flammen stehende Kornkammer wahr, in der er sich befand. Seine Augen begannen zu tränen. Vorsichtig zerrte er die mit kleinen Widerhaken versehene Nadel aus seinem Gesicht.

Der in Gift getränkte Kopf brannte wie Feuer, als sich die Haken aus der Haut lösten und rotes Blut aus der gerissenen Wunde über seine Wangen lief.

Abgestoßen von der verschlagenen Kampftechnik seines Gegners, warf er die Nadel hastig beiseite.

Wohlwissend, dass es ihm nicht viel bringen würde, zog Beregrend das Wolfsmesser aus dem Gürtel. Das Bild eines stark behaarten Gesichts kehrte zurück in seine Gedanken. Ein eigenartiges Gesicht mit dicken Wülsten über den Augen, die so fremdartig wirkten, als hätte sich ein Affe unter die Generationen der Vorfahren gemischt.

Beregrend dachte an die schaurigen Erzählungen, die vom Anbeginn seiner Jugend an ihn überliefert worden waren. Für viele Jahrtausende war das Reich der Elfen geeint, doch unzählige Brüder waren gestorben, als es binnen weniger Tage durch den Freiheitsdrang einiger Abtrünniger für immer zerbrochen war. Beide Seiten hatten einen unerbittlich geführten Krieg heraufbeschworen. Anders als die Elfen hatten es die Verräter des Reiches für nötig erachtet, das reinrassige Blut zu verwässern und sich mit dem Geschlecht der Menschen zu vermischen.

Der Grund für die bis heute andauernde Fehde der elfischen Völker. Voller Scham vor dem sträflichen Vergehen hatten sich die Elfen von ihresgleichen abgewandt. Seit jenen Tagen hatte man die Abtrünnigen als Dunkelelfen bezeichnet. Dunkel und unrein war die Aura, die sie fortan umgab.

Die Abtrünnigen schreckten auch vor weitaus größerem Frevel nicht zurück. Hätten sie es bloß bei der Vermischung mit den Menschen belassen! Es war einer der Hauptgründe, warum Beregrend die dunklen Elfen so hasste: Um die Verluste des Krieges auszugleichen, hatten einige wenige unter ihnen das Unverzeihliche gewagt und sich mit den Affen des Waldes gepaart. Schon vor vielen Jahrhunderten war das Letzte der so entstandenen Wesen, gesichtet worden war. Er hatte angenommen, dass keine Nachkommen je das Licht der Welt erblickt hatten.

Nun, er hatte sich getäuscht. Der unentschuldbare Frevel an der Natur musste größer gewesen sein, als er je angenommen hatte, denn es war kein Trugbild, das nur wenige Schritte vor ihm stand.

Der schwarzgesichtige Dunkelelf war von imposanter Größe. Ein schwarzer Umhang und schwarzgraue Haare am gesamten Körper, die nur als Fell bezeichnet werden konnten, verschluckten das Licht des lodernden Feuers, sodass es aussah, als würde sich nur ein Schatten bewegen. Hinterhältig und verschlagen, wie die Dunkelelfen waren, hatte ihnen der Attentäter aufgelauert.

Der Dunkelelf ging aufrecht und doch zeugten die eigenartig tollpatschig wirkenden Bewegungen der langen, fast bis zum Boden reichenden Arme von seiner unverzeihlichen Abstammung. Schwarze Krallen an Händen und Füßen waren die einzigen Waffen, die er führte, abgesehen von dem riesigen, vorspringenden Maul, dessen wulstige Lippen schwarzgelbe Zähne entblößten.

Mit den wilden, kraftvollen Tritten und Schlägen des Attentäters hatte Beregrend schon Bekanntschaft gemacht und er hoffte, dass er den Biss der schwarzgelben Zähne nicht zu spüren bekommen würde.

Der finstere Blick des Wesens war auf Rhania gerichtet, die verzweifelt versuchte, den wuchtigen, unkontrolliert auf sie einprasselnden Schlägen des Dunkelelfen auszuweichen.

Die Baroness schützte sich, so gut es ging, mit dem Schwert des Bettelritters und doch gelang es dem Attentäter, immer wieder aufs Neue, Rhanias Klinge zu entgehen und die ins Leere laufende Attacke für sich selbst zu nutzen.

Der Dunkelelf war schneller als die Baroness. Muskulöse, krumme Beine ermöglichten ihm weite und hohe Sprünge, mit denen er sich schnell seiner Kontrahentin nähern konnte und die ihn ebenso flink vor der Gefahr des Schwertes zurückweichen ließen. Wieder und wieder trafen die Fäuste des Dunkelelfen auf den Körper der Baroness.

Beregrend erkannte, dass Rhania bereits die Kräfte verließen. Für einen kurzen Moment verlor sie das Gleichgewicht.

Der einem Frevel entsprungene Dunkelelf ließ die Lücke in ihrer Verteidigung nicht ungestraft. Behaarte Beine stießen sich vom Boden ab und trafen mit gewaltiger Wucht auf Rhanias Brust, was sie einige Schritte zurücktaumeln ließ.

Der Baroness entglitt die Waffe, die sie bislang vor schwereren Verletzungen bewahrt hatte. Ein weiterer Tritt an den Kopf schickte ihr Bewusstsein in die Dunkelheit.

Beregrend sah, wie Rhania sich drehte und wie ein gefällter Baum zu Boden stürzte.

Der Angriff des Attentäters war gut gezielt und hatte den Winkel des Kinns der Baroness an genau jener Stelle getroffen, die wichtige Nervenbahnen blockierte und das Gehirn durch den Aufprall an den Schädelknochen stoßen ließ.

Beregrend wusste nicht, wie lange die Baroness bewusstlos sein würde. Lange hatte sie Widerstand geleistet, doch nun war es an ihm, diesen ungleichen Kampf zu beenden.

Das Wolfsmesser weit von sich gestreckt, sprintete er los. Die letzten Schritte überbrückte der Elf mit einem weiten Sprung. Noch im Flug rammte er die rechte Schulter kurz unterhalb der Achsel in die Seite des Dunkelelfen, der überrascht von dem Angriff gemeinsam mit ihm zu Boden ging.

Beregrend roch den widerwärtigen Gestank des Attentäters, dessen dicht behaartes Fell ihm für einen kurzen Moment die Sicht nahm, ehe er sich aufgerappelt hatte und mit dem Stiefel nach dem Kopf des Dunkelelfen trat. Der stark behaarte Mann stöhnte und hielt sich schützend die langen Arme vors Gesicht.

Darauf hatte der Elf gewartet.

Die Monstrosität verfügte über schnelle Reaktionen und enorme, ihm überlegene Kräfte, aber dennoch hatte Beregrend einen entscheidenden Vorteil erlangt, zu dem ihm der Überraschungseffekt seiner Attacke verholfen hatte.

Beregrend warf sich auf den mehr an ein wildes Tier erinnernden Attentäter und stieß die Spitze des Wolfsmessers, beidhändig geführt, mit aller ihm zur Verfügung stehenden Kraft in die mit dichtem Fell bewachsene Brust.

Der Dunkelelf schrie laut auf, als er die Waffe fast bis zum Heft in dessen Körper versenkte, doch anders als Beregrend angenommen hatte, war dies noch nicht das Ende.

Ein heftiger Schlag an den Kopf fegte ihn zur Seite. Sterne blitzten auf und als er sich wieder aufgerichtet hatte, blickte er in die hasserfüllten schwarzen Augen des menschenähnlichen Tieres, das langsam das mit dunklem Blut besudelte Wolfsmesser aus der Brust zog und achtlos beiseite warf.

Ein eklig anzusehender Schwall Blutes färbte Fell und Boden rostrot.

Beregrend erinnerte sich an die harten Trainingsstunden seines früheren Lebens. Immer wieder hatte sein Lehrmeister darauf bestanden, ihn auch im waffenlosen Kampf auszubilden, bis er auch diesen meisterlich zu beherrschen wusste. Allem Anschein nach fand er nun die passende Gelegenheit, die mühsam erlernten Techniken anzuwenden. Alleine mit roher Waffengewalt war gegen diese missgestaltete Monstrosität nur wenig auszurichten. Natürlich konnte der affenähnliche Attentäter verletzt werden und auch in seinem halbtierischen Körper pochte ein schlagendes Herz. Das Blut und die klaffende Wunde, die das Wolfsmesser hinterlassen hatte, waren Beweis genug.

Beregrend spürte die Hitze der Flammen hinter sich, als er sich langsam wieder ins Innere der Kornkammer zurückzog. Das Getreide der Städter brannte bereits lichterloh. Immer dichter wurden Qualm und Rauch und der beißende Geruch des Feuers brannte in seiner Nase. Wenn er nicht an den Dämpfen ersticken wollte, musste er hinaus ins Freie. Zudem war der Vorhof ein geeigneterer Kampfplatz, von dem er sich den ein oder anderen Vorteil versprach.

Der Dunkelelf schien ähnlich zu denken, denn höhnisch

grinsend, versperrte er ihm den Weg. Irgendwie musste es ihm gelingen, an dem Monstrum vorbeizukommen.

Beregrend schauderte, als der Attentäter seine Zähne aufblitzen ließ. Obwohl er genauestens jede seiner Bewegungen verfolgte, sah er den Angriff nicht kommen. Der Dunkelelf war schnell und überbrückte den Abstand zwischen ihnen mit einem mächtigen Satz, den er selbst den muskelbepackten Beinen seines Gegners nicht zugetraut hätte. Der Attentäter war direkt über ihm. Scharfe Krallen fuhren in seine Brust, als der Dunkelelf auf ihm landete. Beregrend ignorierte den Schmerz seiner brechenden Rippen. Der affenähnliche Dunkelelf wollte ihn mit dem Gewicht seines Körpers zu Boden reißen, doch das sollte ihm nicht gelingen.

Beregrend kippte seine Handgelenke, stemmte die Arme gegen die Brust des mit Fell bedeckten Mannes und bog seinen Rücken nach hinten. Wegen des Überschusses an Geschwindigkeit schaffte er es, die Bewegungsenergie umzuleiten.

Mit roher Gewalt stemmte der Elf den Attentäter nach oben, sodass dieser sich überschlug und mit einem lauten Krachen hinter ihm auf dem Boden aufschlug.

Der Dunkelelf stieß einen grauenerregenden, hellen Schrei aus, als der Umhang und das schwarzgraue Fell Feuer fingen. Stöhnend vor Schmerzen wälzte er sich auf dem Boden, um die Flammen zu ersticken.

Beregrend wartete nicht. Das waren genau die Augenblicke, die er brauchte. Er rannte zu Rhania, die gerade den Kopf hob und mit irrem Blick die Umgebung musterte. Es würde wohl noch ein wenig dauern, bis sie das Bewusstsein völlig zurückerlangte.

Ohne Zeit zu verlieren, drückte ihr Beregrend das Langschwert, das sie falleng gelassen hatte, in die Hand, half ihr auf die wackeligen Füße und zerrte sie hinaus in den Vorhof.

Die weißen Eiskügelchen des Hagels waren geschmolzen und hatten dicke Lachen gebildet, die das Pflaster des Vorhofs in eine Landschaft aus glitzernden Pfützen verwandelten.

Es blieb nur wenig Zeit. Beregrend zog Rhania hinter einen der Karren, die für den Abtransport des Getreides bereitstanden, und lehnte sie an die Speichen des hölzernen Hinterrads.

Vorsichtig spähte er zum Eingang der Höhle. Keine Sekunde zu früh, denn er sah, wie der Attentäter wutschnaubend in den Vorhof rannte und sofort die Witterung aufnahm, die ihn direkt in seine Richtung führte. Der Dunkelelf musste über einen deutlich besseren Geruchssinn verfügen, denn schon nach zwei mächtigen Sprüngen war er bei ihm.

Beregrend schaffte es gerade noch rechtzeitig, sich von Rhania zu lösen und einem Faustschlag auszuweichen, der ihm vermutlich den Schädel gespalten hätte.

Nur wenige Schritte neben ihm baumelte die Leiche des erhängten Soldaten, die er als Schutzschild missbrauchen konnte. Schnell drückte er sich hinter die Leiche, packte sie an Rücken und Hüfte und wehrte damit die wilden Schläge ab, die auf ihn einprasselten. Der Elf sah, wie scharfe Krallen die Brust des Getöteten aufrissen und Rippen und Lunge auseinanderbogen.

Der Dunkelelf fletschte die Zähne. Unermüdlich schlug und trat er auf den geschundenen Körper ein.

Beregrend wartete auf die passende Gelegenheit.

Der Attentäter hängte sich schließlich an die baumelnde Leiche und schnappte nach seinem Gesicht. Gefährlich nahe an seinem Hals, schlossen sich die gelbschwarzen Zähne.

Nun war es der Elf, der die Faust ballte und zu einem Schlag ansetzte. Seine Hand traf den Wulst oberhalb des linken Auges und schleuderte den affenähnlichen Mann zu Boden.

Beregrend ließ die Leiche des Soldaten los, trat zwei Schritte zurück und wartete darauf, dass der Attentäter sich erhob.

Noch bevor der Dunkelelf wieder auf die Füße kam, rannte er los. In vollem Lauf umklammerten seine Arme den affenähnlichen Kopf und raubten dem Attentäter die Luft. Mit vollem Schwung zerrte er den Dunkelelfen mit sich und rammte den Kopf gegen die steinerne Mauer.

Beregrend hörte, wie Knochen in Hals und Schädel des Mannes knackten. Ein Tritt in den Magen schleuderte den Dunkelelfen erneut gegen die steinerne Wand. Blut spritzte und benetzte seine Kleidung.

Der Attentäter lag schnaufend am Boden. Für den Moment regte er sich nicht.

Aus den Augenwinkeln suchte er nach Rhania, doch die junge Baroness war verschwunden.

Es blieb keine Zeit, nach ihr zu suchen: Der Dunkelelf richtete sich auf. Stolpernd und torkelnd wie ein Betrunkener kam er auf ihn zu. Seine behaarte Brust war in Blut getränkt. Er musste höllische Schmerzen leiden und doch glomm noch immer das Feuer eines unerbittlichen Kampfgeistes in seinen Augen.

Beregrend musste sich eingestehen, dass ihm langsam die Ideen ausgingen. Er spürte, wie auch seine Kräfte schwanden.

Natürlich blieb ihm noch eine Möglichkeit, doch der Einsatz von Magie war immer mit einem Risiko verbunden. Schon die ganze Zeit dachte er darüber nach, warum ihn ein solch ungutes Gefühl beschlichen hatte, als er den Attentäter zum ersten Mal gesehen hatte. Es war eine Ahnung, der er folgte. Eine innere Eingebung, die ihn warnte und vor dem Einsatz seiner Magie zurückschrecken ließ.

Mit einem Tritt zermalmte der Dunkelelf das Hinterrad des Karrens, an das Beregrend Rhania zuvor gelehnt hatte. Wie gut, dass die Baroness von ihrem Platz verschwunden war. Seiner hinteren Stütze beraubt, krachte der Karren nach unten. Holz splitterte.

Der über und über mit Blut besudelte Attentäter riss einen Prügel aus den gesplitterten Überresten und lief damit keuleschwingend auf ihn zu.

Sein affenähnlicher Gegner hob die Waffe, doch er sollte sie niemals mehr zum Einsatz bringen.

Beregrend sah, wie die Baroness vom steinernen Wehrgang herunter sprang. Mit beiden Händen schwang sie das

Langschwert des Bettelritters weit über ihrem Kopf. Noch in der Luft schlug sie zu. Die Wucht des Aufpralls trieb die Klinge tief in den Körper des Dunkelelfen. An der Schulter schnitt das Schwert in die mit Fell bedeckte Brust, durchtrennte Sehnen, Knochen und Muskeln. Immer weiter fuhr es hinab, zerschnitt die Fasern unzähliger Organe, bis es endlich, verkeilt zwischen zwei Rippen, zum Stillstand kam.

Rhania landete auf dem gespaltenen Rücken des Attentäters, der leblos vornüber niederschlug. Sie ließ das Heft des Schwertes los und rollte sich ab.

Beregrend hörte das Schmatzen des Schultergelenks, das sich aus der Verankerung löste, und den gellenden Schrei der Baroness, der laut durch die Luft hallte.

Schnell war der Elf bei ihr. Um den Dunkelelfen brauchte er sich keine Gedanken mehr zu machen. Er war tot. Niedergemetzelt von einer wahren Dienerin der Finsternis.

Rhania stöhnte, als er sie auf die Seite drehte.

»Du bist wahrlich eine Meisterin des Todes«, raunte er ihr zu. »Ich spare mir lieber die nächsten Worte«, flüsterte er. Mit erfahrenen Bewegungen zog und drehte er den Gelenkkopf wieder in die dafür vorgesehene Halterung des Knochens.

Wieder schrie Rhania auf, als sich der Oberarm an die richtige Stelle zurückbewegte. Beregrend sah, wie sie die Zähne zusammenbiss.

»Du hättest mir ruhig sagen können, dass es wehtun wird«, presste sie hervor. Schweißperlen der Anstrengung standen auf ihrer Stirn.

Beregrend streichelte ihr beruhigend über den Rücken.

»Es ist schon vorbei. Gleich wird es besser werden. Später kann ich dich auch an meinen Selbstheilungskräften teilhaben lassen.«

Rhania nickte. »Besser ist das«, meinte sie, doch Beregrend schloss aus ihrer Bemerkung, dass es ihr schon deutlich besser ging.

»Ich denke, trotz all der Aufregung können wir unseren Auftrag als erledigt betrachten. Ein wenig anders als geplant, aber immerhin erfolgreich. Das heißt, wenn wir nicht noch erwischt werden. Deine Schreie haben bestimmt auch die letzten Schlafmützen aus ihren Betten gescheucht.«

»Du hast recht. Lass uns von diesem furchtbaren Ort verschwinden.« Rhania stand auf und starrte auf den unheimlichen, tierähnlichen Attentäter, der in einer Lache dunklen Blutes in der Mitte des Vorhofs lag.

»Holen wir unsere Waffen und dann schwingen wir uns über diese verdammte Mauer. Ich freue mich auf nichts sehnlicher als auf mein Bett.«

»Ein verlorenes Wolfsmesser könnte uns wirklich verraten. Ich werde es suchen gehen.«

Beregrend wollte los, doch Rhania hielt ihn zurück. Vorsichtig zog sie das Langschwert aus dem Rücken des Dunkelelfen. Zwei Schnitte genügten und sie hielt das blutende Herz der einem Frevel entsprungenen Kreatur in ihrer Hand.

Blutbeschmiert wie es war, steckte sie das Schwert zurück in die Scheide an ihrem Rücken.

Die Baroness schwenkte die Hand und begutachtete den blutigen Hautlappen darin von allen Seiten.

»Sieht eigentlich nicht sonderlich anders aus«, sagte sie.

Unvermittelt schleuderte sie das Herz auf den Boden und trampelte wie wild darauf herum. Ein Tritt mit dem Stiefel zerfetzte das Organ. Schelmisch grinsend drehte sie den Absatz, als würde sie sich eines lästigen Kuhfladens entledigen.

Ihre Augen richteten sich auf den Elfen.

»Versprich mir, dass du mir ausführlich erklären wirst, was für ein verabscheuungswürdiges Biest wir heute hier vernichtet haben.«

Beregrend beschränkte seine Antwort auf ein Nicken.

Ein letztes Mal eilte er in die Kornkammer und kam wenig später hustend und die Arme vor Gesicht und Nase gepresst mit dem Wolfsmesser in der Hand wieder zum Vorschein.

»Warum den langsameren Weg über die Mauer wählen, wenn in dem Tor eine von außen verborgene Tür ist?«, fragte er und schob den Riegel zurück, der einen Durchgang zur Straße öffnete.

Er zog Rhania mit sich. Beregrend blickte nicht zurück. Kurz darauf waren sie beide in der Dunkelheit der Gassen verschwunden.

Leise öffnete Beregrend die wurmstichige Tür, die in den Raum des verfallenen Hauses führte, den er zu seinem Schlafplatz auserkoren hatte.

Obwohl er die Tür nur einen Spalt öffnete, um so leise wie möglich hindurch zu schlüpfen, gaben die rostigen Scharniere ein helles Quietschen von sich, das in den elfischen Ohren schmerzte.

Schnell trat er über die Schwelle, vermied es aber, den Eingangsbereich der hölzernen Dielen des Bodens mit seinem gesamten Gewicht zu belasten. Die staubigen Bretter hinterließen bei ihm nicht den vertrauenswürdigsten Eindruck. Wenn sie so wurmzerfressen waren wie die Tür, hätte es ihn nicht gewundert, wenn er einfach hindurchgebrochen wäre.

Die Suche nach einer Unterkunft in einer Herberge hatten die Gefährten schnell aufgegeben. Zu den Festtagen platzte Rakshore aus allen Nähten.

Glücklicherweise hatte ihnen Master Zerberus von dem halb eingefallenen Gebäude am Rande der Stadt erzählt. Beiläufig, als bräuchte er Zeit, um nach neuen Verkaufsargumenten zu suchen, hatte er die Geschichte des Hauses erwähnt. Eine schaurige alte Legende, die man sich in den Schänken und Tavernen erzählte.

In den Abendstunden erzählte man sich gar schreckliche Dinge. Von blutrünstigen Ritualen war die Rede und von dem seltsamen, menschenverachtenden Kauz, der zuletzt in dem Haus gelebt hatte. Mit niemandem hatte der alte Mann gesprochen, darin mehr gehaust als gewohnt, bis er auf unerklärliche Weise spurlos verschwunden war. Die Leiche des Mannes wurde nie gefunden.

Seither konnte jeder, der sich an dem verlassenen Gebäude vorbei wagte, unheimliche Geräusche vernehmen. Der Grund dafür, warum die Bewohner der Stadt das alte Haus und die enge Gasse bis heute mieden.

Beregrend war es nur recht, wenn die Einheimischen wegen einer gruseligen Geistergeschichte einen gebührenden Abstand einhielten. Er zog die Einsamkeit dem Gedränge der Massen vor und würde die Ruhe genießen, die das verfallene Gemäuer ihm bot.

Der Raum, der vor ihm lag, befand sich im oberen Stockwerk des windschiefen Gebäudes und schon der Aufstieg über eine als altertümlich zu bezeichnende Treppe war selbst für einen Elfen wie ihn eine wahre Herausforderung.

Das war wahrscheinlich auch der Grund, warum seine Gefährten sich dazu entschieden hatten, im Erdgeschoss des verfallenen Hauses zu nächtigen.

Beregrend lächelte und lauschte den Geräuschen seiner Gefährten, die zu ihm herauf klangen. Decke und Wände des Gebäudes waren so hellhörig, dass er Myraidas und Derufins Atemgeräusche hören konnte.

Fast, als stünde sie direkt vor ihm, konnte er durch die Ritzen der Dielen hören, wie Rhania versuchte, in dem von ihr gewählten Schlafgemach die Eindrücke der letzten Stunden zu vergessen. Es schien, als würde sie das Langschwert von den Blutflecken des Dunkelelfen befreien. Das helle Schleifen des Wetzsteins, mit dem sie über die Klinge fuhr, war deutlich zu hören.

Er war sich sicher, dass die Baroness nach ihrem nächtlichen Ausflug zur Kornkammer schon bald friedlich unter ihren Decken schlummern würde.

Den ganzen Rückweg hatte er über den Dunkelelfen nachgedacht. Er wusste nicht, wie lange er sie bereits verfolgt und beobachtet hatte. Der Zeitpunkt, zu dem er zugeschlagen hatte, war perfekt gewählt. In den letzten Tagen waren sie immer wieder mit Einheiten der Dunkelelfen zusammengestoßen. Selbst ihre ausgesandten Elitekrieger, nebst ihrem Hauptmann, hatten gegen sie nichts ausrichten können. Vielleicht war deshalb der Angriff eines einzelnen Assassinen aus dem Hinterhalt ihre Wahl gewesen. So oder so, die Dunkelelfen hatten sie nicht vergessen und noch immer machten sie Jagd auf sie.

Rhania schien ihre Arbeit beendet zu haben, denn das schleifende Geräusch erstarb.

Beregrend achtete nicht länger darauf und wandte sich der Einrichtung des Raumes zu, der in friedlicher Stille vor ihm lag.

Bis auf eine niedrige Kommode, deren Türen er lieber nicht öffnete, und einen dreckigen Sack mit fauligem Stroh war der Raum, den er entdeckt hatte, leer.

Das aus krummen Balken bestehende und mit Brettern verschiedenster Länge vernagelte Dach war so vom Alter gezeichnet, dass er sich fragte, ob es mehr Löcher als intaktes Holz aufwies. An den Stellen, wo Regen und Hagel eingedrungen waren, bedeckten große Pfützen den Boden.

Die Dielen knarrten, als er sich zum einzigen Fenster des Raumes bewegte. Der morsche Rahmen war verzogen, an vielen Stellen bröckelte das Holz unter seinen Fingern, doch nach mehrmaligem Versuchen gelang es ihm, die mit dünnen, vom Wind zerfetzten Häuten bespannten Flügel zu öffnen.

Ein kühlender Luftzug streifte sein Gesicht. Nach einem reinigenden Gewitter war die leichte Brise des Windes gut dafür geeignet, den abgestanden, muffigen Geruch des Raumes zu vertreiben. Im ganzen Haus roch es so streng, als wären unzählige Menschen darin gestorben. Nein, schlimmer noch, es stank so bestialisch, dass die Leichen darin langsam verfaulen mussten. Der Raum war nicht groß und durch das Fenster ließ sich ein schneller Luftaustausch bewerkstelligen. Ein weiterer Grund, der für das Zimmer sprach.

Viel wichtiger aber war die Nähe zum Stamm der Esche, die ihre Wurzeln neben dem Fenster des Gebäudes in das Erdreich geschlagen hatte.

In liebevoller Bewunderung betrachtete Beregrend den Baum, der seine Äste hoch über die Dächer der Stadt hinaus in den Himmel streckte. Fast geradlinig war die Esche gewachsen und erst in einigen Schritten Höhe gabelte sich der Stamm, sodass eine breite, in sich geschlossene Krone entstehen konnte.

Schon von Weitem war ihm aufgefallen, dass das verlassene Gebäude an der Esche lehnte, als wäre es einem zärtlichen Liebesspiel verfallen. Der Stamm mit seinen tiefreichenden Wurzeln hatte für die notwendige Stabilität gesorgt. Ohne ihn wäre die östliche Wand des alten Gemäuers schon längst in sich zusammengebrochen.

Der Stamm der Esche war so nahe, dass Beregrend sich in den Fensterrahmen setzen und den Rücken dagegen lehnen konnte. Schon seit vielen Jahren stand die Esche an ihrem angestammten Platz und hatte dem Wachstum Rakshores beigewohnt.

Beregrend war schon gespannt darauf, welche Erfahrungen der Baum mit ihm teilen wollte.

Das morsche Holz des Fensters war unbequemer, als er gedacht hatte, und obwohl er die Tiere des Waldes liebte, musste er zugeben, dass er sich ohne die ekligen, schwarzen Käfer, die den fauligen Strohsack bewohnten, wohler gefühlt hätte.

Nachdem er verschiedene Stellungen ausprobiert und seine Sitzposition zurecht geruckelt hatte, begab er sich in die uralte Symbiose, die dem elfischen Geschlecht zu eigen war.

Völlig miteinander vereint schloss sich die netzartige Borke der Esche um seinen Rücken. Beregrend spürte die Freude, die der Baum mit ihm teilte. Bereitwillig, als wäre ihm dies seit vielen Jahren verwehrt geblieben, eröffnete er ihm die Welt seiner Gedanken.

In schneller Folge flimmerten farbenprächtige Bilder vor seinen Augen. Bilder längst vergangener Tage. Vor vielen Jahren zeigte sich das Haus von einer jungen Familie bewohnt. Lachende Kinder tollten herum und hängten sich mit Armen und Beinen in die Äste der jungen Esche. Der Baum hatte das Leben genossen und die Bewohner des Hauses gerne um sich gehabt.

Das jetzt verfallene Gemäuer war kaum wiederzuerkennen. Die hölzernen Wände strahlten in der nachmittäglichen Sonne. Beregrend glaubte sogar, den Duft des frisch geschlagenen Holzes riechen zu können, aus dessen Balken und Brettern es erbaut worden war. Ein schmuckvoller Garten mit braunen Beeten zierte die Straßenseite.

Zu jener Zeit war Rakshore nur ein kleiner Ort gewesen, doch die Stadt war schnell gewachsen. Zu schnell.

Viele Brüder der Esche hatten den Kampf gegen die Äxte der Bewohner verloren.

Beregrend spürte, wie die Traurigkeit ihn übermannte. Der Verlust der Freunde hatte die Esche schwer getroffen.

Der Baum war alt, viel älter, als er zunächst angenommen hatte. Alleine, zurückgelassen, ohne die Gesellschaft seiner Artgenossen, erhob er sich seit Jahren aus der Erde.

Die Esche ließ ihn teilhaben an der langwierigen Arbeit, die sie Tag für Tag erledigte. Unaufhörliche pumpte sie Wasser von der Wurzel hinauf bis in die Spitzen ihrer Krone. Die Blätter verdunsteten die Flüssigkeit und kühlten die Umgebung in ihrem Schatten.

Unzählige Male hatte die Esche um ihr Leben gekämpft. Beregrend erfuhr von tierischen Schädlingen und giftigen Pilzen, von trockenen Sommern, die das Wachstum des Holzes verlangsamten, und von bösartigen Menschen, die ihre Rinde mehr als einmal mit scharfen Messern und Werkzeugen malträtierten.

Allen Gefahren hatte sie getrotzt und nicht nur die junge Familie in Jahren überlebt. Mehrere Generationen hatten Kinder großgezogen, bis der einsetzende Verfall von Jahr zu Jahr weiter fortgeschritten war und das Gebäude schließlich zu der vergessenen Ruine wurde, die es heute war. Selbst die enge Gasse, in der es stand, war in Vergessenheit geraten. Nur noch selten verirrten sich Einheimische in ihre Nähe und zumeist waren es Unfreie und Taugenichtse, die den Weg zu ihr fanden.

Beregrend fühlte sich unendlich wohl in der Umarmung der Esche. Er spürte, wie sich ein innerer Frieden in ihm ausbreitete. Die Gedanken des Baumes waren von einfachem Gemüt, vertrieben die Düsternis seiner Gefühlswelt und sorgten für die tiefe Entspannung, die er so dringend brauchte.

Die Esche erinnerte ihn an die Zeit mit seinem Großvater und die gruseligen Geschichten, die er ihm schon als Kind vorgelesenen hatte. Geschichten über Edelleute und Kriege. Brutal und grausam waren sie gewesen, aber in jeder zeigte sich zum Ende hin eine moralische Gesinnung, die er niemals vergessen hatte.

Der Baum war auch am Leben des Elfen interessiert und freute sich darüber, dass er seine eigenen Gedanken wie neues Wasser aus einer einst versiegten Quelle sprudeln ließ.

Beregrend hatte zu dem alten Baum Vertrauen gefasst. Er erzählte ihm alles über das Vorhaben, das er mit seinen Gefährten im Schilde führte.

Die Esche hegte keinen Groll gegen die Menschen, doch der Notwendigkeit, der Zerstörung des natürlichen Lebensraumes für Pflanzen und Tiere Einhalt zu gebieten, stimmte sie zu. Selbst dann, wenn es ihren eigenen Tod zur Folge hätte. Sie war alt und hatte lange genug unter den Menschen gelebt. Der Tod barg für sie keinen Schrecken mehr.

Zufrieden, erholt und wohl behütet in der Umarmung der Esche schloss Beregrend die Augen und sank in einen ruhigen Schlaf.

Traumähnliche Bilder schlüpften in sein Bewusstsein, an die er sich später nicht erinnern konnte. Etwas merkwürdig Unreales schlich sich in seine Gedanken. Er brauchte ein wenig Zeit, um zu begreifen, wie es in seinen Kopf gelangt war. Es war ein seltsames Gefühl, so, als hätte sich seine Wahrnehmung verändert, als hätte jemand den Vorhang einer Bühne unvermittelt zugezogen. Beregrend fühlte, wie sich seine Sinne regten, spürte das eisige Kribbeln, das seinen Nacken befallen hatte.

Er schluckte und unterdrückte den immer stärker werdenden Impuls, sich umzusehen. Seine Augenlider zuckten und er presste sie so stark zusammen, dass es schmerzte.

Urplötzlich zog kaltes Grauen wie ein Nebel durch seine Gedanken. Etwas war bei ihm, etwas Unbekanntes, Bösartiges, das ihm nach dem Leben trachtete. Ein plötzliches Gefühl der Enge beschlich ihn, das er nur einer entsetzlichen Panik zuschreiben konnte. Durch die geschlossenen Lider sah er das Trugbild eines dunklen Schattens, das bedrohlich näher und näher kam.

Das Kribbeln in seinem Nacken wurde stärker, es wanderte in sein Gesicht, veränderte sich und wurde zu einem unangenehmen Beißen an seiner Nase, als hätte einer der schwarzen Käfer es sich mitten auf seiner Wange gemütlich gemacht.

Beregrends Hand wischte über den Flügel seiner Nase, doch da war nichts als die salzigen Tropfen die, einmal hineingeraten, in seinen Augen juckten und brannten. Er spürte die klamme Kälte an seinem Rücken. Innerhalb weniger Augenblicke war der Ansatz seiner Haare in Schweiß gebadet.

Beregrend zwang sich zur Ruhe.

Er war ein Diener des Todes. Es gab nichts, vor dem er sich hätte fürchten müssen, und doch spürte er die Angst, deren Klauen ihn erbarmungslos in eisernem Griff hielten.

In Gedanken formte er das Bildnis einer dunklen Zelle, in der er an Händen und Füßen an eine steinerne Wand gefesselt war. Bereit dazu, der furchterregendsten Folter seines Lebens mit eigenen Augen beizuwohnen.

Der Drang, die Augen zu öffnen und sich dem lauernden Schatten zu stellen, der sich zum Greifen nahe an ihn herangeschlichen hatte, wurde größer.

Wieder versuchte Beregrend seine Gedanken zu besänftigen, wieder gelang es nicht.

Er war sicher, dass ihm seine Sinne einen Streich spielten. Sein Instinkt jedoch riet ihm unmissverständlich, sich vor der Gefahr zu schützen, die in der Dunkelheit des Raumes auf ihn wartete.

Wieder wanderte das Kribbeln an eine andere Stelle und befiel sein rechtes Bein. Er widerstand dem Verlangen, sich zu kratzen. Stattdessen tasteten seine Finger nach dem Knauf des Wolfsmessers an seiner Seite. Das Blut des Dunkelelfen, das daran haftete, war noch nicht getrocknet. Er spürte, wie es an seinen Fingern klebte.

Was es auch war, dass die Angstgefühle in ihm weckte, wie der affenähnliche Dunkelelf würde es mit der stählernen Klinge des Wolfsmessers Bekanntschaft schließen.

Als sich die Finger seiner Hand um das Heft schlossen, dachte er für einen kurzen Moment, es könnte ihm gelingen die eiserne Klaue der Furcht zurückzudrängen, doch nur einen Augenblick später kehrte die Angst zurück, stärker noch als je zuvor.

Beregrend öffnete die Augen. Wenn in den Schatten etwas lauerte, würde er sich der Gefahr stellen.

Still und unverändert lag der Raum vor ihm. Die Wolken des nächtlichen Gewitters hatten sich verzogen. Helles Sternenlicht schimmerte in den Pfützen, die den Boden mit einem Spiegel aus Wasser bedeckten.

Unruhig wanderten Beregrends Augen durch den Raum, suchten in jeder dunklen Ecke nach dem verdächtigen Schatten, dessen Nähe er gefühlt hatte. Trotz der Bestätigung, dass er durch seine Sinne getäuscht worden war, blieb die Angst zurück, die ihn befallen hatte.

Der Dielenboden knarrte.

Ein belangloses Geräusch, auf das er vor wenigen Augenblicken noch nicht einmal geachtet hätte, doch nun, da sein Gefahreninstinkt geweckt war, führte es erneut zu dem mulmigen Gefühl und dem Kribbeln, das seinen Nacken aufs Neue befiel.

Versteckte sich dort in der Ecke ein Schatten, der zuvor nicht zu sehen gewesen war?

Ein Tropfen Regen, der bis zu jenem Moment am Gebälk des Daches ausgeharrt hatte, löste sich und erzeugte konzentrische Kreise in einer der größten Pfützen, als er mit einem hellen Geräusch zu Boden fiel.

Waren das ein wenig zu viele Zufälle?

Täuschte er sich oder hatte sich die linke Tür der Kommode eben einen Spalt weit geöffnet?

Beregrend hörte sich selbst, als er vor Schrecken laut ausatmete. Warum nur spielten ihm seine Sinne diesen Streich?

Er diente der Finsternis und brachte oft mehr als nur den Tod. Viele Male hatte er seinen Feinden von Angesicht zu Angesicht gegenübergestanden. Es gab nichts, was ihn erschüttern konnte, doch vielleicht war eines geblieben. Eine Angst, die er lange Jahre aus dem Gedächtnis verbannt hatte, die seit Kindheitstagen in einer Ecke seines Verstandes nur darauf wartete, erneut hervorzubrechen.

Gerade in den Nächten, in denen er am Vorabend von den gruseligen Geschichten gehört hatte, war die Angst in ihm immer da gewesen. Wie oft hatte er sich als Kind vor der Dunkelheit gefürchtet?

Beregrend schalt sich selbst einen Narren. Ein erwachsener Mann, der sich vor der Schwärze der Nacht fürchtete. Es war fast zu komisch, um darüber lachen zu können, und doch fragte er sich, ob es jemandem gelungen war, seine intimste Schwachstelle zu finden.

Ein gut gehütetes Geheimnis, das er seit Jahrhunderten im Verborgenen hielt. Niemandem hatte er davon erzählt. Nicht einmal seine engsten Vertrauten wussten von den Ängsten, die er in sich spürte. Es war das Unbestimmte, das Nichtgreifbare, vor dem er sich fürchtete.

Quälende Fragen, die Nacht für Nacht in seine Gedanken wiederkehrten. Was, wenn die Gemordeten ihn als unsichtbare Gespenster heimsuchten und ihn für die Taten bezahlen ließen, die er ihnen zeit seines Lebens angetan hatte?

Beregrend konzentrierte sich auf seinen Herzschlag und verdrängte die plagenden Gedanken.

Noch immer lag der Raum unverändert vor ihm. Keine unsichtbare Macht war hier am Werk. Der Verantwortliche für die Angst war nur der eigene Kopf, dessen Gefühle er zu kontrollieren versuchte.

Erst jetzt, da die Gefahr gebannt schien, erkannte er, dass er seine Empfindungen mit der Esche nicht mehr teilte. Noch immer streichelte das wärmende Holz über seinen Rücken. Er wollte den Baum nicht mit den plagenden Gefühlen seiner Kindheit quälen und entschied sich dazu, die Bindung vollends zu lösen. Mit einem leisen schmatzenden Geräusch gab ihn die Esche frei.

Beregrend betrachtete den Teil der Rinde, der sich langsam zurückbog und die Stelle schloss, an der sein Rücken mit dem alten Baum verbunden gewesen war. Kein Anzeichen blieb zurück und deutete darauf hin, dass die elfische Symbiose mit der Esche stattgefunden hatte.

Obwohl ihre Verbindung nur von kurzer Dauer war, fühlte Beregrend sich ausgeruht und erfrischt. Wie es die Art der Bäume war, hatte die Esche die wichtigen Nährstoffe mit ihm geteilt, die seinen Organismus belebten, besser, als jeder Schlaf der Menschen es vermocht hätte.

Für einen Moment schloss der Elf erneut die Augen. Eine Probe, ob der Anflug von Panik aus seinen Gedanken verschwunden war.

Zunächst glaubte er, er hätte zurück zu seinem inneren Frieden gefunden, doch dann spürte er, wie der Schatten aus der Ecke sich erneut erhob und in den Raum zurückkehrte.

Das Kribbeln in seinem Nacken war zurück und wäre das nicht schon schlimm genug gewesen, hörte er nun ein leises Wispern.

Eine Stimme vielleicht?

Er war sich nicht sicher. Das leise raschelnde Geräusch konnte auch der Wind gewesen sein, der durch die Blätter der Esche strich.

Wieder unterdrückte er den Drang, die Augen zu öffnen.

Ein sanftweicher Hauch streifte seinen Hals kurz oberhalb des Schlüsselbeins. Etwas Unangenehmes berührte seine Haut. Nur kurz war es gewesen und doch meinte er die Spitze eines Fingers zu spüren, die ihm einen kalten Schauer über den Rücken laufen ließ.

Beregrend riss die Augen auf.

War dort ein schwarzer Schatten, der sich eben in die Ecke in der Nähe der Kommode zurückzog, schneller, als sein Blick ihn erhaschen konnte?

Der Elf fröstelte. Der penetrante Geruch des eigenen Schweißes drang in seine Nase. Ungeachtet seiner ebenso feuchten Hände, wischte er die salzigen Perlen fort, die aus den Drüsen seiner Stirn tropften. Er wusste, dass das nichts helfen würde.

Er spürte, wie sich die Muskeln seines Nackens verkrampften. Ein schmerzhafter Stich in seinem Kopf steigerte seine Nervosität um ein Vielfaches. Der Stich hinterließ ein dumpfes Druckgefühl hinter dem Knochen seines Schädels. Von Panik ergriffen, prüfte er seine Gedanken. Was, wenn eine Ader in seinem Gehirn unter dem Stress, den er erlebte, gerissen war?

Das dumpfe Druckgefühl wurde nicht besser, wandelte sich zu einem steten Pochen, das seine Vermutung nur bestärkte.

Für einen Moment wartete er auf die eintretende Blutung, die seinen Verstand für immer auslöschte und ihm das Bewusstsein raubte.

Erst, als etliche Herzschläge später nichts geschah, und das dumpfe Pochen aus seinen Gedanken verschwand, fiel die Anspannung seines Körpers auf ein erträgliches Maß zurück.

Ein feiner Nebel geriet in Beregrends Blickfeld. Ein weißer Dunst, der langsam über den staubigen Dielenboden kroch. Kurz glaubte er, ein helles, bläuliches Flackern im Spiegel der Wasserlachen zu sehen, doch ehe er sich darauf konzentrieren konnte, war es auch schon wieder verschwunden.

Er spürte, wie der Nebel näher herankroch. Kalt umspielte er seine Beine.

Das Sternenlicht hatte sich verändert. Ein Schimmer zeigte sich auf dem morschen Holz des Fensterrahmens, tauchte die Nacht in ein gespenstisch bläuliches Licht.

Beregrend drehte den Kopf und spähte hinaus in die Dunkelheit. Nichts war zu erkennen, außer der stillen Gasse der Stadt und der hohen Esche, deren Blätter und Zweige sich leicht in der Brise des Windes wiegten.

Ein Knarzen der Dielen lenkte seinen Blick zurück in die Leere des Raumes.

Der Elf erstarrte. Er spürte, wie sich sein Herzschlag beschleunigte. Die fahle Blässe seines Gesichts spiegelte sich in den Regenpfützen des Bodens. Regungslos heftete er den Blick auf die Worte, die jemand in den Staub geschrieben hatte.

Eine geschwungene, kaum zu erkennende Handschrift und doch strahlten die Worte in einem hellen Schein. Unauslöschlich brannten sie sich in sein Bewusstsein.

Beregrend flüchtete. Keine Sekunde länger würde er in diesem Raum ausharren. Mit schnellen Schritten erreichte er die Tür und ließ hinter sich, was er gesehen hatte.

Ohne auf die einsturzgefährdeten Stellen zu achten, stürzte er die Treppe hinunter. Er musste weg, in der Nähe seiner Gefährten würde er sich wohler fühlen.

Er versuchte sie zu vergessen, doch immer wieder formten sich die Worte in seinen Gedanken. Eingeprägt wie das

Bildnis des Königs auf den silbernen Münzen spukten hell leuchtende Buchstaben durch seinen Kopf.

Am ganzen Leibe zitternd, trat er über die Schwelle des Raumes, in dem seine Gefährten nächtigten. In einer Ecke, von der aus er die Eingangstüre gut im Blick behalten konnte, kauerte er sich zusammen.

Die ganze Nacht dachte er über die Bedeutung der Worte nach, die er in so beängstigender Weise gelesen hatte.

Auch als er die Lider schloss, standen sie leuchtend vor seinen Augen. Für den Rest seines Lebens würde er sich an sie erinnern. An die drei Worte, die das unsichtbare Geistwesen in den Staub geschrieben hatte.

»Ich töte dich!«

Erst als der Morgen graute und sich seine Gefährten im Schlaf leise bewegten, ließ das Klopfen seines Herzens nach.

8. Kapitel

Hast du schon gehört? Die Kornkammer wurde von der Stadtwache versiegelt, niemand kommt hinein oder hinaus. Es wird wohl geheim gehalten, was passiert ist.«

Rhania hatte leise gesprochen, sodass die Menschen vor der steinernen Bühne sie nicht hören konnten.

»Das pfeifen die Spatzen von Dächern. Schon in den frühen Morgenstunden habe ich die ersten Städter davon reden hören. Es ist nun einmal das Klügste, die Bevölkerung nicht in Aufruhr zu versetzen. Ich würde genauso verfahren. Doch es wird nicht lange dauern, bis die ersten Hungernden an die Pforte klopfen«, sagte Beregrend.

Der Elf wirkte mürrisch und hörte nicht auf, an den Rollen schwarzer Tücher herumzuwerkeln, die er im hinteren Teil der Bühne an Stützpfeilern befestigte.

»Was meinst du, wird weiter passieren? War es nicht unsere Absicht, Unruhe unter den Stadtbewohnern zu säen?«

»Wenn die Stadt unter kompetenter Führung steht, werden wohl bald Händler ausgesandt, um alle verfügbaren Vorräte aus den umliegenden Regionen aufzukaufen. Nach der Wahl des neuen Königs wird es wohl auch zu Rationierungen und Enteignungen kommen.«

»Du meinst, jedes Glas eingemachter Zwetschgen wird von den Wachen konfisziert?«

Beregrend schien genervt von der Unterhaltung, denn er wandte sich ab, sodass die Baroness ihn nur schwer verstehen konnte.

»Es gibt vieles, was ich mir in solchen Notsituationen vorstellen kann.«

Eigentlich wollte Rhania es nicht darauf beruhen lassen, doch irgendetwas sagte ihr, dass der Elf nicht mehr darüber sprechen wollte. Sicher, auch sie hatte bereits darüber nachgedacht, welche Maßnahmen eine hungernde Stadt ergreifen könnte.

Unter moralischen Erwägungen war es sinnvoll, jeden Brotkrumen mit seinen Mitmenschen zu teilen, doch was wäre, wenn schon im Vorhinein feststand, dass es nicht für jeden reichen würde? War es wirklich denkbar, dass entschieden wurde, dass nur eine spezielle Auswahl der Bewohner die Hungersnot überleben durfte?

Sie wollte nicht an der Stelle eines solchen Entscheiders stehen. Gut, dass sie insgeheim andere Pläne verfolgten.

Obwohl der Elf so abweisend war, gab Rhania noch nicht auf und versuchte weiter, Beregrend in ein Gespräch zu verwickeln.

»Bei näherer Betrachtung hat uns der Dunkelelf einen großen Gefallen erwiesen. Sein affenähnlicher Leichnam wird für ziemliche Unruhe unter den Wächtern sorgen. Eine gute Ablenkung.«

»Ich denke auch, dass es eine Weile dauern wird, bis die Ungereimtheiten dieses Kampfes ans Licht kommen, und selbst dann wird kein Verdacht auf uns fallen.«

»Ungereimtheiten?«, fragte Rhania.

Der Elf blickte ihr ruhig in die Augen. Es war die erste erkennbar positive Gefühlsregung, die er seit gestern Abend an den Tag legte.

»Vier tote Wachen und ein in der Mitte gespaltener Dunkelelf. Selbst ein Mensch mit wenig Verstand sollte sich die Frage stellen, wer diese Bestie zur Strecke gebracht haben könnte.«

Rhania nickte. Beregrend hatte recht, dies alles diente nur dazu, die Städter abzulenken und zu beschäftigen. Eine gute

Taktik, um die wahren Absichten zu verschleiern. Ein raffiniertes Vorgehen, das unter den mächtigen und weisen Lenkern der Welt weiter verbreitet war, als die einfältige Masse der Bevölkerung vermutete.

Beregrend hantierte weiter an seinen schwarzen Tüchern herum.

Die Baroness beschloss, den Elfen in Ruhe zu lassen. Sollte er ruhig weiter vor sich hin grummeln.

Der Platz vor der Bühne hatte sich langsam gefüllt. Immer mehr Menschen versammelten sich, um die Musikanten spielen zu hören.

Darunter war auch eine seltsame Person. Die Ausstrahlung des Mannes war außergewöhnlich. Rhania wusste nicht genau, warum, und obwohl sie ihn heimlich aus mehreren Schritten Entfernung beobachtete, konnte sie den eindrucksvollen Glanz in seinen Augen deutlich erkennen, der sich tief bis in ihre Seele brannte. Die Hälfte seines bärtigen Gesichts verdeckte eine aus Holz und Eisen gefertigte Maske, die sein Antlitz in wundersamer Weise betonte. Dichte Wellen dunkelbraunen Haares fielen bis zu den Schultern herab. Einzelne Strähnen spielten um seine Stirn.

Rhania schaffte es nicht, dem fröhlichen Blick des Mannes auszuweichen. Selbst wenn sie bewusst versuchte, sich seinen dunklen Augen zu entziehen, erwischte sie sich doch dabei, dass sie schon nach kürzester Zeit wieder in seine Richtung sah.

Er war plötzlich einfach da gewesen. Als würde die Welt um ihn herum ihm nichts bedeuten, saß er auf einer niedrigen, aus weißen Kalksteinen errichteten Mauer und ließ freudig die Beine baumeln.

Viel zu oft hatte sie sich unwohl gefühlt, wenn die Augen wildfremder Männer über ihren Körper glitten, und doch erwischte sie sich nun selbst dabei, wie ihr Blick die natürliche Erhebung zwischen seinen Beinen streifte. Auch wenn sie es nicht wahrhaben wollte, zeigte ihr die Natur die Grenzen ihrer Selbstbeherrschung auf. Nur für kurze Zeit gelang es ihr, den Blick zu senken, doch auf wundersame Weise wanderten ihre Augen schnell zu der Verschnürung im Schritt seiner Hosen zurück und wildeste, ungezügelte Gedanken bemächtigten sich ihres Verstandes.

»Ich finde es gut, dass es in den höheren Ebenen der Stadt diese natürlichen Bühnen gibt«, sagte Derufin.

Rhania fühlte sich ertappt und hoffte inständig, dass sie nicht vor Scham errötete und der ehemalige Dieb ihre wollüstigen Gedanken erraten hatte. Sie spürte deutlich die Erregung und die Spitzen ihrer Brust, die sich an den Stoff ihres Kleides drückten. Eigentlich hatte sie angenommen, dass Derufin in den Aufbau seiner Trommeln vertieft gewesen war, doch offenbar hatte sie sich getäuscht, denn er hatte den hinteren Teil der öffentlichen Bühne verlassen und war neben ihr in die Hocke gegangen.

Sein fragender Blick verriet ihr, dass er auf eine Antwort wartete, doch sie war so abgelenkt gewesen, dass sie nicht wusste, was er gesagt hatte.

»Entschuldige. Bitte was?«

Derufin lachte. »Große Bühnen in den höherliegenden Ebenen der Stadt. Gut nicht?«, wiederholte er.

Rhania war nicht sicher, ob er sie durchschaut hatte. Natürlich hatte er recht. Die natürlichen, aus Steinen gemauerten Bühnen waren ein Traum für jeden Musikanten. Ein ganzer Bereich von der Größe eines Platzes war von den Städtern allein zu diesem Zweck geschaffen worden. Weiße und orange-rote Pflastersteine grenzten die verschiedenen Bereiche voneinander ab. Über mehrere Stufen luden bequem aussehende Bänke zum Verweilen ein und die halbrunde Bühne, auf der sie standen, war groß genug, dass mehr als ein Dutzend Musikanten problemlos darauf spielen konnten.

Die Stadt der Lieder wurde ihrem Ruf mehr als gerecht. Der Bühnenplatz war aus einfachen Mitteln gestaltet und doch von erhabener Schönheit. Auch auf die Gestaltung und die Bequemlichkeit der Zuschauer hatten die Bauleute geachtet. Der Rand des Platzes war gesäumt mit Blumenbeeten. Einige hochgewachsene Bäume spendeten Zuhörern und Musikern wohltuenden Schatten und in der Mitte des Platzes plätscherte das Wasser eines Brunnens eine fröhliche Melodie. Am beeindruckendsten aber waren sicher die Obelisken, die gleich daneben ihre schlanken, steinbehauenen Körper in alle Himmelsrichtungen streckten. Eine architektonische Meisterleistung, denn weder Brunnen noch Obelisken verdeckten Zuschauern auf ihren Sitzen die Sicht zur Bühne.

»Es ist ein schöner Platz, aber wir sollten dennoch nicht unser Ziel aus den Augen verlieren, oder möchtest du plötzlich nicht mehr auf der größten Bühne Rakshores deine Künste vorführen?«, fragte Rhania.

Derufin berührte ihre Schulter. Seine Hand fühlte sich warm an, oder war es noch immer die Erregung, die ihren Körper von innen wärmte?

»Glaube mir, nichts könnte mir ferner sein. Die Gärten des Palastes und die größte Bühne der Welt wartet auf mich. Ich habe schon die genaueste Vorstellung davon.« Der ehemalige Dieb kramte in seinen Taschen und zog eine Pergamentrolle daraus hervor.

»Hier, sieh es dir an. Seit Tagen hält mich nichts davon ab. Wie eine Quelle sprudelt alles aus mir heraus.«

In der Tat hatte Rhania mitbekommen, wie Derufin in jeder freien Minute an seinen Pergamenten schrieb. Doch das, was er ihr jetzt unter die Nase hielt, übertraf selbst ihre kühnsten Erwartungen.

Das Pergament war mit kleinsten Zeilen eng beschrieben und doch war jedes Wort darauf so deutlich lesbar, dass ihr die Buchstaben förmlich entgegensprangen. Wo keine Worte standen, waren geschwungene Notenzeilen für verschiedenste Stimmlagen und Instrumente eingetragen. Zeichnungen, Anmerkungen und Bilder zu Bühnenaufbauten und Kostümen vervollständigten das prachtvolle Werk eines universellen Genies.

»Das ist nur ein kleiner Ausschnitt«, sagte Derufin und plapperte weiter drauf los. Rhania verstand nur die Hälfte von dem, was er ihr erzählte. Er warf mit künstlerischen Ausdrücken nur so um sich und nur ihrer adligen Erziehung war es zu verdanken, dass sie zumindest einigen davon ihre Bedeutung zuordnen konnte.

Sie wusste, dass der ehemalige Dieb viele beschriebene Pergamente sein Eigen nannte. Sorgfältig verwahrte er sie in seinem Besitz. Immer wenn Derufin davon sprach, vermeinte sie, in seinen glänzenden Augen den Wahnsinn zu erkennen, der nur durch einen dünnen, seidenen Vorhang davon abgehalten wurde, die wundersame magische Genialität eines wahren Meisters zu zerstören.

Sie wollte nicht wissen, was passieren würde, wenn der Vorhang aus irgendeinem Grund reißen würde.

Rhanias Blick wanderte wieder hinüber zu dem Fremden, dessen Augen, anders als sie es vermutet hatte, nicht an ihrem Gesicht, sondern an Derufins Lippen klebten.

Als wäre er völlig in den eigenen Gedanken versunken, tätschelten seine Hände etwas Unförmiges, das er verborgen unter einem dunklen Umhang neben sich auf der Mauer abgelegt hatte.

Seit der Mann mit der Maske den Bühnenplatz betreten hatte, sammelten sich immer mehr Menschen, die auf die Darbietung der vier Musikanten warteten.

Rhania bemerkte die schelmischen Blicke der Zuschauer, die abwechselnd zwischen dem Fremden und ihr hin und her wanderten. Manch einer von ihnen ließ sich sogar zu einer spöttischen Grimasse oder einem lüsternen Blick hinreißen.

»Ich dachte eigentlich, dass wir schon bekannter in Rakshore wären«, sagte sie und stupste Derufin an die Schulter. Sie unterbrach damit seinen elendig langweiligen Vortrag über seine Pergamente, was dazu führte, dass auch er sich dem Fremden zuwandte, der ihn unverhohlen aus den dunklen Augen musterte.

»Das Verhalten der Menschen gefällt mir nicht«, flüsterte sie ihm zu. »Es scheint ja fast so, als lachten sie uns aus, als warteten sie nur darauf, uns aus Leibeskräften auszubuhen.«

Derufins Blick schweifte über die Menge der Menschen, die sich bereits vor der Bühne versammelt hatte und beständig weiter anwuchs.

Rhania merkte, dass er kurz überlegte, doch dann erkannte sie, dass auch seine Augen sich wieder auf den Fremden mit der Maske richteten.

»Ich habe so ein Gefühl, dass das mit diesem Mann dort zusammenhängt«, sagte er.

»Das habe ich auch. Wir müssen vorsichtig sein. Irgendetwas stimmt hier nicht.«

Fast unmerklich zuckte der ehemalige Dieb mit den Schultern.

»Und wenn schon. Ich bin sicher, wir werden in der Lage sein, alle auftretenden Probleme aus dem Weg zu räumen.«

Derufin lächelte sie an. »Mach dir nicht zu viele Gedanken darum.«

»Wie weit bist du mit deinen Trommeln?«

»Ich muss nur noch diese Fußplatte, die mir der Schmied von Laaberau gemacht hat, ausrichten, dann kann es von mir aus gerne losgehen.«

»Eine sehr interessante Konstruktion, übrigens. Ich habe so etwas noch niemals gesehen. Ich bin schon sehr gespannt, wie das klingen wird.«

Rhania hatte es ernst gemeint. Auch wenn sie es ihm gegenüber nicht direkt aussprechen wollte, war ihr doch vollends bewusst, dass sie den ehemaligen Dieb für einen außerordentlich talentierten Musikanten hielt. Umso erstaunter war sie von seiner Antwort.

»Es gibt hier nur Einen, der sich mit uns messen könnte.«

Die Baroness war ein wenig verwirrt, doch bevor sie eine Frage stellen konnte, hatte sich Derufin schon umgedreht und verschwand schnellen Schrittes hinter den Trommeln, Rasseln und metallenen Bronzescheiben, die er in mühseliger Arbeit zu einem ganzen Ensemble aus Instrumenten zusammengestellt hatte.

Was hatte er bloß gemeint?

Rhania war sich nicht sicher, doch es blieb ihr keine Zeit für weitere Überlegungen, denn nun trat auch Myraida auf die Bühne. Sie hielt ihr Instrument bereits spielbereit in Händen. Das vereinbarte Zeichen für ihren Auftritt.

Die Baroness griff nach der Laute, die sie für das erste Stück benötigte, als heller Applaus aus der Menge der Zuschauer aufbrandete, die noch immer anwuchs. Immer mehr Bewohner Rakshores eilten herbei und versammelten sich, um die wundersamen Klänge der Spielleute mit eigenen Ohren zu hören.

Vielleicht waren ihre Namen und ihr musikalischer Stil doch schon berühmter, als sie angenommen hatte. Nun, den Zuhörern würde gleich der Atem stocken, denn bereits das erste Lied hatte es in sich. Es war eben genau die große Kunst, ein Publikum vom ersten Ton an zu begeistern.

Rhania zwinkerte Myraida erwartungsvoll zu, die neben sie an den vorderen Rand der Bühne getreten war, und wartete auf ihren Einsatz.

Beregrend löste die Schnüre und entrollte dadurch das aus mehreren Teilen bestehende wallende schwarze Tuch, auf dem der Name der Musikantengruppe eingestickt war. Darunter prangte ein riesiger bernsteinfarbener Dämonenkopf.

Das Tuch wurde von zwei hölzernen Pfosten gehalten, die der Elf extra zu diesem Zweck angebracht hatte.

Rhania musste zugeben, dass das riesige Banner seine Wirkung nicht verfehlte.

Der Applaus der Menge verstummte. Verblüfft warteten die Zuhörer auf den Einsatz der Musik der Erben der Ewigkeit.

Ein mehr als passender Name, wie die Baroness fand. Es war jedoch unwahrscheinlich, dass die Zuschauer auch nur im Entferntesten die wahre Bedeutung der drei Wörter verstanden.

Derufin ließ die Menge nicht länger warten. Mit gleichmäßigen, aber wuchtigen Schlägen trommelte er los. Eine einfache, aber sehr melodische Abfolge, die tief und dunkel über den Platz hallte.

Im ersten Augenblick war selbst Rhania erstaunt, als die Schwingungen der Töne ihren Rücken erreichten. Wie einen beständigen, sich wiederholenden Luftzug spürte sie die Intensität jedes einzelnen Schlages, die sich noch einmal erhöhte, als sie erkannte, dass der ehemalige Dieb nun auch das erste Mal auf die metallene Platte trat und somit den Schlägel mit dem Fuß betätigte, der auf diese Weise die größte seiner Trommeln zum Wummern brachte.

Einen solch tiefen Ton hatte sie noch nie zuvor gehört. Kurz und dumpf erklang er und fegte über die Köpfe der zuhörenden Menge hinweg.

Derufin hatte einmal die Behauptung aufgestellt, dass ein Stück Musik wie ein Gemälde wirken konnte. Erst jetzt wusste sie, was er gemeint hatte. Vor ihrem inneren Auge sah sie, wie sich das Bild einer hügeligen Landschaft formte. Wie gebannt in den Klängen der Musik, verlor sie sich in der Weite grasbewachsener Weiden.

Myraidas Fidel setzte ein und Rhania sah, wie die lang anhaltenden, dunklen Töne, die sie ihrem Instrument entlockte, eine Säule aus schwarzem Rauch bildeten, die sich am Horizont hinter einem der größeren Hügel erhob und sich stimmig zum Bildnis ihrer Gedanken hinzufügte. Die Schlagfolge des ehemaligen Diebes veränderte sich, wurde zu einer die Musik treibenden Melodie. Derufin fügte eine Reihe schneller, raschelnder Töne hinzu und sofort bildete sich in ihren Gedanken eine größere Gruppe Soldaten und Söldner, die an der Kuppe des großen Hügels zum Vorschein kam und für die alles entscheidende Schlacht Stellung bezog.

Den ganzen Tag über hatte sich Beregrend seltsam verhalten und obwohl sie gerne noch länger mit ihm über die Geschehnisse der letzten Nacht gesprochen hätte, war ihr dies nicht gelungen. Der Elf war noch schweigsamer als gewöhnlich und sie konnte sich sogar des Eindrucks nicht erwehren, dass er ihr mit Absicht aus dem Weg ging. Trotz seines eigenartigen Verhaltens kam der Einsatz seiner Flöte so präzisc wic immer.

Während Myraida noch immer mit ihrer Fidel dunkle Töne zur Melodie hinzufügte, mit denen sie bei den Zuhörern ein wohlig warmes Gefühl erzeugte, spielte der Elf eine helle Melodie mit wiederkehrenden Elementen, die er durch gekonnte Phrasierungen erst richtig in Szene setzte.

Rhania bewunderte Beregrend für sein Talent. Hatten die Soldaten der bewegten Bilder vor ihren Augen eben noch keine Waffen in Händen gehalten, so sah sie jetzt die langen Speere, Fackeln, Bögen und Kriegsmesser so klar vor sich, dass sie meinte, die Soldaten würden aus dem Gemälde in die Realität entsteigen. Einige Söldner schwenkten farbige Wimpel, andere trugen Trommeln und Schlaginstrumente bei sich und alle trugen sie geschliffene Schwerter und Äxte an ihrer Seite.

Die Zuschauermenge auf dem Bühnenplatz verschwand aus ihrem Bewusstsein. Das von wundersamen Tönen erschaffene Bildnis wurde zur Wirklichkeit.

Sie sah, wie sich grelles Sonnenlicht auf den Brustpanzern der Soldaten spiegelte, sah die bärtigen Gesichter der Männer, die erwartungsvoll mit Schlachtgesängen auf den Lippen den eigenen Sieg vor Augen der Phalanx des Feindes entgegen starrten.

Rhania wiegte sich im Klang der Trommeln. Sie hatte es nicht für möglich erachtet und die Macht der Klänge und ihre magische Wirkung, die sie auf jeden Zuhörer entfalteten, unterschätzt. Noch einmal wurden die Trommelschläge lauter, zogen auch den Letzten in ihren Bann.

Die Baroness spürte, wie der Rhythmus sie überwältigte. Die Musik wirkte wie ein Zauber, überführte sie in einen Zustand absoluter Glückseligkeit. Über Stunden hätte sie dem Klang der Töne lauschen können.

Bis vor Kurzem hatte sie an sich selbst gezweifelt, sich gefragt, ob ihre Kunstfertigkeit sich mit derer ihrer Gefährten messen konnte. Dank der treibenden Schläge wusste sie, was zu tun war. Die wundersamen Klänge der Musik lösten ihre Anspannung.

Wie von selbst schlossen sich ihre Finger stärker um den a b -geschnittenen Federkiel in ihrer Hand. Kräftige Anschläge der Laute hallten über den Bühnenplatz und fügten sich nahtlos in den bunten Teppich der Töne, der selbst dem unmusikalischsten Zuhörer, den man sich vorstellen konnte, in den Zauber ausgelassener Verzückung zog.

Die Akustik des Bühnenplatzes erstaunte sie. Laut und deutlich waren selbst leisere Klänge bis in den hintersten Winkel der angrenzenden Straßen und Gassen zu hören. Sie hätte darauf schwören können, dass die Städter die Anordnung der Gebäude und Straßen von langer Hand und mit äußerster Gründlichkeit geplant hatten. Der Effekt der Klänge war überwältigend.

Voller Leidenschaft gab sich Rhania dem Spiel hin. Die Aufgabe ihres Instrumentes war es, den Gegner am Schlachtfeld aufmarschieren zu lassen. Leuchteten die Wimpel der bisher versammelten Soldaten und Söldner in rotgoldenen Farben, so war es nun ein zweites, gerüstetes Heer grobschlächtiger Männer mit blauweißen Fahnen, das sich auf dem Hügel gegenüber formierte.

Die Trommelschläge setzten aus. Beregrends Flöte verstummte und Myraida bewegte den Bogen so schnell, dass die Fidel einen lauten vibrierenden Ton von sich gab. Nur noch ihre beiden Instrumente waren zu hören.

Das Bildnis vor ihren Augen veränderte sich. Rhania blickte in die angespannten Augen der Soldaten. Söldner legten

Pfeile auf die Sehnen ihrer Bögen, und als die Flöte des Elfen erneut einsetzte, regneten die Spitzen der tödlichen Geschosse auf die Reihen der Kämpfenden herab. Viele Pfeile trafen auf einen Wall aus hölzernen Schilden, doch so mancher durchdrang die zur Abwehr erhobenen Waffen und stieß tief in die Körper der Männer.

Rhania hörte die Schreie der Verwundeten und die Schläge auf Derufins Trommeln, unter denen sie schwer getroffen zu Boden stürzten.

Die Klänge der Instrumente vereinigten sich erneut und gleich darauf stürzten die Krieger mit gezogenen Waffen in die Schlacht. Die Intensität der Musik erreichte ihren Höhepunkt, als die Reihen der Soldaten aufeinandertrafen.

Schon als kleines Kind hatte Rhania den Schrecken des Krieges erlebt. Früh in ihrem Leben hatte sie gelernt, dass ihre kindliche Vorstellung von einem Hauen und Stechen sich nicht mit der Wahrheit deckte. In dem Bild vor ihren Augen entbrannte ein blutiges Gemetzel. Sie sah, wie Speere und Schwerter die unzulängliche Rüstung der Gegner durchstießen. Schon nach wenigen Augenblicken war die Schlacht entschieden. Wer noch aufrecht stehen konnte, suchte sein Heil in der Flucht. Pfeile streckten die Fliehenden nieder.

Die Musikanten verlangsamten ihre Spielweise. Die Töne formten eine Botschaft: die unweigerliche Erkenntnis, dass keines der Heere siegreich gewesen war.

Derufin beendete das Stück mit einer Vielzahl wilder Schläge, die nur so über die Felle der Trommeln wirbelten.

Ein letzter Anschlag ließ auch Rhanias Instrument verstummen.

Das Bildnis vor ihren Augen verschwamm zu einem feinen Nebel und löste sich auf.

Die Baroness hatte mit lautem Applaus gerechnet, wie es üblich war, doch so weit sie den Bühnenplatz überblicken konnte, starrten ihr nur die offenen Münder erstaunter Gesichter entgegen.

Für einen Moment war es so still, dass sie den Wind über die Köpfe der Zuschauer streichen hörte.

Dann hörte sie, wie ein Mann schrie. Wie ein Wilder reckte er die Faust in die Luft. Er war so weit hinten in der Menge, dass sie nicht verstehen konnte, welche Worte er sprach. Immer mehr der Städter stimmten ein, bis die Schreie endlich, einem Rhythmus gleich, an ihre Ohren drangen.

»Wettstreit! Wettstreit! Wettstreit!«, brüllten sie.

Die Rufe der Menschen waren so laut, dass die Baroness beinahe Myraida nicht verstanden hätte, die zu ihr getreten war und ihr etwas ins Ohr flüsterte: »Ich habe da so einen Verdacht, was jetzt gleich passieren wird.«

Rhania konnte der rotgelockten Herumtreiberin nicht folgen und sah sie verständnislos an.

Lautstarker Jubel der Menschenmenge unterbrach ihre Gedanken und verhinderte ein weiteres Gespräch zwischen den beiden Frauen. Der Sprechchor der Städter veränderte sich. Noch immer schrien viele nach einem Wettstreit, doch immer öfter mischte sich auch ein anderes Wort unter die Rufe der Zuschauer.

»Edgar! Edgar!«

Die Stadtbewohner sahen hinüber zu der Mauer, auf der Rhania zuvor den Fremden mit dem bärtigen, halbseitig von einer Maske bedecktem Gesicht erblickt hatte.

Es war schwer, ihn in der Ansammlung an Menschen auszumachen, aber dann erkannte sie seine dunklen braunen Augen, deren Blicke ihr bereits zuvor begegnet waren.

Ein überlegenes Lächeln hatte sich auf seine Züge geschlichen. Der Edgar Genannte bedankte sich bei den Städtern mit einem angedeuteten Nicken. Freudestrahlend winkte er den Zuschauern zu, deren Rufe dadurch nur noch lauter wurden.

Ohne Eile erhob er sich von seinem Sitzplatz, klemmte sich den unter einem dunklen Umhang verborgenen Gegenstand unter die Arme und bahnte sich damit einen Weg durch die Menge.

Rhania sah, wie ihn Menschen mit glückseligen Gesichtern begrüßten. Viele klopften ihm auf die Schultern, drückten ihm die Hände oder raunten ihm unverständliche Worte zu.

Die Baroness konnte sich ein Schmunzeln nicht verkneifen, als sich ein junges Mädchen, dem er sich näherte, kurzerhand in seine Arme warf.

Anscheinend war Derufin hinter seinen Trommeln hervorgekommen, denn sie hörte plötzlich seine Stimme direkt an ihrem Ohr. »Das dürfte interessant werden«, sagte er. »Ich bin mir nicht ganz sicher, aber ich denke, wir werden ihn schlagen«, fügte er hinzu, als er ihren verständnislosen Blick erkannte.

Der Fremde war schon ziemlich nahe an die Bühne herangekommen, als sie sich ihm wieder zuwandte.

Gerade als sich ihre Blicke trafen, zog er einen blauen, mit weißen Linien durchzogenen Stein aus der Tasche.

Ein Raunen lief durch die Menge der Menschen, als er den Stein ins Licht hielt.

Wenige Schritte später sprang er leichtfüßig zu Rhania und Myraida auf die Bühne.

Edgar, der Mann mit der aus Holz und Eisen gefertigten Maske, war ihr plötzlich so nahe, dass die Baroness unweigerlich einen Schritt zurückwich. Erst jetzt, da er in so geringer Entfernung zu ihr stand, erkannte sie die filigranen silbernen Fäden, mit denen die Maske verziert war. Holz, Metall und Silber verschmolzen zu einer Einheit, zu einem wunderschönen Relief, das einen hohen in voller Blütenpracht stehenden Baum zeigte.

Ein dezenter, nicht aufdringlicher Geruch mit einer leichten Note von Morast stieg Rhania in die Nase. Sie wusste selbst nicht, warum er sie betörte.

Lächelnd wandte sich Edgar dem Publikum zu und enthüllte das Instrument, das bislang unter seinem Umhang verborgen geblieben war.

Die Baroness hörte, wie Derufin anerkennend die Luft durch die Zähne zog.

»Oh, ein Portativ«, sagte er.

Es war offensichtlich, dass er beeindruckt war. Sie musste dem ehemaligen Dieb zustimmen. Der Fremde trug ein Instrument bei sich, dass nur die besten Musikanten beherrschten. Die kleine Handorgel, wie es auch genannt wurde, war ein länglicher Kasten mit geschnitzten Tasten und, trotz der beschränkten Baukonstruktion, einer Vielzahl silbrig glänzender Pfeifen unterschiedlichster Größe.

Rhania wusste, dass nur ein Teil der Pfeifen äußerlich zu erkennen war, während sich der größere Teil im Inneren des Kastens verborgen hielt.

Sie wusste sonst nicht viel über dieses Instrument. Nur einmal hatte sie im Hause ihres Vaters einen Vaganten damit spielen hören. Sie kannte die Funktionsweise des Portativs nicht genau, doch glaubte sie, sich zu erinnern, dass ein versteckter Blasebalg die hellen Töne erzeugte, der die Luft im Inneren des Instruments durch die Pfeifen presste.

Der Vagant ihres Vaters war ein recht mäßiger Spielmann gewesen. Sein Instrument war etwas kleiner und von geringerer Qualität und doch konnte sie sich noch genau daran erinnern, welche Freude ihr der Klang des Portativs als Kind bereitet hatte.

Wozu ein wahrer Meister damit fähig war, wollte sie sich gar nicht vorstellen.

»Möge der Bessere gewinnen!«, schrie Edgar und hielt erneut den blauen Stein hoch, sodass die Menge lautstark jubelte und applaudierte.

Rhania sah, dass auch Derufin den blauen Stein, den sie gewonnen hatten, als Beweis ihres Anspruchs für diesen Wettstreit in die Höhe hielt.

Plötzlich sah sie den ehemaligen Dieb mit anderen Augen. Schon beim ersten Anblick des fremden Mannes hatte er längst gewusst, worauf ein Aufeinandertreffen hinauslaufen würde.

Edgar machte eine beruhigende Geste und die Menge der Menschen vor ihnen verstummte.

»Lasst uns den Einsatz ein wenig erhöhen!«, rief er.

Rhania verstand nicht, doch der Fremde mit der Maske sprach schnell weiter. Laut und deutlich hallte seine Stimme über den Platz.

»Ihr alle wisst so gut wie ich, dass wir keine besseren Musikanten in Rakshore finden werden als diejenigen, die nun auf dieser Bühne versammelt sind.«

Die Baroness hörte, wie die Menge zustimmend applaudierte.

»Lasst uns die Königswürde heute, an diesem Tag vergeben!« Edgars Stimme überschlug sich fast, als er den letzten Satz zu den Menschen hinab brüllte.

Er griff in seine Tasche und holte zwei weitere blaue Steine daraus hervor.

»Wenn ich gewinne, werde ich euer neuer König sein.«

Edgar richtete einen spöttischen Blick auf seine Kontrahenten, wobei es Rhania eiskalt den Buckel hinunterlief, als sie bemerkte, dass seine Augen besonders lange auf ihr ruhten.

»Wenn ich verliere …«, fügte er leiser hinzu, »sollen diese Musikanten die Könige der Stadt der Lieder sein.«

Die Menge tobte und es dauerte lange, bis sich das Gemüt der Stadtbevölkerung beruhigte.

Edgar nutzte die Gelegenheit und blinzelte der Baroness lustvoll zu. Der bärtige Mann mit der Maske strahlte eine Selbstsicherheit aus, die ihr Angst einflößte. Der Ausdruck seiner dunklen Augen, mit denen er sie fixierte, war so tief, dass sie meinte, die unendliche Leere darin merklich fühlen zu können.

Als wäre er in der begreifbaren Schwärze der Ewigkeit verloren, spürte sie den Schmerz einer leidenden Seele, gepaart mit dem alles umspannenden Wissen, jedem Einzelnen gewachsen und überlegen zu sein.

Rhania schluckte, als die Augen des fremden Musikanten über ihren Körper wanderten und an Stellen verweilten, die sie nur zu gerne mit Händen bedeckt hätte. Etwas Unsittliches lag in seinem Blick, dem sie sich nicht entziehen konnte.

Seit Edgar die Bühne betreten hatte, wirkte die Welt um sie herum nicht mehr real. Seine wundersame Aura zog alle in ihren Bann. Nur wenige Worte waren notwendig gewesen und der Musikant mit dem Portativ in der Hand hatte die Festivität der Stadtbewohner auf den Kopf gestellt. Das große Spektakulum, das Treffen der Barden, Spielleute und Musikanten würde noch heute enden.

Edgar musste sich seiner Sache absolut sicher sein. Wie sonst konnte er die Königswürde, die ihm bereits sicher war, so leichtfertig aus der Hand geben?

Welche Beweggründe der Mann mit der Maske auch haben mochte, sie waren egal. Wenn sie das Ziel, das sie selbst verfolgten, erreichen wollten, mussten sie ihn mit den Waffen der Musik schlagen.

Rhania blieb keine Zeit, um weiter darüber nachzudenken.

Unvermittelt betätigte Edgar den im Rahmen des Kastens versteckten Blasbalg seines Instruments und griff mit beiden Händen in die Tasten.

Die kunstvoll geschnitzten, länglichen Stäbe waren aus einem ihr unbekannten, glatten Material gefertigt, die sie an Honigwaben erinnerten. Anders als die Baroness erwartet hatte, erzeugte er mit den jeweiligen Tasten nicht einen einzelnen Ton. Edgar spielte das Instrument mit einer solchen Präzision, dass sie schnell erkannte, dass jede von ihnen, je nachdem, wie stark sie heruntergedrückt wurde, ein ganzes Arsenal an Tönen erschaffen konnte.

Wie von magischen Wolken gehalten, verharrten die süßen Klänge des Portativs in der Luft. Mit der einen Hand spielte Edgar eine Folge langsam wechselnder Akkorde, während er mit der anderen eine zarte Melodie erklingen ließ, die sich fortwährend wiederholte und doch jedes Mal anders interpretiert wurde.

Wie sie es zuvor erlebt hatte, erschuf auch der Mann mit der Maske ein einzigartiges Erlebnis der Klänge, das sich vor ihrem inneren Auge zu einem neuen Bildnis formte.

Rhania sah, wie sich die Stube einer ärmlichen Bauernkate aus dem feinen Nebel schälte, in dem sie die Musik in ihren Gedanken gefangen hielt. Ein Mann mit spärlichem weißen Haar beugte sich über eine aus grobem Holz gezimmerte Wiege, aus der das leise Weinen eines Kindes zu vernehmen war.

Rhania spürte, wie die Wärme des nahen Kamins, in seine gramgebeugten Glieder kroch.

Nur die Laute, die sie noch immer in Händen hielt, bewahrte sie davor, die imaginären Funken des Feuers, die auf ihrem Rücken brannten, auszuschlagen. Die von Edgar erschaffenen Bilder waren so real, dass sie meinte, den gebrechlichen Mann an der Schulter berühren zu können, wenn sie nur den Arm nach ihm ausstreckte.

Das Spiel des Mannes mit der Maske wurde intensiver. Immer mehr Töne gesellten sich zu ihren Freunden. Laut hallten die verzaubernden Klänge in ihren Ohren.

Niemals zuvor hatte sie etwas Ähnliches gehört. Eine Melodie, die sich in die Gedanken der Zuhörer förmlich hinein prägte, als wollte sie, dass niemand sie jemals in seinem Leben vergaß.

Als würde ein Berg aus den Untiefen der Erde erwachsen, erklommen die Töne in treppenartigen Stufen immer höhere Gefilde. Immer wenn Rhania meinte, der höchste Gipfel wäre erreicht, wuchs dieser noch einmal in bislang unerreichte Höhen.

Schon nach wenigen Augenblicken wusste die Baroness, dass die Musik des Mannes mit der Maske von unglaublicher Schönheit war. In unheimlicher Weise gelang es ihm, die Gefühle der Menschen in den Bildern, die er mit Klängen malte, zum Leben zu erwecken.

Rhania spürte die Freude des greisen Mannes. Die Freude über den Enkel, der den Namen seiner Familie weitertragen würde.

Die wundersame Musik, die Edgar dem Portativ entlockte, veränderte sich: Die Melodie war nicht verklungen, und doch wusste die Baroness, dass etwas fehlte.

Instinktiv erkannte sie, dass es der Einsatz eines zweiten Instruments war, der jedoch bereits verstrichen war.

Rhania war sich nicht sicher, ob sie verstand, was genau zu tun war. War dies der Wettstreit, von dem die Rede war?

Sollten sie versuchen, die wunderschönen Klänge noch weiter zu verbessern?

Die Musik des Portativs wiederholte sich. Gleich war es wieder so weit. Erneut würde Edgar seine Kontrahenten auffordern, es ihm gleichzutun.

Woher sollte sie wissen, welches der Instrumente ihrer Gruppe seinem Spiel als Erstes folgen sollte? Was, wenn die Klänge ihrer Laute den Zauber des Liedes zum Erliegen brächten?

Es war Myraida, die ihr zuvorkam. Freudig stimmten die moderaten Töne ihrer Fidel ein, ein wenig zu spät für ihren eigenen Geschmack, aber gerade noch rechtzeitig, um die Melodie des Fremden nicht zu stören. Rhania erkannte schnell, was ihre Gefährtin beabsichtigte: Myraida nahm das Motiv der zarten Melodie auf und setzte ihrerseits dunkle und warme Akzente, die nur ein Streichinstrument wie ihres zu einem Musikstück beitragen konnte.

Die Baroness war erstaunt, wie gut sich die Spielweise der beiden ergänzte. Doch erst als Derufin der Musik noch weitere Atmosphäre verlieh, indem er leise, helle Klänge seiner bronzenen Scheiben und einen stampfenden Rhythmus, der mit Rehfellen bezogenen Trommeln hinzufügte, änderte sich das Bild vor ihrem inneren Auge.

Der alte Mann mit den grauen Haaren strich liebevoll über das Gesichtchen des weinenden Kindes in der Wiege. Sie sah, wie er beruhigend auf das Kind einsprach. Die Kleine musste ein Mädchen sein. Rhania war sich absolut sicher, es konnte nicht anders sein. Ein glückliches Strahlen lag auf ihrem Gesicht. Ein unbekümmerter Ausdruck, den nur neugeborene Kinder auf ihr Antlitz zaubern konnten. Wie von Geisterhand bewegt, hatte Derufins Rhythmus die Wiege zum Schaukeln gebracht, was den glückseligen Ausdruck des Kindes noch mehr zur Geltung brachte.

Selbst wenn Rhania es gewollt hätte, konnte sie nicht leugnen, dass die beiden die Musik des Mannes mit der Maske verbesserten.

Edgar schien sich davon nicht irritieren zu lassen. Wieder griff er in die Tasten seines Instruments. Ton um Ton fügte er hinzu zu einer Melodie, die schon jetzt nahe an der Vollkommenheit lag. Seine Finger glitten so schnell über die honigfarbenen Tasten, dass man den Klängen kaum folgen konnte.

Rhania überraschte die Vielseitigkeit seines Instruments. Sie wusste, dass sie es nicht länger aufschieben durfte. Ihre Hände verschmolzen mit der Schönheit der Musik. Zuerst griff auch sie das Hauptmotiv des Liedes auf, doch dann entschied sie sich dazu, einen warmen Klangteppich zu erschaffen, als hätte jemand das Feuer im Kamin der bäuerlichen Kate neu geschürt.

Die Baroness sah, wie rote Flammen an den Scheiten züngelten. Sie spürte die Strahlen der Wärme und die selbstlose Güte, die der alte Mann seiner Enkelin entgegenbrachte.

Im wahrsten Sinne des Wortes befeuerte Rhanias Spiel die Szene. Sie sah, wie gelbrote Funken die Kate in der Nähe der Wiege erhellten und das diffuse, Licht des Feuers, die im Schatten liegenden Ecken des Raumes noch weiter verdunkelte.

Nicht ohne Stolz betrachtete sie, die Veränderung der Stimmung, die sie absichtlich herbeigeführt hatte.

Eben noch hatte sie gemeint, dass der Musik nichts mehr fehlte, als das Flötenspiel des Elfen sie eines Besseren belehrte. So hohe Töne hatte sie Beregrend noch niemals spielen hören. Mehrere Oktaven höher fügte er eine samtweiche

Melodie hinzu. Andersartig, als scheute er sich davor, die bereits gespielten Töne zu wiederholen, und doch ergab alles für sich einen Sinn.

Rhania überlegte, ob eine menschliche Stimme dazu in der Lage wäre, die Töne des Elfen zu treffen. Die blecherne Stimme eines Mannes war dazu sicher nicht in der Lage und auch der Großteil der ihr bekannten Frauen und Mädchen würde es mehr als schwer haben, in diese Regionen der Tonhöhe vorzustoßen. Gleichwohl wäre es ein elfengleicher Gesang, der zu hören gewesen wäre, wenn es denn jemandem gelänge.

Edgar schien die Lust am Wettkampf nicht zu verlieren, denn er zeigte seine ganze Kunst. Dunkle, laute Töne entlockte er seinem Portativ. Rauschend wie ein warmer Wind suchten sie sich den Weg von der Bühne hinab zu der Menge der Zuschauer.

Das Bild vor Rhanias Augen begann zu verblassen. Für einen Moment dachte sie, die Musik würde ihnen entgleiten, der Mann und das Mädchen in ihrem Bildnis auf ewig verschwinden.

Der Mann mit der Maske zeigte das ganze Ausmaß seines Könnens, doch er hatte die Rechnung ohne Derufin gemacht.

Hatte der ehemalige Dieb bislang eher zart über die Felle seiner Instrumente gestrichen, riss sie nun ein gewaltiger, völlig überraschender Wirbel auf den am tiefsten gestimmten Trommeln aus ihren Gedanken. Schallwellen befielen ihren Körper und versetzten alle ihre Muskeln in Schwingung. Als hätte jemand ein magisches Feuer entzündet, breitete sich wohlige Wärme in ihr aus. Als die Hitze des Feuers ihren Hals erreichte, flackerten farbige Noten vor ihren Augen.

Ohne zu überlegen, gab sich die Baroness den bunten Tönen hin. Instinkte übernahmen ihr Handeln und sie spielte die Noten, die, einer Linie gleich, in den unterschiedlichsten Höhen aus dem Nichts vor ihrem geistigen Auge erschienen.

Sie hörte, wie das Spiel des Mannes mit der Maske ins Stocken geriet, spürte die ungläubige Überraschung, die ihr aus seiner Richtung entgegenschlug.

Die verschwommenen Ränder des Bildes kehrten zurück, wurden klarer und klarer, bis es in noch schöneren Farben erstrahlte als zuvor.

Wie von selbst öffnete Rhania ihren Mund und begann zu singen. Sie hatte nicht gewusst, dass sie dazu fähig war. Wunderbare dunkle Töne in einer Sprache, die sie noch nie gehört hatte, brachten Zunge und Stimmbänder zum Vorschein.

Als wäre dies noch nicht genug, hörte sie Myraida die glockenhelle Melodie des elfischen Flötenspieles singen, die in höchster Perfektion mit ihrem Gesang harmonierte.

Die Farben der einzelnen Töne verbanden sich zu schillernden Wolken, die über den Köpfen der Zuhörer schwebten.

Tränen schossen Rhania in die Augen, als sich das Bildnis des alten Mannes erneut veränderte. Sie wusste nicht, ob sie dem ehemaligen Dieb dankbar sein sollte oder nicht. Derufin hatte alles verändert.

Fast unbemerkt hatte sich etwas Dunkles über die Wiege des Mädchens geschlichen. Unter einer Kapuze schwärzester Nacht hielt es sich versteckt und doch erkannte sie eine einzelne Strähne silberweißen Haares und den eisigen Blick der kieselgrauen Augen, die auf die Stirn des Kindes gerichtet waren.

Behandschuhte Finger hinterließen einen dunklen Abdruck auf der Haut des Neugeborenen, das unsichtbare Brandmal des nahenden Todes.

Rhania wusste, dass das Schicksal des Mädchens besiegelt war.

Ein dissonanter Ton aus dem Portativ hämmerte durch die Luft, als Edgar geschlagen ein letztes Mal in die Tasten griff.

Die bunten Töne vor Rhanias Augen endeten in einer Euphonie, die auch dem Hartgesottensten der Zuschauer Tränen über die Wangen laufen ließen.

Die Instrumente verstummten. Das Bild des alten Mannes verschwand, als wäre es niemals zugegen gewesen.

Wohin die Baroness auch blickte, sah sie Menschen mit traurigen Gesichtern und doch leuchtete ein helles Glimmen in ihren Augen. Der Ausdruck allergrößter Zufriedenheit.

Rhania wischte sich Tränen aus den Augen. Sie wusste nur zu gut, wie befreiend die tiefsten aller Gefühle und die Musik, die sie hervorbrachte, sein konnten.

Ihr Blick wanderte zu Edgar. Keine Sekunde zu früh, wie sie feststellte, denn nur ein wenig später hätte sie die silbrig glänzende Träne nicht mehr gesehen, die er verstohlen fortgeblinzelt hatte.

Sie wurde nicht schlau aus dem Mann. Seine hängenden Schultern und der trübselige Blick, mit dem er sie bedachte, zeugten von der herben Enttäuschung, die er zweifellos empfinden musste, und doch meinte sie, ein durchtriebenes Lächeln zu beobachten, das sich auf seine bebenden Lippen gestohlen hatte.

Edgar strich zärtlich über das Holz seines Portativs, bevor er es vorsichtig auf dem Boden abstellte und sich förmlich vor den Musikanten verbeugte, die ihn in so famoser Art und Weise beim Wettstreit geschlagen hatten.

Seine Augen fixierten Derufin und nun war sich Rhania sicher, dass etwas hinterhältig Verschlagenes darin blitzte.

Als der ehemalige Dieb zu ihm trat, überreichte er ihm die blauen, mit weißen Linien durchzogenen Steine. Derufin verteilte sie weiter und drückte jedem seiner Gefährten einen davon in die Hände.

»Seht, die würdigen Könige der Stadt der Lieder!«

Die Menge der Zuhörer jubelte, als Edgar die zeremoniellen Worte sprach. Menschen fielen sich überglücklich in die Arme und noch lange hörte Rhania den brandenden Applaus, mit dem die Menge der Städter die Erben der Ewigkeit bedachte.

9. Kapitel

Beregrend fröstelte. Gespenstisches Licht tauchte den wohnlichen Raum des königlichen Palastes in ein schummriges Halbdunkel. Heller als die Tage zuvor schien der Mond durch die Fenster. Die Scheibe am Himmel war nicht kreisrund, wie der Elf mit einem schnellen Blick in den nächtlichen Himmel feststellte. Ein gelblicher Glanz umstrahlte seine Konturen. Die ungewöhnliche Farbe ließ den Himmelskörper größer erscheinen. Der Schein des Lichts hinterließ einen goldenen Schatten in den Gesichtern seiner Gefährten. Die ausgelassene Feier der letzten Stunden war zu anstrengend für sie gewesen. Selbst für die Diener des Todes war die Aussicht auf das Erlangen der Königswürde der Hauptstadt des Reiches nichts Alltägliches. Die vielen Glückwünsche der Menschen hatten sie alle ausgelaugt. Friedlich wie Kinder schlummerten sie nun unter ihren Decken.

Erst nach ihrem gemeinsamen Auftritt hatte sich Edgar als amtierender König Rakshores zu erkennen gegeben. Auf ein gefährliches Spiel um Macht und Würde hatte sich der Mann mit der Maske eingelassen. Und er hatte es verloren. Der Elf aber zweifelte daran, dass die wahre Macht über die Stadt nun tatsächlich in ihren Händen lag.

Wie es der Brauch in der Stadt der Lieder war, würde die Krone bei einem gigantischen Konzert in den Gärten des Palastes auf die neuen Könige übergehen.

Bis zu ihrem Auftritt hatte Edgar die vier Musikanten in einem Seitenflügel des Palastes untergebracht. Der kleine, aber mit Liebe eingerichtete Raum war schnell zu einer neuen Heimat geworden.

Hier war es möglich, die Annehmlichkeiten, die Edgar und die Bevölkerung ihnen boten, bis zum größten Konzert ihres Lebens in vollen Zügen zu genießen.

Bis dahin blieb dem Elfen noch genügend Zeit, um sich mit den eigenen Gedanken zu befassen und zu der Ruhe zu kommen, nach der er sich so sehnte.

Beregrend brauchte keinen Schlaf und doch beneidete er seine Gefährten um die friedliche Stille, die sie in ihre Kissen bettete. Fernab sich drehender Gedanken regenerierten sie ihren Geist, befreiten sich von all den Eindrücken der letzten Tage.

Er selbst fand keinen Frieden. Nicht einmal die magische Verbindung zu den Pflanzen und Bäumen, die er so liebte, hätte das ewig kreisende Karussell seiner Gedanken und die überwältigenden Wellen seiner Gefühle zum Stillstand bringen können. Fortwährend spürte er die Angst der Kindheit, die sich nach so vielen Jahrhunderten zurück in seinen Kopf geschlichen hatte.

Beregrend beobachtete die helle Scheibe des Mondes. Seine elfischen Augen erahnten die großen Krater an der rechten Seite. Die grauschwarzen Flecken, die Narben seiner Haut waren deutlich zu erkennen. Manchmal meinte er sogar, das gelbe Licht des Mondes pulsieren zu sehen. Fast war es so, als würden die Strahlen vollständig verschluckt, wenn sie sich dem Himmelskörper zu sehr näherten.

In manchen Nächten schien der Mond zum Greifen nahe zu sein. Er streckte seine Hand aus und stellte sich vor, wie es wäre, wenn die Finger zart über das leuchtende Objekt am Himmel streicheln würden.

Unruhig kreisten seine Gedanken. Viel zu schnell war der letzte Tag vergangen. Den Kopf eingepackt wie in ein Bündel weicher Felle, waren die Stunden an ihm vorübergezogen.

Nichts, nicht die geringste Kleinigkeit, hatte sein Bewusstsein wahrgenommen. Wie hinter einem Schleier aus weißem Nebel war die Zeit einfach verflogen.

Nur ein Gedanke hatte ihn niemals losgelassen. Er hatte versucht, ihn zu verdrängen, aber nie war es ihm gelungen. Mit an Boshaftigkeit grenzender Gewissheit kehrte er zurück, sobald Beregrend meinte, ihn vertrieben zu haben. Welch einen heillosen Aufruhr veranstalteten die Nervenbahnen seines Gehirns?

Es war nackte Angst, die ihn befallen hatte. Die schier unerträgliche Angst vor dem nahen Ende der eigenen Existenz.

Wie viele Male hatte er ein Leben genommen?

Niemals hätte er es für möglich erachtet, dass ihm die Erfahrung des bevorstehenden Todes so zusetzen würde.

Viele neue Eindrücke hielt das Leben für ihn bereit. Eine neue Spielfigur hatte die Bühne erobert und war in ihrer aller Leben getreten. Edgar, der amtierende König hatte etwas Besonderes an sich. Beregrend bedauerte, dass er zu sehr mit sich selbst beschäftigt war, um das Geheimnis zu lüften, das ihn zweifelsohne umgab.

Andererseits, wen kümmerte es? Die Krone und das Leben des alten Königs konnten ihm nicht egaler sein. Gemeinsam mit seinen Gefährten verfolgte er ganz eigene Pläne und wenn er sich nicht vollkommen irrte, so spielten Edgar und die Königswürde keine entscheidende Rolle darin. Die Stadt der Lieder brauchte keinen alten und keinen neuen König. Rakshore und seine Bewohner waren ohnehin dem Untergang geweiht und es gab nichts und niemanden, der sie davor bewahren konnte.

Die Krone war ihm egal, doch Beregrend freute sich auf das große Konzert. Er liebte es, zu musizieren, und was konnte besser geeignet dafür sein als die magische Aura einer natürlichen Umgebung? Auch wenn ihnen die übersinnliche Ausstrahlung eines echten Waldes fehlte, waren die Blumengärten dennoch ein mehr als beeindruckender Ort. Was konnte es Schöneres geben, als die Menschen ein letztes Mal darin zu unterhalten?

Ein kaltes Kribbeln an seiner Schulter weckte seine Angst. Wieder kehrte das unheimliche Gefühl in seinem Nacken zu ihm zurück. Wieder fröstelte er.

Der Elf verstand nicht, warum. Die steinernen Wände des Palastes hatten die Wärme des Tages gespeichert und die schwüle Luft der lauen Sommernacht hätte ihn eher ins Schwitzen bringen müssen.

Beregrend ignorierte den Drang seiner Instinkte, erschrocken in jede Ecke des Raumes zu sehen. Er kannte das bedrohliche Gefühl in seinem Nacken. Das zarte Prickeln an der kleinen Stelle zwischen Hals und Rücken, die den Sinn für Gefahr weckte und den gesamten Organismus in Alarmbereitschaft versetzte.

Für einen Moment lenkten die geheimnisvollen Schatten des Mondes seine Gedanken in eine andere Richtung. Wie schön der nächtliche Himmel doch war. Wer brauchte mehr als die leuchtenden Wunder der Natur?

Er wollte es so sehr, aber er schaffte es nicht, die Gefühle zu kontrollieren, die ihn erneut befallen hatten. Auch die helle Scheibe des Mondes konnte den Schrecken nicht auf Dauer verdrängen.

Beregrend spürte, wie sich sein Herzschlag beschleunigte. Es gab nichts, was er dagegen tun konnte. Er spürte die eisige Kälte, die ihn fest im Griff hielt und von Sekunde zu Sekunde stärker wurde.

Etwas Weiches berührte seine Schulter. Etwas Ekliges, das Fluchtgedanken in ihm weckte. Sein Körper schüttelte sich, als ihn ein grauenvoller Schauder befiel.

Seine Hand wischte über die Stelle, an der er die Berührung vermutet hatte, doch dort war nichts als pure Luft. Und doch wusste er genau, dass etwas seine Schulter berührt hatte. Er fühlte die Kälte, die sich an dieser Stelle ausbreitete. Das Kribbeln in seinem Nacken wurde stärker. Beständig breitete es sich aus. Über die Schultern strahlte es hinab bis in seinen Arm.

Beregrend drehte den Kopf und untersuchte die kalte Stelle an seinem Schlüsselbein. Etwas musste doch dort zu finden sein, doch es war nichts zu erkennen.

Jetzt kribbelten plötzlich seine Beine, sodass er den Blick senken musste. Schon längst hatte er die Kontrolle über seinen Körper verloren. Die Muskeln seines rechten Beines zitterten.

Etwas hatte sich verändert. Aus den Augenwinkeln nahm er es wahr. Ein helles gespenstisches Leuchten.

Beregrend spürte das beklemmende Gefühl eines dicken Kloßes, der sich in seinem Hals gebildet hatte.

Seine Intuition sagte ihm, dass er nicht alleine war.

Langsam hob er den Kopf und blickte in das geisterhafte Antlitz einer jungen Frau, das nur zwei Fingerbreit vor seinem Gesicht mitten vor ihm in der Luft schwebte.

Ein wilder Schrei entwich seiner Kehle und er fragte sich, wie lange es wohl dauern würde, bis seine Gefährten ihn von der gespenstischen Spukgestalt befreien würden, die, ein schaurig schönes Lächeln auf den Lippen, wie aus dem Nichts vor ihm erschienen war.

Er wusste nicht, wie er es bewerkstelligt hatte, so viel Abstand wie möglich zwischen sich und die gespenstische Gestalt zu bringen. Zitternd und zusammengekauert wie ein kleines Kind lehnte er mit seinem Rücken an der Wand und seine Schultern drückten so hart gegen die Steine, dass er glaubte, er würde die Mauer durchbrechen. Nur zu gerne hätte er sein Heil in der Flucht gesucht.

Dicke Tropfen übelriechenden Schweißes durchdrängten das wollene Hemd, das klamm und feucht an seinem Körper klebte. Er konnte sein Gesicht nicht sehen, doch er wusste, dass es so bleich wie Kreide geworden war. Das unheimliche Gefühl der Angst hatte sich noch weiter verschlimmert. Das merkwürdige Kribbeln war hinaufgekrochen, hatte Hals und Wangen befallen und hielt seine Schläfen in einem eisernen Griff.

Wie von alleine hatten sich seine Hände vor die Augen bewegt. Eine reflexartige Bewegung, die ihn vor dem Anblick des Grauens bewahrte, doch der Elf wusste, dass das gespenstische Gesicht nicht verschwunden war, sondern ihm, in fahles blaues Licht getaucht, noch immer direkt entgegen starrte.

Instinktiv schloss er die Augen. Er drückte die Lider so fest zusammen, dass es schmerzte. Selbst durch die geschlossenen Augen erahnte er die geisterhafte Erscheinung der jungen Frau, die sich ihm unaufhaltsam weiter näherte.

Als hätte es alle Zeit der Welt zur Verfügung, rutschte das unheimliche Gesicht näher und näher an ihn heran.

Er spürte dessen Atem. Er hatte eine eisige Kälte erwartet, doch die Luft aus dem Mund des Geistes streichelte warm über seine Hände, bis sie die Stirn erreichte und einen Schauder der Angst durch seinen Körper jagte.

Zaghaft berührte etwas Warmes seine Wange. Eine wahre Explosion abstoßender Gefühle ließ ihn noch ein Stück weiter an die Mauer rücken.

Gleichwohl wehte ein angenehmer Duft zu ihm herüber. Der unverkennbare Geruch elfischen Geblüts. Gleich darauf spürte er die Spitzen ihrer Haare, die über seine Arme glitten und eine Komponente sexueller Erregung zu seiner Gefühlswelt hinzufügten.

War es wirklich möglich, dass ihn der eiserne Griff der Angst erregte?

Beregrend spürte, wie zwei der stärksten Gefühle, die er kannte, um die Vorherrschaft kämpften. War es ein lustvolles Erlebnis, einer gespenstischen Erscheinung vollends ausgeliefert zu sein?

Entgegen aller Erwartung befand er sich inmitten einer sinnlichen Erfahrung, der er sich hilflos und von Angst gelähmt, stellen musste. Das gespenstische Gesicht hatte eine Macht über ihn, die er sich nicht eingestehen wollte.

Das Bildnis einer jungen Dunkelelfe formte sich vor seinen Augen. Er erinnerte sich an den Schriftzug ihres Namens am Ansatz ihres Halses. Vor nicht allzu langer Zeit hatte er ihr Gewalt angetan, nun war sie zu ihm zurückkehrt. In der geisterhaften Gestalt einer Dämonin würde sie Rache nehmen für die Schandtat, die er an ihr begangen hatte.

»Sieh dich nur an«, flüsterte eine hohe Stimme an seinem Ohr. »Beregrend, Bringer des Todes. Das mächtigste Wesen, dem ich jemals begegnet bin.«

Die Stimme des Gespenstes verstummte und kurz darauf ertönte ein fieses Lachen, das den Alptraum, in dem er sich befand, noch schlimmer machte.

Eine Strähne ihres Haares streichelte über seinen Unterarm. Die sanfte Berührung war so unangenehm, dass sie ihn fast wahnsinnig werden ließ.

»Einst warst du es, der sich genommen hat, was er wollte. Voller Angst und ohne den Hauch einer Chance zur Gegenwehr war ich deiner Macht ausgeliefert. Nun sitzt du vor mir, verängstigt wie ein kleines Kind, und nun bin ich es, die dich das Fürchten lehrt.«

Weiche Lippen berührten sein Ohr. Beregrend spürte die warme Feuchtigkeit, die der Kuss des gespenstischen Gesichts hinterlassen hatte. Ein wohliges Gefühl breitete sich aus und er bemerkte, wie sich sein Körper erneut schüttelte. In seinen Gedanken rumorte es. Angst und Sinnlichkeit fochten einen Kampf auf Leben und Tod. Er konnte noch nicht sagen, welches der Gefühle, den Sieg erringen würde.

Er hörte, wie das Gespenst übermütig kicherte.

»Ist das ein befriedigendes Gefühl?«, raunte es in seiner Nähe. Das geisterhafte Gesicht schien die Seite gewechselt zu haben, denn diesmal hörte er die Worte aus der entgegengesetzten Richtung. Die Kuppe eines Fingers berührte seinen Nacken. Genau an der Stelle, wo die Angst über seinen Rücken strahlte, streichelte sie sanft über die Haut.

Beregrend hatte nur das Gesicht des Geistes gesehen und erneut steigerte sich das Ausmaß seiner Angst, als er sich vorstellte, von unsichtbaren Gliedmaßen berührt zu werden.

»Weißt du, was das Schönste daran ist?«

Beregrend wusste nicht, ob er die Gefühle, die seinen Körper beherrschten, als schön bezeichnen wollte. Zu widersprüchlich waren seine Gedanken.

Das erneute freudige Glucksen und Kichern verriet ihm, dass das Gespenst keine Antwort erwartete.

Er spürte die Wärme des Gesichts an seiner Haut, spürte, wie unsichtbare Finger über seine Haare strichen und danach langsam die Finger seiner Hand lösten. Das bläuliche Leuchten des Geistes war so stark, dass es selbst durch die geschlossenen Augen an seinen Sehnerv drang.

»Jetzt werde ich mir Befriedigung holen.«

Dem Gespenst war es gelungen, seine Hände von den Augen zu lösen. Teilnahmslos, als wäre er zu keiner gezielten Handlung fähig, legte er sie in seinen Schoß.

Zärtlich berührte der Geist seine Wimpern.

Beregrend wusste, dass er es nicht länger aufschieben konnte. Seinen niederen Instinkten der Lust folgend, öffnete er die Augen. Der Kampf in seinem Inneren war entschieden. Die Angst blieb, doch er würde sich ihr stellen, sich ausliefern mit Haut und Haaren und genießen, was ihm einen gruseligen Schauder über den Rücken laufen ließ.

Er sah hinein in das bläulich leuchtende Antlitz der Dunkelelfe, die er allein zu seinem Vergnügen entehrt hatte. Tiziana hatte sich nicht stark verändert. Die Haare an der nicht kahlrasierten Seite ihres Kopfes waren etwas länger und lockiger, aber noch immer funkelte sie ihm aus hellen Augen entgegen, deren Farbe ihn an weiße Kieselsteine und die wogenden Wellen des Meeres erinnerten. Die feinen Linien in ihrem Gesicht zeugten unverkennbar von ihrer elfischen Abstammung.

Die Dunkelelfe war schön. Selbst in ihrem dämonischen Zustand offenbarte sie eine Attraktivität, die ihresgleichen suchte. Beregrend erkannte, dass das gespenstische Leuchten ihre Schönheit sogar um ein Vielfaches steigerte.

»Der große mächtige Beregrend«, sagte Tiziana. Sie hob die Worte besonders hervor und zog jedes davon in die Länge.

»Armselig und klein hockt er vor mir. Weich wie Wachs in meinen Händen kann ich mit ihm machen, was mir gefällt. Oh, welche Genugtuung wird meine Rache sein. Macht ist etwas so Ungeheuerliches. Ein solch immenses Gefühl der Stärke. Eine Erfüllung tiefster Zufriedenheit, die ich nur dir gegenüber verspüre.«

Ein boshaftes Lächeln spielte um Tizianas Lippen, das die Kälte in Beregrends Gedanken zurückbrachte und das Blut in seinen Adern gefrieren ließ. So sinnlich die Begegnung mit dem Gespenst auch sein mochte, so wusste er doch, dass panische Angst sein ständiger Begleiter sein würde.

»Die Blasiertheit bei unserer ersten Begegnung werde ich dir schon austreiben. Wieder und wieder werde ich dich heimsuchen und niemals wirst du wissen, wann ich das nächste Mal zuschlagen werde. Aus dem Hinterhalt wird dich die Angst überfallen. Niemals wieder in dem verabscheuungswürdigen Leben, das dir zuteilgeworden ist, wirst du eine ruhige Minute verbringen.«

Beregrend schluckte. Er fühlte sich verloren. Zu Recht erniedrigt von einem gespenstischen Weib, dem er einst Gewalt angetan hatte.

»War meine Tat wahrlich schlimmer als der Tod, den Derufin über dich gebracht hat?«, krächzte der Elf. Es fiel ihm schwer zu sprechen. Noch immer fühlte er den Kloß an seinem Adamsapfel und die Frage kam nur undeutlich aus seinem Hals.

Tizianas Miene verfinsterte sich.

»Genau wie du hat Derufin den Tod verdient, doch ihm habe ich dieses neue Leben zu verdanken. Du hingegen bist nur jämmerlichen Trieben gefolgt. Für mich wirkt dein Vergehen bedeutend schwerer. Nun bin ich es, die den Trieben folgt. Vom Opfer zum Täter, so ist das nun einmal.«

Beregrend spürte die unsichtbare Hand, die über seine Wange streichelte und ein wahres Feuer an Gefühlen in seinem Inneren auslöste. Die Berührung der Dämonin war so furchteinflößend, dass sich ihm der Magen zusammenzog.

Er spürte, wie der Blick der Dunkelelfe zwischen seine Beine glitt. Doch erst als Tiziana die nächsten Worte sprach, wusste er, wie gefährlich und grausam das leuchtende Gespenst wirklich wahr.

»Ich werde dich heimsuchen, denke immer daran. Folterknechte hantieren doch gerne mit schweren Zangen. Ich bin sicher, dir fällt das ein oder andere Körperteil ein, das man damit malträtieren könnte.«

Das gespenstische Gesicht begann zu verblassen, das blaue Leuchten erlosch. Wie aus weiter Ferne drangen die Worte zu ihm, die den Schlag seines schwarzen Herzens ins Stolpern brachten.

»Und dann, eines Tages, wenn ich dich genug gequält habe, töte ich dich.«

Die bläuliche Flamme flackerte. Heiße Tropfen schwarzen Wachses formten sich zu wundersamen Gebilden an den Seiten der hohen Kerze, die er entzündet hatte.

In den Wirrungen der eigenen Gedanken völlig versunken, starrte der König auf die geisterhaften Schatten, die das diffuse Licht des Raumes in abstrusen Posen an den Wänden tanzen ließ.

Im schwarzen Salon, wie er ihn selbst nannte, verbrachte er die meiste Zeit seiner endlos langen Tage. Nur Wenigen gewährte er Zutritt, denn er beherbergte nicht nur seine kühnsten Träume, sondern auch den ein oder anderen absonderlichen Schrecken. Der Raum in der Mitte des Palastes war der höchste von allen und daher bestens geeignet für das ganz spezielle Vorhaben, das er schon bald zum endgültigen Abschluss bringen würde. Die dunkle Färbung der Täfelung an den Wänden erinnerte ihn stets an die grauen Schleier der Dunkelheit, die seine Gedanken schon vor vielen Jahren befallen hatten.

Er konnte nicht beschreiben, was seine Seele quälte. Unzählige Male hatte er darüber nachgedacht und doch hatte er keine Antwort gefunden.

Selbst nach so langer Zeit bereitete ihm das Leben mit der Dryáde noch immer Freude, und doch war es anders, anders als es viele Jahrhunderte lang gewesen war. Nicht Avonlea hatte sich verändert. Tief in seinem Inneren fühlte er es. Er ganz allein war es, der die Schuld am Wandel ihres gemeinsamen Lebens trug.

Er fühlte sich so ausgelaugt. Ermattet von der Qual unendlich langer Tage. Wie die helle Scheibe des Mondes, die nicht mehr erstrahlte, wenn schwarze Wolken aufzogen und den Himmelskörper verdunkelten. Schwach und ausgemergelt wie der letzte Überlebende eines Feldlagers, der die Leichname Hunderter Gefährten mit dem stumpfesten aller Spaten dem Erdboden übergab.

In jeder Nacht quälten ihn die trübseligsten aller Gedanken, doch nun würde dies ein Ende finden.

Verträumt schweifte sein Blick hinüber zu dem hölzernen Gestell, das hinter blickdichten Tüchern gut verborgen in der Ecke des Raumes stand. Doppelt so hoch wie der größte Mann, den er kannte, ragte es bis knapp unter die Decke empor. Querstreben hielten die Konstruktion aus edlen Hölzern zusammen, dienten gleichsam als Halterung für den großen Bottich, dem er seine ganze Aufmerksamkeit schenkte.

»Pass bloß auf. Dass du mir ja nichts verschüttest.«

Edgar fuchtelte wild mit den Händen und raufte sich die sowieso schon unordentlichen Haare, als der Schrat die wackelige Leiter an der rechten Seite der Konstruktion hinaufstieg. Unter seiner schweren Last strauchelte das in magischer Weise erschaffene Wesen bereits zum zweiten Male, was den König fast zur Weißglut brachte. Die Leiter schwankte bedenklich, als das baumähnliche Wesen daneben trat und nur unter größten Mühen das Gleichgewicht wiederfand.

»Bitte!«, flehte er. »Bitte vergeude nicht den kleinsten Tropfen.«

Der gesichtslose Schrat war stumm wie ein Fisch. Edgar wusste, dass er des Sprechens nicht mächtig war, und erwartete keine Antwort. Im Laufe seines ewig währenden Lebens hatte er schnell herausgefunden, dass die Schrate selbst die flüchtigsten Gedanken seines Kopfes lesen und in Taten umsetzen konnten. Als Diener erfüllten sie ihre Aufgaben und sie waren die einzige Gesellschaft, die er wirklich zu schätzen wusste.

Andere Menschen, ja selbst die Gruppe der Musikanten, die er bis zu seinem Scheiden aus dem Leben beherbergen würde, waren viel zu einfältig, um sich mit seinem glühenden Verstand zu messen.

Außerdem war ihm ohnehin klar, dass die Schrate sehr wohl wussten, welch mühselige Schufterei vonnöten war, um die benötigten Harze und Mineralien zu sammeln. Schließlich waren sie es, die er mit dieser Arbeit beauftragt hatte.

Die neuen Anwärter auf den Thron hatten von all diesen Vorbereitungen nichts mitbekommen. Entspannt nach einem guten Essen und den Eindrücken aufregender Erlebnisse hatten sie sich verdienter Weise zur Ruhe gebettet.

Edgar brauchte keinen Schlaf, zu vieles musste geplant und ausgeklügelt werden. Die anregenden Kräuter und die bewusstseinserweiternden Pilze, die er in rauen Mengen eingenommen hatte, würden die Müdigkeit aus seinem Kopf vertreiben.

Bald schon war es so weit. Die Zähflüssigkeit des Harzes musste sorgfältig berechnet werden. Dann, endlich, nach so furchtbar langer Zeit, würde ihn der endlose Schlaf übermannen. Seine Seele würde vergehen und sein Körper auf ewig eingeschlossen sein.

Der Schrat erreichte das obere Ende der Leiter. Erleichtert atmete Edgar aus. Mit den Zweigen und Ästen, die ihm als Hände und Arme dienten, stellte das baumähnliche

Geschöpf das schwere, mit dicken Eisenbändern beschlagene Fass auf eine Plattform vor den großen, aus hölzernen Dielen gezimmerten Bottich, der in beträchtlicher Höhe direkt unter der Decke des Palastes in einer merkwürdigen Konstruktion aus Seilen und ledernen Bändern hing.

Das riesige Fass musste reichen. Sein Inhalt war in mühevoller Kleinarbeit gesammelt und nur unter präzisester Anwendung der alchemistischen Erkenntnisse der letzten Jahrhunderte zur makellosen Vollendung geschaffen worden.

Edgar zeigte sich zufrieden und formte in Gedanken Worte der Dankbarkeit. Die beiden der Naturgewalt entsprungenen Diener hatten noch andere Aufgaben, die es dringend zu erledigen galt. Immerhin hatte einer von ihnen die Zeit gefunden, das schwere Fass für ihn über die Leiter nach oben zu schleppen.

Den Rest seines Vorhabens würde er auch alleine bewerkstelligen. Er hatte daher nichts dagegen, dass sich der Schrat zu seinem Freund begeben wollte. Auf wackligen, aus Wurzeln und Hölzern geformten Beinen stieg das baumähnliche Wesen zu ihm herab und schlurfte, ein knappes Nicken vortäuschend, hinaus in die weiten Gärten des Palasts.

Edgar wusste, dass die Schrate damit beschäftigt waren, die größte und beeindruckendste Bühne zu errichten, die die Stadt der Lieder jemals gesehen hatte. Es gab niemanden in Rakshore, der diese Aufgabe besser gemeistert hätte. Wie ihre Herrin besaßen die Schrate die Gabe, Bäume und Sträucher nach ihren Vorstellungen zu formen, und die wenigen Teile, die metallurgisches Handwerk benötigten, ließen sich schneller schmieden und in die richtige Form biegen, wenn man über die Kraft und Ausdauer eines aus Naturgewalten entstandenen Wesens verfügte.

Edgar war sich sicher, dass sie alles in ihrer Macht Stehende tun würden, um ihn mit ihrer Arbeit zufriedenzustellen.

Bald stand alles für seinen letzten Auftritt bereit. Er wollte es nicht Schicksal nennen, aber das Zusammentreffen mit den vier Musikanten versetzte ihn in eine so euphorische Stimmung, dass er nicht wusste, wie er sich das Glück erklären sollte, dass ihm durch Derufin und seine Gefährten zuteilgeworden war.

Keiner der Musikanten nutzte den Verstand im Übermaß, doch zumindest der Mann mit dem dunkelbraunen Haar, über dessen Kopf stets eine Vielzahl an Tönen in bunten Farben leuchtete, war ein wahrlich meisterlicher Zugewinn für die Komplexität seiner eigenen Gedankenwelt.

Die letzten Stunden hatten sie gemeinsam damit verbracht, über die wildesten Akkorde und Melodien zu sinnieren. Derufin hatte sich als phantastischer Komponist herausgestellt und das musikalische Detailreichtum seiner Phantasien hatte selbst ihn überrascht.

Als wäre dies alles noch nicht genug gewesen, hatte ihm Derufin sein spezielles Anliegen genau erläutert. Das Konzert, bei dem die Königswürde verliehen werden sollte, kam dem ehemaligen Dieb gerade recht. Was er sich dazu notiert und überlegt hatte, sprengte alle Erwartungen.

Edgar war sich sicher, dass die Bewohner der Stadt ein außerordentliches Erlebnis erwartete. Alles war genau durchdacht. Bühnenbild, Kostüme und die Vielzahl eingesetzter Instrumente würden ein grandioses Kunstwerk erschaffen, das über die reine Darbietung von Musik weit hinausging.

Und das Beste daran war, dass sich sein eigenes Vorhaben nahtlos integrieren ließ. Ohne großartigen Aufwand konnte sein Übertritt in eine neue Welt in Szene gesetzt werden. Derufin und seine Gefährten waren so einfältig, dass sie gar nicht verstehen würden, wie ihnen geschah. Geschickt wie er war, hatte er nur kleine zusätzliche Denkanstöße geliefert und dafür gesorgt, dass Derufin die für ihn notwendigen Anpassungen seines Konzepts vorgenommen hatte. Er glaubte nicht, dass der Musiker seine Pläne durchschaut hatte, und selbst wenn, wäre es ihm dennoch völlig egal gewesen.

Das ewigwährende Leben würde in spektakulärer Weise enden. Die Schrate hatten genaueste Anweisungen. In Gedanken hatte er ihnen regelrecht eingetrichtert, wie zu verfahren war.

Wie schwer war es gewesen, die richtigen Zutaten zu finden! Nur grandios langweiligen Tüfteleien war es zu verdanken, dass er die richtige Temperatur herausgefunden hatte. Die Flüssigkeit stabil und feucht zu halten, war die Größte aller Herausforderungen gewesen.

Nun war es an der Zeit. Er durfte nicht länger warten. Sein Plan ließ nur wenig Spielraum zu. Selbst der kleinste Fehler, die kleinste Verzögerung konnte sich negativ auf das Ergebnis auswirken.

Edgar griff hinter sich und nahm das tönerne Gefäß von dem eisernen Gitter, auf dem er es abgestellt hatte. Seit Stunden erwärmte die Flamme einer dunklen Kerze den zähflüssigen Inhalt.

Langsam, als genieße er jeden Augenblick, stieg Edgar die hohe Leiter nach oben.

Die aus Rundhölzern gefertigten Trittstufen waren nicht gerade vertrauenerweckend und schon nach wenigen Schritten überkam ihn das Schwindelgefühl, das sich stets einstellte, wenn seine Füße den Erdboden verließen. Es war schon wirklich seltsam, dass er es nicht geschafft hatte, in der langen Zeit der Ewigkeit seine angeborene Höhenangst zu überwinden.

Edgar klammerte sich so fest an die Holme, dass die Knöchel weiß hervortraten. Die Leiter endete an einem Podest mit einer hölzernen Balustrade, die ihn vor einem Sturz in die Tiefe schützte.

Er wusste, dass er sich seiner Angst stellen musste. Auch wenn ihm schummrig und schwarz vor Augen wurde, stieg er höher hinauf, bis er schließlich vor dem großen Fass stand, das sein baumähnlicher Diener dort abgestellt hatte.

Das Schwindelgefühl verschwand, als er seinen Blick auf die geniale Konstruktion richtete. Wie viele schlaflose Nächte hatte sie ihm bereitet? Er hatte aufgehört, sie zu zählen.

Der Bottich musste noch heute befüllt und mit Wachs versiegelt werden. Das Gefäß hing an dicken Seilen, die mit einem Querbalken verbunden waren. In mehreren Knoten und Schlaufen waren die Seile mit einem langen Hebel verbunden, der durch eine Winde gespannt werden konnte. Eine leichte Berührung des Hebels würde genügen, um den gut vor den Augen verborgenen Mechanismus zu lösen.

»Wie ich sehe, bist du mit den letzten Vorbereitungen beschäftigt.«

Obwohl er die dunkle, raue Stimme seiner Geliebten sofort erkannte, zuckte Edgar unwillkürlich zusammen.

»Warum nur musst du dich immer so anschleichen? Kannst du mich nicht wenigstens ein bisschen vorwarnen, ehe du mich so erschreckst?«

Die Dryáde lachte ihn aus. »Komm schon. Wir kennen uns so lange, dass ich gedacht hätte, du würdest meiner Anwesenheit sofort gewahr werden.«

Avonlea hatte recht. In der Tat hatte er den betörenden Geruch nach Wald und Kastanien, den die Nymphe verströmte, schon längst in der Nase gehabt. Er war nur zu sehr in den eigenen Gedanken versunken gewesen.

Früher wäre ihm dies nicht entgangen. Jahrtausendelang war er nicht dazu im Stande gewesen, ihrem Geruch, dem Blick ihrer kastanienbraunen Augen oder den göttergleichen Rundungen ihres Körpers zu widerstehen. Aber nun war es anders. Schon bald würde er die Reize der Nymphe seinem Nachfolger überlassen.

»Wird es funktionieren?«

Edgar ignorierte die Frage und bedachte die Dryáde mit einem durchdringenden Blick.

»Warum bist du gekommen?«, fragte er und schob zeitgleich das Fass einen Fingerbreit weiter nach vorne, sodass es besser in die Vorrichtung passte, mit der er es über ein Fußpedal anheben und abstützen konnte. In diese Lage gebracht, würde der zähflüssige Inhalt in einem perfekten Winkel in den Bottich fließen. Er musste nur noch den breiten Pfropfen lösen, der das Harz darin zurückhielt.

»Kannst du dir das nicht denken?«

Avonlea sprach weiter, als der König nicht reagierte, sondern kräftig an einem kreisrunden Holzstück zerrte, bis er dieses umständlich aus dem riesigen Fass gezogen hatte.

»Ist es wahrlich so schwer vorstellbar, dass ich die letzten Stunden unseres gemeinsamen Lebens mit dir teilen möchte?«

Von der Anstrengung stand Edgar der Schweiß auf der Stirn, doch er rieb sich freudig die Hände, als die ersten Tropfen der honiggelben Flüssigkeit zum Vorschein kamen, sich schnell in ein stetiges Rinnsal verwandelten und schließlich in einem großen Schwall in den Bottich flossen.

Der süßliche Geruch des Harzes strömte in seine Nase.

Edgar hatte das helle, kaum vernehmliche Kieksen in ihrer Stimme gehört und die Welle an Gefühlen bemerkt, die sie dank des magischen Banns, den sie ihm auferlegt hatte, an ihn übermittelte. Nur in ganz wenigen Momenten hatte er die Aufregung der Nymphe in solcher Intensität gespürt. Noch seltener war die Woge der Traurigkeit, die ihm jetzt entgegenschlug.

Er konnte es verstehen. Es war ein Abschied, der auch ihm die Tränen in die Augen trieb.

»Das Feuermoos war eine brillante Idee. Durch die natürliche Abgabe der Wärme wird das Harz schön zähflüssig bleiben und das Moos wird dennoch genügend Feuchtigkeit absondern, um die Substanz klar und geschmeidig zu halten.«

Bis in die letzte Ritze hatte er die hölzernen Bohlen des Bottichs mit dem roten Moos ausgestopft und gepolstert. Die Außenwand war mit einer dicken Schicht aus durchsichtigem Wachs versiegelt. Nur so konnte gewährleistet werden, dass das Harz luftdicht gelagert wurde.

»Lenke nicht ab«, sagte Avonlea.

Edgar hörte den Wehmut, der aus ihren Worten sprach. Das Wispern des Holzes verriet ihre Absichten. Die Dryáde zeigte das ganze Ausmaß ihrer Macht. Wohin er auch blickte, wuselte das Leben. Jedes noch so kleine Stückchen Holz war in Bewegung.

Er spürte, wie die Plattform schwankte, als die Bretter unter seinen Füßen zum Leben erwachten. Aus den Dielen des Bottichs sprossen lange Ranken. Balken der Decke und vertäfelte Wände verwandelten sich in das dichte Wurzelgeflecht, aus dem sie einst geschaffen worden waren. Die Spitzen der Wurzeln vereinigten sich zu armdicken Strängen, wickelten sich um Avonleas Handgelenke, hoben sie hoch und geleiteten sie sicher zu ihm nach oben.

Eng schmiegte sich der Körper der Nymphe an seinen Rücken. Er spürte die intensive Wärme unauslöschlicher Liebe, die sie ihm schenkte. Der Geruch ihrer Haut war wunderbar. In großen Zügen sog er den Duft nach Rosen und Kastanien ein.

Wie oft hatte er sich den unwiderstehlichen Pheromonen der Dryáde hingegeben? Völlig verloren war er in ihren Händen auch jetzt weich wie das Wachs der Kerzen.

Ihre Haare kitzelten den Ansatz seines Nackens. Eine Stelle, von der sie wusste, dass ihre Berührungen zu Erinnerungen ihrer intimsten Begegnungen führten.

Für einen Moment starrten sie beide auf die honiggelbe, zähflüssige Masse, die den Bottich schon fast bis zum Rand gefüllt hatte. Kein einziges Bläschen, kein Einschluss war zu erkennen. Das Harz war klar wie Quellwasser und sie konnten das rote Feuermoos darunter, dass die Flüssigkeit in der richtigen Konsistenz halten sollte, deutlich erkennen.

»Versprich mir, dass es schnell gehen wird.« Avonlea überzog seinen Hals mit heißen Küssen, sodass er, vor Erregung erzitternd, nicht gleich antworten konnte.

»Der Tod wird mich schnell ereilen. Ich werde keine Zeit haben, um Schmerzen zu verspüren.«

Die Dryáde drehte ihn zu sich. Ehrfurchtsvoll und voller Liebe blickte er in die kastanienbraunen Augen, weit hinab in die Tiefen ihrer Seele, bis hellrote Locken ihres Haares die Sicht verdunkelten.

»Ich werde dich immer lieben. An keinem Tag meines Lebens werde ich dich vergessen.«

Edgar spürte, wie sich ihre Lippen berührten. Ein allerletztes Mal schloss er sie in seine Arme.

Das Wispern der Wurzeln verstummte. Behutsam zogen sich die Ranken zurück.

Seine Gefühle überwältigten ihn, und doch blieb die bleierne Schwere, die sein Herz gefangen hielt. Sehnsuchtsvoll und voller Vorfreude wartete er auf die behandschuhte Hand des Herrn der Finsternis, die ihn in den Tod geleiten würde.

10. Kapitel

Rhania wurde schwarz vor Augen. Ihre Hände umklammerten die hohe Balustrade so stark, dass die Knöchel weiß hervortraten. Es schmerzte, als die Nägel sich in das mit feinen Schnitzereien verzierte Holz des Geländers gruben.

Nur unter größter Anstrengung war es ihr gelungen, die Augen abzuwenden, und doch wusste sie, dass es nicht lange dauern würde, bis sie erneut auf die bunten Steine des Mosaiks in der Mitte des Bodens der königlichen Gemächer blicken würde. Selbst wenn sie es gewollt hätte, wäre es ihr nicht möglich gewesen. Zu stark war das Verlangen, dem sie Einhalt gebieten musste. Wie magisch hatte sie das Mosaik in den Bann gezogen, einen inneren Drang geweckt, dem sie nachgeben und voller Gehorsam folgen musste. Es war erstaunlich, dass Abartigkeiten wie diese ein solch starkes Begehren in ihr auslösen konnten, dass es ihr den Verstand vernebelte. Es kostete sie enorme Überwindung, sich dagegen zu wehren.

Für einen Moment tanzten grell blitzende Sterne vor ihren Augen und sie spürte, wie sie der Boden der königlichen Gemächer auf magische Weise anzog. Hätte die Balustrade ihr nicht den nötigen Halt verliehen, wäre sie kopfüber auf die in liebevoller Kleinarbeit bemalten Steine gestürzt. Rhania kämpfte gegen den Schwindel, der sie befiel. Es gelang ihr nur zum Teil, die Schwärze in ihrem Bewusstsein zurückzudrängen.

Das Mosaik war ein wahrhaftes Meisterwerk. Aus tausenden von Steinen zusammengesetzt, strahlte es eine unheimliche Macht aus. Jedes einzelne Steinchen hatte dieselben Maße. Alle waren mit Werkzeugen bearbeitet und mühselig behauen worden.

Sie schaffte es nicht, dem Schrecken des Mosaiks zu entkommen. Längst waren ihre Augen zu den Steinen zurückgekehrt. Voller Abscheu betrachtete sie die honigfarbenen Bernsteine, in denen eingeschlossen der verwerflichste Frevel an den sterblichen Überresten von Menschen und Tieren begangen worden war.

Kunstvoll waren auf diese Weise Leichenteile unterschiedlichster Form und Größe zu den farbigen Steinen hinzugefügt worden. Ein grauenhafter Anblick, dem sie sich nicht entziehen konnte. Das Mosaik war das Furchtbarste, was sie jemals zuvor gesehen hatte, und doch war die formvollendete Ästhetik davon von solch unbeschreiblicher Anziehungskraft, dass ihr die Gier danach das Bewusstsein raubte. Die Baroness konnte nicht sagen, was genau es war, dass ihren Verstand benebelte und dazu führte, dass sich die scheußliche Schönheit des Kunstwerks tief in ihr Gedächtnis brannte.

In verschiedensten Farben leuchtend und doch von bewundernswerter Einfachheit, zeigten sich die Steine aneinandergereiht, als hätte der talentierteste unter den Bildhauern seiner Begabung freien Lauf gelassen. Ein Bildnis von unglaublichem Ausmaß war entstanden, erschreckend schön und abstoßend zu gleich. Spiralförmig hatte der Künstler Bernsteine unterschiedlicher Größe zwischen die bunten Steine gesetzt. Die edlen Steine schienen von innen heraus zu leuchten, verliehen dem Bildnis einen prachtvollen Glanz, der trotz aller Abscheulichkeit das Lustempfinden beim Anblick steigerte. Eine hübsch anzusehende Lieblichkeit, im unübersehbaren Gegensatz zu den in Fetzen gerissenen Körperteilen, die, darin eingeschlossen, dem Betrachter einen eiskalten Schauer über den Rücken laufen ließen.

Erst jetzt, da Rhania sich der Wirkung des Mosaiks nicht mehr entziehen konnte, wurde ihr bewusst, wie eng Ästhetik und Abstrusität miteinander verwandt waren. Das Bildnis des Mosaiks zeigte kein Motiv, zumindest konnte die Baroness keines in dem Farbenspiel der Steine erkennen, und doch war sie sicher, dass das Mosaik mehr darstellte als nur eine Ansammlung wahllos aneinandergelegter Steinchen.

Erneut befiel sie ein Anflug von Schwindel, der sich in ihrem Bewusstsein ausbreitete und den Boden unter ihren Füßen schwanken ließ. Noch stärker als zuvor umklammerten ihre Hände das Geländer, doch eine unerklärliche Kraft zog sie weiter hinab in die Tiefe. Ein nebliger Schleier trübte ihre Gedanken. Weiter und weiter beugte sie sich über die Balustrade, folgte dem Tanz der leuchtenden Sterne vor ihren Augen, bis sie die Hände der Herumtreiberin auf ihren Schultern spürte, die sie hielten und sanft in eine aufrechte Haltung zurückzogen.

Ein tiefer Atemzug ließ die Schwärze in ihrem Bewusstsein verblassen. Das Schwanken des Bodens unter ihren Füßen legte sich und sie schaffte es, aus eigener Kraft den Griff ihrer Finger um die Balustrade zu lockern. Dennoch war sie dankbar, dass Myraida den Druck ihrer Hände verstärkte und sie dazu bewegte, einen Schritt nach hinten zu treten.

Das wundersame Mosaik hatte ihre Gedanken so in Beschlag genommen, dass es der Herumtreiberin gelungen war, sich ihr unbemerkt zu nähern. Myraida stand direkt hinter ihr, legte zärtlich das Kinn an ihre Schulter und streichelte mit sanften Bewegungen an beiden Seiten über ihre Arme.

Rhania spürte die prickelnde Wärme, die sich in ihrem Körper ausbreitete. Die roten Locken der Herumtreiberin kitzelten an ihrem Nacken. Der liebliche Duft, den sie verströmte, war anrüchig und betörend zugleich: Sie roch nach den Blumen des Waldes, nach Jasmin und einer anderen, ihr unbekannten Duftnote, die ihr Herz wie von alleine schneller schlagen ließ. Kein Vergleich zu dem herben Geruch der Männer, den diese für gewöhnlich verströmten.

»Wäre es nicht einfach, mir den Dolch in den Rücken zu rammen? Bin ich nun dein nächstes Opfer? Möchtest du mich ebenso heimtückisch ermorden, wie du es mit meinem Bruder getan hast?«

Rhania hörte das leise Kichern Myraidas an ihrem Ohr.

»Zerstöre nicht den Moment. Glaubst du wirklich, dass es der richtige Zeitpunkt ist, um genau jetzt über das Ableben deines Bruders zu sprechen?«

»Du hast ihn getötet«, presste die Baroness zwischen ihren Lippen hervor.

»Ja, das habe ich. Seine Zeit war gekommen. Wie wir alle hat auch dein Bruder sein Leben verwirkt. Unser Herr wird seiner Seele gnädig sein.«

»Auch ich bin an jenem Tag gestorben«, sagte Rhania. Sie spürte die Träne, die den Winkel ihres Auges benetzte.

Zärtlich strich Myraida eine Strähne aus dem Gesicht der jugendlichen Baroness.

»Sieh dich nur an, der Herr hat es wahrlich gut mit dir gemeint. Ein neues, viel längeres und besseres Leben wurde dir geschenkt, einschließlich der ewigen Jugend. Das Alter wird dir niemals etwas anhaben können.«

Der Atem der Herumtreiberin war heiß. Rhania spürte, wie er ihren Hals zum Kribbeln brachte.

»Und nun bringst du selbst den Tod. Du kannst es fühlen. Das magische Band, das der Herr der Finsternis dir auferlegt hat, den starken Sog. Unaufhaltsam zieht er dich zu deinem durch das Zeichen des Todes gebrandmarkten Opfer.«

Rhania antwortete nicht, sondern drehte den Kopf. Myraida blickte ihr belustigt entgegen.

»Wirst du mir jemals verzeihen? Nun, da du selbst die Macht der Finsternis verspürst, die uns beide lenkt?«, fragte sie.

»Lange Zeit war ich besessen von einem fremden Geist. Selbst die eigene Familie hatte Furcht vor mir. Auch du sollst mit der Angst leben. Eines Tages werde ich rächen, was du getan hast. Niemals werde ich den Tod meines Bruders vergessen«, sagte Rhania.

Myraida stieß ein glucksendes Lachen aus. »Du bewertest die Welt noch immer nach den moralischen Vorstellungen der Menschen.«

Die Finger der Herumtreiberin streichelten sanft über Rhanias Wange, suchten sich den Weg hinauf zu ihren Schläfen, bis sie den Ansatz ihrer Haare erreichten und knapp unterhalb der Muschel ihres Ohres an ihrem Hinterkopf verweilten.

»Was ist schlecht daran?« Die Stimme der Baroness zitterte. Die zärtlichen Berührungen weckten Gefühle in ihr, nach denen sie sich seit Langem sehnte. Alles fühlte sich so falsch an, und doch genoss sie Myraidas Fingerspitzen, die hingebungsvoll über die feinen Linien ihres Gesichts streichelten.

»Die meisten Männer reizt die grazile Anmut des Körpers. Der Liebreiz schmeichelnder Rundungen, deren Weichheit und Wärme sie an ihrem Körper spüren möchten. Viele Mädchen und Frauen versuchen, mit Schmuck und lasziven Bewegungen den Blick des Gegenübers dorthin zu lenken, wo er das eigene Vergnügen in besonderer Weise erfüllt. Andere versuchen, gänzlich zu verhüllen, was das Gemüt der Menschen in Erregung versetzt.«

Myraida hauchte einen zarten Kuss auf die Wange der Baroness.

»Dabei lässt sich wahre Schönheit kaum verbergen. Selbst, wenn unser ehemaliger Dieb, befreit von jeder Moral, die Axt ansetzen und den Kopf von deinen Schultern trennen würde, bliebe die Lieblichkeit deines Gesichts noch für lange Zeit erhalten.«

Rhania spürte, wie sich Myraidas Körper fester an ihren Rücken presste. Sie genoss die Zärtlichkeiten, die sie ihr schenkte. Zu lange hatte sie auf die Intimitäten des gesellschaftlichen Lebens verzichten müssen. Der Geist, von dem sie besessen war, hatte viele Jahre ein einsames Leben geführt. Befreit von der Trostlosigkeit der eigenen Welt, hatte er ihren Körper nicht ohne Grund gewählt.

Vieles hatte er sich genommen, um weiteren Entbehrungen zu entrinnen. Rhania hatte kaum Erinnerungen daran. Nur bruchstückhafte Fetzen von Bildern waren ihr geblieben. Bilder, die einen Schrecken hervorriefen, von dem sie nicht wusste, ob er die Erregung ihres Körpers überbieten konnte.

»Ich habe schon verstanden, dass es so etwas wie Moral nicht gibt«, sagte die Baroness.

»Ach, sieh einer an!« Myraida lachte.

»Alles Leben entspringt der Natur…«, begann Rhania.

»Und die Natur kennt keine Moral«, beendete Myraida den Satz. »Wie aus dem höfischen, altehrwürdigen Wissensschatz der Elfen.« Die Herumtreiberin grinste Rhania fröhlich an.

»Wie recht unser werter Herr Beregrend doch mit seinen Weisheiten hat.«

»Aber ist es nicht dennoch sinnvoll, ethisch zu handeln?«, fragte Rhania. »Sieh dir nur an, wozu ein Mensch fähig ist. Das Mosaik und die Abscheulichkeiten darin zeigen dir die wahre Natur der Menschheit.«

Myraida lächelte. »Ich gebe zu, dass auch ich vor dem grausigen Anblick des Mosaiks nicht gefeit bin, und doch steckt so viel Liebe im Detail. Siehst du die kleinen Bernsteine an der rechten Seite? Sie sind kaum zu unterscheiden von den anderen, und flüchtig betrachtet könnten es auch dunkle, sandfarbene Kiesel sein.«

Rhania kniff ein Auge zusammen. »Tatsächlich habe ich sie für bemalte ockerfarbene Steinchen gehalten.«

»Es sind dunkle Tropfen braunen Harzes. Die winzigen, schwarzen Einschlüsse darin sind kaum zu erkennen. Immer heller und klarer wird der Bernstein, je länger sich der Bildhauer mit der Herstellung beschäftigt hat. Besonders gelungen ist das honiggelbe Exemplar am unteren Rand, findest du nicht?«

Rhania rümpfte die Nase. »Du meinst das mit dem eingeschlossenen, blutunterlaufenen Auge?«

»Ja genau, ist doch viel hübscher anzuschauen als die größeren Bernsteine. Es sind edle Schmuckstücke, sie dürfen keinesfalls zu groß sein. Der eine mit dem Auge darin hat nahezu die perfekte Größe.«

»Stimmt. Es fragt sich bloß, wer ein grausig anzusehendes, aus dem Gesicht herausgerissenes Auge an einer Kette um den Hals tragen möchte.«

»Ein wenig makaber ist das vielleicht. Passt aber doch zu uns, oder etwa nicht?«

»Ich weiß, ich weiß. Wir sind die Gehilfen des Herrn der Finsternis und bringen den Tod. Ich muss dennoch nicht jeden einzelnen Tag lang von so einem ekelhaften Teil um den Hals daran erinnert werden. Im Gegensatz zu dir kenne ich eben noch so etwas wie Moral.«

»Was ist schon Moral? Selbstauferlegte Gesetzmäßigkeiten? Gesellschaftliche Regeln und Normen, die allesamt zum Ziel haben, dem frühzeitigen Tod zu entfliehen? Eine alberne Vorstellung der Menschen, denn schlussendlich führt alles irgendwann zum Tod, und wo der Tod ist, ist auch das Leben. Menschliche Phantastereien wie Ethik und Moral spielen dabei keine nennenswerte Rolle.«

»Und in der Liebe? Ist es erstrebenswert, sich all seinen Gelüsten hinzugeben?«

Myraida kicherte amüsiert. »Das überlasse ich ganz dir.«

Die Hand der Herumtreiberin rutschte tiefer und streichelte sanft über ihren Hals. Immer weiter glitt sie hinab, bis zum Ansatz ihrer Brüste. Für einen Moment spielten Myraidas Finger mit dem silbrigen Einsatz am Kragen ihres Wollgewandes, bis sie endgültig weiter vordrangen und schließlich fanden, wonach sie gesucht hatten.

Rhania ließ sie gewähren. Zu schön waren die Wellen genussvoller Gefühle, die ihren Körper durch die zarten Berührungen der Herumtreiberin durchströmten.

Für eine Weile genossen sie beide die Wärme ihrer Körper. Die Baroness griff Myraidas freie Hand und legte die Finger in ihren Handteller. Eng schmiegte sie sich an die Herumtreiberin. Es war nicht notwendig, sich großartig zu bewegen. Wie so oft waren es die kurzen, kaum wahrzunehmenden Berührungen, die Lust spendeten und ihrer beider Körper erregten.

»Weißt du, dass ich dein Spiel mit den Fideln bewundere?«, fragte Rhania.

Myraida antwortete nicht und doch wusste die Baroness, dass ihre Worte ein Lächeln auf das Gesicht der Herumtreiberin gezaubert hatten.

»Es kommt so unerwartet. Warum dieser Sinneswandel? Ich hatte immer das Gefühl, du wärst ein wenig abweisend und nicht an Zärtlichkeiten interessiert«, sagte Rhania. Die Baroness spürte den bohrenden Blick der Herumtreiberin in ihrem Nacken.

»Oh, die feine Dame möchte unser Liebesspiel mit Argwohn unterbrechen. Dabei habe ich dich längst durchschaut. Warst nicht etwa du diejenige, die von Anfang an versucht hat, das eigene Revier abzustecken?« Myraida lachte. Der Griff um die Brust der Baroness wurde stärker. »Ich hege keinen Groll gegen dich und ich teile gerne meine Liebschaften, solange ich bestimme, wo der Hase langläuft.«

»Es würde dich also nicht stören, wenn sich dein geliebter Derufin auch für mich interessiert?«

Myraida kicherte vor Vergnügen.

»Im Moment interessiert sich unser ehemaliger Dieb genauso wenig für dich wie für mich. In der Tat ist es meine Absicht, dies zu ändern. Vielleicht ändert er seine Meinung, wenn er die Aussicht auf ein doppeltes Vergnügen hätte.«

»Du benutzt mich also?«

»Ach, wenn du es so nennen willst. Keine Sorge, wenn wir Derufin nicht zu unseren Schandtaten überreden können, werde ich die Zärtlichkeiten mit dir dennoch genießen. Wir Frauen sollten zusammenhalten und ich muss zugeben, dass du meine Begehrlichkeit von der ersten Sekunde an geweckt hast.«

»Derufins Feuer zu entfachen, könnte schon recht schwierig werden«, sagte Rhania und deutete auf den ehemaligen Dieb, der gemeinsam mit dem König unter ihnen in einer schattigen, nur von einer einzelnen Kerze erhellten Ecke des Raumes saß. Die hölzerne Bank, auf der sich die beiden niedergelassen hatten, wirkte irgendwie fehl am Platze. Sie passte nicht zu den anderen Einrichtungsgegenständen, war aber perfekt dazu geeignet, die Köpfe zusammenzustecken. Schon seit Stunden brüteten die beiden über den Zeichnungen und Texten von Dutzenden Pergamentrollen. Einige davon waren vor ihnen auf dem Boden ausgebreitet, andere lagen wahllos herum und auf einer besonders großen widmeten sich die beiden ihrer Leidenschaft. Sogar von hier oben konnte Rhania die lang gezogenen Striche der Zeilen sehen, in die sie mit schwarzer Tinte musikalische Noten verschiedenster Länge und Ausmaßes malten.

»Dieser Raum ist seltsam«, flüsterte sie. Sie hatte mehr zu sich selbst gesprochen und war erstaunt, dass Myraida antwortete.

»Seltsam ist ein zu schwaches Wort. Altertümlich und unheimlich trifft es eher.« Die Herumtreiberin sog laut die Luft ein. »Seit wir hier verweilen, fühle ich mich unwohl. Es ist erstaunlich. Es ist nicht nur dieser Raum und das grässliche Mosaik darin. Der gesamte königliche Palast strahlt eine geheimnisvolle Macht und Würde aus. Eine behagliche Wärme, die von den Wänden abstrahlt. Hast du das Mauerwerk jemals angefasst?« Myraida wartete nicht auf eine Antwort. »Das Gemäuer fühlt sich so warm an. Fast ist es so, als würde Leben durch Steine und Hölzer fließen. Manchmal meine ich, man könnte die dunklen Symbole pulsieren sehen.«

Rhania nickte zustimmend.

»Du meinst die geheimen Glyphen, die sie bedecken, silbrigschwarze Linien und Kreise. Nur der Herr der Finsternis vermag zu wissen, was sie bedeuten.«

»Nicht einmal davon bin ich gänzlich überzeugt.« Myraida schüttelte den Kopf.

»Die Gemächer sind perfekt, und doch spüre ich beständig, dass sie nicht hierher gehören. Als wäre es nicht die Wirklichkeit, in der wir uns befinden.«

»Perfekt sind sie«, sagte Rhania. »Bis auf die Aussparung in der Mitte des Mosaiks. Ein riesiges Loch. Was wohl dort hineingehört?«

Myraida zuckte mit den Schultern, was ein wohliges Kribbeln an Rhanias Rücken auslöste.

»Wer mag das schon wissen? Jedenfalls wäre darin viel Platz für weitere Absonderlichkeiten.«

»Ein einzelner Bernstein dieser Größe wäre ein unvorstellbarer Reichtum, ein Schatz. Selbst eine ganze Leiche fände Platz darin.« Rhania verstummte. War es möglich? Es wäre nicht das erste Kunstwerk, das geschaffen wurde, um sich selbst darin zu verewigen.

Die beiden in ihre Schriftrollen vertieften Künstler legten eine kurze Pause ein. Die Baroness sah, wie der König einen Silberteller an Derufin weiterreichte und wie sich jeder der Männer eine knusprig gebratene Scheibe hellen Fleisches einverleibte, die zusammen mit gekochtem Gemüse darauf angerichtet war.

»Passt zu ihm«, raunte Myraida an ihrem Ohr. Die Finger auf ihrer Haut fühlten sich warm an und jagten einen kribbelnden Schauder über Schultern und Nacken, hinauf bis zum Ansatz ihrer Haare. Rhania konnte nicht leugnen, dass sie die Berührungen genoss. Erst jetzt, da die Herumtreiberin sie ihr schenkte, erkannte sie, wie sehr sie sich danach gesehnt hatte.

»Was meinst du, das Fleisch?«

»Hm, ja. Ich habe vorhin selbst davon gekostet. Wirklich schmackhaft. Es hat so einen würzigen Geschmack. Es zu verspeisen weckte archaische Bilder in mir. Fast meinte ich, den Rauch des offenen Feuers riechen zu können, über dem es gebraten wurde.«

»Bei deiner Beschreibung läuft mir ja schon das Wasser im Munde zusammen. Ich denke da an bewaldete Wiesen, an urzeitliche, in Felle gekleidete und mit Speeren jagende Menschen, die sich an dem erfreuen, was ihnen Wälder und Wiesen zu bieten haben.«

»Meine Liebkosungen scheinen deinen Verstand zu befeuern. Genau das habe ich eben gemeint. Nicht nur die Gemächer sind von seltsamer Natur, sieh ruhig genauer hin.«

Rhania verstand nicht, was sie meinte. Die Locken der Herumtreiberin streichelten über ihre Wange.

»Ach, komm schon«, sagte Myraida. »Ist es wirklich so schwer, zu verstehen?«

Die Baroness kam nicht darauf.

»Ich denke, du musst mich an deinem scharfsinnigen Verstand teilhaben lassen«, sagte sie.

»Ich denke an Edgar. Sieh in dir genau an. Was ist das Besondere an diesem Mann, dem König der Stadt der Lieder?«, fragte Myraida.

Rhania musste nur kurz überlegen.

»Auf den ersten Blick eindeutig seine Maske. Sie sticht sofort ins Auge. Selbst von hier oben kann ich sie im Licht des Kerzenscheins schimmern sehen.«

»Warum denkst du, dass er sie trägt?«

»Hm, ich weiß nicht. Vielleicht möchte er etwas verbergen. Eine Verletzung oder Narbe, ein Feuermal vielleicht. Es gibt viele Gründe, die eigenen Absonderlichkeiten vor der Gesellschaft zu verstecken.«

Myraida schüttelte den Kopf.

»Nein, es ist etwas anderes. Es ist die Art seiner Bewegungen. Sie verraten ihn. Siehst du, wie dicht das Haupthaar seines Kopfes gewachsen ist?«

Rhania strengte sich an, doch sie konnte beim besten Willen nichts Auffälliges am Haar des Königs erkennen.

»Nun spann mich nicht länger auf die Folter. Los, raus damit, was möchtest du mir eigentlich sagen?«

Myraida lachte hämisch.

»Och, meine Liebe. Warum bist du plötzlich so barsch zu mir? Wo ich mir doch so viel Mühe gebe, dir die Welt aus der Sicht meiner Augen zu erklären.«

Rhania seufzte und wollte gerade erneut etwas erwidern, doch Myraida kam ihr zuvor.

»Dieser Mann ist älter, als du es dir nur im Entferntesten vorstellen kannst. Es sind die Form seines Schädels und die hervorstehenden Wülste über den Augen, die er so geschickt hinter Haaren und Maske zu verbergen vermag.«

»Ich verstehe nicht ganz. Du meinst, er stammt nicht aus unserer Zeit, sondern aus der Vergangenheit. Er ist einer unserer Vorfahren?« Rhania war verwirrt. »Das glaube ich nicht. Nein, das kann nicht sein. Er ist viel zu intelligent dafür, um ein Mensch aus grauer Vorzeit zu sein.«

Myraida kniff in ihre Brust.

»Au, das tut weh.«

»Ja, das soll es auch«, flüsterte Myraida ganz nahe an ihrem Ohr. »Schäme dich. Und schon wieder sind wir bei unserem Thema. Es ist an der Zeit, dass du den moralischen Vorstellungen der Menschen endlich entsagst. Ein wenig Bescheidenheit würde dir ganz gut zu Gesicht stehen, weißt du.«

Die weiche Färbung ihrer Stimme hatte sich verändert. Die Herumtreiberin klang deutlich gefährlicher als noch kurz zuvor.

»Dieser Mann hatte die Zeit von Jahrzehntausenden, um sich zu entwickeln. Er verfügt über Wissen, von dem du nur träumen kannst. Befreie dich von der Überheblichkeit der in diesem Zeitalter lebenden Menschen. Wer sagt dir, dass die Intelligenz der Menschheit im Laufe der Jahrtausende zugenommen hat?«

Rhania schluckte. Von dieser Seite hatte sie die Geschichte der Menschheit noch nie betrachtet.

Myraida lockerte den Griff um ihre Brust.

»Ist es nicht vielmehr die eigene Arroganz, die Einfältigkeit und Dummheit hervorbringt?«

»Ich denke, du hast recht«, sagte Rhania. Sie hörte selbst, wie kleinlaut sie geworden war.

»Der König, ein Urmensch? Was könnte ihn so lange am Leben gehalten haben?«

»Hatten wir nicht erst kürzlich das Vergnügen mit einer göttlichen jungen Dame?«

»Eine Dryáde? Meinst du wirklich, Drykaria hätte so einen weiten Einfluss auf ihn nehmen können?«

»Ich denke, die Herrin des Waldes ist nicht die einzige ihres Schlages.«

Rhania nickte.

»Das erklärt in der Tat sehr vieles, auch die Verbundenheit der beiden traurigen Schicksale.« Sie deutete auf Derufin und den König, die sich längst wieder fachsimpelnd über ihre Pergamente beugten und leise über die Geheimnisse tuschelten, die sie bargen.

»Eine magische Verbindung.«

»Man könnte es auch eine Art Seelenverwandtschaft nennen«, sagte Myraida.

»Ich frage mich wirklich, was unser werter Herr Elf zu deinen Vermutungen zu sagen hätte.«

»Da sind wir bei den nächsten seltsamen Ereignissen der letzten Tage.«

»Dir ist also auch schon aufgefallen, dass er sich anders verhält?«

»Natürlich! Beregrend ist es gewohnt, als Einzelgänger durch die Lande zu ziehen. Immer hat er die Abgeschiedenheit geliebt. Tagelang hat er sich zurückgezogen und den Kontakt mit uns anderen gemieden.«

»Aber jetzt hält er sich beständig in unserer Nähe auf. Er meidet den direkten Kontakt, versucht, für sich und für uns unsichtbar zu bleiben, und doch weiß ich, dass er nur wenige Schritte von uns entfernt über sein Leben sinniert und über uns wacht.«

»Nur zu gerne würde ich wissen, wieso. Aber ich habe so ein Gefühl, dass wir es noch früh genug herausbekommen werden.«

Rhania drehte ihren Körper. »Fürwahr, aber ich denke, zunächst sollten wir die Intimitäten vertiefen, die du begonnen hast. Wenn unser prüder Herr Elf uns dabei beobachtet, hat er bestimmt auch seinen Spaß dabei.«

Die Baroness strich Myraidas Haare aus ihrem Gesicht und streichelte ihr zärtlich über die Stirn. Sie sah die Leidenschaft, die in den Augen der Herumtreiberin wie loderndes Feuer brannte. Sie wollte vergessen, was um sie herum geschah. Mit heißen Küssen benetzte sie den Körper ihrer Gespielin.

Für die nächsten Minuten würde die fiedelnde Musikantin ihr allein gehören. Endlich, denn Myraida konnte nicht wissen, wie sehr sie sich danach gesehnt hatte.

Hoffentlich war es noch nicht zu spät. Zu lange hatte der Weißling die zarten Strahlen der Sonne auf den Flügeln genossen und dabei die Stunden des Morgens vertrödelt. In der Weite der Welt hatte der Zitronenfalter keinen einzigen Artgenossen mehr erblickt. Die Wahrscheinlichkeit war groß, dass sie alle dem Ruf gefolgt waren, der auch ihn ereilt hatte. Er hasste es, der Letzte zu sein, und doch eilte er mit Freude seinem Ziel entgegen. Zu intensiv war der lockende Duft der Pheromone, der ihm den Weg wies. Es war unmöglich, dem betörenden Geruch zu widerstehen. In der warmen Luft des Morgens brannte er so stark in seinen Riechorganen, dass es ein Leichtes war, ihm zu folgen. Nur wenige Schläge seiner hauchdünnen Flügel waren notwendig. Elegant nutzte der weiße Falter die wippenden Bewegungen seines Körpers, um die Richtung seines Fluges zu wechseln. Wendig, wie er war, stellten ihn schnelle Änderungen der Höhe vor keine

Herausforderung. Seine Gattung war schneller als die meisten Bewohner der Lüfte. Die Unberechenbarkeit seiner Flugbahn hatte ihm schon oft gute Dienste erwiesen und so manchem seiner Fressfeinde war er auf diese Weise bereits entwischt.

Der Weißling wurde aufgeregter, als er spürte, dass er sich dem Ziel seines Fluges näherte. Er genoss die wärmende Brise des Windes, die um seine Hinterflügel strich. Unter ihm erstreckte sich die Welt der Gärten, die er vor langer Zeit zu seiner Heimat erklärt hatte. Langsam flog er vorbei an den aus Marmor gehauenen Säulen, die sich grün und mächtig aus dem schwarzen Fels zu ihren Füßen erhoben.

Nun war es nicht mehr weit. Bald würde er sich mit seinen Artgenossen vereinen und der Herrin zu Diensten sein. Voller freudiger Erwartung flatterte er hinauf zu dem Sims des Fensters, hinter dem er die Herrin der Gärten vermutete.

Aufgeregt setzte er zur Landung an. Unbeholfen trudelte er, seine sechs Beine weit von sich gestreckt, hinab zu dem silbrig glitzernden Stein am Rande des Fensters, den er für sein Eintreffen auserkoren hatte. Ungestüm wäre er beinahe zu weit geflogen und nur mit Mühe gelang es ihm, die hauchdünnen Flügel einzuklappen, damit er sich nicht an den scharfen Kanten der Steine verletzte.

Endlich war er am Ziel. Der betörende Duft der Nymphe drang in seine Riechorgane, verdrängte jeden anderen seiner Gedanken, außer der tiefen Freude, die wie eine ans Ufer brandende Welle die Glieder seines Körpers durchströmte.

»Da bist du ja endlich.« Avonlea begrüßte den Zitronenfalter auf ihre ganz eigene Weise. Der unwiderstehliche Duft ihres Körpers wurde noch stärker, raubte dem Insekt das Bewusstsein. Im Zustand glückseliger Entrückung gefangen, leitete die magische Anziehung der Dryáde den Falter an den ihm angestammten Platz. Um seiner Herrin zu gefallen, drehte er einmal seine Kreise vor ihren Augen, bis er sich vollends verzückt vom wunderbaren Geruch der Nymphe an der Stelle ihres Kleides niederließ, die seine Artgenossen für ihn freigelassen hatten.

Ein letztes Mal schlug er mit den Flügeln und verschmolz mit tausenden von Weißlingen zu dem seidig glänzenden Material, das die Dryáde nur zu ganz seltenen und besonderen Anlässen an ihrem Körper trug.

Avonlea lächelte und warf das Haar zurück. Beruhigend streichelte sie über den nun makellosen Stoff des seidigen Kleides, das sich eng an ihren Körper schmiegte.

Ausgelassen drehte sie sich im Kreis. Elegant schwang das Kleid um ihre Hüften. Der feine, fast durchsichtige Stoff fühlte sich warm an. Geschmeidig schmeichelte er ihrer Figur. An Saum und Kragen änderte sich die Farbe. Das zarte Weiß wurde zunehmend dunkler, bis es in einem strahlenden Gelb zu leuchten schien.

Verträumt spielte die Dryáde mit ihren Locken, die ihr weit hinab über die Schultern fielen. Die roten Haare verstärkten das Schimmern des aus Schmetterlingen bestehenden Stoffes und brachten die wahre Schönheit des Kleides erst richtig zur Geltung.

Kurz rückte sie den Stirnreif zurecht, der verrutscht war, als sie die Freude überwältigt hatte. Schon vor langer Zeit war der Reif gefertigt worden, dass aus dem rotbraunen Holz ihrer eigenen Kastanie gefertigte Geschenk des Mannes, der sie liebte, seit dem Anbeginn der Zeit.

»Eine Krone für die Dryáde. Ich muss sagen, sie steht dir wirklich gut«, sagte der Homunculus.

Avonlea wusste, dass Lorâan untertrieb, denn es war kaum zu übersehen, dass ihm ihr Anblick den Atem raubte. Aus seinen stechend grünen Augen verfolgte er jede einzelne ihrer Bewegungen. In der Tiefe darin sah sie das brennende Feuer der Leidenschaft, das in hohen Flammen stand. Seine Begierde war so zügellos, dass er unfähig war, sie vor ihr zu verbergen.

Sie hatte Verständnis dafür. Wie für jeden war es auch für ihn zu schwer, ihr zu widerstehen. Anders als das puppenhafte Wesen hatte sie selbst die Welt ihrer Gefühle unter Kontrolle.

Schon seit ewigen Zeiten versuchte sie, ihn zu verführen, doch bislang war es ihr nicht gelungen. Vielleicht war es doch ein Fehler gewesen, dem in magischer Weise erweckten Wesen das Leben zu schenken.

Der Homunculus senkte den Blick, doch die Nymphe erkannte, dass er sie dennoch verstohlen weiter beobachtete und die Augen auf die Spitzen ihrer Brust gerichtet ließ, die sich deutlich unter dem zarten Stoff des Kleides abzeichneten.

Avonlea lächelte ihm aufmunternd zu.

»Möchtest du es einmal anfassen? Es fühlt sich so unglaublich weich an. Ich bin sicher, du hast noch niemals zuvor so etwas Weiches gefühlt.«

»Äh, nein. Danke«, stammelte Lorâan.

»Bist du sicher?« Die Dryáde streichelte sanft über den Stoff an ihren Armen. Sie enthüllte dabei ihre Handgelenke und die aus glatt polierten Wurzeln bestehende Armschiene, die sie an einer Seite trug. Die gezackte Narbe, die sie darunter verbarg, spannte und juckte. Ein klares Anzeichen dafür, dass das Spiel der grünen Himmelslichter schon in Kürze bevorstand.

Avonlea erinnerte sich an den Tag, an dem der Homunculus das Licht der Welt erblickt hatte. Ein dunkles Licht war es gewesen, an einem regnerischen Tag, grau, neblig und mit Wolken verhangen. In hohen Türmen hatten die Wolken den Himmel bedeckt und doch war es ihnen nicht gelungen, das Schauspiel, das der Tag bereithielt, vor den Blicken der Menschen zu verbergen. Hoch oben am Firmament tanzten die Fäden und Bänder aus grünem Licht, blitzten hindurch durch die Wolken und tauchten die Welt in den magischen Glanz, der nur wenigen Epochen der Geschichte vorbehalten war.

Der Schmerz, den sie an jenem Tag erlitten hatte, kehrte zu ihr zurück. Nichts Vergleichbares hatte sie in ihrem Leben erlebt. Mit eigener Hand hatte der Alchemist die stählerne Klinge des Messers sorgsam und scharf geschliffen. Schnell hatte er die Spitze in ihre Haut gedrückt und die Ader der Länge nach gespalten. Hellrot war das Blut daraus hervorgeschossen.

Eine Verletzung, die selbst einer Dryáde wie ihr gefährlich werden konnte. Nur dank der Heilkunst ihres Gefährten hatte sie die Blutung überlebt. Durch eine wohlriechende, nach Kräutern duftenden Salbe und die kunstfertigen Nadelstiche des Alchemisten war die Wunde schnell verheilt. Nur die Narbe war zurückgeblieben, erinnerte sie für immer an den längst fernen Tag des Geschehens.

Die Qualen ihrer Empfindungen waren nur von kurzer Dauer.

Sie fragte sich, ob der Homunculus jemals etwas davon geahnt hatte. Viele Male schon wollte sie ihm offenbaren, wovor sie sich so fürchtete. Ausdrücklich hatte der Alchemist gewünscht, das Geheimnis des Bluts der Nymphe, das durch Lorâans hölzerne Adern floss, bis in die Ewigkeit zu bewahren.

Alles in ihr schrie förmlich danach, sich dem Willen des Alchemisten zu widersetzen, doch sie war nur ein Dryáde, und auch sie war den Göttern nicht gleichgestellt.

Die Gedanken trübten ihre Stimmung. Sie wollte es nicht, und doch war der Drang zu groß, der sie dazu zwang. Viel zu lange hatte sie es aufgeschoben, den Tag der Wahrheit auf spätere Zeiten vertagt. Wie eines ihrer zahmen Rehe scheute sie sich davor. Lorâan war nicht einfältig. Er musste es schon längst geahnt haben. Er ganz alleine hatte die Wahrheit entdeckt. Ihre Aufgabe war es nur, ihm die Gewissheit zu bringen.

Leise begann Avonlea zu singen.

Geboren ward ich aus dem Licht,
mein Liebreiz kennt deine Grenzen nicht.
Den Göttern diene ich seither,
Bäume und Blumen mag ich sehr.
Das Polarlicht tanzt am Himmelszelt,
oh, wie schön ist diese Welt.
Unsterblich wird' ich die Natur beseel'n,
lass' mir von Menschen nichts befehlen.

Der Tag der Freude kommt und geht,
in achthundertdreiundneunzig Jahren wirst Du 's seh'n.
Mond und Sterne leuchten hell,
freu'n sich mit mir über die Welt.

Seit vielen Jahren leb' ich schon,
mach trotzdem weiter, wie gewohnt.
Ich feiere, so oft es geht,
den Gott des Lichts, der mich erwählt.
Er hat mich in diese Welt gebracht,
dankbar bin ich für seine Macht.
Doch folge ich seit Jahren schon
Dem Herrn der Finsternis auf seinem Thron.

Der Tag der Freude kommt und geht,
in achthundertdreiundneunzig Jahren wirst Du 's wieder seh'n.
Mond und Sterne leuchten hell,
freuen sich mit mir über die Welt.

Die letzten Worte der Dryáde waren kaum verstummt, als die Stimme des Homunculus einsetzte. Rau und kehlig, als kämpfte er mit den Beschränkungen seiner künstlich geschaffenen Stimmbänder, erzählte sein Lied von der Geschichte seines Lebens. Anders als die dunkle Stimme der Nymphe klang seine seltsam hell, und doch war Lorâans Gesang geprägt von der gleichen Leidenschaft.

Auch ich erwachte aus dem Schlaf,
an jenem regnerischen Tag.
Aus Holz und Ton ward ich gebor'n,
ich bin des Alchemisten Sohn.
Mein Vater, der war längst bekannt,
doch die Mutter ward bisher nie genannt.
Das Blut einer Nymphe hat mich erweckt,
über Jahre hat sie sich versteckt.

Der Tag der Freude kommt und geht,
doch längst ist es für mich zu spät.
Vermutet hab ich es seit Jahr'n,
nicht länger konnt' sie das Geheimnis bewahren.

Aus dem Blut der Dryáde wurd ich gebor'n,
steh' nun vor ihr als ihr leiblicher Sohn.
Der Herr der Finsternis hat sie erwählt,
das ewige Leben zu spenden, das mich nun quält.

Sie haben mich in diese Welt gebracht,
ausgeliefert war ich der finst'ren Macht.
Ich folge nun seit Jahren schon,
der Finsternis, wie ich 's gewohnt.

Avonlea blinzelte die einzelne Träne weg, die sich in ihrem Auge gebildet hatte. Es war so schön, ihre Schöpfung voller Inbrunst singen zu hören. Auch wenn vieles dagegen sprach, so hatte sie Lorâan doch immer als ihren Sohn betrachtet. Nun wusste er, was seit Jahrhunderten wie ein schwerer Stein auf ihrer Seele gelegen hatte. Niemals hätte sie es für möglich gehalten, dass das Geheimnis so schwer auf ihr lastete. Es war ein unheimlich befreiendes Gefühl, eine Wärme und Zuneigung, die sich in ihrem Inneren ausbreitete und der sie sich nicht entziehen konnte.

Der Homunculus trat zum Fenster und blickte hinaus in die Ferne. Seine Hände spielten mit dem schwenkbaren Fernrohr, das dort mit Hilfe einer kupfernen Schelle am Sims befestigt war.

Avonlea konnte sehen, dass seine Finger zitterten, als er das Instrument zur Beobachtung der Sterne berührte.

»Ich kann verstehen, warum du diesen Raum in den frühen Morgenstunden bevorzugst. Der Ausblick ist wahrlich von ganz erlesener Schönheit.«

Die Dryáde war dankbar, dass er das Thema wechselte und das Wissen um seine Herkunft zumindest für diesen Moment nicht weiter vertiefen wollte. Es war auch so schon schwer genug, die eigenen Gefühle zu kontrollieren.

Avonlea ahnte, dass ihn der Moment der Erkenntnis ebenso aufwühlte wie sie selbst.

»Der Blick auf die Stadt der Lieder ist wirklich herrlich. Besonders an einem sonnigen Tag wie diesem«, sagte sie. »Siehst du die Lichter? Sie müssten bereits erschienen sein. Ein grün schimmerndes Farbenspiel, das die Welt in das Licht des Himmels taucht.«

»Es ist absolut unglaublich. Die Farbe ist so intensiv. Ein strahlendes Band am Himmel. Ich kann sehen, wie es pulsiert. Selbst in meinem langen Leben ist es selten vorgekommen, dass ich ein solches Phänomen mit eigenen Augen bewundern durfte.«

Avonlea gesellte sich zu ihm. Sie vermied es, ihm zu nahe zu kommen, und doch trennte ihre Körper nur ein Fingerbreit. Der vertraute Geruch ihres Kindes stieg in ihre Nase: Lorâan roch nach Holz und Erde und sie bildete sich ein, dass sich der natürliche Geruch seines Körpers mit einer wohlduftenden Note mischte, dem Hauch eines Aromas von entflammtem Holz, kristallinen Salzen und Kaffee.

»Oh, wie sehr ich diesen Tag genieße.«

Der Homunculus antwortete nicht und starrte weiter hinauf zum Himmel, an dem sich das eindrucksvolle Farbenspiel der

Lichter zeigte wie eine mit Fackeln hell erleuchtete Brücke, die den Weg hinüber wies in das ewige Reich der Toten.

»Der Tag der Freude macht mich einfach nur glücklich. Ich kann nur hoffen, dass er dir genauso gefällt wie mir«, sagte Avonlea.

»Es scheint wohl vorbestimmt zu sein.« Lorâan nickte. »Es ist ein besonderer Tag, an dem das Schicksal der Menschen aufs Neue bestimmt wird.«

Die Nymphe fuhr sich mit den Fingern durchs Haar und strich eine Strähne zurück, sodass er einen besseren Blick auf die Gesichtshälfte werfen konnte, die sie für ihre Schönere hielt.

»Ist es kein freudiges Ereignis, das eigene Schicksal zu bestimmen?«

Der Homunculus senkte den Kopf. Seine Gedanken schienen abzuschweifen, denn seine Augen blickten verwirrt ins Leere.

»Tag der Freude, Tag des Schicksals! Was spielt das schon für eine Rolle? Heute Abend werden wir gemeinsam das Schicksal vieler erleben und ich bin sicher, du weißt, dass es der Tag ihres Todes sein wird.« Lorâans Gemüt verfinsterte sich.

»Der Tod gehört zum Leben. Wir alle sind Geschöpfe der Natur.« Avonlea lächelte ihn an. »Der Tod kann uns nichts anhaben.«

»Jahrtausende hast du ihn geliebt. Möchtest du den König nun wirklich unter den Sterbenden sehen?«

»Ich habe ihn geliebt und ich liebe ihn immer noch, doch für ihn ist es an der Zeit zu gehen. Edgar ist frei. Der Bann, der ihn bei mir hält, ist gebrochen.«

»Es muss sehr schmerzhaft sein, die eigene Liebe ziehen zu lassen.« Lorâans Stimme klang aufrichtig besorgt, doch die Dryáde glaubte nicht, dass er es wirklich ernst mit ihr meinte.

Der Homunculus verschob eine der beweglichen, gläsernen Linsen des Fernrohrs und fingerte an den winzigen Rädchen herum, mit denen sich Brennweite und Schärfe justieren ließen. Das Fernrohr war eine technische Meisterleistung. Avonlea wusste, dass Lorâan seit jeher solche Gerätschaften in ganz besonderer Art und Weise faszinierten. Technische Spielereien und Finessen interessierten ihn. Über Jahrhunderte hatte er Wissen wie ein Schwamm förmlich in sich aufgesogen. Sein Verständnis für technische Details war enorm. Obwohl sich Avonlea sicher war, dass er das Fernrohr noch nie zuvor in Händen gehalten hatte, verstand das puppenhafte Wesen doch sofort, wie es zu gebrauchen war.

Lorâan schwenkte das Fernrohr nach rechts, sodass er die Felder und Wiesen in der Ferne erkunden konnte.

»Präzise ausgerichtet nach dem Licht der Sonne. Wahrlich beeindruckend«, sagte er.

Er konnte nur von den Steinkreisen sprechen, deren Überreste mit dem bloßen Auge kaum zu erkennen waren. Gigantische, steinerne Bauwerke aus grauer Vorzeit.

Avonlea legte ihm die Hand auf die Schulter. Die aus Hölzern und Ton geformte Gestalt fühlte sich warm an. Sie spürte die Schläge seines dunklen Herzens und das pulsierende, nymphische Blut, das durch die Adern seines Körpers strömte.

Sie spürte, wie er am ganzen Leibe zitterte. Lorâan versuchte, sich ihrer Berührung zu entziehen, doch sie ließ es nicht zu und strich sanft mit beiden Händen über das dreckige, mehr aus Löchern als Stoff bestehende Hemdchen an seinem Rücken.

»Sind dir meine Berührungen wahrlich so wenig angenehm?« Avonlea schlang die Arme um seine Hüften und drückte sich fest an ihn. Aufreizend rieb sie ihre Schenkel an seiner vor Aufregung zitternden Gestalt. Sein stockender Atem verriet ihr, dass die körperliche Nähe ihre Wirkung nicht verfehlte. Ihre Finger waren seinen Weichteilen so nahe, dass es schon als anrüchig galt. Sie presste ihren Kopf an seinen Hals und flüsterte ihm schamlose Worte ins Ohr.

Wieder versuchte sich der Homunculus ihrer Zuneigung zu entziehen, doch Avonlea verstärkte ihren Griff. Gefangen in ihren Fängen blieb der durch ihr eigenes Blut erschaffenen

Kreatur nichts anderes übrig, als sich den Liebkosungen hinzugeben, die sie ihm zuteilwerden ließ.

»Oh, das fühlt sich gut an. Schade, dass du es nicht in gleicher Weise wie ich genießen kannst.«

»Lass mich los.« Lorâan presste die drei Worte zwischen den Zähnen hervor. Avonlea hörte, wie seine Kieferknochen knackten.

Ihre Hände glitten tiefer. »Wie schamhaft du plötzlich geworden bist.«

»Lass mich los, ich will das nicht«, wiederholte er.

Kurz bevor ihre Finger die intimste Stelle seines Körpers erreichten, tat sie ihm den Gefallen. Avonlea trat zurück und sah, wie sich der Homunculus sofort entspannte. Seine puppenhafte Gestalt straffte sich und doch hatte sie den Eindruck, dass er eher wirkte wie ein weinerliches Mädchen, dem sie zu nahe getreten war.

Lorâan ließ das Fernrohr los, an dem er sich regelrecht festgeklammert hatte, und brachte schnell so viel Abstand zwischen sie, wie es die Enge des Raumes zuließ.

Die Dryáde konnte sich ein Kichern nicht verkneifen.

»Ich wusste gar nicht, dass du dich so zieren kannst. Du bist doch sonst in Liebesdingen ganz gut bewandert. Selbst vor obskuren Praktiken und den blutrünstigsten Handlungen, die man sich nur vorstellen kann, schreckst du für gewöhnlich nicht zurück.«

»Das ist etwas anderes.« Der Homunculus wirkte verlegen.

»Ah, ich verstehe. Ruchlos wie immer, aber wehe es geschähe etwas mit der eigenen Mutter.«

»Selbst für eine Kreatur wie mich wäre dies unverzeihlich.« Erst jetzt schaffte es Lorâan, der Nymphe wieder aufrichtig in die Augen zu sehen.

»Ich bitte dich, übertreibe doch nicht gleich so theatralisch. Nur weil mein Blut durch deine Adern rinnt, habe ich dich doch nicht gleich geboren.« Avonlea lachte und schwang die Hüften. »Außerdem bin ich eine Dryáde«, sagte sie. »Eine

Liebesdienerin, geschaffen von den Göttern selbst, um ihnen gefällig zu sein. Die Verführung ist meine Kunst, ich folge nur dem Ruf meiner Natur. Es ist der Tag der Freude, warum sollte ich mir ausgerechnet heute den Spaß verderben?«

»Verführerisch bist du und manipulativ zugleich. Ich begehrte dich vom ersten Tag und doch wäre es ein Frevel, mich den Gelüsten hinzugeben, die dein Anblick in mir auslöst.« Lorâan sah sie traurig an.

Avonlea erkannte, wie schwer es ihm fallen musste. Er wagte es nicht länger, ihr in die Augen zu sehen, und starrte stattdessen auf einen unsichtbaren Punkt in der Ecke des Raumes.

»Ich werde dich nun verlassen«, sagte er abwesend. »Es wartet noch eine Aufgabe auf mich, der ich mich schon unlängst widmen wollte.«

Die Dryáde antwortete nicht. Es gab nichts weiter zu sagen.

»Du wirst die nächsten Stunden im Palast verbringen, oder?«, fragte Lorâan.

»Vermutlich schon.« Avonlea verstand nicht, was er damit sagen wollte.

»Versprich es mir«, sagte er. Seine Stimme war fest, dunkler und bestimmter als zuvor.

»Ich verspreche es.«

»Gut. Schon bald, wenn das Schicksal es will, werden wir uns wiedersehen.«

Das puppenhafte Wesen schulterte einen unförmigen Rucksack, den es mitgebracht hatte, und warf einen letzten Blick auf die Dryáde, die lächelnd in der Mitte des Raumes den Tag der Freude feierte.

Langsam, als wäre jeder Schritt eine Qual für ihn, trottete er mit hängendem Kopf zur Tür hinaus.

11. Kapitel

In den letzten Augenblicken war es deutlich kühler geworden. Avonlea spürte den kalten Luftzug, der sanft über ihre Unterarme strich. Behutsam, als versuchte er sich an einem zärtlichen Liebesspiel, streichelte der Wind unter den Stoff ihres weißen Kleides und brachte die Ärmel zum Flattern. Ein Schauder lief wohlig über ihren Rücken. Die unbedachte Bewegung ließ das Kleid verrutschen. Die Dryáde kicherte, als sich einige der Schmetterlinge aus der Umklammerung der Kameraden lösten und verzweifelt versuchten, die Blöße mit ihren Flügeln aufs Neue zu bedecken.

Avonlea trat zum Fenster und sah hinaus in die Weite der Gärten, die sich unterhalb des königlichen Palastes erstreckte. Binnen kürzester Zeit hatte sich die Welt verdunkelt. Es war eine sternenklare Nacht. Leuchtend und glitzernd feierten die Sterne den seltenen Tag der Freude. Selbst der Gürtel des Odron, das aus den sieben Sternen der Götter geformte Band, dem es für gewöhnlich an Leuchtkraft mangelte, war heute in seiner ganzen Pracht zu sehen. Keiner der Menschen war mit der besonderen Bedeutung der Sterne im Westen vertraut. Der Einfluss der Göttersterne tauchte die Nacht in ein seltsames Licht, ein silbrig glitzerndes Feuer, das nur an ganz seltenen Tagen die Welt der Menschen mit seinem magischen Glanz erfüllte.

Nicht ein Einziger unter ihnen zeigte sich für die schöpferische Magie der Götter empfänglich. Zu tumb waren die Empfindungen ihrer meist wirren Gedanken. Einfältig wie

Narren hatten sie sich selbst bis an den Rand des Abgrunds gebracht. Schon ruderten sie mit den Armen, um nicht den Halt zu verlieren. Nur ein kleiner Schubs war noch notwendig, eine kurze Berührung. Töricht, wie sie alle waren, würde die Schwärze des Schlundes sie mit Freude empfangen. Schreiend, ihre Unschuld beteuernd, würden sie verschwinden in den abscheulichsten Untiefen der Dunkelheit.

Avonlea verspürte kein Mitleid. Die Menschen hatten es nicht besser verdient. Arrogant, wie sie waren, hatten sie das eigene bittere Ende nicht kommen sehen. Bald schon war es so weit. Pflanzen und Tiere würden die Welt zurückerobern. Für die Menschen blieb kein Platz mehr. Zu lange hatten sie den Frevel an der Natur vorangetrieben, zu lange an einer dümmlichen Lebensweise festgehalten, die der eigenen Natur auf das Schärfste widersprach.

Das Schlimmste dabei war, dass nicht einer von ihnen sich darum scherte. Fehlgeleitet durch einen Mangel an Intelligenz, verbrachten sie ihre Tage mit allerlei geistloser Belanglosigkeiten und der niemals enden wollenden Suche nach dem Sinn des eigenen, verlausten Lebens. Einer Suche, die zu nichts führte. Viel zu weit hatten sie sich vom Leben im Einklang mit der Natur entfernt, um zu begreifen, wie einfach die Antwort auf die gestellte Frage doch war.

Avonlea ließ ihren Blick über die versammelte Menge schweifen. Die Menschen langweilten sie. Nur ein verschwindend geringer Anteil unter ihnen verdiente ihre Aufmerksamkeit. Die Menschen störten ihr natürliches Umfeld. Der Tod einer in ausufernder Einfältigkeit lebenden Spezies war mehr als gerecht.

Dabei schätzte sie die erlesene Schönheit der Schöpfung. Als Nymphe wachte und herrschte sie über den Tod und das Leben und doch, obwohl es nur wenig Gründe dafür gab, hoffte sie insgeheim, dass ein kleiner Teil der Menschen den eigenen Stumpfsinn überleben würde.

Zumindest in dieser Nacht schienen sie einen vernünftigen Grund dafür gefunden zu haben, das Leben zu feiern.

Amüsiert betrachtete Avonlea das bunte Treiben in den Gärten. Alle waren gekommen, warteten auf das große Spektakel, das sich ihnen mit Beginn der Abenddämmerung bieten würde. Die Straßen Rakshores mussten wie leer gefegt sein. Wohin sie auch das Auge richtete, sah sie Menschen jeglichen Alters. Schon seit Stunden waren die Plätze mit erhöhter Sicht belegt. Einige Waghalsige hatten die hohe Mauer erklommen, die die Gartenanlagen des königlichen Palastes umgab, wohlwissend, dass ein unbedachter Schritt den sicheren Tod bedeutete. Die Dryáde wusste, dass es an der Außenseite hunderte Schritte steil nach unten ging. Einen Sturz aus dieser Höhe hätte nicht einmal der Imposanteste unter ihnen überlebt.

Einwohner und Fremdlinge aus den umliegenden Ländereien hatten es sich auf den Wegen gemütlich gemacht. Dicht gedrängt, Körper an Körper, standen sie in den Gärten. Nur wenigen war es gelungen, einen der begehrten Sitzplätze auf Bänken oder Brunnen zu ergattern.

Zur Feier des Tages hatten sich die Menschen besonders hübsch zurechtgemacht. In all ihrer Pracht wurden die teuersten Kleider und ausgefallensten Frisuren zur Schau gestellt. Avonlea lachte über die wallende Lockenpracht und die in allen Farben leuchtenden, ausladenden Hüte der Damen. Teils standen die Menschen so eng, dass sie sich an den intimsten Stellen berührten. Die Dryáde erkannte, dass in nicht wenigen Augen mehr als Leidenschaft für die Musik glomm. Mit blumigen Duftwässerchen versuchten sie, die üblen Ausdünstungen ihrer Körper zu überdecken.

Obwohl sie sich so viel Mühe gaben, half es nichts. Avonlea war froh, dass der liebliche Duft der Sträucher, Bäume und Gräser den erbärmlichen Gestank der Menschen vor ihrer Nase verbarg.

Der Dryáde war die ausgelassene Stimmung der Menschen egal. Sollten sie sich ruhig feiern. Sie wusste, dass sie sich ohnehin schon bald den eigenen Gelüsten hingeben würden.

Längst flossen Bier und Wein in Strömen und so manches mit Branntwein gut gefüllte Gefäß machte die Runde. Es konnte nicht mehr lange dauern, bis auch der Letzte in der fröhlichen Menge alle Hemmungen verlieren würde.

Avonleas Blick richtete sich auf etwas anderes. Zu lange war es in der Menge der Menschen vor ihr verborgen geblieben: die aus metallisch blitzender Bronze gegossene Statue einer Nymphe. Mehrere mannshoch ragte sie aus der Masse der Menschen hervor. Hals und Unterarme waren mit zu Girlanden gebundenen Blüten und Blättern geschmückt. Ein anmutiger Reif aus Kastanienblättern zierte den bronzenen Kopf.

Auch wenn die Statue Avonlea den Rücken kehrte, so erahnte sie doch das Antlitz, das ihr in so schmeichlerischer Art und Weise ähnelte. Die Statue war ein Geschenk der Götter. Mehr als notdürftig verhüllte ein einfaches, aus mehreren Streifen bestehendes grünes Tuch die Blöße ihrer Weiblichkeit.

Viele Jahre hatten hohes Strauchwerk und Bäume das Kunstwerk aus vergangenen Tagen vor den Blicken neugieriger Betrachter verborgen. Nun waren die Sträucher und Bäume verschwunden und die bronzene Statue erstrahlte in einem neuen Glanz, als hätten Abermillionen fleißigster, kleiner Ameisen das Kunstwerk mit ihrer Säure von den Verunreinigungen der Jahrhunderte befreit.

Um die Statue herum hielten die Menschen einen gebührlichen Abstand. Nur ein vereinzeltes Pärchen hatte sich auf die steinernen Stufen verirrt, die zum Grundstein des aus grünem Marmor bestehenden Sockels führten.

Nur wenigen Umstehenden gelang es, den Blick von der elfengleichen Erhabenheit der Nymphe zu lassen. Vergnügt und verlegen zugleich sah die Dryáde wie die Augen der Menschen, verzückt über den makellosen, in Bronze gegossenen Körper wanderten.

Avonlea fühlte das Unbehagen, das der Anblick des Abbilds ihrer selbst in ihr auslöste. Sie hatte es niemals verstanden, doch schon immer war es schmerzhaft gewesen, der eigenen Vollkommenheit ansichtig zu werden. Dabei war sie es selbst, die dafür verantwortlich war, dass die Statue für jeden sichtbar und im neuen Glanz erstrahlte. Voller Freude hatten sich die Büsche und Bäume, die sie jahrhundertelang umwuchert hatten, zurückgezogen, genau so, wie sie es ihnen aufgetragen hatte.

Ein letztes Geschenk von ihr an den scheidenden König. Am Tage seines Todes hatte sie ihm den Wunsch erfüllt, den er so lange gehegt hatte. Es war schon erstaunlich, was der Tag der Freude so alles bewirkte.

Avonlea konnte sich ein Lächeln nicht verkneifen. Die Befreiung der Statue vom Staub der Jahrhunderte war alles, was sie selbst zum großen Spektakel beigetragen hatte. Genau wie die versammelte Menge der Menschen unter ihr wartete sie ungeduldig darauf, was der König und die fahrende Musikantentruppe für die heutige Krönungszeremonie ausgeheckt hatten. Die Spannung war kaum zu ertragen. Aufgeregt unterhielt sich die versammelte Menge der Menschen und wartete sehnsüchtig auf den Beginn der Zeremonie und die ausgerufenen neuen Könige. Das rauschende Meer an Stimmen war zu einem unverständlichen Schwall geworden, den die Dryáde mit Leichtigkeit aus den eigenen Gedanken verbannte. Obwohl die Menge der Zuschauer lauthals schwatzte, drang nur das kaum vernehmliche Geräusch geruhsamer Stille an ihre Ohren.

Fahles Licht des Mondes fiel auf die imposante Bühne, die am gegenüberliegenden Ende der Gärten von vielen helfenden Händen errichtet worden war.

Mehr als drei, auf den Schultern der anderen stehenden Männer hätten die bronzene Statue der Nymphe nicht überragt, doch deren Größe übertraf nicht einmal annähernd die Höhe der Aufbauten, die wallende, schwarze Tücher vor den Augen der Menge verbargen. Die Tücher waren noch schwärzer als die Nacht und wirkten, als wäre ein einziger riesenhafter Vorhang vor der Bühne zugezogen worden. Avonlea konnte nur erahnen, wie viele Nadelstiche notwendig gewesen waren, um die Tücher zu einem einzigen, großen Stück zu verknüpfen. Schwarz war eine seltene Farbe. Jeder noch so kleine, mit Wolfstrapp und Erlenrinde gefärbte Fetzen der Stadt musste dafür Verwendung gefunden haben.

Avonlea konnte nicht erkennen, woran der Vorhang befestigt war. Wie von unsichtbaren Fäden gehalten, hingen die Tücher in der Luft und verdeckten den Großteil der aus schweren Wurzelholzbalken und Brettern errichteten Bühne. Die emporragenden Aufbauten dahinter lagen im dichten Nebel. Die Dryáde konnte die weißlichen Schwaden sehen, die jenseits der Tücher in die Höhe stiegen und sich mit den Wolken des Himmels mischten. Die Bühne lag im völligen Dunkel, doch Avonlea wusste, dass ihre Ausgestaltung mehr als gewaltig sein musste. Seit der erste Grundstein gelegt worden war, hatte ganz Rakshore, nichts Ähnliches gesehen.

Nur eine aus schweren Holzdielen gezimmerte Plattform und ein langer Steg in der Mitte blieb von den Tüchern unbedeckt. Die Estrade war gerade so hoch, dass ein Mensch mit gestreckten Fingern mit Mühe die obere Kante der Konstruktion erreichen konnte. Zwei mächtige, mit filigranen Gravuren verzierte, kupferne Schalen ruhten auf rußgeschwärzten Dreifüßen und flankierten den Steg von beiden Seiten. Sie ragten weniger als einen Schritt über die Bühne hinaus und waren so groß, dass ein Riese seine Hände daran wärmen konnte. Berge von Pechkohle türmten sich darin.

Avonlea schätzte, dass die Köhler der Umgebung einen ganzen Monat dafür geschuftet hatten, um die Schalen mit ihrer Arbeit zu füllen. Die gesamten eingelagerten Vorräte der Stadt mussten von den Musikanten aufgekauft worden sein, doch bislang hatte noch niemand die Kohlebecken entzündet.

»So, hast du dein Versteck endlich verlassen. Du möchtest wohl auch besser sehen können?« Avonlea lächelte und streichelte mit der Hand über den Rücken des wandelnden

Blattes, das aus ihren Haaren bis zum Vorsprung des Fensters geklettert war, und dort angekommen, die Deckflügel in freudiger Erwartung spreizte.

»Keine Sorge, ich denke, es wird gleich so weit sein.« Die Dryáde sprach leise und beruhigte das Tier, das ihr schon so lange als treue Gefährtin diente.

Sie fragte sich, was just in diesem Moment ihre Freundin aus dem sicheren Unterschlupf gelockt hatte. Um so vieles besser und vielfältiger waren die Sinne der Tiere als jene der Menschen. Das wandelnde Blatt musste etwas gespürt haben. Eine leichte Erschütterung?

Avonlea neigte den Kopf und lauschte. Unversehens rauschte der Ton in ihren Ohren. Erst jetzt, als das Geräusch in ihren Verstand drang, erkannte sie, dass ihr Unterbewusstsein den langanhaltenden Klang schon seit geraumer Zeit wahrgenommen hatte.

Der Ton wurde beständig lauter, steigerte mehr und mehr die Intensität.

Avonlea konnte sich nicht erklären, wodurch er entstanden war. Er war einfach da. Kein Musikant war zu sehen, und selbst wenn, hätte sie nicht gewusst, welches Instrument dazu im Stande war, einen so durchdringenden Ton hervorzubringen. Es war ein Klang wie aus einer anderen Welt, melodiös und einförmig zugleich.

Auch ihr Gehör schien besser zu sein als jenes der Menschen. Erst jetzt reckten diese in ähnlich verblüffter Weise, beeindruckt von der Vehemenz des eindringlichen Klanges, die Köpfe nach der noch immer in schwarzer Dunkelheit liegenden Bühne.

Noch immer steigerte der Ton maßlos seine Intensität, als hätte ein begnadeter Spieler einen einzelnen Ton angeschlagen und diesen mit immer stärker werdender Kraftanstrengung auf seinem unsichtbaren Instrument gehalten.

Der Musikant änderte die Tonhöhe, nur um danach sofort wieder zum altbekannten Ton zurückzukehren. Er verweilte dabei nicht lange und erzeugte eine unfassbar schöne Klangfolge, die mehrmals in Perfektion wiederkehrte. Er erzeugte atmosphärisch warme Klänge, die sich in weiten Wellen über die Gärten ausbreiteten. Passend zu den wundersamen Tönen zeigten sich die magischen Lichter der Sterne über den hohen Aufbauten der Bühne. Selbst in der Schwärze der Nacht strahlten grüne Sternenbänder deutlich erkennbar am Himmel.

Immer wenn sich die gespenstisch leuchtenden Bänder bewegten, veränderte der unsichtbare Spieler den Ton seines Instruments, als würde er dem Tanz der Lichter mit seinem Spiel in wundersamer Weise folgen.

Waren die Klänge bislang sehr hell gewesen, so mischten sich nun auch dunklere Töne in das außergewöhnliche Spiel.

Für einen Moment schloss Avonlea die Augen. Die Klänge, die an ihre Ohren drangen, waren so schön, dass sie meinte, mit den leuchtenden Bändern in die Weite des Himmels zu entfliehen. Ein interessanter Gedanke. In ihrer Vorstellung ließ sie das irdische Diesseits hinter sich. In wundersamer Weise flog sie mit den Wolken davon, schwebte hoch in die Lüfte, bis zu den Sternen, die friedlich am Firmament in ihrem glitzernden Licht erstrahlten.

Die Dryáde riss die Augen auf. Avonlea stockte der Atem, als ein zweites Instrument einsetzte. Wieder war es nur ein einzelner Ton, der sie entsetzt von seinem Ausmaß aufhorchen ließ. Genau wie die versammelte Menge der Menschen unter ihr ließ er sie sprachlos zurück. Mit offenen Mündern standen sie alle da. Wie gebannt starrten Menschen und Nymphe zur Bühne, als der angeschlagene Ton die Luft in Fetzen riss.

Der Klang, den ein anderer Musikant erzeugt hatte, war so gewaltig laut, dass er die Zwerchfelle der Zuhörer zum Schwingen brachte.

Avonlea bemerkte, wie ihre Sehnen und Knochen vor Ehrfurcht erzitterten. Niemals zuvor hatte sie etwas Derartiges gehört. Niemals hätte sie es für möglich gehalten, dass ein einzeln angeschlagener Ton eine solche Intensität erreichen konnte.

Es konnte nicht anders sein: Die Töne mussten magischen Ursprungs sein, doch selbst sie, ein göttliches Wesen aus grauer Vorzeit, wusste nicht, wer oder was dazu im Stande war, sie in dieser eindrucksvollen Art und Weise zu erzeugen.

Der neue Ton war noch nicht verklungen. Nach wie vor hing er lautstark in der Luft und schallte über die königlichen Gärten hinweg. Avonlea fragte sich, ob das menschliche Gehör die Intensität des Schalls unbeschadet überstehen konnte. Dieses Mal konnte sie dem wundersamen Ton ein Instrument zuordnen. Es musste eine Laute gewesen sein, deren Saite angeschlagen worden war. Schon oft hatte sie virtuose Spielmänner auf dem königlichsten aller Instrumente ihre Künste vorführen hören, doch niemals hätte sie es für möglich gehalten, dass eine einzelne Saite solch einen übernatürlichen Klang erzeugen konnte, der bis in die hintersten Reihen der Gärten in voller Lautstärke zu hören war.

Avonlea spürte, wie ihr die magischen Klänge den kalten Schweiß auf die Stirn trieben. Die Töne waren ein fantastisch erschreckendes Erlebnis. Völlig fasziniert konnte sie nicht glauben, welche Wellen an Gefühlen bereits die ersten Klänge in ihrem Körper hervorriefen. Selbst wenn ihre Knochen bersten würden unter der Lautstärke der Geräusche, die auf sie eindrangen, konnte sie es nicht erwarten, mehr von ihnen zu hören.

Die Dryáde bemerkte die Veränderung als Erste. Zunächst war es nur ein grünes Schimmern, dann eine in magischem Grün leuchtende Feuerspur aus Pfeilen, die, brennend durch die Luft geschossen, ihre Schäfte tief in die schwarzen Berge aus Kohle versenkten. Schneller als sie es erwartet hatte, standen die kupfernen Schalen in lodernden Flammen. Helles Feuer tauchte die noch immer im Nebel liegende Bühne in ein gespenstisches Licht. Die glühenden Flammen strahlten eine schneidende Kälte aus, die das Mark in den Knochen der Zuschauer gefrieren ließ, und doch spürte Avonlea die sengende Hitze der brennenden Feuer, die über die Gärten hinweg, bis zu ihr herüber schlug und an ihren Wangen brannte.

Der Dryáde stockte der Atem, als die Gluthitze ihr so unversehens entgegenschlug. Sie spürte die Angst der Schmetterlinge, die sich furchtsam zusammendrängten und versuchten, die geschmeidig feuchten Flügel nicht vertrocknen zu lassen, wodurch sich das Kleid der Nymphe an der Hüfte wie ein Mieder noch enger an ihren Körper schnürte und ihr die Luft raubte.

Avonlea strich beruhigend über die Rückenflügel der Tiere. Nur die erste Welle der Hitze war von eigenartiger Intensität gewesen. Zurück blieb eine wohltuende Wärme, die ihr eine vornehme Röte ins Gesicht trieb. Die Zärtlichkeiten ihrer Finger zeigten Wirkung. Die Enge um ihre Hüfte lockerte sich, was ihr das Atmen deutlich erleichterte.

Ein junges Mädchen war aus dem Nebel auf der Bühne getreten. Avonlea hatte nicht wahrgenommen, woher es gekommen war. Mutterseelenallein stand das Kind in der Mitte der Estrade. Das Mädchen hatte noch nicht viele Winter erlebt. Strähnen langen braunen Haares fielen ihm weit hinab bis über die Schultern. Die Strähnen glänzten in merkwürdig hellen und dunklen Farben. Das schulterfreie weiße Kleid, das die Kleine trug, endete in einem silbernen Reif oberhalb ihrer Knie, viel zu unzüchtig für ein Kind ihres Alters. Enganliegende, lederne Stiefeletten bedeckten ihre sonst nackten Beine.

Die Flammen der Kohlebecken zauberten ein geheimnisvolles grünes Licht auf ihre Wangen und Schultern.

Die Hitze, die ihr von den kupfernen Schalen entgegenschlug, schien ihr nichts anzuhaben.

Trotz ihres jungen Alters strahlte sie eine Anmut und Grazie aus, die viele der nobelsten und edelsten Damen in den Schatten stellte. Aufrecht, wie eine Kerze in die Länge gezogen, stand sie da. Die Augen weit geöffnet, schweifte ihr stechender Blick über die Menge der Menschen. Der Blick der Kleinen streifte Männer wie Frauen und es gab niemanden, der ihm länger als einen Wimpernschlag lang standhalten konnte.

Avonlea zerdrückte eine Träne in ihrem Augenwinkel. Das junge Mädchen zeigte eine unbeugsame Willenskraft, die sie nicht einmal dem stärksten aller Soldaten zugetraut hätte.

Die Dryáde wusste, warum: Die Kleine hatte nichts mehr zu verlieren. Deutlich erkennbar stand das Zeichen des Todes über ihr. Was hätte Schlimmeres ihr je widerfahren können?

Die Töne der noch immer unsichtbaren Musikanten fanden zur Ruhe, wechselten zu einer zarten Melodie, die sich sogleich eindrucksvoll in das Herz der Zuhörer brannte.

Leise, aber deutlich vernehmbar setzte die Stimme des Mädchens ein. Die Unterarme der Dryáde kribbelten, als das Kind die einfühlsame Stimme erhob. Avonlea war von dem Gesang so ergriffen, dass sich die feinen Härchen an ihren Armen aufstellten.

Die Stimme des Kindes klang so wunderschön. Rau und warm, wie nur ein junges Mädchen singen konnte, dessen Jugend noch in weiter Ferne lag.

Unbeschwert, mit einer Stimme wie ein ungeschliffener Diamant, gab das Kind sein Allerbestes, verzauberte die versammelte Menge mit seinem feinfühligen Gesang.

Wohin Avonlea auch sah, starrte sie in verblüffte Gesichter. Jeder, selbst der letzte Taugenichts, lauschte den wunderbaren Worten und Klängen, die dem Mund des Mädchens volltönend entwichen.

Das Schwarze in mir, das gedeiht.
Schon längst bin ich dem Licht enteilt.
Das Leben war zu kurz für mich,
der Schmerz dafür ganz fürchterlich.
Seit Jahren schon willst du mich hol'n.
Schon längst hab' ich den Kampf verlor'n.

Bleich wie Kreide steh' ich hier,
wann endlich holst du mich zu dir?

Schwarze Knochen, schwarzes Haar,
ganz langsam zähl' ich jedes Schaf,
bis mich die Nacht zur Ruhe bringt,
und du das Lied des Todes singst.

Geh, lieber Tod, ich bitte dich,
seit Jahren wart' ich schon auf dich.

Erwachsen werden sollt' ich nie.
Nieder sank ich auf die Knie.
Im Leben hat' ich nur Verdruss,
doch nun ist endlich damit Schluss.
Seit Jahren schon wollt'st du mich hol'n.
Schon längst hatt' ich den Kampf verlor'n.

Bleich wie Kreide steh' ich hier,
wann endlich holst du mich zu dir?

Schwarze Knochen, schwarzes Haar,
ganz langsam zähl' ich jedes Schaf,
bis mich die Nacht zur Ruhe bringt,
und du das Lied des Todes singst.

Geh, lieber Tod, bitte hole mich,
seit jeher wart' ich schon auf dich.

Geschwärzt sind Knochen und mein Blut,
in mir brennt die vergiftet Glut.
Das Sterben hatt' ich nie im Sinn,
bin doch nicht mehr noch als ein Kind.
Seit Jahren schon willst du mich hol'n.
Schon längst hab' ich den Kampf verlor'n.

Bleich wie Kreide steh' ich hier,
wann endlich holst du mich zu dir?

Schwarze Knochen, schwarzes Haar,
ganz langsam zähl' ich jedes Schaf,
bis mich die Nacht zur Ruhe bringt,
und du das Lied des Todes singst.

Geh, lieber Tod, bitte hole mich,
seit jeher wart' ich schon auf dich.

Die Welt lass' ich nun hinter mir,
nun holst du mich endlich zu dir.
Ich danke euch für all die Zeit,
die ich mit euch hab' hier geteilt.
Seit Jahren schon wollt'st du mich hol'n.
Schon längst hatt' ich den Kampf verlor'n.

Die Schwärze lass' ich hinter mir,
ich gehe in das Licht dafür.

Schwarze Knochen, schwarzes Haar,
ganz langsam zähl' ich jedes Schaf,
bis mich die Nacht zur Ruhe bringt,
und du das Lied des Todes singst.

Geh, lieber Tod, komm nun zu mir,
ich sehne mich so sehr nach dir.

Dein silbrig Haar schon spüre ich,
sanft streichelt es über mein Gesicht.
Der Tod empfängt mich mit Bedacht,
das Leben hat mich krank gemacht.
Seit Jahren schon willst du mich hol'n.
Schon längst hab' ich den Kampf verlor'n.

Die Schwärze lass' ich hinter mir,
ich gehe in das Licht dafür.

Schwarze Knochen, schwarzes Haar,
ganz langsam zähl' ich jedes Schaf,
bis mich die Nacht zur Ruhe bringt,
und du das Lied des Todes singst.

Geh, lieber Tod, komm nun zu mir,
ich sehne mich so sehr nach dir.

Avonlea spürte sie schon, bevor die fremde Hand sich an ihre Wange schmiegte und die behandschuhten Finger liebevoll eine Strähne ihres hellroten Haares hinter ihr Ohr strichen. Es war ihr noch nie geglückt, sich seiner geheimnisvollen Anziehung zu erwehren.

Ein heißer Schauder lief über ihren Rücken, als der unverwechselbare, markante Geruch des Herrn der Finsternis tief in ihre Nase stieg. Eine herbe Duftnote, die sie fast verrückt werden ließ. Das verführerische Aroma war so stark, dass es ihr die Sinne raubte. Seit dem Anbeginn der Zeit an sein magisches Band gefesselt, konnte sie nicht anders, als dem Herrn mit Haut und Haar in wilder, zügelloser Begierde zu verfallen.

Die Dryáde legte ihre Finger in seine weit geöffnete Hand. Ungeduldig, voller Dankbarkeit und Demut führte er sie weiter hinab. Sanft strichen sie über Hals und Schultern, immer weiter hinunter, bis sie die weichen Rundungen erreichten und die Finger des Herrn der Finsternis ihr die Befriedigung schenkten, nach der sie sich so sehnte.

Avonlea fühlte keine Scham. Ihre Haut brannte wie Feuer, als die Hand des Herrn sich ihrer Weiblichkeit bemächtigte.

Eine salzige Träne rann über ihre Wange und benetzte ihren Mund. Sie konnte nicht sagen, ob es die Traurigkeit des Liedes oder die Freude über die ungebändigten Gefühle war, die sie in ihrer Ekstase übermannte.

»Du hast also doch an mich gedacht?« Es war mehr eine Feststellung als eine Frage. Die zärtlichen Bewegungen seiner Finger entlockten ihr ein leises Stöhnen.

»Wie könnte ich den Tag der Freude vergessen? Habe ich ihn jemals versäumt?« Seine dunkle Stimme klang süß in ihren Ohren. Erst vor wenigen Tagen war er fortgegangen und doch hatte sie ihn schrecklich stark vermisst.

»Und meine Schwester?«

»Wie du sicher weißt, verlässt Drykaria nur selten ihr kleines Reich. Ihr beide könntet verschiedener nicht sein.«

Avonlea nickte und legte den Kopf mit den lockigen Haaren an die wärmende Brust des Herrn. Genau wie ihre Schwester wusste auch die Dryáde, dass er schon im Morgengrauen zu ihr zurückkehren würde. Seit Jahrtausenden liebte er die Nymphen. Schon vor langer Zeit war die quälende Eifersucht zu einem ewigwährenden Wettstreit zweier Rivalinnen geworden, den keine je zu ihren Gunsten entscheiden konnte.

»Welch ein lieblicher Gesang«, flüsterte Avonlea. Seine freie Hand schloss sich um die Knöchel ihrer Finger. Sie wusste, dass sie stark sein musste. Die zarten Berührungen gaben ihr die Kraft, die sie brauchte.

Der Herr der Finsternis antwortete nicht. Schon immer war er kein Freund vieler Worte gewesen. Die Dryáde zeigte für seine einsilbige Art Verständnis. Was gab es auch schon zu sagen? Ewigwährend nahm alles den unbeugsamen Lauf des Lebens.

Die Stimme des jungen Mädchens, die noch immer an ihre Ohren drang, war so verzaubernd schön. Die Kleine war eine wahre Meisterin des Gesangs. Nur ein von Natur aus gegebenes Talent war dazu bestimmt, die tiefgehenden Gefühle in den Menschen hervorzurufen, die über Avonlea und die Menge der Zuschauer hereinbrachen und jeden einzelnen von ihnen überwältigten. Nur die Wenigsten verstanden, wie genial einfach es war, schallend laute und leise gehauchte Töne zu mischen, und wem dies in einem einzigen Atemzug gelang, betörte die Zuhörer mit einer Stimmgewalt, die ihresgleichen suchte.

Die Dryáde bemerkte, wie sich die Haltung des Herrn der Finsternis veränderte. Sie spürte seine Anspannung. Sie kannte ihn lange genug, dass sie wusste, dass es ihn innerlich zerriss. Keine Seele konnte ihm entrinnen, doch selbst für ihn gab es Momente, in denen er hasste, was er war. Ein schwerer Atemzug zeugte davon, dass er sich auf den bevorstehenden Tod gefasst machte.

Nun konnte es nicht mehr lange dauern. Die Knöchel ihrer Finger schmerzten, als er den Druck seiner Hand erhöhte.

Eine befremdliche Welle tiefster Traurigkeit wogte durch Avonleas Körper.

»Der Tod ist mein ständiger Begleiter«, wisperte die Dryáde. Wie viele Sprösslinge hatten ihr junges Leben im hohen Schattenwuchs der Bäume gelassen, noch bevor die warme Jahreszeit vorüber war? Wie todbringend und listenreich war der Fuchs, der das Ei aus dem Nest der Vögel stibitzte, noch bevor ein flaumiger Piepmatz, all seiner Kraft beraubt, daraus empor schlüpfte? Wie kurz war das Leben der Raupen, die nicht mehr als das Stadium der Larve erreichten und als Leckerbissen im Leib eines Käfers endeten?

Sie hatte den Tod schon oft gesehen. Warum war es gerade das traurige Schicksal des jungen Mädchens, das sie so sehr berührte?

Wie sollte sie den Tod des Jahrtausende alten Königs verkraften, wenn sie das Ableben eines sterblichen Mädchens schon so sehr quälte?

Hatten nicht alle Menschen den Tod verdient?

Avonlea standen Tränen in den Augen, als sie den scharfen Blick des Herrn der Finsternis suchte, der ihr beschwichtigend über den Kopf strich.

»Der Tod ist das Leben«, sagte er ruhig. »Es gibt nichts, was du dagegen tun könntest.«

Die Dryáde blickte in fragend an. »Wer trifft die Entscheidung? Wer gebietet über den Tod und das Leben?«

Der Herr der Finsternis schenkte ihr ein gütiges Lächeln. Mitleidig, als sei sie ein kleines Kind, schüttelte er den Kopf.

Bedächtig, als wählte er seine Worte sorgsam, sprach er weiter: »So ist nun einmal die Welt. Das Wunder des Lebens kann nicht jedem zuteilwerden. Niemand kann den Lauf der Dinge beeinflussen. Das Rad der Zeit, es dreht sich. Das Schicksal eines jeden ist längst vorherbestimmt.«

»Ich kann nicht länger hinsehen«, sagte die Dryáde und vergrub den Kopf an seinen Schultern.

Lauter noch als zuvor drang die Stimme des Kindes an ihr Ohr.

In vielen Jahren sag' ich willkommen hier,
dann kommt auch ihr zurück zu mir.
Ich sitze dann seit Jahren schon,
zu des Todes Füßen auf seinem Thron.

Die Schwärze lass' ich jetzt hinter mir,
ich gehe in das Licht dafür.

Die letzten Worte hallten durch die Gärten. Avonlea wusste, was nun geschehen würde. Fest drückte sie den Kopf an die Ellenbeuge ihres Geliebten. Gleich war es so weit.

Die Dryáde spürte die plötzliche Anspannung, die von seinem Körper ausging und sich wie eine Bogensehne löste. Fest ballte sie die Fäuste zusammen. Eine letzte, heiße Träne kullerte über ihre Wange. Dann, so schlagartig wie die Traurigkeit sie übermannt hatte, war es vorbei und Avonlea erahnte, warum der Tod zu ihr gekommen war.

12. Kapitel

Myraida zog den Dolch zurück. Der Stich war schnell ausgeführt und präzise. Die schlanke, geschwungene Klinge hatte ihr Ziel nicht verfehlt. In aller Heimlichkeit waren Rhania und die Herumtreiberin auf die Bühne geschlichen. Wie ein Schatten waren sie aus dem dichten Nebel aufgetaucht. Die Menge war so erstaunt, dass sie erst jetzt in lautstarken Jubel ausbrach, als sie die mit bunten Bändern geschmückten Haarschöpfe der beiden Musikerinnen erkannten.

Bevor die Kleine zusammensackte, gab Myraida der Baroness das vereinbarte Zeichen. Gemeinsam hoben sie das Mädchen hoch, ehe jemand den blutroten Fleck erkennen konnte, der langsam größer wurde und den Rücken des blütenweißen Kleides in etwas Feuchtklebriges verwandelte, das Ekel und Unbehagen in Myraida auslöste, als ihre Finger es ertasteten.

Unauffällig ließ sie den Dolch verschwinden.

Selbst im Tod leuchtete die wächsern wirkende Haut des Mädchens in einem grünlichen Schimmer. Die Kleine war wirklich ein Glücksgriff gewesen. Die Herumtreiberin musste zugeben, dass sie eine hübschere Gesangsstimme besaß als sie selbst. In einer abgelegenen Bauernkate hatte Beregrend das Mädchen eher zufällig entdeckt und das naturgegebene Talent der Kleinen sofort erkannt. Schon in ihren jungen Jahren erzeugten ihre Stimmbänder Schwingungen, die nur wenigen richtig hochbegabten Menschen vorbehalten waren, von der Stimmfülle ganz zu schweigen. Nur ganz kurz hatte der Elf ihr eine neue Atemtechnik gezeigt und das Mädchen hatte diese neue Erfahrung sofort gemeistert und zu nutzen gewusst. Myraida verfügte selbst über ein magisch anmutendes Talent, doch was hätte sie alles dafür gegeben, um so singen zu können, wie das Kind, das viel zu früh des Lebens beraubt in ihren ausgestreckten Armen lag.

Zu schade, dass es schon jetzt vorbei war. Myraida hätte der Kleinen noch ein langes Leben vergönnt, doch felsenfest entschlossen hatte der unaufhaltsame Sog des Todes, der sie in ihrem dämonischen Leben stets begleitete, sie zu ihr geführt.

Der noch immer warme Körper des Mädchens war schwerer als erwartet, glitschig vom Blut drohte er ihnen aus den Händen zu gleiten. Myraida sah, wie Rhania das Gesicht verzog, als der rote Lebenssaft ihre Hände besudelte und ein großer dunkler Tropfen zu Boden viel. Schnell trugen sie das Mädchen zum hinteren Teil der Bühne, wo sie es liebevoll auf eine aus Wurzelholz geformte Bank betteten.

Myraida lächelte der Baroness aufmunternd zu, als diese dafür Sorge trug, dass die Haare der Kleinen, ordentlich auf der Bank ausgebreitet lagen.

Ihr heimtückisches Vorgehen hatte nicht länger als ein paar wenige Atemzüge gedauert. Während all dessen spielte noch immer tief klingende Musik.

Die Herumtreiberin sah kurz zu den beiden baumähnlichen Schraten, die sich nicht nur für den Aufbau der gesamten Bühne verantwortlich zeigten, sondern den Auftritt der Musikanten nun auch gekonnt mit einer Vielzahl an Instrumenten unterstützten. Einer von ihnen drückte abwechselnd auf eine ganze Reihe aus hellem Holz gefertigte Tasten, die in eine hölzerne Konstruktion eingelassen und mit dünnen, flatternden Fäden verbunden waren. Der andere stand nur wenige Schritte dahinter, mit Ästen und Zweigen bewegte er mehrere Bänder, die dunkle, schnarrende Geräusche entstehen ließen.

Myraida hatte Derufin und den König dabei beobachtet, wie sie die aus Leder- und Stoffstreifen bestehenden Bänder aufgewickelt und an hölzernen Riemen befestigt hatten. Aus einfacheren Mitteln hätte man keine Instrumente fertigen können. Myraida erinnerten die Bänder an eine Reihe gespannter Bögen. In unterschiedlichen Längen standen sie etwas abseits an der Seite der Bühne. Eine gewisse Körperkraft war von Vorteil, wenn man die Größeren anspielen wollte. Der Schrat jedoch zupfte mit Leichtigkeit an ihnen, wie sie amüsiert feststellte. Er war es, der für die ganz tiefen Töne sorgte, die niemals verstummten und donnernd wie ein Gewittersturm über die Reihen der Zuhörer hinwegfegten.

Die Herumtreiberin warf einen letzten Blick auf das Mädchen. Die bösartige Krankheit in ihr war bereits weit fortgeschritten. Schon vor Tagen hatte sie das Zeichen des Todes an ihr bemerkt. Sie hatte darum gefleht, ihr noch Aufschub zu gewähren, und nur auf ihr Bitten hin hatte der Herr der Finsternis bis zu jenem Moment gewartet. Nun, schon in wenigen Augenblicken würde das letzte Urteil über sie vollstreckt werden.

Myraida schüttelte die kupferfarbenen Locken. Dies alles war nur der Anfang. Ein außergewöhnlicher Auftakt, zugegeben, doch nun war es an der Zeit, die Menge in wilde Ekstase zu versetzen.

Noch immer waberten dichte, weiße Schwaden über die Bühne. Aus den Schatten reichte ihr Derufin ihre neueste Errungenschaft. Der ehemalige Dieb warf ihr einen kühnen Blick zu. Schamlos wanderten seine Augen über ihre Hüften und Beine.

Viel zu lange hatte er sie nicht mehr so angesehen. Myraida schenkte ihm ein schelmisches Lächeln. Schon bald würden ihm, genau wie allen anderen, schier die Augen aus dem Kopf fallen.

Liebevoll tätschelten ihre Finger den glatten Korpus des gläsernen Instruments, das nun in ihren Händen ruhte. Die edle Fidel war ein Geschenk von Master Zerberus und, bis auf Griffbrett und Hals aus reinem Glas gefertigt. Wie all ihre Instrumente leuchtete es im magisch grünen Schein elfischen Feuers. Der weißbärtige alte Zausel hatte es sich nicht nehmen lassen: Gleich nachdem er von ihrem Auftritt in den Gärten der Stadt der Lieder erfahren hatte, war er, wie von Geisterhand gezaubert, vor ihr gestanden. Eingewickelt in ein fein gewebtes Tuch, hatte er ihr sein seltenstes Stück anvertraut.

Der alte Händler hatte wahrlich nicht zu viel versprochen. Die gläserne Fidel war mit sieben, statt fünf weißen Saiten bespannt, der Klang des wundervollen Instruments einzigartig.

Myraida wusste nicht, wie sie sich bei Master Zerberus erkenntlich zeigen sollte. Es war ein wahrlich meisterhaftes Geschenk. Sie hatte gefühlt, wie stolz der alte Händler auf das Musikinstrument war. Fraglos war es ihm schwergefallen, es aus der Hand zu geben.

Auch wenn es ihm keinen Trost spenden würde, sie würde es hüten wie einen Schatz.

Langsam und mit wiegenden Hüften schritt sie zur Mitte der Bühne. Als Frau verfügte sie über jenen sechsten Sinn, der ihr ermöglichte, die bewundernden Blicke Derufins in ihrem Rücken zu spüren, die unverfroren über ihren Körper hinab zu den runden Backen ihres Gesäßes wanderten.

Myraida setzte die gläserne Fidel an die Schulter. Sie hielt den mit glänzendem Pferdehaar bespannten Bogen locker in der Hand und zupfte mit Kuppen und Nägel der freien Finger an den Saiten. Eine ungestüme Folge dunkler Töne war zu hören.

Aus den Augenwinkeln sah sie, wie Rhania mit ihrer Laute den Platz an ihrer Seite einnahm. Genau wie sie trug die Baroness ein kurzes, weit ausgeschnittenes Kleid. Der seidene Stoff war so dünn, dass sich die Reize der Weiblichkeit darunter deutlich abzeichneten.

Myraida kam sich halbnackt vor, doch sie liebte das Kleid, dessen enger Schnitt ihre Beine so hervorragend betonte.

Die Herumtreiberin hörte, wie die Menge tobte, als die beiden Frauen die Mitte der Bühne eroberten. Ausgelassen feierten sie die zur Schau gestellte Freizügigkeit, dabei war sich Myraida sicher, dass die Zuschauer gar nicht so viel davon erkennen konnten. Die Entfernung zur Bühne war einfach viel zu groß.

Ein freches Grinsen huschte über das Gesicht der rotgelockten Schönheit. Die Einwohner der Stadt waren ihr völlig egal. Wichtig war nur Derufin, und wie sich eben gezeigt hatte, war es ihr endlich gelungen, die Lethargie seiner Seele zu durchdringen.

Sie tauschte einen kurzen Blick mit Rhania, wobei ihre Augen etwas zu lange auf dem Ansatz ihrer Brüste ruhten, deren samtweichen Seiten sich in ihrem Ausschnitt zeigten.

Derufin hin oder her, sie musste sich eingestehen, dass auch die Baroness über Reize verfügte, die sie in flammende Erregung versetzten.

Myraida spürte die Wärme, die sich in ihrem Körper ausbreitete und eine sattrote Farbe auf ihre Wangen zauberte. Erregt zu sein, war nicht gerade das Schlechteste, wenn man Zehntausende von Menschen mit seinem Spiel begeistern wollte.

Alle Gedanken waren zu Ende gebracht und Myraida entschied, dass genau dies der richtige Moment war.

Mit wilden Bewegungen ließ sie den Bogen über die Saiten der Fidel fliegen und zauberte damit wunderschöne Klänge, die sich langanhaltend wie flaumige Wölkchen in die Lüfte erhoben.

Rhania schrammte mit ihren Nägeln über die Saiten, als gäbe es kein Halten mehr. Die Töne verwebten sich zu einem malerisch schönen Klangteppich, über den Beregrend sein helles Flötenspiel legte. Der Elf war seitlich aus den Schatten der Bühnenaufbauten getreten und hatte sich zu den beiden Damen gesellt, die nicht nur wie in Trance gefangen spielten, sondern zusätzlich aufreizend die Hüften schwingen ließen.

Die Flöte des Elfen setzte Akzente an den genau richtigen Stellen des Musikstücks. Schwungvoll vollführten auch die Töne von Myraidas Fidel einen magisch anmutenden Tanz. Völlig ungezügelt erklommen sie die wildesten Höhen, sodass die Zuhörer meinten, die Trommelfelle der Ohren würden freudvoll zerreißen.

Als die Instrumente ihre Klänge in wahrer Vollendung vermischten, setzte Derufin ein. Mit beiden Füßen trat der Trommler auf die stählernen Platten, mit denen er dank der Hebelwirkung riesenhafte Schlägel betätigte. In schneller Folge wirbelte er mit Stöcken über die Felle von mehr als zwei Dutzend Schlaginstrumenten, die er in mühevoller Arbeit passgenau für seinen Körper in einem Halbkreis angeordnet hatte.

Die einsetzenden Instrumente der Baumschrate blieben im Hintergrund, und doch war jeder einzelne Ton, den sie spielten, an der genau richtigen Stelle platziert.

Dann ging alles sehr schnell: Myraida hatte nur darauf gewartet und bewunderte die Präzision, mit der Derufin und der König die komplizierte Mechanik ausgeklügelt hatten, die der ehemalige Dieb nun bediente.

Ein einziger Hebel reichte aus. Ein seitlicher Fußtritt des Trommlers löste die aus Kettengliedern geformte Vorrichtung. Die Musik war so laut, dass das dumpfe Rattern ineinandergreifender Zahnräder kaum zu hören war. Die schwarzen Tücher, die bis zu jenem Moment die Bühnenaufbauten im Verborgenen gehalten hatten, fielen rauschend zu Boden. Bereitstehende, helfende Hände zerrten sie schnell nach hinten und ließen sie in der Dunkelheit verschwinden.

Die Menge der Zuhörer staunte.

Myraida musste ein Kichern unterdrücken, als sie die offenen Münder der Menschen in den ersten Reihen erblickte. Waren gerade noch Wellen von Bewegungen unter den Zuschauern erkennbar gewesen, so kamen diese nun zum Stillstand. Ungläubig und voller Faszination starrten die

Bewohner der Stadt der Lieder regungslos auf das, was ihnen nun dargeboten wurde.

Die Herumtreiberin konnte es ihnen nicht verdenken. Der Bühnenaufbau war gigantisch. Alles, was bislang im Dunklen gelegen hatte, war nun enthüllt. Wie ein kleiner Berg ragte die knöcherne Büste eines Dämons in der Mitte der Bühne nach oben. Spitzzulaufende Hörner zierten die Stirn seines gewaltigen Schädels. An der rechten Seite klaffte ein riesenhaftes Loch, die Knochen waren gesplittert. Dunkelrotes, verkrustetes Blut klebte an den Teilen des Schädels, die nach innen gedrückt worden waren. Die breite Klinge einer silbrig glitzernden, doppelschneidigen Axt war in die Wunde hineingefahren und hatte den Kopf des Dämons gespalten. Ein langer, gezackter Riss an der Schläfe ließ erahnen, mit welcher Wucht die Waffe geführt worden war. Nur ein Gott wäre im Stande dazu gewesen, die titanenhafte Axt zu schwingen.

Derufin saß auf einer hölzernen Plattform über den Augenhöhlen, auf der ein ganzes Sammelsurium an Trommeln, Schellen und bronzenen, tellerartigen Scheiben angeordnet worden war. Mit wilden Schlägen zeigte er sein ganzes Können.

Wenige Schritte vor der knöchernen Büste bohrten sich die gigantischen Arme des Dämons aus den Brettern der Bühne. Die monströsen Hände waren von Ruß und Asche geschwärzt, als hätten sie kürzlich das Lagerfeuer eines Riesen gelöscht. In den Handtellern ruhten die verlassenen Gehäuse schwarzer Meeresschnecken, die so groß waren, dass es sich nur um Bewohner der urzeitlichen Fluten handeln konnte. Die dunklen Gehäuse waren in ein grünes Leuchten getaucht: Magisches Feuer flackerte in den ovalen Öffnungen.

Myraida staunte über die mysteriöse Wirkung der urzeitlichen Tiere. Selbst sie war von der enormen Wucht der Töne überwältigt, die von den Gehäusen der Meeresschnecken erzeugt wurden. Die Herumtreiberin wusste nicht, wie, doch in übernatürlicher Weise verstärkten sie die Instrumente der

Musikanten um ein Vielfaches. Bis in den letzten Winkel der Gärten waren die Melodien der Spielleute zu hören, die mit einem unheimlichen Echo aus den dunklen Gehäusen dröhnten.

Noch gespenstischer als der Schädel des Dämons war der in grünen Flammen stehende Name der Musikantengruppe, der in silbernen Lettern auf einem riesenhaften, schwarzgrauen Tuch prangte. Zum Schriftzug der *Erben der Ewigkeit* hatte sich eine silberne Krone gesellt. Hohe Flammen lodernden Feuers züngelten über die gesamte Tuchfläche, verliehen Schrift und Krone einen magischen Glanz und doch brannten sie nicht das kleinste Loch hinein.

An den Seiten der Bühne führten verwinkelte Treppen nach oben und unten, sodass die Musikanten ihre Plätze wechseln konnten. Das Seltsamste jedoch war das wildgewachsene Dickicht aus jungen Bäumen und Sträuchern, das sich bis weit hinter die Bühne erstreckte. Unzählige kletternde Arten wie Blauregen, Efeu und wilder Wein hatten ihre Ranken an jede freie Stelle der Bühnenaufbauten geschlagen und umwucherten nun das Holz mit Blüten und Blättern. Auch wenn es nur langsam voranging, so war doch deutlich, zu erkennen, dass sich Wurzeln, Ranken und Äste fortwährend bewegten. Die Pflanzenwelt war am Leben. Unaufhörlich und mit großem Eifer gestaltete sie die Bühne nach ihrem Belieben.

Wenn Myraida sich anstrengte, konnte sie das leise Wispern und Rascheln hören, das durch die wuselnden Bewegungen der Pflanzen an ihre Ohren drang. Auch die Wurzeln und Ranken der Natur verfügten über eine außergewöhnliche Gabe, denn die wispernden Töne harmonierten in brillanter Art und Weise mit der lautstarken Musik, die weithin bis über die Stadtgrenzen hinaus zu hören war.

Die gaffende Masse der Zuschauer stand noch immer still, zu verblüfft, um die überwältigenden Eindrücke zu verarbeiten, die ihr von den Musikanten geboten wurden.

Die Herumtreiberin spielte eine schnelle Abfolge an Tönen und zog danach den Bogen waghalsig über die Saiten. Mit dem Daumen drückte sie diese nach unten, sodass der letzte Ton erstarb. Sie hatten es lange geprobt. Auch die anderen Musikanten ließen die Töne abreißen.

Ohne jede Vorwarnung donnerte die doppelschneidige Axt mit einem ohrenbetäubenden Schlag wie ein monströses Fallbeil nach unten. Das Holz unter Myraidas Füßen zitterte. Wäre sie nicht darauf vorbereitet gewesen, hätte sie der Aufprall der heruntersausenden Waffe von den Beinen geholt.

Die Herumtreiberin hörte, wie die Zuschauer erschrocken die Luft einsogen.

Myraida drehte sich um und wartete gespannt darauf, was weiter geschah. Gerade noch rechtzeitig, wie sich zeigte.

Die Klinge der Axt hatte das knöcherne Maul des dämonischen Kopfs geöffnet. Die obere Hälfte der silbrig leuchtenden Schneide war deutlich zu erkennen. Langsam rutsche der nun kopflose Körper des jungen Kindes, der noch immer auf der aus Wurzelholz gefertigten Bank ruhte, nach hinten und verschwand in der Schwärze der Bühne, hinter der magisch leuchtendes grünes Feuer glühte.

Myraida war sich darüber im Klaren, dass die Kleine nichts von alldem gespürt hatte. Kurz nach ihrem Stich in die Mitte des Herzens war alles Leben aus dem Mädchen gewichen.

Die Herumtreiberin wusste nicht genau, wie, doch jemand oder etwas zog die schwere Axt zurück in ihre Ausgangsposition. Es musste ein ausgeklügelter Mechanismus aus Seilen und Hebeln sein, denn selbst den beiden Schraten hätte sie nicht eine derartige Körperkraft zugetraut.

Myraida war beeindruckt. Die Axt hatte ihre Wirkung auf die Menge nicht verfehlt. Ihr Blick fiel auf die stählerne Stange, die an der Seite der Bühne auf zwei massiven Füßen über einem länglichen Kohlebecken ruhte. Die Stange erinnerte sie an einen der langen Spieße, an denen Wirtsleute und Metzger für gewöhnlich einjährige Ferkel grillten.

Als hätte es jemand in Gedanken entzündet, flammte grünes Feuer auf, das sich schnell über den gesamten Verlauf des Beckens ausbreitete. Wie von Zauberhand erschien das blutige Herz des Mädchens, das sich langsam auf dem Spieß drehte und über dem magischen Feuer von allen Seiten goldbraun geröstet wurde.

Myraida hörte das Knistern der Flammen. Der Geruch verbrannten Fleisches strömte in ihre Nase. Appetitlich aufgespießt hing das Herz in groben Fetzen. Gewaltsam war es aus dem jungen Körper gerissen worden. Niemand hatte sich die Mühe gemacht, das gezackte Röhrengewebe zu entfernen, aus dem noch immer unter lautem Zischen rotes Blut ins Feuer tropfte.

Die Herumtreiberin wollte keine Zeit verlieren und sah hinauf zu Derufin. Der Abend war noch jung, die Bewohner Rakshores durften nicht zu früh ins Nachdenken geraten.

Der ehemalige Dieb schien ähnlich zu denken. Er stieß ein furchterregendes Lachen aus und mächtiger und lauter als zuvor kehrte sein Trommelspiel zurück.

Hatte er gerade noch schnelle Schlagfolgen gespielt, so wechselte er nun zu einem einfachen, sich ständig wiederholenden Rhythmus.

Myraida grinste breit, als sie sah, wie die Bewohner der Stadt langsam aus ihrer Starre erwachten. Der Schrecken, der sich eben noch ereignet hatte, schien bereits vergessen, denn anfeuerndes Klatschen und laute Rufe drangen zu ihr nach oben.

Wieder einmal bewahrheitete sich, was sie längst wusste: Je widerwärtiger das Schauspiel, desto enthusiastischer wurden die Zuschauer, die es verfolgten.

Wie einfach es doch war, eine riesige Menge an Menschen zu begeistern. Derufins Trommelschläge waren präzise. Ein lautstarkes Wummern dröhnte durch die Nacht, garniert mit gespenstisch kreischenden Klängen, die er durch einen gepeitschten Schlag auf die bronzenen Scheiben erzeugte.

Musik kunstvoll zu gestalten, war so einfach. Auch sie folgte den unumstößlichen, mathematischen Regeln der Natur und nichts war wertvoller als die Stille der Pausen, die der Komposition den erforderlichen Raum gaben, der von den Zuhörern mit ihren intimsten Gedanken und Gefühlen gefüllt werden konnte.

Die Herumtreiberin wusste, wie Musik für die Massen funktionierte. Die gesungenen Texte durften nicht zu anspruchsvoll sein, das Thema eher einfältig und nicht zu komplex.

Nun ja, heruntergebrochen auf das Wesentliche, war das Lied, das sie spielten, wohl weder das eine noch das andere. Worin lag wohl sonst der Sinn des Lebens?

Myraida setzte den mit Pferdehaar bespannten Bogen erneut an, als ihre Fidel an der Reihe war. Der Tod war der Menge noch nicht genug. Mal sehen, was sie davon halten würden.

Sie spielte, drehte sich im Kreis, warf ihre langen Beine abwechselnd hoch in die Luft und zwinkerte Beregrend zu, der mit seiner tiefen, erdigen Stimme zu singen begann:

Dämonische Gören reichen uns den Wein.
Sie sagen, es wird unser letzter sein.

Schon nach den ersten Zeilen hatte der Elf die Menge der Zuschauer in den Bann gezogen. Kein Wunder, selbst die Herumtreiberin traute ihren Augen und Ohren nicht. Noch nie hatte sie Beregrend mit einer solchen Inbrunst singen hören. Dem noch nicht genug, setzte er jedes Wort des Textes mit theatralischem Mienenspiel in Szene.

Derufins treibender Rhythmus brachte die Menschen dazu, sich zu bewegen. Es war eine rauschende Welle, die durch die Menge wogte. Einer hatte damit angefangen und schon nach kurzer Zeit hüpften sie alle, begleitet von lauten Rufen und Schreien, im Einklang der wunderbar einfachen Musik.

Myraida war nicht erstaunt, als sie erkannte, dass die Bewegungen der vielen Menschen im richtigen Takt erfolgten. Sie folgten einfach den Klängen der Natur, einem harmonischen Gefühl, das sie seit dem Anbeginn der Zeit begleitete. Vielleicht hatten die Menschen doch noch nicht verlernt, das Leben im Sinne ihres Schöpfers zu führen.

Lautstark tönte Beregrends Stimme durch die Gärten des königlichen Palastes.

Wir trinken, bis die Welt verschwimmt,
und jeder sich die Lieblingsgöre nimmt.

Myraida hörte das Wispern und Rascheln der Wurzeln unter ihren Füßen. Mehrere sich schlängelnde Ranken durchdrangen das Holz der Bühne. Die Herumtreiberin störte sich nicht daran, denn sie wusste, was als Nächstes geschehen würde. Ein leises Rumpeln, als würden Seile und schwere Mechaniken bewegt, kündigte die aus edlen Hölzern bestehenden, mit Blättern und Ranken bewachsenen Gitter an, die durch die Kraft der Wurzeln aus dem Untergrund der Bühne an die Oberfläche befördert wurden.

Das plötzliche Erscheinen der Gitter hatte die Menschen bereits beeindruckt, doch nun blickten sie sprachlos auf die vier jungen Frauen, die mit dünnen Seilen an die hölzernen Gitterstäbe gebunden waren. Zerschlissene, grüne Büßerhemdchen, lederne Riemen und kurze Stiefel waren die einzige Bekleidung, die sie trugen.

Der fadenscheinige Stoff der Hemden war so dünn, dass sich die intimsten Stellen darunter deutlich abzeichneten.

Wie wild gewordene Katzen räkelten sie sich lasziv an den Gittern, als würden sie es genießen, an einen Schandpfahl gebunden die Ehrenstrafe für ihr anrüchiges Leben zu erhalten.

Ranken und Wurzeln leckten genüsslich an ihren nackten Beinen, nutzten den löchrigen Fetzen aus, den sie trugen, und bemächtigten sich ihrer jugendlichen Körper.

Myraida hatte gewusst, dass es junge Frauen gab, die ihre Reize und Weiblichkeit gerne zur Schau stellten, doch mit dem Andrang auf den Aufruf der Musikanten hatte selbst sie nicht gerechnet. So viele hatten sich bereit erklärt, tänzerisch an dem musikalischen Spektakel in schamloser Weise mitzuwirken, dass sie nicht nur die Hübschesten unter ihnen ausgewählt, sondern Hunderte netter junger Damen vertrösten mussten.

Sie sah, wie Beregrend zu einer der Frauen trat, die gerade das Bein gestreckt und in einer beherzten Bewegung in gerader Linie bis an das Ohr gehoben hatte.

Der Elf fasste die Tänzerin um die Hüften und wartete, bis sich ihr Körper eng an ihn geschmiegt hatte. Eine Flut blonder Locken ergoss sich über seinen Rücken, als die junge Frau aus eigener Kraft aus ihren Fesseln schlüpfte, die Arme um ihn schlang und ihm einen leidenschaftlichen Kuss auf die Wange drückte.

Beregrend zitterte vor Erregung, als er die Strophe weitersang.

Heiße Küsse spüren wir auf der Haut.
Bis sogar der Letzte an die Liebe glaubt.
Warme Hände wandern zu der Brust,
denn mit dem Wein, da kommt auch die Lust.

Dämonengören, die liebe ich,
denn ich küsse gerne ihr Gesicht.

Kommt mit mir zu den Dämonengören.
Sie werden unsere Wünsche sicher gut erhören.
Dämonengören!
Dämonengören!
Dämonengören, die liebe ich!

Die Menge tobte. Myraida hörte, wie sie den einprägsamen Text lauthals mit grölte. Unterdessen hatten sich auch die anderen Tänzerinnen aus ihren Fesseln befreit. Orgiastisch die

Hüften schwingend, versammelten sie sich in der Mitte der Bühne. Myraida trat ein wenig beiseite, damit die Bewohner der Stadt die bis auf die fadenscheinigen Hemden unbekleideten Frauen besser sehen konnten. Mit wilden Drehungen und Verrenkungen tanzten sie zur Musik und warfen nicht nur den jungen Männern verrückte, doppeldeutige Blicke zu.

Die Herumtreiberin bewunderte sowohl die Eleganz und Anmut ihrer Bewegungen als auch die ungenierte Hemmungslosigkeit, die sie dabei an den Tag legten. Der Tanz erinnerte sie an ein verzücktes Hexentreiben voller Wollust und Leidenschaft. Eine von ihnen kroch und rutschte ungezügelt über die Bühne, während eine andere sich vor Beregrend setzte und frivol die Beine spreizte. Beiläufig tätschelte der Elf ihre Brust, was sie nicht zu stören schien. Der verheißungsvolle Blick, den sie ihm zuwarf, trieb selbst der Herumtreiberin die Schamesröte ins Gesicht. Ihre Finger suchten sich den Weg hinauf zu seinen Hüften. Liebevoll tasteten sie über die Verschnürung seiner Hose.

Die Tänzerinnen beherrschten ihr Handwerk. Auch wenn schnell der Schweiß auf ihren Stirnen stand, war es bestimmt nicht das erste Mal, dass sie sich vor fremden Männern ihrer Leidenschaft hingaben.

Von zwei grünen Dornenranken gehalten, senkte sich ein schwarzer Ring aus der Dunkelheit über ihren Köpfen. Eine rotblonde Tänzerin griff nach dem Ring und ließ sich von den Ranken nach oben ziehen. Sinnlich räkelte sie sich in den luftigen Höhen, zog eine zweite der Schönheiten zu sich nach oben und gemeinsam vollführten sie die waghalsigste Akrobatik, die Myraida in ihrem Leben gesehen hatte.

Die beiden Frauen kamen sich ganz nah, streichelten über den Körper der jeweils anderen und verfielen in einen leidenschaftlichen Kuss.

Die anderen Tänzerinnen blieben nicht untätig. Irgendwoher hatten sie dünne Stäbchen geholt, an denen bunte Bänder flatterten. Magisches Feuer loderte an den Enden der langen Bänder, die von den jungen Frauen gekonnt zu Schlaufen und Spiralen gedreht wurden. Nur auf dem Ballen eines einzelnen Fußes stehend, vollführten sie beeindruckend schnelle Pirouetten. Wild und sinnlich wirbelten sie herum, vollführten waghalsige Spagatsprünge, drehten sich hierhin und dorthin und achteten darauf, dass die Bänder bei ihrem Tanz niemals unbewegt blieben oder gar schlaff zu Boden fielen.

Die Zuschauer zeigten sich begeistert von ihrer Darbietung. Fasziniert starrten sie auf die Tänzerinnen, die sich in so lasterhafter Weise präsentierten. Johlend feuerte die tobende Menge die beiden an. Einige Männer randalierten in den ersten Reihen und versuchten, vor den brennenden Kohlebecken auf die Bühne zu klettern. Schreiend und fluchend taumelten sie zurück, als sie der heftigen Hitze des magischen Feuers gewahr wurden.

Myraida konnte die Brandblasen auf ihren Gesichtern erkennen, die sie sich bei dem Versuch zugezogen hatten.

Es war an der Zeit, die Gemüter ein wenig zu beruhigen. Sie gab den anderen Frauen ein verstecktes Zeichen und gemeinsam mit Myraida und Rhania stimmten die Tänzerinnen ein und untermalten den anzüglichen Text des Liedes mit ihrem Gesang.

Dämonische Gören reichen uns das Bier,
doch nicht zum Saufen sind wir alle hier.
Wir wollen die Mädchen, die wie verrückt,
für uns tanzen, ganz verzückt.
Heiße Küsse spüren wir auf den Wangen,
das steigert stets unser Verlangen.
Die Glut des Feuers brennt in unseren Lenden,
hoch hebt den Krug, dann können wir es vollenden.

Dämonengören, die liebe ich,
denn ich küss' gern nicht nur ihr Gesicht.

Kommt mit mir zu den Dämonengören.
Sie werden unsere Wünsche sicher gut erhören.
Dämonengören!
Dämonengören!
Dämonengören, die liebe ich!

Dämonische Gören reichen mir den Dolch,
so als wär' ich ein gemeiner Strolch.
Sie können von mir alles haben,
sogar an meinem Leben können sie sich laben.
Begierig starre ich auf ihre Beine.
Oh, ich wär' so gern mit ihnen alleine.
Wildes Feuer haben sie in mir entfacht,
die letzte Nacht hab' ich schon hier verbracht.

Vor den nächsten Textzeilen hielt Beregrend inne. Myraida sah, wie er die Hand hob und sie bedächtig nach unten wippte.

Sie verstand sofort und senkte die Lautstärke ihres Spiels. Mit sachten Bewegungen glitt der Bogen weich über die Saiten ihres Instruments. Die anderen Musikanten schienen auch aufmerksam gewesen zu sein, denn sie folgten ihrem Beispiel.

Beregrend formte die Hände zu einem Trichter und rief über die Köpfe der Menge hinweg: »Ich will euch hören!«

Die Herumtreiberin bewunderte das feine Gespür des Elfen. Sie hatte es nicht bemerkt, doch jetzt, da Beregrend das Publikum mit einband, erkannte auch sie, dass die ausgelassene Stimmung der Menschen kurz zuvor ein wenig eingebrochen war.

Die Tänzerinnen gaben ihr Bestes und wendeten den Zuschauern den Rücken zu. Unter tosendem Beifall und lautstarkem Gejohle der Männer reckten sie ihnen die wackelnden Hinterteile entgegen.

Ein melodischer Chor aus Stimmen schlug Myraida aus den Gartenanlagen entgegen.

Dämonengören, die liebe ich,
denn ich küsse gerne ihr Gesicht.

Kommt mit mir zu den Dämonengören.
Sie werden unsere Wünsche sicher gut erhören.
Dämonengören!
Dämonengören!
Dämonengören, die liebe ich!

Beregrend applaudierte der Menge. Myraida konnte sich ein Grinsen nicht verkneifen, als er sich verbeugte.

»Wollt ihr noch mehr?«, fragte der Elf. Tosender Applaus war die Antwort.

Beregrend zeigte auf die Menge, die sich bis weit in die Ferne vor ihm erstreckte.

»Zeigt euch, ihr dämonischen Gören!« Der Elf brüllte aus Leibeskräften.

Für einen kurzen Moment überkam Myraida ein trauriges Gefühl, als sie an Jeldarik dachte. Früher hatte der Bettelritter die Führung ihrer Gruppe auf der Bühne übernommen, aber nun war er für immer tot und begraben. Erst jetzt wurde ihr bewusst, dass Beregrend seine Rolle eingenommen hatte.

Fasziniert starrte sie auf die jungen Mädchen in den ersten Reihen. Ein paar stramme Kerle hatten ihre Gefährtinnen auf die Schultern genommen und diese schrien und kreischten wie verrückt, als sie sich vor der versammelten Menge entblößten. Davon angestachelt rissen sich viele der Umstehenden die Kleider vom Leib und wackelten wie wild gewordene Gänse mit den Brüsten. Wildfremde Menschen fielen sich in die Arme und benetzten ihre Gesichter mit ekstatischen Küssen.

Myraida sah hingerissen dabei zu, wie die Menschen den Trieben ihrer Erregung freien Lauf ließen.

Nur zu gerne hätte sie sich selbst den Freuden der Lust hingegeben.

Wie einfach es doch war. Seit jeher suchte die Menschheit nach der Antwort auf die wichtigste aller Fragen, nach dem Sinn, der sie in diese Welt getragen hatte.

Jetzt, in genau diesem Augenblick wurde er jedem gewahr. Alles war dem einen Gedanken unterworfen, das Streben nach Zufriedenheit, Macht und Reichtum nur ein vorgeschobenes Argument. Heute, zu dieser Stunde, konnte jeder sehen, wonach sich auch der Letzte von ihnen wirklich sehnte.

Beregrend stieß ein lustvolles Gegacker aus. »Oh ja«, sagte er. »Das ist gut, in der Stadt der Lieder sprudelt die Quelle der dämonischen Gören!«

Zwei Tänzerinnen hakten sich bei ihm unter. Lange Beine schlängelten sich um seinen Körper. Myraida sah, wie er sich genüsslich über die Lippen leckte und seine Hände über die Körper der Frauen gleiten ließ. Seine Nasenflügel zitterten, als er den Duft der Tänzerinnen einsog.

Sie kannte den Elfen lange genug, um zu erkennen, dass er nur mit ihnen spielte. Beregrend begehrte keine menschlichen Frauen. Es war keine Leidenschaft, die in seinen Augen glänzte, sondern die unauslöschbare Gier nach dem Blut ihrer Herzen.

Der Elf hielt den Blick abwechselnd auf die Brüste der tanzenden Gören gerichtet, die sie ihm anzüglich unter die Augen hielten.

Ein glückseliges Lächeln zuckte um seine Mundwinkel, als er die nächste Strophe des Liedes begann.

Dämonische Gören reichen mir das Gift,
das schon so reichlich aus meinen Adern trieft.
Ich nehm' mir das, was mir gefällt,
dabei fühle ich mich nicht wie ein Held.
Meine Triebe zwingen mich dazu,
die Dämonenmädchen kennen kein Tabu.
Liebe und Macht geht in einem her,
ich setze mich noch nicht einmal zur Wehr.

Dämonengören, die liebe ich,
denn ich küss' gern nicht nur ihr Gesicht.

Kommt mit mir zu den Dämonengören.
Sie werden unsere Wünsche sicher gut erhören.
Dämonengören!
Dämonengören!
Dämonengören, die liebe ich!

Die Menge tobte wie von Sinnen. Myraida wunderte sich, dass den berauschten Menschen nicht wie einer Meute von Hunden der Geifer aus dem Mund tropfte.

Beregrend setzte zu den letzten Zeilen ihres Liedes an. Er sang langsamer als zuvor, zog die Worte in die Länge. Der Elf zeigte sein ganzes Können. Immer neue Höhen erklomm seine Stimme, wurde lauter und wieder leiser, wie nur ein wahrhaft meisterlicher Sänger es vermochte.

Dämonengören!
Dämonengören!
Dämonengören, die hassen mich!

Myraidas Blick wanderte hinauf zum ehemaligen Dieb. Derufin verfiel in eine ungebändigte Folge von Trommelschlägen. Unfassbar schnell wirbelten die Hände über seine Instrumente. Er überkreuzte die Arme, brachte dieses und jenes zum Klingen, bis ein lauter, an einen Donnerschlag erinnernder Knall das Lied beendete.

Myraida ließ die gläserne Fidel verstummen. Die Musik war so laut gewesen, dass die eintretende Stille zum Geräusch wurde.

Für einen kurzen Moment hielt sie inne und genoss, die Ruhe, die sich wie ein samtweiches Tuch über ihr Gemüt legte.

Freudig winkten die Tänzerinnen der Menge zum Abschied zu. Langsam, als wollten sie ihre Opfer nicht verschrecken, näherte sich ihnen eine Reihe feiner Wurzeln und Ranken. Begleitet von einem kaum hörbaren Wispern, krochen sie wie grünbraune Schlangen über den Boden. Zärtlich liebkosend leckten sie an ihren Füßen und Beinen.

In den letzten Tagen hatte Myraida die unglaubliche Kraft der Natur schon oftmals erlebt. Mit bewundernswerter Leichtigkeit bemächtigte sie sich der Tänzerinnen. Dünne Ranken schnürten sich um ihre Gelenke. Liebevoll umspielten die Spitzen feinster Wurzeln ihre Körper.

Schneller als zuvor streichelten die Wurzeln hinauf, umhüllten Beine und Hüften der vier Frauen, bis sie schließlich ihre Köpfe erreichten und auch die letzten freien Stellen unter einem Dickicht aus Blättern und Zweigen verschwunden waren.

Myraida erschauderte, als sie das vertraute Kribbeln, freudiger Erregung in ihrem Nacken spürte. Wie beiläufig strich sie über das hölzerne Band an ihrem Handgelenk. Es strahlte eine angenehme Wärme aus. Eine Erinnerung flutete in ihr Bewusstsein. Die tiefste Befriedigung, die sie selbst einst durch die Liebkosungen der Wurzeln erfahren hatte, stahl sich zurück in die Welt ihrer Gedanken.

Die Herumtreiberin wusste um das Schicksal, das die Tänzerinnen ereilen würde.

Sie sah hinüber zu dem Herz des jungen Mädchens, das noch immer an der Stange über den magischen Flammen schmorte. Voller Vorfreude wartete sie auf die blutigen, zerfransten Organe, die nur wenig später wie von Geisterhand erschienen. Der Geruch starken Alkohols wehte zu ihr herüber. Herausgerissen aus den Leibern der Tänzerinnen waren sie auf der sich drehenden Stange aufgereiht und warteten darauf, von der grünen Feuersbrunst flambiert zu werden.

Myraida lächelte. Für sie würde das eigentliche Fest erst nach dem Konzert beginnen. Sie begrüßte das Hochgefühl, das sich in ihrem Körper ausbreitete. Eine Empfindung, die sie immer befiel, wenn das Zeichen des Todes zugegen war. Keinesfalls würde sie sich den Gaumenschmaus entgehen lassen.

Es war nur schade um die hübschen jungen Dinger. Auserwählt zu werden aus einer Vielzahl an Schönheiten, war es vielleicht doch nicht das Beste gewesen, was ihnen hatte widerfahren können.

Myraida wandte sich ab. Die brennenden Herzen der Tänzerinnen konnten warten, obwohl sie nicht leugnen konnte, dass ihr schon jetzt das Wasser im Munde zusammenlief.

Erneut setzte sie den mit Pferdehaar bespannten Bogen an und ließ eine fröhliche, muntere Melodie erschallen.

Und die Stadt der Lieder dankte es ihr.

13. Kapitel

Loråan konnte die Aufregung spüren. Sein Herzschlag beschleunigte sich wie wild, als sein Körper Lebenssäfte durch die künstlichen Adern pumpte. Das wummernde Pochen seines Herzens war so laut, dass er meinte, es musste auch auf der Bühne noch deutlich vernehmbar zu hören sein. Wie ein Blitz fuhr die Erregung in seine Lenden und er konnte endlich spüren, wie sich die Mitte seiner speckigen Hose spannte. Eine stattliche Wölbung zeichnete sich ab, die noch größer wurde, als er beschloss, einen weiteren Blick durch die Löcher zu riskieren, durch die er die Tänzerinnen schon seit geraumer Zeit bei ihrem ekstatischen Spiel beobachtete.

Direkt über ihm zelebrierten sie ihren erotischen Tanz, während die Musikanten das euphorisch jubelnde Publikum mit ihrem Spiel in regelrechtes Erstaunen versetzten.

Die Wurzeln und Ranken der Nymphe hatten ganze Arbeit geleistet. Binnen weniger Stunden hatten sie eine gewaltige Bühne erschaffen. Wäre er nicht zu sehr abgelenkt gewesen, hätte er gesehen, wie die Natur unterhalb der Bühnenaufbauten immer wieder aufs Neue ihre Stränge untereinander verwebte. Loråan kannte das leise Wispern der feinen Wurzelspitzen nur zu gut und wusste, wozu nur die Natur alleine im Stande war. Voller Liebe und Zuneigung hatten ihn die Wurzeln als einen der ihren begrüßt. Liebkosend hatten sie ihn in ihrem Reich unterhalb der Bühnenbretter willkommen geheißen. Es hatte eben auch gewisse Vorzüge, der Sohn einer leibhaftigen Dryáde zu sein. Der Bereich unterhalb der Bühne erstreckte sich viele Schritte weit in alle Richtungen und die Kammer, die sich darunter gebildet hatte, war gerade hoch genug, dass der Homunculus darin, wenn auch in seiner typischen leicht gebeugten Haltung, stehen konnte. Überall um ihn herum sprühte das pflanzliche Leben voller Energie.

Lorâan dankte seinem Schöpfer, dass die Wurzeln ihre Arbeit nicht in absoluter Perfektion verrichteten. Durch viele kleine Öffnungen und Löcher im Boden waren die Musikanten und Tänzerinnen, die der tobenden Menge ihre Künste darboten, deutlich zu erkennen, und doch blieb er selbst als heimlicher Beobachter des Konzerts von allen unentdeckt.

Nur zwei Handbreit weiter entdeckte der Homunculus einen engen Spalt, durch den er die wilden Verrenkungen der Tänzerinnen noch besser sehen konnte. Seinem puppenhaften Körper entwich ein dumpfes Stöhnen, als er seine Position zu Gunsten einer besseren Aussicht veränderte. Die Erregung seiner Lenden behinderte seine Bewegungen und einmal stieß er einen spitzen Pfiff aus, als der Druck in der Mitte seines Körpers so groß wurde, dass er meinte, die schon fast abgerissenen Knöpfe seiner Hose würden nachgeben, die lockere Schnürung entrollen und entfalten, was bisher mit Mühe im Zaum gehalten wurde.

Tropfen heißen Schweißes standen auf seiner Stirn, als er erkannte, wie wichtig der Wechsel seines Standorts gewesen war. Aus stechend grünen Augen starrte er auf die intimste Stelle der rotgelockten Tänzerin, die sich direkt über ihm auf der Bühne in verführerischer Art und Weise räkelte. Das junge Mädchen war so nah, dass er die feinen Härchen zwischen ihren Schenkeln sehen konnte. Ein verlockender Duft strömte in seine Nase. Wären die Bretter zwischen ihnen nicht gewesen, hätte er die Tänzerin mit seiner Zunge in ekstatische Verzückung versetzen können.

Der Homunculus genoss den Anblick der intimsten Stellen der rotgelockten Schönheit, und doch erwischte er sich dabei, wie er seine Augen auf das hübsche Gesicht richtete, das anzüglich zur Menge der vor Freude johlenden Zuschauer lächelte.

Lorâan wusste, warum sein Blick zu den aufreizend schönen, geschwungenen Lippen der Tänzerin wanderte.

Viel zu oft hatten die Menschen kein Gespür für die wahre Schönheit der eigenen Natur. Nur zu gerne hätte er die makellose Haut der Wangen mit seinen Fingern erkundet. Was hätte er alles dafür gegeben, in den dunklen Augen der Tänzerin zu versinken. Er erwischte sich beim Gedanken daran, mit den Locken des jungen Mädchens zu spielen. Bilder stahlen sich in sein Gedächtnis. Bilder von mit dünnen Seilen gefesselten Armen, von zitternden Händen, hasserfüllten, vor Angst geweiteten Augen, bebenden Lippen und erstickten Schreien, die aus dem wohlgeformten Mund der Tänzerin bis an seine Ohren drangen. Vielen jungen Frauen hatte er seine ganz besondere Aufwartung gemacht und nicht ein einziges der gepeinigten Gesichter vergessen. Die liebreizenden Züge der rotgelockten Tänzerin fügten sich nahtlos ein in die Reihe der Schönheiten, die seine Gier nach Macht so viele Jahre lang befriedigt hatten. Er hatte gelernt und verstanden, was wahre Schönheit bedeutete. In jedem einzelnen Augenblick zeigte sich das wahre Begehren, das jede Faser eines lieblich anzusehenden Körpers in ihm weckte.

Unerwartet streifte eine warme Hand seine Körpermitte. Erbost darüber, so rücksichtslos aus den eigenen Gedanken gerissen worden zu sein, blickte Lorâan in S´meraldas vor Leidenschaft glühenden Augen. Eine unzähmbare Strähne ihrer strohblonden Haare war ihr ins Gesicht gefallen. Wie von Sinnen zerrte sie an den losen Knöpfen seiner Hose. Die ehemalige Dämonin wirkte auf ihn so ungestüm, als wollte sie ihm das Gemächt ausreißen, um sich von ihren tiefsten Sehnsüchten und Gelüsten zu befreien.

Welch triebhaftes Ungeheuer hatte er mit den eigenen Händen erschaffen?

Der Homunculus schätzte es nicht, wenn sich fremde Hände seiner bemächtigten. Viel zu intim war die Bürde seiner Zweigeschlechtlichkeit. Er konnte es so oft leugnen, wie er wollte, und auch wenn er nun seit vielen Jahrhunderten die hermaphroditischen Vorzüge genoss, so hielt er es noch immer für einen Fehler, der ihm am ersten Tag seines Lebens von seinem Herrn und Meister beigebracht worden war.

Rüde grapschte er nach S´meralda und fegte ihre Finger mit einem plötzlichen Ruck zur Seite. Schnell bog er ihr Handgelenk nach hinten, bis sie stöhnte, und drehte das noch immer grinsende, frivole Luder zur Seite, sodass er in ihren Rücken gelangen konnte. S´meralda wehrte sich nicht. Vielmehr antwortete sie mit einem beglückten Kichern, als er eine seiner Hände an die Rundungen ihrer Brust führte und die Finger seiner anderen Hand langsam zu ihrem Hals wanderten und sich um ihre Kehle schlossen.

»Habe ich dir nicht eine Arbeit aufgetragen?«

Lorâan drückte ein wenig fester zu. S´meralda keuchte und versuchte, sich spielerisch aus der Umklammerung des puppenhaften Wesens zu befreien. Der Homunculus hielt sie fest umklammert und streichelte über das mit schwarzgrauen Streifen durchzogene Fell des Säbelzahns, mit dem er die von Steinen verletzte Haut der ehemaligen Dämonin geheilt hatte.

Es waren erst wenige Tage vergangen, seit er seine Gespielin zum Leben erweckt hatte, doch das Liebesleben, das sie beide seither führten, kam ihm bereits vor wie eine ewigwährende Reise, die ihn langweilte und doch niemals endete.

Es hatte ihn selbst erstaunt, wie schnell die gefallene Leibwächterin Drykarias ihren Liebreiz verloren hatte. So schön anzusehen, einer Göttin gleich, und doch konnte die ehemalige Dämonin die flammende Gier nicht mehr entfachen, die noch vor wenigen Tagen wie ein Feuer in seinen Lenden gewütet hatte.

Der Homunculus nutzte beide Hände und schnürte S´meralda die Luft ab. Zum ersten Mal erkannte Lorâan ein ängstliches Glimmen in ihren Augen. Die eiserne Faust der Furcht und die Erkenntnis, dass er sich ihrer entledigen konnte, wann immer er es wollte.

»Scher dich weg und kümmere dich um das, worum ich dich gebeten habe.«

S´meralda gab einen erstickten Laut von sich. Loràan ließ von ihr ab und warf ihr ein prall gefülltes Säckchen zu, das nur einen Handgriff entfernt auf dem Boden gelegen hatte. Ein Hauch von Schwefel drang an seine Nase.

Ungeschickt fing die ehemalige Dämonin das Säckchen auf. Für einen Moment starrte sie ihren Lebensretter stillschweigend an, als überlegte sie, ob sie etwas erwidern sollte, doch sie entschied sich dagegen und senkte gefügig den Blick.

»Wir sind spät dran, vergiss die Schnüre nicht. Wie du weißt, haben wir einen Auftrag zu erfüllen und alles, wirklich alles muss perfekt und zur richtigen Zeit am korrekten Platz sein.«

S´meralda nickte ergeben. Trotzig wiegte sie sich kurz in den Hüften, doch ohne weitere Zeit zu verlieren, verschwand sie in den dunklen Schatten der Wurzeln und Ranken, die sie mit ihrem Wispern begleiteten.

Seltsam, wie sehr er sich in ihr getäuscht hatte.

Vielleicht lag die Erfüllung seiner Sehnsucht doch nicht in der täglichen Verfügbarkeit eines göttergleichen Wesens. Fürwahr, mit der Erschaffung des Lebens war ihm etwas ganz Wunderbares gelungen und S´meralda erfüllte ihm all seine Wünsche. Aber war das wirklich genug? Tief in sich erkannte er, dass selbst die ehemalige Dämonin seine Sehnsucht nicht stillen konnte. Es war die Vielfältigkeit der Schönheit, die ihn reizte. Die verlockendsten Geschöpfe brachte die Natur zum Vorschein und dabei bediente sie sich immer gleichen Regeln. Anmut, Grazie und Attraktivität folgten ihren eigenen Gesetzen. Wer wusste, wonach er Ausschau halten musste, entdeckte bei Pflanzen und Tieren fortwährend die gleichen Verhältnisse. Wer vermutete die Formel für Eleganz in den Zahlen der Mathematik? Wer konnte erahnen, dass die Bausteine des Lebens, so vielfältig sie auch waren, immer wieder aufs Neue in der Pflanzenwelt zu entdecken waren? Nicht das Bewusstsein war es, das steuerte, was einem gefiel. Wie von selbst erkannte die Natur die Vielfalt an Möglichkeiten und traf die Entscheidung, welche davon gewählt wurden und welche nicht.

Die rotgelockte Tänzerin war eine Augenweide und doch konnte sich ihre Schönheit nicht ansatzweise mit der S'meraldas messen. Doch der Reiz des Neuen war zu stark gewesen und jederzeit hätte er sie der ehemaligen Dämonin vorgezogen.

Lorâan lauschte. Abgelenkt von den eigenen Gedanken, hatte er nicht mitbekommen, dass der Rhythmus des Liedes nicht mehr derselbe war. Enttäuscht stellte er fest, dass die rotgelockte Tänzerin aufgesprungen war. Leichtfüßig bewegte sie sich gemeinsam mit ihren Gefährtinnen zur Mitte der Bühne, nichtsahnend, wie nahe sie den Liebkosungen des Homunculus gewesen war, mit denen er nur allzu gerne ihren Körper überzogen hätte.

Die Musikanten gaben ihr Bestes. Lorâan war ein begnadeter Lautenspieler und er erwischte sich selbst dabei, wie er mit den Füßen den Takt wippte. Die musikalische Qualität des Stückes und die gewaltige Lautstärke waren selbst ihm unheimlich. Er fühlte ein wohlig schauriges Kribbeln im Nacken, das sich den Weg hinab über die hölzernen Schultern bis zu den aus Lehm und Ton geformten Beinen suchte. Die brachiale Gewalt der Musik brachte die Erregung zurück in seine Lenden.

Lorâan konnte sich ein Schmunzeln nicht verkneifen, als Beregrend nur wenige Schritte über ihm den Refrain des Liedes anstimmte. Dämonische Gören kannte er nur all zugut.

Lautes Wispern kündigte es an. Er hatte die Naturgewalten zu oft erlebt, um überrascht zu sein. Als wäre er auf diesen Moment vorbereitet, warf sich der Homunculus nach rechts zur Seite, als die Wurzeln urplötzlich durch den Bretterboden nach oben schossen. Nicht einen Wimpernschlag zu früh, wie sich herausstellte. Nur um Haaresbreite war er einer besonders flinken Ranke ausgewichen.

Überall um ihn herum wuselten die magischen Wurzeln der Dryáde, der er sein Leben verdankte. Scharfe Dornen spreizten sich in grobes Holz, hielten die Wurzeln aufrecht, deren Spitzen bereits an den Körpern der Tänzerinnen leckten.

Schnell glitten die Wurzeln höher und bemächtigten sich ihrer Körper. Fasziniert starrte Lorâan auf die eigentümlich in einen grünbraunen Teppich aus Wurzeln, Dornen und Ranken gewickelten Tänzerinnen, die wie geschnürte Heumännchen von der Bühne in die darunter liegende Unterwelt hinab gezerrt wurden.

Der Homunculus sah, wie sich eine Vielzahl feinster Wurzeln an den Spitzen berührten. Immer mehr von ihnen schlossen sich zusammen, bis sich ein langer grüner Strang gebildet hatte.

Lorâan traute seinen Augen nicht. Es war ein wundersames Schauspiel, das sich ihm bot. Noch nie zuvor hatte er den Zauber der Natur erkannt und die sinnliche Wirkung der Berührungen, die nicht nur bei den Pflanzen wilde Erregung entfachten.

Aus mehreren Strängen falteten und gestalteten sie einen länglichen Ast, der mehr und mehr die Form eines halbseitig geschliffenen Speeres annahm. Die hölzerne Schneide war so scharf, dass sie blitzte und grelles Licht in Lorâans Augen stach. Eine letzte Wurzel verschmolz mit der mörderischen Waffe und bildetet die zarte Spitze.

Andere Wurzeln brachten ihre Beute in Stellung. In einem Halbrund um den wundersamen Speer wurden die Tänzerinnen angeordnet. Noch schienen sie in ihren Kokons aus Wurzeln und Ranken am Leben zu sein, denn sie strampelten und zerrten wie wild an ihren Fesseln und waren dennoch nicht im Stande, sich aus ihrer misslichen Lage zu befreien.

Lorâan wunderte es nicht. Er wusste, über welche Macht die Wurzeln der Dryáde verfügten. Langsam bogen sich die Ranken auseinander. Das Geflecht aus Wurzeln öffnete sich, bis die schreckverzerrten Gesichter der Tänzerinnen zum Vorschein kamen. Ein kleiner Spalt unterhalb der Schultern öffnete sich.

Der Homunculus sah, wie das Blut aus dem Gesicht der ersten Tänzerin wich, als die Spitze des Speeres ihre Brust durchbohrte. Ihr blieb keine Zeit für einen Schrei. Das Wispern der Wurzeln wurde lauter. Das Geräusch erinnerte Lorâan an das Heulen des Windes. Ein letztes Mal bäumte sich die Tänzerin auf. Schnell wurde der bluttriefende Speer zurückgezogen. An seiner Spitze steckte das Herz der jungen Frau. Ein triumphierendes Raunen der Ranken beendete ihr Leid. Schlaff und leblos hing die gemordete Tänzerin in ihren Fesseln.

Noch hatten die Wurzeln nicht genug, denn drei weitere Opfer warteten auf den Tod. Ein letztes Mal blickte Lorâan in das Antlitz der rotgelockten Schönheit, die als Nächstes an der Reihe war. Er brauchte die Todesangst in ihren Augen nicht zu erahnen. Wie ein Feuermal leuchtete die Furcht aus ihrem Gesicht. Der Ansatz ihres Schreis wurde von den Wurzeln im Keim erstickt. Aufgereiht wie Fleisch an einem Spieß, leuchteten die feuchten und von Blut besudelten Lappen ihres Herzens auf dem Schaft des Speeres.

Der Homunculus wendete sich ab. Vielen jungen Mädchen hatte er das Leben genommen, doch die Brutalität mit der die Wurzeln zu Werke gingen, um den Musikanten ihr Leibgericht zu bereiten, war selbst ihm zuwider.

Noch zweimal gewann das Wispern der Pflanzen an Intensität, dann war es vorbei. Lorâan hörte, wie die getöteten Körper der Tänzerinnen zu Boden fielen.

»Wer sich mit dem Tod einlässt, braucht sich nicht zu beschweren, wenn er von ihm heimgesucht wird.« Die weichen Gesichtszüge Tizianas schälten sich neben ihm aus der

Dunkelheit. Das Leuchten der Dämonin färbte die Umgebung in ein fahles, blaues Licht. »Ein interessantes Spektakel, findest du nicht?«

»Ich mag es nicht, wenn man sich so an mich heranschleicht.« Lorâan hob mahnend den hölzernen Zeigefinger, doch er wusste selbst, dass er die Dämonin damit nicht sonderlich beeindrucken konnte.

»Dabei war ich dir gegenüber so sorgsam.« Tiziana machte ihrerseits ein tadelndes Geräusch. »Es ist nicht meine Schuld, dass mein Körper unsichtbar ist. Wenn ich mich nicht irre, habe ich es vielmehr dir zu verdanken, dass mich jeder wie ein verdammtes Spukgespenst behandelt.«

»Na ja, das bist du ja nun auch.« Lorâan lachte. »Deinen lieben Freund Beregrend scheinst du ja sehr verstört zu haben. Dem ewig starken und besserwisserischen Elf steht die Angst ja förmlich ins Gesicht geschrieben.«

»Soll er sich nur vor mir fürchten.« Tiziana stampfte wütend mit dem Fuß auf, was ein breites Grinsen auf Lorâans Lippen zauberte, da er nur das blaue Gesicht der Dämonin wie wild auf und ab hüpfen sah. »Er hat es nicht anders verdient!«

Der Homunculus winkte müde lächelnd ab. »Soll dein Elfenfreund ruhig ein wenig vor dir zittern. Mir soll's recht sein. Ich wünsche dir deinen Spaß.«

Tizianas Miene hellte sich auf.

»Sie ist wirklich sehr hübsch.« Die Dämonin sah hinüber zu S´meralda, die sich in einiger Entfernung damit abmühte, das zuvor in Empfang genommene Säckchen mit dünnen Schnüren an einen Stützpfeiler der Bühne zu binden.

Lorâan überraschte der plötzliche Themenwechsel. So lange weilte er in dieser Welt, doch die Elfen und Menschen verwunderten ihn immer wieder aufs Neue. Vielleicht lag es an den erstaunlich unterkomplexen Gehirnen, die sie stets veranlassten, von einem Punkt zum nächsten überzugehen. Es bedeutete wohl den Grund für ihren Untergang. Ein Problem nicht von allen Seiten zu beleuchten, voreilige

Entscheidungen nicht in Frage zu stellen und deren Auswirkungen auf die Natur unbeachtet einfach geschehen zu lassen, war mehr als bloße Dummheit.

Die Augen des Homunculus hatten sich an die Dunkelheit unter der Bühne bereits so gewohnt, dass er S'meralda mühelos erkennen konnte. In einer akrobatischen Hockstellung hielt sie das Säckchen an Ort und Stelle und knotete gleichzeitig die losen Enden einer Schnur zusammen. Ihre enganliegende Hose schmiegte sich dabei so eng an ihren Körper, dass Lorâan meinte, sie würde reißen und das nackte Hinterteil der ehemaligen Leibwächterin der Dryáde entblößen.

Neben ihr lagen noch zwei weitere Säckchen auf dem Boden. So ungeschickt, wie sie sich anstellte, würde sie noch lange genug dafür brauchen, um die aufgetragenen Arbeiten abzuschließen.

Lorâan wandte sich wieder Tiziana zu. »Eine Schönheit ist sie, keine Frage.«

»Dabei liegt Schönheit ja bekanntlich im Auge des Betrachters.« Die Dämonin zwinkerte ihm zu. Jedem anderen wäre beim Anblick des gespensterhaften Gesichts ein eiskalter Schauder über den Rücken gelaufen, doch der Homunculus zuckte nur gelangweilt mit den Schultern.

»Was für ein Quatsch«, sagte er leise und schüttelte die blauschwarz schimmernden Haare.

»Findest du nicht?«, fragte Tiziana verblüfft. »Findest du mich nicht etwa auch sehr hübsch?«

Lorâan schenkte sich die direkte Antwort auf die Frage. Die neugeborene Dämonin hätte sie sowieso nicht verstanden.

»Wahre Schönheit ist trivial und universell. Wie alles in deiner Umgebung folgt sie den Gesetzen der Natur. Sieh dich doch um.« Lorâan deutete auf die Wurzeln und Ranken, die um sie herum wuselten und sich zu immer wieder neuen Formen vereinten.

»Was glaubst du, was hier vor sich geht? Alles, was geschieht, folgt den natürlichen Gesetzmäßigkeiten. Jede Wurzel, jedes

Blatt, jeder Zweig, ja, jeder verfluchte Ast besteht aus denselben Bausteinen des Lebens. Es sind nur Zahlenwerte und die Verhältnisse zueinander, die darüber bestimmen, was schön anzusehen ist und was nicht. Die Natur um dich herum ist einfacher und komplexer zugleich, als du denkst.«

Tiziana runzelte die Stirn. »Dann ist Schönheit also reine Mathematik und das heißt, du findest mich also nicht schön?«

Nach dieser einfältigen Schlussfolgerung verdrehte der Homunculus die Augen. »Wenn du es so einfach ausdrücken möchtest.«

Tiziana sah beschämt zu Boden. »Weißt du, auch wenn du mich nicht schön findest …«, setzte sie an, »… wenn ich es mir so richtig überlege, müsste ich dir trotzdem ziemlich dankbar sein.«

»Ach, hast du etwa nun endlich begriffen, was ich für dich getan habe?« Lorâan schnaubte abfällig. »Hat aber ganz schön lange gedauert.«

»Du hast mich gefangen gehalten, mein Blut für irgendwelche abstrusen, mysteriösen Rituale missbraucht und mich dieser wilden Bestie von Musikanten zum Fraß vorgeworfen.«

»Eigentlich bist du ziemlich undankbar. Bitte vergiss nicht, wozu dich dieses mysteriöse Ritual schlussendlich gemacht hat.«

»Du hast mir den Tod auf den Leib gehetzt.«

»Und durch dein Ableben bist du zu dem geworden, was du heute bist.« Lorâan sah der Dämonin direkt in die Augen. Ohne mit den Wimpern zu zucken, hielt er den starren Blick aufrecht. Es war ein Machtspiel, von dem er wusste, dass die Dämonin es niemals gewinnen konnte.

Wie er es geahnt hatte, betrachtete Tiziana plötzlich eine unbedeutende Stelle an seiner Schulter. »Ein neues Leben wurde mir geschenkt.«

Lorâan schüttelte den Kopf. »Nicht nur ein neues Leben. Ein besseres, ein längeres, ein stärkeres. Nichts weniger als die Ewigkeit wurde dir zu Füßen gelegt.«

Der Homunculus legte eine theatralische Pause ein, ehe er schwülstig und feierlich fortfuhr. »Durch mein Ritual wardst du beschworen, mir zu dienen, doch nun gebe ich dich frei, auf dass deine dämonische Seele das Leben auf ewig zelebrieren möge.«

»Ganz schön altmodisches Gesäusel«, sagte Tiziana, doch Lorâan erkannte bereits, dass das Band, das sie an ihn gebunden hatte, für immer zerrissen war.

»Es ist ein alter Satz aus einem alten Buch. Er wurde geschrieben in einer fremden Sprache und die Übersetzung ist mir gar nicht so leicht gefallen. Ich fühle jedoch die Bedeutung der machtvollen Worte. Du bist nun frei in all deinen Entscheidungen. Es steht dir frei, zu gehen, wohin du auch willst.«

Tizianas bläuliches Gesicht neigte sich in einer formvollendeten Verbeugung. »Ich danke dir, für alles. Eines Tages werden wir uns wiedersehen.«

Als wäre es niemals zugegen gewesen, verschwand das gespensterhafte Gesicht, das eben noch direkt neben ihm in der Luft gehangen hatte.

Lorâan blickte einen langen Augenblick starr auf die Stelle, an der die Dämonin verschwunden war.

Und ob sie sich wiedersehen würden. Sollte sie ruhig im Glauben der Freiheit verbleiben, er wusste es besser. Auf der Suche nach einer neuen Leibwächterin würde Drykaria schon bald auf sie stoßen. Einer Beschwörung der Dryáde hatte die frisch geborene Dämonin nichts entgegenzusetzen. Wie ihre Vorgängerin würde sie dem Reich der Nymphe dienen und wie bei S´meralda würde nichts und niemand auch nur im Entferntesten ahnen, dass er dabei seine Finger im Spiel gehabt hatte.

Genüsslich rieb sich Lorâan die Hände. Erst jetzt bemerkte er, dass sie von Ruß geschwärzt waren. Alles verlief zu seiner besten Zufriedenheit. Minutiös hatte er alles vorausgeplant.

Im hinteren Teil der Bühne werkelte S'meralda noch immer an ihren Säckchen. Die schwarzen Spuren, die sie mit dem nach Ruß und Schwefel stinkenden Pulver gezogen hatte, waren deutlich zu erkennen. Es war an der Zeit, zu gehen. Wie einfach es doch war, sich zweier Probleme zugleich zu entledigen.

Loráan schulterte den unförmigen Rucksack, der etwas abseits auf einem steinernen Vorsprung stand. Selbst dessen Inhalt fühlte sich deutlich leichter an, nun, da die schweren Säckchen ihrer eigentlichen Bestimmung zugeführt worden waren.

Er rückte seine Kleidung zurecht und zog eine dunkle Kapuze über den Kopf. Extra dafür angefertigt, verhüllte sie die Züge seines puppenhaften Wesens.

So schnell ihn seine aus Holz und Ton geformten Beine tragen konnten, rannte er auf das Licht zu, dass den Eingang zu den hölzernen Gewölben unterhalb der Bühne markierte. Am Rand der Mauer zu den königlichen Gärten trat er ins Freie.

Niemand, nicht einmal die beiden laut johlenden und grölenden Männer, die ihm direkt ins Gesicht blickten, als er etwas unterhalb ihrer Hüfte aus den Unterbauten der Bühne auftauchte, nahm mehr als einen Wimpernschlag lang Notiz von ihm.

Das Konzert der Musikanten war im vollen Gange. Es konnte nicht mehr lange dauern, bis es sich dem Höhepunkt näherte.

Und dann, wenn alle glaubten, der Abend wäre durch nichts zu übertreffen, dann, ja dann würde er zuschlagen.

Das Grinsen in seinem Gesicht war so breit, dass es selbst unter der dunklen Kapuze noch zu sehen war.

Schnell und leise verschmolz er mit den Schatten der Mauer. Gespannt auf den Ausgang seiner Pläne, wartete er auf den Auftritt des Königs der Stadt der Lieder. Und dann, wenn die Königswürde erst übergeben war, würde die Welt um Rakshore erleben, was er so lange im Geheimen für sie auserkoren hatte.

Myraida biss sich auf die Lippen. Die Feuersäule, die aus dem Kohlebecken vor ihr aufstieg, war so heiß, dass sich Schweißperlen auf ihrer Stirn bildeten. Wäre sie bei ihrem letzten hohen Sprung nur einen Schritt weiter vorne gelandet, hätten ihr die Flammen die Haare versengt.

Das grüne Feuer war gefährlich, doch sie wusste, dass es seine Wirkung auf die vor Verblüffung gaffende Menge der Zuschauer nicht verfehlte. Für jedes Lied, das sie spielten, hatten sich Derufin und der König neue Variationen ausgedacht. Mal waren die Flammen hell, mal dunkel, mal stiegen sie zu hohen Säulen auf oder wickelten sich in Serpentinen um die hohen Aufbauten der Bühne.

Die Herumtreiberin schüttelte ihre kupferfarbenen Locken. Der Auftritt zerrte selbst an ihren übernatürlichen Kräften, doch dank des tosenden Applauses der Bewohner der Stadt der Lieder war all dies die Beschwerlichkeiten wert.

Als ihr Einsatz in das neue Stück bevorstand, setzte Myraida die Fidel an. Erneut erklangen die wundervollen Töne des gläsernen Instruments, die sie so sehr liebte.

Sie hörte die Schritte des Chores und sah kurz hinüber zu den Frauen und Männern, die aus den Schatten der hinteren Bühnenhälfte getreten waren. Rechts und links von der Mitte positionierten sich so viele Menschen, dass Myraida aufhörte, ihre Köpfe zu zählen.

Die Sänger zeigten keine Gefühlsregung. Ein verräterischer Glanz stand in ihren Augen, das unmissverständliche Zeichen dafür, dass das Rauschkraut, das Derufin und der König ihnen verabreicht hatten, bereits seine Wirkung entfaltete.

Allesamt waren sie in durchscheinende, helle Roben gekleidet. Der weiße Stoff leuchtete in einem mystischen Grün, als wäre die Haut der Sänger in magisches Licht getaucht.

Myraida wusste, woraus der Stoff bestand. Beregrend hatte ihr erklärt, wie er vom Volk der Elfen gefertigt wurde, doch die Geschichte über Spinnenfäden und die Kokons der weißen Raupen hatte sie so sehr angeekelt, dass ihr davon speiübel geworden war. Dennoch hatte sie bei der ersten Probe nicht widerstehen können und ihre Finger an den seidenweichen Stoff gelegt.

Passend zur schwungvollen Musik setzte der volltönende Chorgesang der Männer ein. Myraida spitzte die Ohren, als auch die weicheren Stimmen der Frauen sich dazu aufmachten, die höchsten Töne zu treffen. Besonders eine kleine Gruppe an Sängerinnen gab ihr Bestes. Über den tönenden Gesang des Chores legten die Frauen ein zartes Band, eine märchenhafte Melodie, die so hoch war, dass der Herumtreiberin Tränen der Freude in die Augen traten.

Der Chor sang in einer Sprache, die Myraida noch nie zuvor gehört hatte. Derufin und der König hatten ihrer Phantasie freien Lauf gelassen und Worte entwickelt, die in ihr die verschiedensten Assoziationen weckten. Die Sprache war einfach und einprägsam gehalten, ihr Klang traumhaft schön. In wundersamer Weise fügten sich die Worte zusammen, anstößig und liebevoll zugleich, wie nur Derufin mit seiner besonderen Gabe es fertigbrachte.

Myraida konnte förmlich sehen, wie die Sprache sich zu vollendeten Tönen formte, die in tausenden von Farben aus den Mündern der Sänger strömten. Als wäre das alles noch nicht genug, fügten sich die Instrumente der Musikanten in den farbigen Reigen aus Tönen, als tanzten all die Nymphen der Welt mit ihren anmutigen Körpern vor den blitzenden Augen der Götter.

Wie beiläufig berührte sie Rhania an der Schulter und deutete hinüber zur Mitte der Bühne.

»Gleich ist es so weit«, raunte sie ihr zu. Die Baroness kam ihr dabei so nahe, dass Myraida ihren markanten, süßlichen Honigduft riechen konnte. Rhanias Augen glänzten vor Freude. Es war ihr anzumerken, wie sehr sie das Zusammenspiel der Instrumente und die Aufmerksamkeit der Zuschauer genoss.

Dennoch schien sie etwas zurückzuhalten, denn Myraida hatte längst bemerkt, dass sie sich das gesamte Konzert über nur wenige Schritte von ihr entfernte. Es war nicht nur die Zuneigung, die sie ihr entgegenbrachte. Tief im Inneren zeigte sich die Baroness gehemmt, und ihre Präsenz und Nähe gaben ihr den notwendigen Halt, den sie brauchte, um vor der Masse der Menschen bestehen zu können.

Die Herumtreiberin verzieh ihr diese kleine Unsicherheit. Rhanias Laute klang wunderbar und fügte sich nahtlos in das virtuose Spiel der Musikanten. In ihrer Jugend hatte sie selbst versucht, die eigene Nervosität und Unzulänglichkeit hinter äußerlicher Wortgewandtheit und Stärke zu verbergen. Erst viele Jahre später hatte sie zu der innerlichen Ruhe gefunden, mit der sie nun durch die Lande zog und sich im Kreise ihrer todbringenden Gefährten behauptete.

Die Baroness würde noch lernen, was wahre Macht und Stärke wirklich bedeuteten. Anfangs hatte sie gedacht, es würden wohl viele Jahre vergehen, bis Rhania genügend Erfahrungen gesammelt hatte, aber sie musste sich eingestehen, dass das junge Mädchen schnellere Fortschritte erzielte, als sie angenommen hatte.

Myraida mochte die Baroness, auch wenn ihre Arroganz und Anhänglichkeit sie manchmal in die Verzweiflung trieb.

Der Gesang des Chores änderte sich. Gerade eben noch waren die magisch anmutenden Worte der Phantasiesprache zu hören gewesen, doch nun erfüllten die Sänger die Musik mit verständlichen Worten, die lautstark und mehrstimmig in einem Kanon über die versammelte Menge in den Gartenanlagen hinweg hallten.

Der König ist groß,
huldigt dem König.
Der König ist gut,
folgt ihm nach bis ans Ende der Welt.

Heute ist der Tag,
des Königs der Lieder.
Ernennen wir ihn hier,
in unserer Stadt.
Rakshore braucht einen König,
den König der Lieder.
Die Stadt gehört dem Herrn,
der die Noten erschafft.

Er spielt alle Instrumente,
der König der Lieder.
Ihm gebührt die Ehre,
die das Lied ihm gebracht.
Rakshore braucht einen König,
den König der Lieder.
Die Stadt gehört dem Herrn,
der die Noten erschafft.

Der König ist groß,
es lebe der König.
Der König ist gut,
folgt ihm nach bis ans Ende der Welt.

Er gibt sich die Ehre,
der König der Lieder
und spielt für uns auf,
bis zum Ende der Nacht.
Rakshore braucht einen König,
den König der Lieder.
Die Stadt gehört dem Herrn,
der die Noten erschafft.

Ihm gebührt die Krone,
des Königs der Lieder.
Huldigen wir ihm hier,
in unserer Stadt.
Rakshore braucht einen König,
den König der Lieder.
Die Stadt gehört dem Herrn,
der die Noten erschafft.

Der König ist groß,
es lebe der König.
Der König ist gut,
folgt ihm nach bis ans Ende der Welt.

Heute krönen wir den König,
den König der Lieder.
Vier Musikanten,
werden unsere Könige sein.
Rakshore braucht die Könige,
die Könige der Lieder.
Die Stadt gehört den Herren,
und wird auf immer glücklich sein.

Die Könige sind groß,
es leben die Könige.
Die Könige sind gut,
folgt ihnen nach,
auf dass die Sonne ewiglich lang scheint.

Seht die grüne Krone,
die Krone der Lieder.
Beim Wettstreit der Lieder,
wart ihr allein die Sieger.

Myraida hielt erschrocken die Luft an. Niemals hätte sie es für möglich gehalten, dass die Krone der Lieder ihre Gier danach mit einer solch immensen Kraft entfachte. Das Konzert diente einem anderen Zweck und bis zu dem Moment, indem die Krone hereingetragen wurde, war ihr die Königswürde Rakshores vollkommen egal gewesen.

Auf einem samtweichen, mit filigranen weißen Ornamenten verzierten Kissen, ruhte die Königskrone der Stadt der Lieder in den ausgestreckten Armen der Waldschrate, die aus den dunklen Schatten getreten waren. Bedächtig schwangen sie ihre armähnlichen Äste und Zweige. Vorsichtig trugen sie das Kissen bis zur Mitte der Bühne, wo sie es auf einem bereitstehenden Gestell aus Wurzeln und Ranken absetzten. Einer Leibgarde gleich, positionierten sie sich in gebührendem Abstand.

Myraida fühlte die tiefe Ehrfurcht und Ergebenheit, mit der die Baumwesen handelten, und sie wusste instinktiv, dass die Schrate jeden Unwürdigen, der es auch nur wagte, die Krone für einen Augenblick zu berühren, mit gestreckten Armen in den Boden gestampft hätten.

Die Waldschrate allein boten einen mehr als erstaunlichen Anblick, doch was ihr wahrlich den Atem raubte, war der hauchdünne Ring, der sanft gebettet auf dem Kissen ruhte. Die Krone war von unglaublicher Schönheit. Vollständig aus Ebenholz gefertigt, war das verwendete Material so dünn, dass nicht nur die Maserung des Holzes deutlich zu erkennen war, sondern dass man meinte, durch die Krone hindurchblicken zu können. Alles an ihr wirkte so zerbrechlich, als wäre sie aus der dünnsten aller Glasscheiben gefertigt worden. Das edle Holz schmückten feine Linien. Sie waren so filigran, dass die eingravierten Noten darin nur schwer zu erkennen waren.

Nur mühsam gelang es Myraida, die komplizierten Tonfolgen zu entschlüsseln, die in mondheller Farbe auf der Krone prangten, und schon nach wenigen Noten dröhnte ihr der

Kopf, sodass sie beschloss, das Rätsel der Krone nicht am heutigen Tage zu entschlüsseln. Schon die ersten gewonnenen Eindrücke waren so unglaublich, dass es ihr die Stimme verschlug.

Ihre Kehle fühlte sich plötzlich so rau an, als wäre sie völlig ausgetrocknet. Verzweifelt kämpfte sie dagegen an, doch der Anblick der Krone schnürte ihr immer stärker die Kehle zu.

Eine Träne der Freude kullerte über ihre Wange, als sie erkannte, dass sie selbst dieses Schmuckstück schon bald auf dem Haupt tragen würde.

Die Krone pulsierte in einem seltsamen grünen Licht. Das schwarze Holz, aus dem sie beschaffen war, bewegte sich. Unaufhörlich krochen feinste Ranken und Fasern in alle erdenklichen Richtungen.

Myraida war sich sicher: Die Krone lebte. Welch unglaubliches Gefühl musste es sein, sie auf dem Kopf zu tragen.

Ein kratzendes Geräusch ließ sie aufhorchen und ihre Augen richteten sich auf Edgar, der ein unter schweren Tüchern verborgenes Ungetüm auf die Bühne schob. Nur an den Seiten der schwerfälligen Apparatur waren hohe aus Holz gefertigte Stangen und Balken erkennbar, hinter denen die Gestalt des Königs nur undeutlich in der Dunkelheit zu erkennen war. Schritt für Schritt schälte sich das riesenhafte Gebilde aus den Schatten der Aufbauten. Der König war in feines Tuch gehüllt, unter dem sich die gespannten Muskeln seiner Oberarme deutlich abzeichneten.

Myraida war erstaunt, mit welcher Leichtigkeit der König das schwere Monstrum aus Holz bewegte, das, einmal angeschoben, nach vorne rutschte und in der Nähe der auf dem Kissen ruhenden Krone zum Stehen kam.

Hoch ragte das Gestell aus Holz nach oben. Es türmte sich so gewaltig auf, dass selbst der Dämonenkopf mit Derufins Sammelsurium an Trommeln dahinter nahezu verschwand.

Mit einem verschmitzten Lächeln auf den Lippen trat Edgar in die Mitte der Bühne.

Der Herumtreiberin entging der sehnsuchtsvolle Blick nicht, mit dem er die Krone der Stadt der Lieder für einen kurzen Moment betrachtete.

In den letzten Stunden hatte sich der König verändert. Bislang hatte er sich eher unscheinbar im Hintergrund gehalten, doch nun stand er vor ihr und trug eine Selbstsicherheit zutage, die seinesgleichen suchte. Die unheimliche Aura, die ihn umgab, war so stark, dass sie wie eine magische Barriere wirkte, die alles und jeden um hin herum wie ein lästiges Insekt beiseite fegte.

Wie von selbst wich auch Myraida einen Schritt zurück, als sie der Aura des Königs gewahr wurde.

In seinen braunen Augen entdeckte sie eine unendliche Leere. Sein dunkles Haar war geordnet und die ergrauten Schläfen strahlten eine Weisheit und Würde aus, die sie vor Ehrfurcht erschaudern ließ.

Ihre Gefährten mussten von ähnlichen Gefühlen übermannt worden sein, denn die Flöte des Elfen und Derufins Trommeln, die eben noch erklungen waren, erstarben. Kein Laut war zu hören und eine gespenstische Stille kehrte ein, die ein unheilvolles Kribbeln in Myraidas Nacken auslöste. Die Zeit schien sich zu verlangsamen. Unfähig, sich zu bewegen, starrte sie auf den König, der bedächtig die Arme hob.

Aus dem Mund des Königs sprudelten leise Worte, die sie nicht verstand, und wie von Geisterhand gehoben, schwebte die hölzerne Krone Rakshores in seine geöffneten Hände.

Myraida sah, wie sich das edle Holz bewegte. Dünne Fasern streckten ihre Köpfe heraus, als ertasteten sie sich vorsichtig den Weg in die Freiheit. Völlig fasziniert von dem magischen Vorgang, wurde sie Zeuge der Geburtsstunde. Die dunklen Fasern lösten sich aus der Krone. In unheimlicher Schnelligkeit begannen sie zu wachsen, formten sich zu neuen Ringen, in denen die Symbole der Macht leuchteten, so lange, bis drei neue Kronen gebildet waren, die sich strahlend hell aus der Dunkelheit erhoben.

Ein verschmitztes Lachen stahl sich auf Myraidas Lippen. Sie konnte es kaum erwarten, dass eine der Kronen sich auf ihr Haupt nieder senkte.

Edgar hielt die Augen geschlossen. Das magische Leuchten der Kronen erhellte sein Gesicht, tauchte es in ein blasses Grün, das ihm gespenstische Züge verlieh.

Nur Myraidas langjähriger Erfahrung war es zu verdanken, dass sie die unauffällige Geste wahrnahm, mit der er den vor ihren Augen verborgenen Mechanismus betätigte. Lange genug hatte sie Zeit in den Spelunken und Hurenhäusern der Städte verbracht, um zu erkennen, wenn ein Mann etwas Verdächtiges in seinen Ärmeln versteckt hielt.

Sie wusste nicht, wie er es zustandegebracht hatte, doch mit einem leisen Rascheln fielen die schweren Tücher zu Boden und enthüllten den gigantischen, aus hölzernen Dielen gezimmerten Bottich, der in einer beträchtlichen Höhe mit gedrehten Seilen und ledernen Bändern zwischen den Standfüßen der schwerfälligen Konstruktion befestigt war.

Das ganze Gebilde wirkte klobig und massiv. Myraida war erstaunt, wie groß der Kontrast zu der filigranen Handwerkskunst war, aus der in meisterlicher Art und Weise die Krone Rakshores gebildet worden war.

An der Unterseite konnte der Bottich geöffnet werden und nur eine Handbreit darunter war ein mannshohes Gefäß in einer sonderbaren Form angebracht, die Myraida entfernt an ein in Facetten geschliffenes Juwel erinnerte. Das Material, aus dem es bestand, war der Herumtreiberin unbekannt. Trotz der herrschenden Dunkelheit schimmerte es in einem güldenen Licht. An der Vorderseite waren Schlösser angebracht, die der König nun mit einem rostigen Schlüssel und geschickten Fingern öffnete.

Trotz der Ruhe, die er ausstrahlte, bemerkte die Herumtreiberin, dass seine Hände zitterten.

Wären die eisernen Schlösser nicht gewesen, hätte Myraida die versteckte Türe nicht gesehen, die nach einem leichten

Ruck aufschwang und den Blick auf die dahinterliegende Dunkelheit freigab.

Das helle Glitzern des unbekannten Materials ließ ihre Augen tränen und nur verschwommen nahm sie wahr, wie der König in die vorherrschende Dunkelheit des Gefäßes trat und dort regungslos in einer würdevollen Pose verharrte.

»Der König bin ich, und auf ewig werde ich der König der Stadt der Lieder sein!«

Lautstark drangen Edgars Worte an ihre Ohren. Sie verstand nicht, was sie bedeuteten, bis die Krone Rakshores auf das Haupt des Königs schwebte und sich das edle Holz des Ringes mit den Haaren seines Kopfes verband. Mystisch leuchtete die Krone auf. Zungen aus Holz leckten an der Stirn des Königs, vereinigten sich mit den dunklen Fasern und Ranken der Krone, suchten sich ihren Weg über die Wangen und bohrten sich hinein in die ergrauten Schläfen, bis sie ihr Ziel erreichten und sich mit dem Geschöpf verbanden, das einstmals, vor langer, langer Zeit ein Mensch gewesen war.

Myraida spürte den tiefen Schmerz des Verlustes, bevor sie begriff, was direkt vor ihren Augen geschah: Als wären sie niemals gewesen, zerfielen die verbliebenen Kronen zu feinem Staub, der langsam zu Boden fiel.

Sie hörte, wie sich die Riegel des Gefäßes schlossen. Überwältigt von den Geschehnissen stand sie einfach nur da und wartete. Ihre Augen glitten zu ihren Gefährten, doch auch Rhania, die ihr am nächsten war, starrte verblüfft mit offenem Mund auf die hölzerne Konstruktion, die nun hell erleuchtet vom grünen Feuer der Kohlebecken vor ihnen aufragte.

Der Boden bebte, als der König den Mechanismus löste. Seile und Bänder setzten sich in Bewegung, wurden so weit gespannt, dass Myraida meinte, sie würden zerreißen. Mit einem ächzenden Geräusch öffnete sich der Bottich, und eine zähflüssige, goldgelbe Masse ergoss sich in einem einzigen, gigantischen Schwall in das Gefäß, in dessen Inneren der König vor wenigen Augenblicken verschwunden war.

Eine geisterhafte Totenstille legte sich über die Bühne, die Myraida frösteln ließ. Nur ein leises Schwappen war zu hören. Die Herumtreiberin erkannte, dass es von der zähen Flüssigkeit stammte, die in jede noch so kleine Ritze des Gefäßes drang und alles in ihrem Inneren bedeckte.

Die eingetretene Stille wurde jäh unterbrochen, als die baumlangen Schrate damit begannen, die Seiten des noch immer hell schimmernden Gefäßes mit brachialer Gewalt einzureißen.

Sie mussten aus einer harten Metalllegierung gefertigt sein, denn die einzelnen Teile dröhnten laut, als sie auf die Bretter der Bühne schlugen.

Myraida entglitt ein ungläubiges Pfeifen, als sie sah, was dahinter zum Vorschein kam.

Ein im Licht des Feuers glänzender Bernstein stand inmitten der Bühne. Goldgelb und strahlend hell leuchtete seine Farbe. Der edle Stein war von makelloser Schönheit. Mannshoch ragte er auf. Es war der größte Edelstein, den die Herumtreiberin je gesehen hatte. An der Oberfläche war das zähflüssige Harz bereits erkaltet und von Kopf bis Fuß darin eingeschlossen kämpfte der König um sein Leben.

Myraida sah, wie Edgar mit den Füßen strampelte. Das honiggelbe Harz umschloss seinen Körper. Immer langsamer wurden seine Bewegungen. Noch immer schimmerte die Krone der Stadt der Lieder in ihrem hellen Grün. Der Bernstein war von einer solchen Reinheit, dass selbst durch ihn hindurch die eingravierten Noten auf dem Ring der Krone deutlich zu erkennen waren.

Die Augen des Königs strahlten. Auf seinem Gesicht lag ein zauberhafter Glanz, ein Ausdruck höchster Zufriedenheit.

Die baumähnlichen Diener der Dryáde hoben den Bernstein hoch. Ehrfürchtig hielten sie das Juwel in ihren wurzeligen Händen. In feierlicher Würde trugen sie es von der Bühne.

Myraida wusste nicht, wohin die Schrate den König brachten. Das Letzte, was sie von Edgar sah, war sein glückseliges Lächeln, das weich und zart um seine Lippen spielte.

»Der König ist tot, lang lebe der König«, flüsterte sie.

Die Gefühle, die sie dem toten König entgegenbrachte, verwirrten sie. Die Krone Rakshores hatte er ihr gestohlen. Er nahm sie mit in sein ewiges Grab. Doch sie musste neidlos anerkennen, dass er sie alle getäuscht hatte. Und doch hatte er ihr den Weg bereitet. Er hatte erreicht, wonach sie selbst sich insgeheim sehnte. Alle Zeiten würde der Bernstein überdauern. Edgar war für immer tot und lebendig zugleich. Sie konnte nicht anders, sie musste ihn für das bewundern, was er getan hatte.

Myraida wechselte einen Blick mit Beregrend, der ebenso fragend zu ihr herübersah. Der Elf verfügte über eine besondere Gabe, doch auch er schien überrascht. Bei Edgar hatte wohl auch die Menschenkenntnis des Elfenprinzen völlig versagt. Hilflos zuckte er mit den Schultern und bedeutete ihr, das Spiel wieder aufzunehmen.

Beregrend hatte recht. Es brachte nichts, an sich selbst zu zweifeln und mit dem eigenen Schicksal zu hadern. Die Krone der Stadt der Lieder war für immer verloren, doch das änderte nicht das Geringste an dem Ziel, das sie im Auftrag des Herrn der Finsternis verfolgten.

Dennoch musste sich die Herumtreiberin eingestehen, dass der Verlust der Krone eine herbe Enttäuschung war. Der schmerzende Stich und das beklemmende Gefühl in ihrer Brust waren eindeutige Anzeichen dafür.

Das Herz wurde Myraida schwer, als sie sich dem Publikum vor der Bühne zuwandte, das nach wie vor still und regungslos vor ihr stand. Die Bewohner der Stadt hatten nicht verstanden, was gerade geschehen war. Sie konnte die Fragezeichen in den Gesichtern der Zuschauer beinahe sehen.

Energisch, als wollte sie alle trüben Gedanken mit dieser Geste abschütteln, warf sie die kupferfarben Locken nach hinten.

Breitbeinig stellte sie sich auf die Bühne. Sie ging dabei leicht in die Knie, damit sie nicht den Halt verlor. Die gläserne Fidel lag gut in ihrer Hand. Das Instrument fühlte sich so gut an, dass es ihr die reinste Freude bereitete, es zu spielen.

Sie zupfte ein paar quietschende Töne, die disharmonisch, wie sie waren, die zuschauende Menge aus der lethargischen Erstarrung riss. Mit langsamen Streichbewegungen glitt der mit Pferdehaar bespannte Bogen über die Saiten, vollbrachte einen lang anhaltenden Ton, der lautstark und verstärkt durch die Meeresschnecken über die Köpfe der Zuschauer hinweg hallte.

Bei den letzten Liedern hatte Myraida schon ihre ganze Kunst gezeigt, doch jetzt führte sie den Bewohnern Rakshore vor, wozu sie mit ihrer in Jahrhunderten erworbenen Fingerfertigkeit wahrlich im Stande war.

Mit der ganzen Handfläche strich sie weich über die Saiten, bis sie plötzlich innehielt und ihre Finger sich mit einer solchen Geschwindigkeit bewegten, dass sie die Menschen vor der Bühne völlig sprachlos zurückließ. Die Klänge, die sie mit ihrer Fidel entfesselte, waren so hoch, dass ihr selbst davon die Ohren schmerzten, und doch spielte sie eine solch wundersame und kunstvolle Melodie, dass sie sogar ihre Gefährten ins Staunen versetzte.

Genau das war ihre Absicht gewesen. Heute wollte sie ihnen zeigen, aus welchem Holz die kleine rothaarige Herumtreiberin geschnitzt war. Sie spürte Zehntausende von Augenpaaren, die verblüfft von der musikalischen Kraft, die sie entfesselte, auf ihr ruhten.

Rhania brauchte eine Weile, bis sie den Mut fand und mit ihrer Laute in das unfassbare Spiel einstimmte. Selbst der Elf war so beeindruckt, dass er den Einsatz um eine kleine Nuance verpasste, die so gering war, dass sie niemandem unter den Zuhörern aufgefallen war. Myraida aber freute sich, denn sie hatte den Fehler des Elfen gehört.

Endlich stieg auch Derufin ein und entfesselte ein regelrechtes Klangfeuer auf den Trommeln, Schellen und bronzenen Tellern. War die Musik bisher laut gewesen, so explodierte sie jetzt förmlich, sodass Myraida die Angst befiel, ihre Trommelfelle könnten reißen.

Beregrend unterbrach sein Flötenspiel. Grüne, magisch leuchtende Kugeln schossen aus seinen Händen, mitten hinein in die tobende Menge der Zuschauer. Die Kugeln zerplatzten in wild züngelnden Flammen über ihren Köpfen, formten archaische Muster und tauchten die Welt in ihr magisches Licht.

Die Zuschauer schienen den König und seine Krone bereits vergessen zu haben. Bis in die hintersten Reihen sprangen die Menschen übermütig schreiend und johlend im Takt der Trommelschläge auf und ab.

Myraida lachte. Endlich war sie völlig in ihrem Element. Freudestrahlend gab sie das vereinbarte Zeichen.

Die bislang unter Wurzeln und Ranken verborgenen Luken öffneten sich. Myraida entspannte sich. Mit wilden Luftsprüngen, die Fidel niemals absetzend, sprang sie über die Bretter und wartete darauf, dass die unterhalb der Bühne angebrachten Hebevorrichtungen ihren Dienst verrichteten.

Sie wusste, dass Derufin im Hintergrund alles vorbereitete.

Und dann geschah es und der lauteste Ton, den die Welt jemals gehört hatte, hämmerte durch die Nacht.

14. Kapitel

Schlagartig hatte sich die Bühne in düstere Finsternis verwandelt. Loráan wusste nicht, wie die Musikanten es zu Wege gebracht hatten, aber das eben noch Funken schlagende Feuer der Kohlebecken war so schnell verschwunden, als hätte ein Riese ohne jegliche Vorwarnung einen ganzen Jahresvorrat an Wasser und Met über die züngelnden Flammen gekippt. Nur die sich am Spieß drehenden Herzen und ein paar hohe Rauchsäulen waren noch zu sehen.

Der lauteste Ton, den er jemals gehört hatte, war noch nicht verklungen. Wie die meisten Menschen in seiner Nähe hatte auch Lorâan die Hände auf seine Ohren gepresst.

Trotz all der Bemühungen spürte er noch immer den stechenden Schmerz, der sich, verzweifelt nach einem Ausweg suchend, durch seine Gehörgänge wand. Die Schallwelle des Tones war so gewaltig, dass sein Zwerchfell erzitterte. Er konnte förmlich spüren, wie seine inneren Organe sich zusammenpressten, und er war froh, dass sein künstlich aus Holz und Ton geformter Körper dem immensen Druck des Schalls gewachsen war.

Einige Menschen um ihn herum schienen es nicht so gut zu verkraften wie er selbst. Lorâan sah, wie sich so mancher Leidensgenosse vornüberbeugte und den Inhalt seines Magens in die schönen Gartenanlagen entleerte.

Das Phänomen schien sich auf die ersten Reihen vor der Bühne zu beschränken, denn dahinter feierten und schrien die Bewohner Rakshores weiterhin aus Leibeskräften. Sie hatten nicht bemerkt, welche Pein der laute Ton bei ihren Mitmenschen hervorgerufen hatte. Belustigt vertrauten sie darauf, dass das Licht und die Musiker auf die Bühne zurückkehrten.

Die Musikanten ließen sich nicht lange bitten. Grelles Feuer flammte auf. Es war so gleißend hell, dass Lorâan die Augen zukneifen musste. Nur widerwillig verfolgte er, was auf der Bühne vor sich ging. Wie von Zauberhand bewegt, schwebten stählerne Röhren unterschiedlichster Längen aus den erhöhten Aufbauten nach unten. Die längsten unter ihnen waren so gigantisch groß, dass sie über das aus Wurzeln und Ranken gefertigte Gerüst der Bühne hinausragten.

Lorâan verstand nicht, wo genau sie sich bislang hinter dem Holz verborgen gehalten hatten. Sein Blick fiel auf den wolkenverhangenen Himmel. Verfügten die Musikanten wirklich über diese Macht? War es möglich, dass wahre Magie die Röhren aus dem Nichts herbeigezaubert hatte?

Der Stahl der Röhren glänzte weißlich, als wäre er erst kürzlich geschmiedet worden. Keine Schnüre oder Seile, die sie hielten, waren zu sehen. Sie schwebten einfach in der Luft, als wären sie von Dutzenden unsichtbarer Fäden gehalten.

Eine grüne Kugel, geformt aus magischer Energie, durchbrach die Schwärze der Nacht. Wie ein Feuerwerk explodierte sie in der Mitte der Bühne. Glitzernde grüne Funken regneten auf die stählernen Röhren herab und hüllten sie in die magische Farbe grünen Feuers. Ungehindert verteilte sich der Funkenregen weiter, schwebte über die Menge der Zuschauer hinweg und entzündete eine Vielzahl kleiner Öllichter, die an allen Ecken und Enden der Gartenanlagen zu genau diesem Zweck bereitstanden.

Jubelnd griffen die Bewohner der Stadt der Lieder zu und schwenkten die kleinen grünen Flämmchen hoch über ihren Köpfen.

Sogar der Homunculus musste zugeben, dass der Anblick atemberaubend war, als tausende von Lichtern die königlichen Palastanlagen erhellten. Lorâan sah die Zufriedenheit in den Gesichtern der Menschen. Freudestrahlend hielten sie sich an den Händen. Viele schlangen die Arme um ihre Kameraden und tanzten wild und ungezügelt durch die Nacht. Nur die Zuschauer der ersten Reihen blieben skeptisch zurück. Vorsichtig sahen sie sich um. Lorâan war sich sicher, dass sie noch immer die Schmerzen spürten, die ihre Körper so gepeinigt hatten.

Eine zaghaft gespielte Melodie erklang. Der Homunculus erkannte, dass es sich um ein Tasteninstrument handeln musste. Die Töne blieben ruhig und sie waren viel langsamer als zuvor. Die klaren Stimmen zweier begnadeter Sängerinnen hallten durch die Gärten. Es waren keine Worte, die erklangen, und doch war der Gesang von einer solchen Intensität und Schönheit, dass die Menschen verstummten.

Lorâan war nicht überrascht, dass sich die Feuer in den Kohlebecken aufs Neue entfachten und die Bühne erneut im grünen Licht der magischen Flammen erstrahlte.

Auf den ersten Blick waren die Veränderungen zu erkennen. Ein weiteres, riesenhaftes Dreibein war herangeschafft worden, auf dem eine kreisrunde Schale ruhte, die bis zum Rand mit einer schwarzen, halbdurchsichtigen Flüssigkeit gefüllt worden war. Die gespielten Töne zauberten konzentrische Kreise auf die Oberfläche. Das durch dunkle Erde oder andere Substanzen schwarz gefärbte Wasser bewegte sich, schwappte, den runden Wellen folgend, über den Rand. Bei besonders tiefen Tönen formten sich große Tropfen, die sich, einer Wassersäule gleich, aus der Mitte der Schale erhoben. Es war, als tanzte das schwarz gefärbte Wasser zur Schönheit der bezaubernden Melodie.

Der Homunculus war erstaunt, mit welcher Präzision die Musik die Wellen und Muster in der Schale entstehen ließ.

Doch noch um einiges auffallender waren die zwei großen Katapulte, die während der eingekehrten Dunkelheit herbeigeschafft worden waren. Die Streben und Balken der Wurfmaschinen waren so hoch, dass vier jeweils auf den Schultern der anderen stehenden Männer die Oberkante nicht erreichen konnten. Hohe, im Licht des Feuers glitzernde Schilde prangten an der Vorderseite. Sie zeigten den Schriftzug der Erben der Ewigkeit und darunter vier galoppierende Rösser in unterschiedlichen Farben. Ihre mächtigen Köpfe leuchteten in einem gespenstischen Grün. Drei der Pferde zeigten sich gepanzert für die Schlacht, warteten nur darauf, die Welt unter ihren Hufen zu zermalmen. Das vierte war schneeweiß und so abgemagert, dass das Knochengerippe unter dem Fell deutlich zu erkennen war.

Lorâan achtete bewusst auf die versteinert dreinblickenden Mienen der Zuschauer. Die Abbildung der Schlachtrösser auf den Schilden war grausig. Er wurde wohl Zeuge des Moments, indem die Bewohner Rakshores verstanden, mit wem sie sich eingelassen hatten. Zeuge des entsetzlichen Augenblicks, in dem sie erkannten, dass sie den Falschen gehuldigt hatten und nun maßloser Schrecken und Verderben über sie gekommen war.

Die Katapulte waren mit dicken Stricken gespannt worden. Bereits in Brand gesteckte, zu einer mannshohen Rolle geformte Ballen aus Stroh und Heu warteten nur darauf, auf die Menge abgefeuert zu werden.

In der Mitte der Bühne aufgereiht stand noch immer der versammelte Chor. Zwei junge Frauen erhoben aus Leibeskräften ihre Stimmen. Hinter den Sängerinnen leuchteten die Augen des hünenhaften Dämonenschädels in schauderhaftem Grün.

Gehüllt in schwarze Mäntel, traten die vier Gefährten in die Mitte der Bühne. Als wollten sie ihre Gesichter verbergen, hatten sie die Köpfe eingezogen. Sie hielten nichts in Händen, nur der ehemalige Dieb trug einen schweren Hammer bei sich, der mit zwei Händen zu führen war.

Lorâan wusste, was die Musikanten unter der schwarzen Kleidung verbargen.

Der richtige Zeitpunkt war gekommen.

Der Homunculus stibitzte einem verblüfften Mann das Öllicht aus der Hand und warf es in einiger Entfernung von ihm auf den Boden. Ein gewinnendes Lächeln stahl sich auf seine Lippen, als das vertraute, zischende Geräusch in seinen Ohren erklang. Wie viele Male hatte er es ausprobiert? Wie oft hatte er an der Mixtur herumgetüftelt, bis er das bestmögliche Ergebnis erzielt hatte? Die kleine Flamme würde der gelegten Spur folgen und sich ihren Weg von ganz alleine suchen.

Aus den Augenwinkeln sah er, wie S´meralda viel zu früh den Kopf aus der Öffnung streckte, durch die er zuvor selbst gekommen war.

Zu schade für sie. Er verfolgte andere Pläne und die ehemalige Dämonin störte ihn nur bei seinem Vorhaben.

Lorâan handelte schnell: Mit nur zwei Schritten überbrückte er den Raum zwischen ihnen. Sein puppenhafter Körper mochte auf so manchen Betrachter schmächtig wirken, doch magisch geformt, wie er war, wohnte ihm eine schier unglaubliche Körperkraft inne. Ein gezielter Tritt vor die Brust beförderte S´meralda zurück in den Hohlraum unter der Bühne. Ein schneller Blick zeigte ihm, dass die ehemalige Leibwächterin der Dryáde einige Schritte nach hinten geschleudert worden war. In sich zusammengesackt lehnte sie an einem der stützenden Pfeiler der Unterkonstruktion der Bühne.

Lorâan zeigte sich zufrieden. Der Tritt hatte sie tief ins Reich der Träume geschickt. Sie würde lange genug ohnmächtig sein. Das leise Zischen sagte ihm, dass das Feuer noch immer brannte.

Zeit, zu gehen. Der Homunculus warf keinen Blick zurück, als er die einfassende Mauer der Gartenanlagen erkletterte. Bis in die Ferne erstreckte sich unter ihm das weitläufige Tal Rakshores. Direkt zu seinen Füßen ruhte der seltsame Stein. Seine Farbe war so schwarz, dass sie sich von der Dunkelheit abhob. Feine Linien durchzogen die sonst glatte Oberfläche.

Ein warmer Luftzug strich über seine Arme.

Um die verspannten Muskeln zu lösen, rollte er mit den Schultern. Er zurrte die Gurte seines Rucksacks enger, klappte an den Seiten zwei tragende Teile aus Leder und Eisen nach unten und sprang mit einem gewaltigen Satz beherzt nach vorne in die wartende Dunkelheit.

Die Gewissheit des eigenen Todes vor Augen beschleunigte sich sein Herzschlag. Wenigstens war der Boden in der herrschenden Finsternis nicht zu sehen. Der kalte Luftzug des freien Falls zerrte an seinen löchrigen Kleidern. Er spürte, wie der Wind seine Haare flattern ließ.

Fast zärtlich tasteten Loràans Hände nach dem dünnen Seilzug an seiner Brust. Gefährlich lange Augenblicke ließ der Homunculus verstreichen und genoss die Angst des nahenden Todes.

Erst als er schon eine Vielzahl an feinen Linien des schwarzen Steines neben sich passiert hatte, riss er mit der ganzen ihm zur Verfügung stehenden Kraft an dem Seil und hoffte, dass er die bis zur Unkenntlichkeit verwitterten Maßangaben auf der steinernen Tafel in richtiger Weise interpretiert hatte. Aus reinem Zufall war ihm die ominöse Zeichnung aus grauer Vorzeit in die Hände gefallen. Er hatte sofort erkannt, dass ihm die erstaunliche Konstruktion nur zu Nutze sein konnte.

Zuerst passierte nichts, doch dann, kurz bevor die aufkeimende Panik ihn übermannte, hörte er das erlösende Ächzen, unter dem sich der im Rucksack verborgene Mechanismus löste. An den Seiten entfalteten sich metallene Teile, die Haltevorrichtungen für die geschabten Tierhäute, die daran befestigt waren und sich beiderseits wie Segeltücher spannten.

Der plötzliche Auftrieb presste ihm die Luft aus den Lungen. Seine Ohren rauschten, als sein Körper blitzartig und in schräger Lage in die Höhe schnellte. Helle Sterne tanzten vor seinen Augen, doch das Schlimmste war die einsetzende Übelkeit.

Er brauchte einen langen Moment, um zu erkennen, dass das behelfsmäßige Fluggerät sich nicht vollständig entfaltet hatte. An der rechten Seite hatte sich ein Teil der komplizierten Mechanik verklemmt, und die Tierhaut flatterte als nutzloser, loser Fetzen im Wind. Hilflos trudelte der Homunculus durch die Luft.

Schwärze trübte seine Gedanken. Für einen kurzen Moment musste er ohnmächtig gewesen sein, denn er wusste nicht, was passiert war, als er benommen und mit fürchterlichen Kopfschmerzen wieder zu sich kam.

Soweit er die Lage beurteilen konnte, flog er mehr schlecht als recht durch die Luft. Das zur Steuerung des Fluges notwendige Seil an seiner Brust zeigte keine Wirkung. Viel zu nahe war er an den schwarzen Stein herangetragen worden. Er flog schnell und einen Aufprall auf dem harten Fels wollte er keineswegs riskieren.

Noch immer befand sich die ganze Konstruktion der Flugmaschine in einer schrägen Lage, sodass er mit seinen improvisierten Flügeln mit hoher Geschwindigkeit in einer Abwärtsspirale steil nach unten stürzte.

Die Schwärze vor den Augen kehrte zurück, doch, dieses Mal darauf vorbereitet, kämpfte Loráan dagegen an.

Der Homunculus krümmte den Körper. Mit aller Kraft versuchte er, den verklemmten Mechanismus mit den Fingern zu erreichen. Er musste dazu den ganzen Arm strecken, was seine Position veränderte und dazu führte, dass der Luftstrom um die Flügel abriss und er wie ein Stein mehrere Schritte nach unten absackte.

Endlich fühlte er das Metall unter seinen Fingern. Eiseskälte fuhr in seine Glieder, als er es berührte. Er widerstand dem Drang, es loszulassen, und krallte stattdessen seine Fingerkuppen in die verklemmte Stelle. Splitter seiner hölzernen Hand verstreuten sich in der Nacht, als der Mechanismus sich endlich löste und die scharfen Kanten des Metalls schmerzhaft über seine Finger schabten.

Die Tierhäute spannten sich. Nun da sie sich gleichmäßig um seinen Körperschwerpunkt verteilten, gewann sein Flug an Stabilität und er konnte den natürlichen Aufwind an der Flanke des Felsens nutzen. Schnell stieg Lorâan höher.

Schon lange hatte er sich nicht mehr so erleichtert gefühlt. Er ignorierte das wilde Pochen in seinem Hals und setzte alles daran, den rasenden Herzschlag zu verlangsamen, der ihn noch immer befallen hatte.

Trotz der anfänglichen Schwierigkeiten hatte die Flugmaschine ihre Tauglichkeit bewiesen. Vermutlich wäre ein Elf oder Mensch aufgrund seines höheren Körpergewichts wie ein nasser Stein zu Boden gefallen, doch sein puppenhafter, aus Holz und Ton geformter Körper wurde von ihr vogelgleich durch die Lüfte getragen.

Schon nach wenigen Richtungsänderungen hatte Lorâan herausgefunden, wie er das Seil zur Steuerung verwenden musste.

Der Druck in seinen Ohren wurde schwächer, das Rauschen in seinem Kopf verschwand. Er hielt sich in einiger Entfernung zu dem schwarzen Stein, der seine Flanke uralt und in majestätischer Würde bis hinauf zu den Gartenanlagen des königlichen Palastes erhob. In spiralförmigen Serpentinen stieg Lorâan noch höher, bis die hohe Mauer zurück in sein Sichtfeld kam, von der er so waghalsig gesprungen war. Von hier aus genoss er einen guten Blick auf die Bühne.

Gerade rechtzeitig, wie er fand.

Lautstarker Chorgesang schallte ihm entgegen:

Des Todes Feuer brennt lichterloh,
in hohen Flammen steht das Stroh.
Ereilen wird es euch sogleich,
kommt nun und geht ein in sein Reich.

Todesfeuer!
Verbrennt im Todesfeuer!

Todesfeuer!
Seht ihr die lauernde Gefahr?

Die Musikanten hatten sich über den gesamten Bereich der Bühne verteilt. Der Homunculus sah, wie Derufin den schweren Hammer hob. Er hielt ihn hoch über den Kopf und schlug mit gewaltiger Kraft auf die größte der weiß glänzenden Röhren, die, wie von Zauberhand gehalten, nach wie vor in der Mitte der Bühne schwebten.

Ein ohrenbetäubender Krach hämmerte durch die Nacht. Glockenhell und lauter als jeder der Töne vor ihm ließ er die Zuschauer in der ersten Reihe vor der Bühne schwanken. Sieben weitere Schläge folgten. Donnernd hallten sie über die Menge der Zuschauer hinweg. Die Pausen zwischen den Schlägen waren perfekt gewählt. Der Klang der wundervollen Melodie täuschte nicht über die tödliche Präzision hinweg, mit der sie gespielt wurde.

Die vordersten Reihen der Zuschauer wurden von den gewaltigen Klängen dahingerafft. Die Menschen fielen in einem Knäuel zusammen, als hätte eine riesenhafte Sense in den Ähren eines Feldes gewütet.

Selbst der Homunculus konnte den Luftstoß spüren, den die Töne erzeugten. Er vermutete, dass der Schall die inneren Organe ihrer Leiber zusammenpresste. Binnen weniger Augenblicke mussten die hohlen Organe wie überreife Früchte geplatzt sein.

Wild gestikulierend zeigte Beregrend auf die Menge der Menschen, die mit weit aufgerissenen Augen und offenen Mündern vor ihm stand.

»Spürt ihr die Angst des Todes?«, fragte der Elf die Bewohner Rakshores. Seine Stimme tönte laut und donnernd über ihre Köpfe hinweg.

Der Homunculus konnte sehen, wie die Gesichter der Menschen die Farbe wechselten.

Der Elf war noch nicht fertig mit ihnen.

»Ihr selbst habt euch den Göttern gleichgestellt, habt euch erhoben über das Wunder der Natur. Heute erfüllt sich das euch vorbestimmte Schicksal. Zu lange habt ihr an eurem Frevel festgehalten. Nun kommt der Tag, an dem die gerechte Strafe auf euch wartet. Niemand erhebt sich über die göttlichen Gewalten der Natur.«

Beregrends lautes Gelächter schallte bis an Loràans Ohren.

»Seht, das Todesfeuer!« Der Elf nahm seinen Bogen, legte genüsslich einen schwarz gefiederten Pfeil an die Sehne und zielte auf eine kleine hölzerne Platte, die an einem Querbalken über der Bühne angebracht war.

»Seht, das Todesfeuer! Seht, wie es in euch brennt!«, rief er erneut. »Rakshore, der Tod kommt zu dir!«

Der Pfeil schnellte in die Höhe und löste das Seil, das bis zu diesem Moment baumelnd an der Platte befestigt gewesen war. Zahnräder griffen ineinander, Stricke spannten sich und hoben einen schweren Hebel aus seiner Verankerung.

Die beiden Katapulte gaben ächzende Geräusche von sich, als sie ihre in hohen Flammen stehende Ladung abfeuerten. Schneller als das menschliche Auge es erfassen konnte, schleuderten sie die brennenden Ballen aus Heu und Stroh in die Menge der Zuschauer.

Dort, wo sie aufschlugen, begruben sie Dutzende von Männern und Frauen unter sich. Wie riesige, lodernde Feuerwalzen suchten sie sich ihren Weg, überrollten und begruben alles und jeden unter sich.

Loràan hörte die erstickten Schmerzensschreie der Menschen. Wie von Sinnen versuchten sie, dem grünen Feuer der Walzen zu entkommen. Die magischen Flammen fraßen sich in ihre Kleider und steckten das darunterliegende Fleisch in Brand. Zurück blieben zwei breite Schneisen der totalen Verwüstung. Geschwärzte, bis zur Unkenntlichkeit verbrannte Körper lagen wirr übereinander und über allem lag der stinkende, faulige Geruch des Todes.

Schon nach kürzester Zeit hatte sich die Hälfte der Gartenanlage in ein flammendes Meer aus grünem Feuer verwandelt.

Wer noch am Leben war, versuchte panisch, zu fliehen, doch es gab kein Entrinnen. In Todesangst stießen sich die Menschen gegenseitig in die lodernden Flammen. Männer trampelten über hilflos kreischende Frauen hinweg. Einige Wagemutige erkletterten die Mauer und sprangen selbstmörderisch in die Tiefe. Die meisten begingen den schweren Fehler und stürzten sich kopfüber oder mit den Füßen voraus in den Abgrund. Der alte Stein war viel zu nah. Loräan wusste, dass ihre Körper bereits nach kurzem Fall an seiner Seite zerschellen würden. Die anderen, die zumindest kraftvoll nach vorne abgesprungen waren, stürzten jedoch auch in den aus freien Stücken gewählten Tod.

Der Homunculus hörte, wie die Musikanten lachten. In ihren feurigen Augen erkannte er die wilde Gier nach dem Blut und den Herzen der Menschen.

Die bestialischen Gehilfen des Todes widerten ihn an. Die Erben der Ewigkeit feierten sich wie große Helden, dabei waren sie in Wirklichkeit schwach. In Wahrheit gab es nur einen Herrscher über die Ewigkeit. Nicht mehr lange, sagte er sich. Nicht mehr lange. Schon bald würde den todbringenden Musikanten das Lachen in der Kehle stecken bleiben.

Auffordernd nickte Beregrend den Männern und Frauen des Chores zu. In willenloser Trance bildeten sie eine lange Reihe. Fernab von jeglicher Realität schienen sie nicht zu bemerken, was um sie herum geschah. In einem erregten Singsang marschierten sie langsam bis zur Mitte der Bühne. Der erste Sänger war ein wenig schneller als die anderen. In einer schwungvollen Bewegung legte er sich auf die aus Wurzelholz gefertigte Bank. Auf dem Rücken rutschte er ein wenig höher, bis sein Kopf an der mit dem Blut des Mädchens besudelten Stelle ruhte. Durch ein Zucken mit den Schultern löste er selbst den Mechanismus.

»Voller Demut begebe ich mich in den Tod!« Die leise Stimme des Mannes war noch nicht verhallt, als die silbrig glitzernde Klinge der doppelschneidigen Axt durch seinen Hals fuhr.

Der nächste Sänger machte sich nicht die Mühe, den zitternden Leichnam von der blutigen Bank zu schieben. Er legte sich einfach daneben und ignorierte den abgetrennten Kopf, der ihm aus grausig verklärten Augen entgegen starrte.

Wieder schlug die Axt erbarmungslos zu. Durch die Kraft des Aufpralls wurden die Leichname beiseite geschleudert. Schlaff wie tote Fische fielen sie von der Bank.

Als Nächste an der Reihe, kletterte eine junge Frau unbeholfen auf die mit Blut bespritzte Bank.

Lorâan wusste, dass auch ihr Leben schnell zu Ende sein würde. Bereits in jenem Moment, in dem sie sich zum Chorgesang bereiterklärt hatte, war es verwirkt gewesen. Schon in Kürze würde die Bühne schwimmen in ihrem Blut.

Der Homunculus hatte genug gesehen. Er steuerte seine behelfsmäßige Flugmaschine nach rechts und flog hinaus in die weite Ebene. Ein wenig Abstand zur Sicherheit konnte nicht schaden.

In einem waghalsigen Spiralflug brachte er sich in eine gute Position, bevor er die Flügel spannte und sich gleiten ließ. Er spürte den kühlen Luftzug, der am Rumpf seines Körpers vorbei strich. Lorâan stieg noch ein wenig höher, bis er endgültig zufrieden war.

Hier konnte er bleiben. Von dieser Position aus hatte er einen guten Überblick über das Plateau der Gartenanlagen, die sich über den gesamten Rücken des schwarzen Steins erstreckten. Der erhabene Glanz der narbenlosen Haut war sogar in der finstersten Nacht erkennbar. Lorâans Blick fiel auf die silbrigen Adern, die den Fels durchzogen. Er konnte sich der magischen Wirkung der filigranen Linien nicht entziehen. Der schwarze Stein war von solch faszinierender Schönheit, dass selbst er, ein Geschöpf der Götter, sich dieser nicht erwehren konnte.

Die Detonation war gewaltig.

Unwillkürlich zuckte Lorâan zusammen. Obwohl er darauf gewartet hatte, überraschte es ihn.

Gleißendes Licht blendete seine Augen, als das Feuer das erste der mit schwarzem Pulver gefüllten Säckchen erreichte. Der Lärm der Explosion erschütterte ihn bis ins Mark und lenkte seine ganze Aufmerksamkeit zurück auf die Bühne.

Die hölzernen Aufbauten an der Westseite waren vollkommen zusammengebrochen. Ein wahrhaftiges Meer aus Spänen und Spreißeln regnete auf die Bühne herab. Zertrümmert lag eines der Katapulte unter groben Holzteilen begraben.

Eben noch hatte der knochige Dämon in der Mitte der Bühne die Hände erhoben, nun ragte ein Stumpf aus den Brettern. Die abgetrennte Hand war zu feinem Staub zerfallen.

Aus den Bolzen ihrer Verankerung gerissen, stürzte die doppelschneidige Axt zu Boden. Krachend fuhr die silbrige Klinge in die aus Wurzelholz gefertigte Bank darunter.

Der Homunculus sah, wie sich das glänzende Blatt der Axt langsam zur Seite neigte, bis es vollends kippte und den Großteil des auf den Tod wartenden Chores unter dem tonnenschweren Stahl der Klinge begrub.

Der erregte Singsang der Menschen verstummte jämmerlich, als der Tod sie ereilte. Doch es war noch nicht vorbei. Noch immer standen die vier Musikanten auf ihren Beinen.

Der Homunculus sah, wie sie verwirrt von dem, was um sie herum geschah, umher blickten. Lorâan jubilierte innerlich. Trotz der sicheren Entfernung zu ihnen sah er das erste Mal die Furcht in ihren Augen glimmen.

Das Feuer erreichte das nächste der mit schwarzem Pulver gefüllten Säckchen. Die zweite Explosion war noch gewaltiger als die erste und verwandelte die Bühne in ein loderndes Meer aus Flammen. Heißes Feuer züngelte an den

Aufbauten und ließ alles einstürzen, was ihnen noch an Halt verlieh. Die Trümmer wurden mit einer solchen Wucht von der Bühne geschleudert, dass sie so manchen der Zuschauer durchbohrten. Wie von hunderten von Pfeilen gespickt, fielen ihnen die Menschen zum Opfer.

Abgebrochen vom Kopf des fürchterlichen Dämons, segelte eines seiner langen Hörner durch die Luft und traf auf eine Gruppe junger Männer und Frauen, die gerade verzweifelt versuchte, einen Fluchtweg durch die verkohlten Überreste ihrer Freunde und Familienmitglieder zu finden.

Mit eingeschlagenen Schädeln gesellten sie sich zu den noch immer in Flammen stehenden Leichen der einstigen Gefährten.

Das triumphierende Hochgefühl, das Lorâans Körper durchströmte, war zu schön, um wahr zu sein. Er hatte so lange gebraucht, um das korrekte Mischverhältnis der Bestandteile zu berechnen. Ein wenig zu viel zerriebene Holzkohle und die Eigenschaften des brennbaren Materials änderten sich gravierend. Am schwierigsten jedoch war es gewesen, die gepressten und getrockneten Rohlinge zu einer feinen Körnung zu zermahlen. Erst dadurch war es ihm geglückt, eine pulvrige Spur zu legen, die berechenbar und gleichmäßig abbrannte. Wie lange hatte er auf diesen Moment gewartet? Viel zu lange hatte er es vor sich her geschoben.

Nun war seine Aufgabe beendet. Eine Welle der Erleichterung durchströmte seine Brust. Wieder beschleunigte sich der Schlag seines Herzens, doch es war nicht die Angst, die zu ihm zurückkehrte, sondern das Wissen, der alleinige Allmächtige unter den Auserwählten zu sein.

Lorâan war das Schicksal der Menschen egal. Er interessierte sich mehr für die todbringenden Musikanten. Er hatte alles genauestens durchdacht. Keiner von ihnen durfte das höllische Inferno seiner Explosionen überleben.

Der Homunculus musste absolut sicher sein. Er lenkte sein Fluggerät ein wenig näher an die eingestürzte, an allen Ecken und Enden brennende Bühne.

Der rußgeschwärzte Schopf der rotgelockten Herumtreiberin kam unter einem Berg aus Asche zum Vorschein.

War dies dort die Hand eines weiteren Musikers, die sich aus den zerfetzten Trümmern erhob?

Lorâan lächelte. In weiser Voraussicht hatte er damit gerechnet. Er wusste, wie schwer es war, die Gehilfen des Todes aus dem Leben zu reißen. Alle wichtigen Vorkehrungen dafür hatte er getroffen.

In der Mitte der Bühne lauerte das größte aller Säckchen auf das entzündende Feuer. Selbst der Widerstandsfähigste unter ihnen würde von der Explosion des Donnerpulvers in Stücke gerissen werden. Und sollten wahrlich alle Stricke reißen, würde der altehrwürdige Stein zu Ende bringen, was er angefangen hatte.

Sein Blick wanderte hinauf zu dem Fenster, hinter dem er Avonlea vermutete. Die Dryáde wusste er in Sicherheit.

Lorâan hatte genug gesehen. So schnell ihn seine künstlichen Schwingen tragen konnten, flog er flatternd wie ein Vogel davon.

Hinter ihm grollte der donnernde Schlag der größten aller Explosionen. Ein feiner Regen aus Staub und Asche bedeckte seine Flügel.

Er stellte sich vor, wie die Hitze des Höllenfeuers die Haut vom Gesicht der Herumtreiberin riss, das darunterliegende Fleisch verbrannte und der Körper Myraidas unter der Wucht der Explosion wie ein gläserner Spiegel in tausende Splitter zersprang. Nichts und niemand konnte überleben, was sein brennendes Feuer entfacht hatte.

Zu schade eigentlich. Nie wieder würde der kleine Rotschopf die Fidel in gar meisterlicher Weise streichen. Vertan war auch die Chance auf Genugtuung. Nur zu gerne hätte er mit ihr vollendet, was ihm bisher verwehrt geblieben war.

Er tröstete sich mit dem Gedanken daran, dass er einen gebührenden Ersatz schnell finden konnte. Einen beachtlichen Sieg hatte er davongetragen, doch das Rad der Zeit würde sich unaufhörlich weiter drehen, hin zu den neuen Herausforderungen, die auf ihn warteten.

Ein weißes Licht blendete ihn. Es war so hell, dass er instinktiv die Augenlider schloss, was erstaunlicherweise zu keiner Linderung führte. So schnell das Licht gekommen war, war es an ihm vorbeigezogen. Ein heller, weißer Streifen, der wie ein seltsam leuchtendes Band vor ihm in der Luft schwebte, die Farben der ihn umgebenden Natur verdrängte und sich mit hoher Geschwindigkeit entfernte.

Lorâan wurde ein wenig mulmig. Noch war er nicht weit genug von den Gartenanlagen und dem schwarzen Stein entfernt.

Hatte er sich doch verrechnet?

Wieder blendete ihn das Licht, als ein neuerlicher Streifen an ihm vorbeizog. Die seltsame Erscheinung war noch heller als zuvor und so schmerzvoll, dass er das Gesicht verzog.

In seinem Inneren erwachte eine Furcht, die er niemals in sich geahnt hatte. Es gab nicht viele Lebewesen, denen er mit Wertschätzung begegnete und noch weniger, die er verehrte.

Doch diesmal hatte er vielleicht doch zu viel gewagt.

Lorâan konnte nicht anders. Er musste sehen, was er zum Leben erweckt hatte. Es war gar nicht so einfach, wie er angenommen hatte: Die mechanische Konstruktion der Flügel und ein Teil seines rechten Beines waren ihm im Weg. Es erforderte ein paar ungelenke Bewegungen, ehe er seine Flugposition so verändert hatte, dass er unter den künstlichen, aus Tierhäuten geformten Schwingen hindurch zurückblicken konnte.

Was er sah, war so unglaublich, dass ihm ein lauter Schrei entfuhr. Ein seltsam verwirrendes Gefühl wogte wie eine ans Ufer brandende Welle in sein Bewusstsein.

Niemals zuvor hatte er solch ambivalente Gefühle entwickelt. Einerseits wünschte er sich nichts sehnlicher, als dass ihm der Anblick erspart geblieben wäre, doch andererseits hinterließ das Bild, das sich bis ans Ende seiner Tage in sein

Gedächtnis brannte, einen solch gewaltigen Eindruck, dass er es nicht wagte, die Augen davon abzuwenden.

Der mächtige Felsen im Zentrum der Stadt war zum Leben erwacht. Die feinen Linien in seiner narbenlosen Haut pulsierten in glänzendem weißen Licht. Sie waren es, die, einem schnellen Herzschlag gleich, helle Streifen in die dunkle Nacht entsandten, die von solcher Reinheit und Intensität waren, dass sie dem Rest der Welt die Farbe entzogen.

Hunderte Fuß hoch ragte der schwarze Fels aus dem Boden. Wie eine Zunge schob er sich aus den tief liegenden Eingeweiden des Gebirgsmassives, an dessen Hängen Rakshore, die Stadt der Lieder von Menschenhand erbaut worden war.

Nun zeigte das steinalte Wesen seine wahre Macht und Größe.

Der Homunculus sah es kommen und wusste, dass ihm nicht genügend Zeit verblieb. Der Schmerz war so heftig, dass er meinte zu sterben. Schutzsuchend krümmte sich sein Körper zusammen. Seinc Eingeweide bebten.

Die Druckwelle war so gewaltig, dass sie die Mechaniken seines Fluggeräts auseinanderriss. Lorâan verlor die Kontrolle. Unaufhaltsam segelte er dem Boden entgegen.

Eben noch hatten Staub und Asche seine Flügel bedeckt, nun regneten glutrote Brocken und faustgroße Steine auf ihn herab. Herumfliegende Kiesel durchlöcherten seine Flügel. Scharfkantige Stücke feinen Metalls schnitten schmerzhaft in seine Arme und Beine.

Der Homunculus rauschte dem Boden so schnell entgegen, dass er kurz davor war, das Bewusstsein zu verlieren. Ein riesenhafter Brocken dunklen Gesteins traf ihn an der Schulter. Schmerz durchflutete seine Gedanken. Die Welt um ihn herum versank im Chaos. Die ungeheuerliche Hitze, die ihm plötzlich entgegenschlug, raubte ihm den Atem. Die Luft um ihn herum war so heiß, dass seine Atemwege brannten und die kürzesten seiner Glieder Feuer fingen. Mit brennenden Fingern stürzte er wie ein Stein vom Himmel.

Um ihn herum war nichts als Dreck und Staub. Schwarzes Erdreich bedeckte seinen Körper und verklebte ihm die Augen, sodass er einige schrecklich lange Augenblicke nichts mehr sehen konnte. Mit Blindheit geschlagen und den Launen der Hölle ausgeliefert, schlug er hart auf dem Boden auf.

Der Aufprall presste ihm den letzten Rest an Luft aus den Lugen. In einem wilden Ritt schlitterte er durch einen Berg aus Schutt und Dreck, überschlug sich einige Male und kam stöhnend und von oben bis unten mit schwarzem Schlamm und Erdreich beschmiert zum Liegen.

Lorâan fühlte sich, als hätte ihn gerade ein Schinder zu Tode gerädert. Vorsichtig testet er, ob sich all seine aus Holz und Ton bestehenden Teile noch am rechten Platz befanden.

Mit mehr Glück als Verstand schien er den Sturz mehr oder weniger unbeschadet überstanden zu haben. Wohin er auch blickte, war der Boden mit schwarzem Schlamm und Erde übersät. Diesem Umstand und der magischen Robustheit seines puppenhaften Körpers hatte er wohl sein Leben zu verdanken.

Stöhnend und langsamer als beabsichtigt kam er auf die wackeligen Beine.

Mit der rechten Hand wischte er sich die Erde aus dem Gesicht. Ungläubig fiel sein Blick auf die versengten Fingerkuppen, die ihm schwarz wie Kohle entgegen starrten.

Das Erdreich fühlte sich weich und warm an, als stamme es aus dem tiefsten Inneren der Welt.

Ein hohes Pfeifen warnte ihn. Gerade noch rechtzeitig warf er sich zur Seite, sodass ihn der glutrote Gesteinsbrocken um Haaresbreite verfehlte. Rauchend bohrte er sich in den Boden neben ihm.

Lorâan spürte, wie die Erde zitterte, als sich ein kleiner Krater bildete, in dessen Mitte er hinein gezogen wurde.

Überall um ihn herum herrschte das schrille Pfeifen der Brocken, die wie brennende Geschosse auf den Boden schlugen.

Wie sich zeigte, war das Fluggerät völlig zerstört. Umständlich schälte er sich aus dem Rucksack, was seine Bewegungsfreiheit deutlich verbesserte.

Stöhnend vor Schmerzen kroch er aus dem Krater, den der glühend rote Stein hinterlassen hatte. Erschöpft blieb er für einen Moment liegen, bis lederne Stiefel seine Augen auf den Dunkelelfen lenkten, der ihm freundlich, aber bestimmt die Hand entgegenstreckte. Lorâan wusste die Geste zu schätzen. Dankend ließ er sich von ihm auf die Beine helfen.

Stumm und voller Ehrfurcht blickten sie beide auf das monströse, uralte Wesen, das sich aus den Fesseln seines ewigwährenden Schlafes befreit hatte und in die Welt zurückgekehrt war.

Dort, wo sich einst das Zentrum der Stadt der Lieder befunden hatte, wühlten sich riesenhafte Hände aus dem Boden. Ein wahres Ungetüm gigantischen Ausmaßes stemmte sich mit brachialer Gewalt aus den Eingeweiden der Welt.

Lorâan fand keine Worte für das, was er sah. Der Anblick des uralten Wesens war so unwirklich, dass er meinte, ein Trugbild würde ihm einen Streich spielen. Aus alten, längst verschollenen Schriften hatte er von den Ungeheuerlichkeiten dieser Welt erfahren. Kaum zu entziffernde Geschichten über das steinalte Geschlecht hatte er gelesen. Nur ein einziger Name war ihm im Gedächtnis geblieben und er passte zu diesem Wesen wie die glühende Faust aufs Auge.

»Titania!«, stammelte er.

Der Dunkelelf neben ihm nickte bewundernd.

Wie brennende Pfeile schwirrten Dutzende rotglühender Steine durch die Luft, als hätten hunderte von Katapulten ihre Ladung auf einen Schlag verschossen.

Völlig fasziniert starrten sie beide auf das uralte Wesen, das sich immer weiter empor stemmte, bis es selbst die höchste Spitze des Gebirges um hunderte Schritt überragte. Schutt und Asche fiel von ihm ab. Gigantische Brocken rabenschwarzen Erdreichs flogen durch die Luft, bis sie zermalmt von den unglaublichen Kräften von Titanias Händen in tausende von Stücken zerbröselt auf dem Boden aufschlugen.

Titanias Körper war makellos. Schwarz wie die Nacht war das Gestein, aus dem sie fast vollständig bestand. Glatt und narbenlos war ihre Oberfläche. Sie schien über keinerlei Schamgefühl zu verfügen und trug die Nacktheit wie ein blütenweißes Kleid. Die Bewegungen des steinalten Wesens waren zerstörerisch und anmutig zugleich.

Lorâan fand ihren Anblick erschreckend, und doch hätte er alles dafür gegeben, Titania an ihren intimsten Stellen zu berühren.

Das steinalte Wesen schien von innen heraus zu leuchten. Bäche aus feuriger Lava strömten über ihren Körper. Aus dem tiefen Loch, das ihr Körper im Erdreich hinterlassen hatte, quollen dichte Wolken heißen Dampfes. Darunter brodelte ein feurig roter See aus flüssigem Gestein. In unregelmäßigen Abständen spritzen hohe Fontänen bis weit über den Rand und tauchten die Welt in ein glühendes Rot.

Aus langem Schlaf war Titania erwacht. Mit einer mehr beiläufigen Handbewegung wischte sie die letzten Überreste der Gartenanlagen von ihrer Schulter. Was noch nicht zu feiner Asche zerrieben war, fiel krachend zu Boden. Ein wütender Faustschlag erledigte den Rest. Titanias Hand ließ nicht mehr zurück als pechschwarzen Staub.

Der Boden erzitterte. Der gewaltige Schlag Titanias riss Lorâan von den Füßen und er brauchte einen Moment, um sich aufzurappeln und erneut dem phantastischen Schauspiel des steinalten Wesens zu folgen.

Titanias wütender Blick richtete sich auf die wenigen noch nicht zerstörten Bauwerke der Menschen.

Lorâan erstarrte zu einer Säule, als die steingrauen Augen des uralten Wesens sich für einen flüchtigen Moment auf ihn richteten.

Ein unerbittlicher Schmerz fuhr in seine Glieder. Die Erkenntnis traf ihn wie ein Schlag: Er war nur ein unbedeutender

Wurm im Spiel der Götter. Niemals würde er die Liebe dieses uralten Wesens erfahren, doch an keinem einzigen Tag in seinem Leben würde er den Anblick des steinalten Wesens vergessen.

In den Händen Titanias zerbröselten zwei riesenhafte Brocken zu fein gemahlenem Staub, die einmal ein Teil der Einfassung der von den Menschen angelegten Terrassen gewesen waren. Wertvolle Mineralien verteilten sich über die rabenschwarze Erde, die von dem uralten schwarzen Stein aufgeworfen worden war.

Lorâan fiel es wie Schuppen von den Augen. Von Anfang an hatte er den Untergang der Musikanten geplant, doch es war viel mehr, was er erreicht hatte.

Seine Gedanken wanderten zu Avonlea. Welch großen Gefallen hatte er der Dryáde erwiesen? Für die einen war es nur ein Haufen Dreck, für die anderen der Anbeginn neuen Lebens. Binnen kürzester Zeit würden Mineralien und fruchtbare Erde in ihrem Zusammenspiel ein wahres Paradies erwecken.

Noch immer wütete das uralte, göttliche Wesen. Keinen Stein der Hinterlassenschaften der Menschen ließ sie auf dem anderen.

Suchend wanderten Lorâans Augen umher. Die wilden Bewegungen Titanias behinderten ihn und er brauchte eine Weile, bis er endlich fand, wonach er Ausschau gehalten hatte.

Fast wären ihm die aus grünem Marmor gehauenen Säulen des königlichen Palastes entgangen. In ihrer luftigen Höhe wirkten sie so mickrig, dass er die Augen zusammenkneifen musste, um sie zu entdecken. Der Palast des Königs war kein herkömmliches Gebäude, wie er jetzt erkannte: Es war das formvollendet geschmiedete Schmuckstück einer Kette, die Titania um den Hals trug. Genau wie die silbrigen Adern in ihrem Gestein strahlten auch die Mauern des Palastes in hellem Licht.

In ihrer luftigen Höhe schien Avonlea in Sicherheit. Der Einschlag eines glühenden Steins in der Nähe erinnerte ihn jedoch daran, dass sein eigenes Leben nach wie vor in Gefahr schwebte.

Ungeduldig zupfte Lorâan den Dunkelelf neben sich am Ärmel.

»Komm, bring mich zu deinem König«, sagte er.

Der Dunkelelf stand wortlos da und starrte andächtig und bewundernd auf die riesenhafte Gestalt Titanias. Es brauchte mehrere Anläufe, ehe er den Blick von dem steinalten Wesen lösen konnte, das die Welt nach seinen eigenen Wünschen neu gestaltete.

Schlussendlich fasste ihn Lorâan an den Schultern und zog ihn einfach mit sich. Der Weg war viel kürzer, als der Homunculus angenommen hatte. Schon nach wenigen Schritten entdeckte er die kleine Zeltstadt, die den Dunkelelfen als Lager diente.

Auch hier herrschte das Chaos. Die Wut Titanias hatte auch vor den Unterkünften der Dunkelelfen nicht Halt gemacht. Überall schwelte Rauch, ein Zelt stand in hohen Flammen und alles und jeder war mit braunem Erdreich bedeckt.

Sein Begleiter führte den Homunculus direkt vor den mit Tüchern verhängten Eingang eines großen, aber schmucklosen Zeltes. Lorâan überlegte, ob er sich vor dem hochgewachsenen Mann verbeugen sollte, der flankiert von seinen Wachen davor stand, doch er entschied sich dagegen.

»Mein König.« Lorâan lächelte, doch er legte absichtlich einen Hauch von Überlegenheit in die Begrüßung.

»Mein Prinz«, verbesserte der in grünes Leinen gekleidete Mann. In seine schwarzen Haare war ein schlichter, hölzerner Reif geflochten. Augen in der Farbe des Wassers musterten ihn.

»Dunkelelfen verzichten auf den Titel eines königlichen Herrschers. Es war ein König, der unser Volk einst verstoßen hat, aber das weißt du genau.«

Der Blick, den ihm der Prinz zuwarf, war scharf, seine Absichten jedoch nicht zu deuten.

»Wie Ihr wünscht, mein Prinz.« Lorâan vollführte eine bedeutungsschwangere Geste. »Wie Ihr wisst…« Er deutete auf Titania hinter sich, die unschwer zu übersehen war. »… habe ich den Teil unserer Abmachung erfüllt.«

Der Prinz der Dunkelelfen blickte ihm nachdenklich in die Augen, bevor er antwortete.

»Den Teil der Abmachung hast du erfüllt. Fürwahr, die Menschen und Elfen meuchelnden Musikanten sind tot, aber hast du dich schon einmal gefragt, ob wir mit diesem Ungetüm aus Stein da draußen wirklich besser dran sind?«

Lorâan war sich seiner Sache nicht sicher. Er wusste nicht, wie lange die Wut Titanias anhalten würde, aber das musste er ja dem Elfenprinzen nicht direkt auf die Nase binden.

»Der schwarze Stein wird schon bald wieder zur gewohnten Ruhe finden.« Er legte all seine Überzeugungskraft in seine Worte, und doch schien ihm der Prinz nicht gänzlich zu trauen.

»Habe ich nicht erreicht, wozu Ihr selbst nicht im Stande wart? Mit Verlaub, Ihr habt versagt, mein Prinz. Eure Elitekämpfer sind allesamt ums Leben gekommen, und auch wenn ich sehe, dass Ihr Euch im Kreise Eurer Wachen mit diesem gar gottlosen Gezücht umgebt, so muss ich doch sagen, dass auch der heimtückische Anschlag Eurer längst totgeglaubten Missgeburt vereitelt worden ist.«

Lorâan erntete die giftigen Blicke zweier affenähnlicher Wesen, die behaart mit dichtem Fell und mit scharfkantigen Krallen nur wenige Schritte hinter dem Prinzen Stellung bezogen hatten. Einer von ihnen fletschte schnaubend die Zähne und entblößte damit eine ganze Reihe dunkelgelb verfärbter Zähne.

»Hüte deine Zunge!« Zornesröte stand dem Prinzen der Dunkelelfen auf der Stirn.

Lorâan winkte beschwichtigend ab.

»Gebt mir einfach, was mir gemäß unserer Vereinbarung zusteht, und Ihr werdet mich so schnell nicht wiedersehen.«

»Prinz Elwan.« Eine der Wachen überreichte dem Prinzen eine aus prächtigem Holz gefertigte Schatulle.

Belustigt musterte Lorâan den halbseitig kahlgeschorenen Kopf des Mannes. Wie alle Dunkelelfen war die Wache in sandfarbenes Tuch gekleidet. Weder die Wahl des Stoffes noch die Vorliebe für absonderliche Frisuren hatte er jemals verstanden. Beides wirkte eher einfältig auf ihn.

Die Erscheinung des Prinzen hingegen war eine Ausnahme in den Reihen der Dunkelelfen. Er zeigte die markanten Züge eines reinrassigen Elfen. Lorâan war sicher, dass er dem feinen Hause des elfischen Adels entstammte. Eine gewisse Ähnlichkeit zu Beregrend war ihm nicht abzusprechen. Wenn der Tod des ehemaligen Elfenprinzen eine Gefühlsregung in ihm ausgelöst hatte, wusste er diese jedoch geschickt hinter einer kühlen Fassade zu verstecken.

Zögerlich, als trennte er sich nur ungern davon, legte Elwan die Schatulle in die ausgestreckten Arme des Homunculus.

Entschlossen öffnete Lorâan den Deckel und warf nur einen flüchtigen Blick auf den dunkelgrünen Edelstein, der darin auf einem samtweichen Kissen ruhte.

Die Schatulle verschwand so schnell in einer seiner Taschen, dass es unmöglich war, es zu sehen.

Seine Flucht hatte er längst vorbereitet. Die drei kleinen, schwarzen Kugeln waren noch nicht auf dem Boden aufgeschlagen, als er die Füße in die Hand nahm und um sein Leben rannte.

Hinter sich hörte er das erstickte Keuchen der Dunkelelfen, die der Wolke aus giftigen Gasen ausgesetzt zu Boden gingen.

Welch beglückendes Gefühl es doch war, wenn ein lang ausgeheckter Plan funktionierte.

Noch lange hallte sein entsetzlich befreiendes Lachen durch die Dunkelheit.

Epilog

Loreen schüttelte ungläubig den Kopf.

»Es ist bemerkenswert«, sagte sie. Die zärtliche Hand der Dryáde auf ihrer Schulter war ihr mehr als willkommen. Sie spürte, wie die fürsorgliche Wärme ihrer Mutter durch ihre aus Holz und Ton geformten Glieder strömte.

»Ich habe dafür gesorgt, dass sein letzter Wunsch in Erfüllung geht.« Avonleas Stimme klang anders als sonst. Für gewöhnlich war sie dunkel und melodiös, ein wenig rau vielleicht, doch heute klang sie so weich und sanft, dass der Homuncula ganz warm ums Herz wurde.

»Der König war ein guter Mann. Viele Jahre hast du ihn über alles geliebt und er hat es wahrlich verdient. Bis in die Ewigkeit wirst du ihn in Erinnerung behalten.«

»Das werde ich.« Die Dryáde wandte sich ab von dem Mosaik in der Mitte des Raumes, das sie beide eine ganze Weile stillschweigend betrachtet hatten. Trotz ihrer Bemühungen erahnte Lorêen die silbrig glitzernde Träne, die sie sich heimlich aus dem Gesicht wischte.

»Nun ist das Bildnis vollständig und endgültig ein Meisterwerk.«

Die Homuncula nickte zustimmend. Es war erstaunlich, wie passgenau das letzte fehlende Teil in das Mosaik eingesetzt worden war. Edgars Bernstein hatte eine innere Leuchtkraft entwickelt, die das gesamte Bildnis in ein helles Strahlen verwandelte. Begraben und konserviert für die

Ewigkeit ruhte der König inmitten des aus bunten Steinchen und Bernsteinen bestehenden Mosaiks.

Avonlea nahm die Hand von ihrer Schulter und sah sie bewundernd an.

»Lass dich anschauen. In den letzten Tagen habe ich dich nur selten in deiner weiblichen Gestalt gesehen.«

»Ich weiß auch nicht, vielleicht habe ich mich doch auf meine alten Tage ganz gut mit meiner Zweigeschlechtlichkeit angefreundet. Ich vereine das Beste zweier Welten und ich dachte, es wäre dem Anlass angemessen.«

Lorêen freute sich über die seltene Aufmerksamkeit der Dryáde. Seit das Geheimnis der Mutterschaft nicht mehr zwischen ihnen stand, hatte sich ihr Verhältnis zueinander deutlich gebessert.

»Eine weise Wahl. Das Mädchen in dir hat er immer bewundert.« Avonlea zwinkerte ihr freundschaftlich zu.

»Nun geh, ich glaube, er wartet schon auf dich!«

Ein letztes Mal lächelte ihr die Dryáde aufmunternd zu, dann ließ sie Lorêen allein.

Eine Zeit lang blickte die Homuncula auf das wallende, schwarze Kleid der Dryáde, das raschelnd über ihre Hüfte bis hinab auf den Boden fiel, doch dann, als hätte der Erdboden sie verschluckt, war ihre Mutter verschwunden.

Lorêen wusste nicht, warum es ihr so schwerfiel. Einen meisterhaft ausgeklügelten Sieg hatte sie errungen und doch wagte sie es nicht, dem Mann unter die Augen zu treten, den sie als ihren Schöpfer und Vater betrachtete.

Nicht zum ersten Mal hatte er das Spiel verloren, das sie seit Jahrtausenden betrieben, und doch, jedes Mal aufs Neue, hasste sie den Moment, auf den sie sich Jahrhunderte lang gefreut hatte.

Lorêen ging zur anderen Seite des Raumes und betrachtete die weitläufige Ebene durch eines der Fenster. Frische, ozonhaltige Luft füllte ihre Lungen. Wohin sie ihren Blick auch richtete, sah sie fruchtbare Erde.

Schneller als sie vermutet hatte, war das steinalte Wesen in den Schlaf zurückgekehrt. Zaghaft streckte das erste Leben seine grünen Köpfe aus dem Erdreich. Die Stadt der Lieder war verschwunden und in gar nicht so ferner Zeit würde die Welt der Pflanzen sich zurückholen, was ihr so lange genommen worden war.

Die Welt war so unendlich groß. Schon morgen würden neue Gehilfen des Todes durch die Lande ziehen und ihr ewigwährendes Spiel aufs Neue beginnen. Ihr blieb alle Zeit der Welt, doch auch die Ewigkeit unterlag gewissen Grenzen. In den nächsten Jahrhunderten würde ihre Jagd aufs Neue beginnen.

Lorêen erkannte, dass sie den Gang zu ihrem Schöpfer nur hinauszögerte. So gut es eben ging, ordnete die Homuncula ihre abgerissenen Kleider und nahm einen letzten tiefen Atemzug.

Die Frische der Natur belebte ihre Sinne. Lorêen spürte, wie die Entschlossenheit zu ihr zurückkehrte.

Stolz, ein wissendes Lächeln auf den Lippen trat sie Theophrastus, dem Alchimisten gegenüber. Der Herr der Finsternis erwartete sie bereits.

ENDE

NACHWORT

Mit dem dritten Band der »Erben der Ewigkeit« geht die Roman-Trilogie nun zu Ende. Für mich als Autor war es ein seltsames Gefühl, die Figuren des Romans hinter sich zu lassen. Über sechs Jahre lang habe ich an der Geschichte und den Figuren gefeilt und ich möchte keine Sekunde davon missen. Ich kann nur hoffen, dass Sie beim Lesen meiner Zeilen ähnlich viel Freude empfunden haben wie ich selbst.

Die Geschichte der Trilogie ist nun zu Ende erzählt, aber die »Erben der Ewigkeit« halten bestimmt noch die ein oder andere Überraschung in den nächsten Jahren bereit.

Unausgereifte Teile zusätzlicher Manuskripte spuken bereits in meinem Kopf herum und eine Fortsetzung der Trilogie ist in verschiedenen Variationen denkbar und sogar bereits von mir angedacht.

Zunächst möchte ich mich aber neuen Herausforderungen widmen. Den Wurzeln der Schauerliteratur werde ich treu bleiben, doch vielleicht wird schon bald ein neues Manuskript das Licht der Welt erblicken und die Genregrenzen ein weiteres Mal vermischen.

Getreu nach dem Motto »Ein Mann, ein Schreibtisch, ein Computer«, sind die »Erben der Ewigkeit« gänzlich und allein in meinem stillen Kämmerlein entstanden. Dennoch gibt es einzelne, wenige Personen, die mich beim Schreiben stets bestärkt und unterstützt haben. Mein herzlichster und aufrichtiger Dank gilt diesen umso bedeutenderen Menschen, ohne die das Romanprojekt in seiner Umsetzung nicht möglich gewesen wäre.

Ich danke an dieser Stelle meinen Lektoren David Michel Engels und Maria Engels, die mich von Anfang an mit ihrer Arbeit tatkräftig unterstützt und das beste aus dem Manuskript herausgeholt haben. Ein besonderer Dank geht auch an Frau Daniela Rohr von Scriptur-Design für die Gestaltung des Autorenlogos und der wundervollen Buchcover der Trilogie.

Bedanken möchte ich mich auch bei allen lieben Buchbloggern und allen anderen Buchbegeisterten, die uns Autoren tatkräftig mit ihrer unermüdlichen Arbeit unterstützen.

Mein größter Dank aber gilt all meinen Lesern, die mir als Autorenneuling das Vertrauen geschenkt haben und mit mir gemeinsam die Ewigkeit in all ihren Facetten ergründet haben.

Der Tod ist das Leben!

Derufin Denthor Heller
Im Frühling 2025

Derufin Denthor Heller

Derufin Denthor Heller lebt und schreibt in einem Dorf in der Nähe von Regensburg in Bayern. Als Freiberufler schreibt er neben seiner Tätigkeit als Lehrer an einer Wirtschafts- und Fachoberschule Romane und Kurzgeschichten im Genre der Phantastik, mit einer besonderen Vorliebe für die Schauerliteratur.

Er freut sich immer über ein ehrliches Feedback und Rezensionen zu seinen Romanen und einen Besuch auf seiner Autorenwebsite, auf der er kostenlose Leseproben und Kurzgeschichten für alle interessierten Leser gerne zur Verfügung stellt.

www.derufindenthorheller.de.

DERUFIN DENTHOR HELLER

Erben der Ewigkeit – Der Fluch des Lebens

Heller Aufruhr herrscht im mittelalterlichen Weiler Laaberau. Aufgeregt fiebert die Dorfbevölkerung dem großen Konzert fahrender Musikanten entgegen. Die Gefahr der letzten Tage scheint gebannt. Doch war der dämonische weiße Säbelzahn der wahre Schuldige für die erfahrenen Gräueltaten der letzten Stunden? Welch düsteres Geheimnis birgt die verwunschene Waldlichtung und der edle Kirschbaum, den uralte Geschöpfe beleben? Schnell zeigt sich, dass nichts ist, wie es zunächst scheint.

Erben der Ewigkeit – Band I – Der Fluch des Lebens
Phantastischer Schauerroman
von
Derufin Denthor Heller

DERUFIN DENTHOR HELLER

Erben der Ewigkeit – Die Nymphe

Nach dem größten Konzert ihres bisherigen Lebens gerät eine Gruppe bösartiger Musikanten in unfreiwillige Gefangenschaft. Pläne werden geschmiedet, die Freiheit wiederzuerlangen. Doch ist die Freiheit für wirklich jeden ein erstrebenswertes Ziel? Welche geheimen Machenschaften verbergen sich in der furchtbar langen Zeit der Ewigkeit?

Ein groteskes Abenteuer um verschrobene Ränke und angeborene Triebe beginnt. Ein grausiges Fantasy-Spektakel mit klassischen Horrorelementen über die triebhaften Auswüchse ewigen Lebens und Gefangenschaft.

Erben der Ewigkeit – Band II – Die Nymphe
Phantastischer Schauerroman
von
Derufin Denthor Heller